MANESSE BIBLIOTHEK DER WELTLITERATUR

UNGARISCHE ERZÄHLER

Übersetzung aus dem Ungarischen
und Nachwort
von Andreas Oplatka

MANESSE VERLAG
ZÜRICH

Alajos Degré

Eine glänzende Heirat

Wir stehen mitten in der Winterszeit.

Das Leben der Hauptstadt nimmt lärmend seinen Lauf. Für die Wucherer ist dies die Zeit der Weinlese. Die vornehmen jungen Adligen lassen sich treiben, die Väter markten um den Preis ihrer nächstjährigen Ernte, die umsichtigen Mütter haben mit den Modistinnen und den Juwelieren zu tun, und die Mädchen wiederum tanzen leichtsinnig.

Wie viele Hoffnungen werden am Anfang einer solchen Jahreszeit geboren, und wieviel Glück begräbt dann ihr Ende! All das tut aber nichts, das Leben ist kurz, die Freudentage sind selten; wenn sich also eine Gelegenheit findet, lasst sie uns bis zum letzten Tropfen auskosten, denn der morgige Tag könnte für uns schon den Tod bringen. Vorwärts, meine Damen und Herren! Ich führe Sie durch das Tor dieses grossen Hauses; der erste Stock ist hell erleuchtet, die Musik spielt fröhlich, hier geniesst man das Leben. Folgt mir niemand? Gut, ich gehe also allein und will berichten, was ich gesehen habe.

So viele Gegensätze unter dem gleichen Dach!

Glanz, Licht, Rankühne, Intrige, Liebe, Verstellung, Koketterie, Jagd nach dem Glück, Eitelkeit - sie verschmelzen zu Brüdern beim wiederholten Treffen im freundlichen Kreise eines häuslichen Empfangs im ersten Stock. Feindliche Leidenschaften, verschiedenartige starke Empfindungen und zahllose Interessen, sie machen hier freundliche Miene, wenn sie einander begegnen; alle wollen den anderen Lügen strafen, um das eigene Spiel nicht zu verraten. Wir kehren später hierher zurück.

Über den Köpfen der lärmenden Menge im zweiten Stock verbarg ein verdriesslich dreinschauender, glattrasierter, magerer Mann sein Kinn mit einem sauren Lächeln in seinem vorspringenden Hemdkragen und rieb sich zufrieden die trockenen Hände, während er auf und ab spazierte.

«Hm», murmelte er, «seid nur froh; jeder Walzer, jede Quadrille bringt mir Tausende ein. Noch einige Wochen lang lasse ich dein tolles Treiben zu, du stolzer Narr.»

Kennen Sie diesen Mann nicht? Fliehen Sie vor ihm, denn er gleicht dem Teufel; er braucht nur ein Haar eines Menschen zu ergreifen, um ihn ganz mit sich fortzureissen. Er ist ein Wucherer.

Dort wiederum, in einem auf den Hof gehenden Eckzimmer, kaut ein blasser Jüngling mit traurigem Gesichtsausdruck an seiner Feder; er verfasst ein Lob auf seine eigenen Gedichte; allein, ihm fehlen die Worte. Er wirft die Feder hin, legt seinen Kopf erschöpft auf den Fenstersims und denkt über die Freuden des Lebens nach, denn die Musik tönt ihm in den Ohren, er sieht die glänzende Beleuchtung, hört das Rasseln der Gespanne, und seine dichterische Phantasie führt ihn in den wunderschönen Damenkranz.

Hier legt ein Handwerksgeselle seine Ellbogen auf den Sims im eiskalten Zimmer. Das glänzende Licht blendet nicht seine Augen, die verführerische Musik kitzelt nicht seine Ohren, seine Träumereien führen ihn nicht unter die festlichen Gäste. Er seufzt beim Anblick der hin- und herlaufenden livrierten Diener, erblickt er doch eine mit feinen Speisen vollgehäufte Schüssel in der Hand eines jeden. Er muss nach den Mühen des Tages ohne Mahlzeit zu Bett gehen.

In einem anderen Zimmer legt eine arme kleine Näherin die Stirn auf ihre beiden Hände und hängt Träumen nach; sie ist noch jung, die Töne lassen ihr Herz schneller schlagen, sie sehnt sich nach Vergnügen.

Ihre greise Mutter sagt neben dem Ofen: «Bist müde geworden, nicht?»

Das Mädchen zerdrückt eine Träne in ihren Vergissmeinnicht-Augen, sie schüttelt den hübschen Kopf und antwortet lächelnd: «Nein.» Und sie macht sich erneut an ihre Stickerei.

In einem nassen Winkel im Erdgeschoss: Zwei Kinder flehen um Brot beim Bett eines verzweifelten kranken Vaters, ein kaum fünfzehnjähriges tränenüberströmtes Mädchen hält das ärztliche Rezept in der Hand. Mit auf die Ohren gezogener Mütze steht der slowakische Hausmeister in der Türe und verlangt drohend die Miete. Der gequälte Kranke fleht um Aufschub, der Betreiber beruft sich kaltblütig auf den Hausherrn. Dem Mädchen schiesst ein Gedanke durch den Kopf, sie rafft ihr grobes Kopftuch am Halse zusammen und eilt zur Türe hinaus.

In einem der Stockwerke zählte gerade ein

schrecklich verfetteter Mensch sein Geld. Er trug einen bis zu den Knöcheln reichenden Hausrock und eine Schlafmütze, die er von den Augen bis hinten zu den Halswirbeln über den Kopf gezogen hatte. Er sortierte hübsch die verschiedenen Banknotenhaufen und versteckte sie in seiner eisernen Kiste.

«Mein Herr», bat das eintretende Mädchen flehend, «seien Sie grossmütig.»

Mit glänzenden Augen kniff ihr der Hausherr liebkosend in die Wange, auf welcher der Schmelz unschuldiger Jugend noch so lebendig erschien wie der Tau auf einer Blume, die nachts geblüht hat und den brennenden Strahlen der Sonne noch nicht ausgesetzt war.

«Nun, nun?»

«Mein Herr», wiederholte das Mädchen und errötete bis auf das Weisse ihrer Augen, «mein Vater ist schwer krank.»

«Das tut mir leid.»

«Meine kleinen Geschwister hungern.»

«Ich kann nichts dafür.»

«Wir haben nicht so viel Geld, die Arznei zubereiten zu lassen.»

«Ich kann keines geben.»

«Ich bin ja auch nicht zum Betteln gekommen, sondern möchte Sie um Aufschub bitten. Der Hausmeister drängt uns wegen der Miete.»

«Ist seine Pflicht.»

«Lassen Sie uns nur so viel Zeit, bis mein Vater sich erholt hat.»

«Ich bin ein sehr genauer Mensch. Nach Ablauf der Frist gebe ich nicht einmal eine Minute.»

«Ja, aber es ist unmöglich.»

«So zieht ihr übermorgen aus.»

«Kennen Sie denn kein Erbarmen?»

«Wir haben hier kein Lazarett, in dem wir Kranke behandeln.»

Das arme Mädchen brach in bittere Tränen aus.

«Und dann», fuhr der Hausherr fort, «Sie selbst erwerben ja nichts. Sie sind schön und jung... Ihre ganze Familie könnten Sie erhalten.»

Das Mädchen warf einen fragenden Blick auf ihn.

Aber es blieb dem Hausherrn keine Zeit, seine Worte zu erklären, denn die Türe sprang auf, ein Jüngling stürzte herein und ergriff die Hand des Mädchens mit folgenden Worten: «Entfernen Sie sich, bitte, denn dieser Teufel könnte Ihre Jugend vergiften.»

«Was sagen Sie da?» fragte der Hausherr mit offenem Mund.

«Dass Sie ein Elender sind. Was schuldet Ihnen diese arme Familie?»

«Was geht Sie das an? Wollen Sie es bezahlen?»

«Ja.»

«Bitte, sehr gern.»

Die hingereichte Rechnung wurde sofort beglichen, ausserdem legte der Jüngling einige Forint in die Hand des Mädchens.

«Sag deinem Vater», sprach er, «ich leihe es ihm, bis er wieder gesund ist. Morgen will ich ihn besuchen.» Und er wartete die Dankesworte gar nicht ab, sondern eilte fort.

Dieser Jüngling hatte die Absicht gehegt, zum Ball zu gehen, hatte, um zu Geld zu kommen, seine Uhr verpfändet; doch als er die herzlosen Worte des Hausherrn hörte, warf er all sein Geld hin als Hilfe für die arme Familie, verzichtete auf das Vergnügen und kehrte mit einem Seufzer in sein Zimmer zurück.

Ja, und wie urteilt dennoch die Welt? Der Hausherr gilt als ein lebenstüchtiger, kluger Mann, der Jüngling wiederum als unvernünftig und leichtsinnig.

Wollten wir die Zimmer der Reihe nach besuchen, fänden wir dreissig bis vierzig verschiedene Bilder.

Platz findet unter dem Dach eines Pester* Hauses: der Überfluss neben dem Elend, der Genuss neben der Entbehrung, die Verschwendung neben dem Geiz und die reinste Tugend neben der verwerflichsten Sünde.

Beenden wir die Besichtigung, es ist ja Faschingszeit; halten wir es mit der vornehmen Welt, die ihr Gesicht von der Not und dem Elend kalt abwendet und dort, wo sie Schmerzen lindern, wo sie manchmal Leben retten könnte, selbst mit den Kreuzern geizt; wo es dagegen gilt zu glänzen, sich zur Schau zu stellen, dort vergeudet sie das Geld mit vollen Händen.

Im ersten Stock, wohin wir zuerst blickten, war das frohe Fest in vollem Gange. Die Töchterchen wetteiferten im Tanz, die jungen Damen in der Koketterie, die älteren in der bösen Nachrede, die Jünglinge in der Eroberung, die Verheirateten in der Eifersucht, die alten Her-

* Die beiden Städte an der Donau, Buda und Pest, wurden erst 1872 unter dem Namen Budapest vereinigt. In der Umgangssprache spricht man auch heute noch oft nur von «Pest», wenn die gesamte Hauptstadt gemeint ist. (Anm. d. Übers.)

ren im Kartenspiel. Für jene schliesslich, die in all dem nicht ihr Vergnügen fanden, boten die Delikatessen, der Teetisch und der Champagner eine Entschädigung.

Zwei Jünglinge mischen sich unter die wogende Gesellschaft, sie bahnen sich Arm in Arm den Weg durch die Menge, bis sie in einem Nebensaal die Herrin des Hauses finden.

«Gnädige Frau», beginnt der erste, während er sich tief verbeugt, «ich hatte den Mut, meinen Freund Béla Vánay, der heute aus der Provinz angekommen ist, nicht nur vorzustellen, sondern selbst an Ihren glänzenden Empfang, gnädige Frau, mitzunehmen.»

Vánay machte mit verdrehten Augen Höflichkeitsbezeugungen.

«Ich freue mich», erwiderte die Hausherrin, «dass ich das Glück habe, Herrn Vánay bei uns zu begrüssen, und Ihnen, Herr Halmy, schulde ich tiefen Dank für die unserem Hause erwiesene Freundlichkeit. Ich wünsche, Herr Vánay, Sie mögen sich in diesem Kreise gut unterhalten.»

«Ich hatte so viel Schönes und so viel Lob über Ihr Haus gehört, gnädige Frau, dass ich meinem Verlangen, in Ihrer hochverehrten Gesellschaft selbst mit dabeizusein, nicht zu widerstehen vermochte. Verzeihen Sie, wenn ich gegen die Regeln der Höflichkeit verstossen habe.»

«Gewonnen haben wir, dass Sie uns das Glück Ihrer werten Anwesenheit widerfahren lassen.»

Eine uninteressante Unterhaltung von einigen Minuten folgte, und die beiden Jünglinge verschwanden dann Arm in Arm in der Menge.

«Das also ist der junge Vánay», sprach eine mit Juwelen überladene Dame zur Hausherrin. «Ich bin froh, ihn gesehen zu haben.»

«Warum?»

«Er ist ein grosser Sonderling, mitsamt seinem Vater.»

«Wieso?»

«Der alte Vánay hat einmal seinen Sohn verheiraten wollen, der Sohn widersetzte sich, der Alte wurde böse, denn er hatte trotz seinem beträchtlichen Vermögen ein reiches Mädchen für seinen Sohn ausgesucht, und er zog sich zurück auf seine Güter. Zwiste pflegen die Menschen voneinander zu entfernen, doch die beiden Vánays brachte die Sache einander nahe, denn der Sohn ahmte den Vater nach, und seither leben sie wie die Bären und sind noch nie aus ihrer Höhle hervorgekrochen. Glauben Sie mir, es gibt keinen Mann in diesem Saal, obwohl viele vornehme Herren sich hier befinden, der im Hinblick auf sein Vermögen mit Vánay wetteifern könnte.»

«Ach, ach.»

Eine Zeitlang unterhielten sie sich in diesem Ton. Die Hausherrin wurde oft nachdenklich, dann wiederum unruhig, zuletzt fand sie einen Vorwand und verliess ihre schwatzende Bekannte. Sie ging ihren Mann suchen und fand ihn gerade im Augenblick, da er Vánay mit Leibeskräften freundschaftlich umarmte.

Das freudige Lächeln auf den Lippen seiner Frau und das glänzende Licht in ihren Augen liessen ihn sogleich erraten, dass sie in ihrem Kopf Pläne wälzte. Nach fünf Minuten stellte er selbst seine Tochter seinem jugendlichen Gast vor.

Vánay wusste nicht, wie ihm geschah. Vor allen anderen wurde er ausgezeichnet; wo er auch vorbeiging, begannen die Damen miteinander zu flüstern; näherte er sich einem jungen Mädchen, so fanden die Mütter gleich etwas auf dessen Kopf, an den Rüschen des Kleids oder an den teuren, an die Brust gesteckten Blumensträusschen zu ordnen. Beim Kettentanz wählten alle Vánay; als sie sich zu Tisch begaben, nahm die Hausherrin vor anderen Höhergestellten seinen Arm an.

Man forderte Fräulein Etelka zum Singen auf, und sie bat Vánay, sie auf dem Klavier zu begleiten.

«Wünschen Sie sonst irgend etwas anderes», sagte der Angesprochene, «ich will es mit Freuden erfüllen. Befehlen Sie, dass ich ein wildes Pferd zureite, dass ich mit ihm über eine halsbrecherische Barriere oder einen bodenlosen Graben springe, dass ich mit meinen Windhunden den schlauesten Fuchs fange, ich bin bereit zu gehorchen, doch hierauf verstehe ich mich nicht.»

Die Gesellschaft fand die Antwort sehr geistreich, sehr originell.

Warum?

Weil die Nachricht sich schon in allen Räumen verbreitet hatte, Vánay sei reich. So war er zu den Auszeichnungen gekommen, darum hatte man ihn so oft erwählt, darum hatte er nun das Glück, dass die rohen Formen gut zu ihm passten, dass man in seinem Benehmen eine liebenswürdige Originalität entdeckte.

«Etelka», hatte die Hausherrin ihre Tochter gefragt, gleich nachdem Vánay ihr vorgestellt worden war, «wie findest du Vánay?»

Etelka verzog ihren schönen Mund zu einer Grimasse, zuckte kurz mit ihren schneeweissen Achseln und erwiderte: «Ein Gesicht ohne Ausdruck, eckige Bewegungen, rohe Redeweise... das ist es, was ich bisher von ihm sagen kann.»

«Weisst du, dass er reich, überaus reich ist?»

Etelkas Lippen erblühten sogleich in einem Lächeln, ihr Gesicht erheiterte sich, und ihre Meinung über den Jüngling wendete sich blitzschnell zum Guten.

Dieser irdische Heilige, dieser verblendende Geist, das Geld, verfehlte seine Wirkung auch hier nicht.

Geld, du wundertätige Erfindung der Welt! Du gleichermassen angebeteter Götze der wilden Völker und der zivilisierten Menschheit! Wo hast du über andere Eigenschaften den Sieg noch nicht davongetragen? Lasst uns in die eine Waagschale Tugend, Charakter, Jugend werfen, in die andere Geld - das Geld allein wird wiegen; die Kraft schrumpft vor ihm zusammen, der Geist ist gezwungen, vor ihm den Hut zu ziehen und ihm aus dem Weg zu gehen.

Geld, du Besänftiger der menschlichen Leidenschaften, Bestecher der Gefühle, Widerleger der Wahrheit! Genuss, Glück, Liebe stürzen vor dir nieder. Vom Heil bis zur Verdammnis ist für Geld alles feil.

Wen überrascht es, für wen gilt es als eine Neuigkeit, wenn ein unbedeutender Mensch durch irgendeine Gesellschaft plötzlich emporgehoben wird, da schnelle Berichte von ihm besagen, er sei sehr reich? Wer hat es noch nicht erfahren, dass Damen mit leidenschaftlicher Liebe zu jenem Mann zurückkehren, an dem sie kurz zuvor noch mit Gleichgültigkeit vorbeiglitten; und was hatte die Änderung bewirkt? Das Geld, die vernommene Nachricht, der Mann, den sie zuvor nicht einmal der Aufmerksamkeit wert fanden, sei sehr begütert.

Etelka verliebte sich während des Abends bis zur Sentimentalität in Vánay.

Beim Abschied bat Remekéry - so hiess der Hausherr - Vánay unter herzlichem Händeschütteln, er solle sein Haus oft, sehr oft besuchen. Die gnädige Frau markierte ihr Einverständnis mit drei bis vier freundlich zustimmenden Kopfbewegungen. Etelka, ach!, sie sagte zu all dem das Ihrige nur mit den Augen, doch diese Rede war verständlicher als die Muttersprache, anziehender als die Worte eines begeisterten Dichters.

Vánay kehrte ganz betäubt in sein Quartier zurück.

«Halmy», sprach er zu seinem Freund, während er sich müde auf dem Sofa ausstreckte, «was ist mit mir alles geschehen?»

«Ich kann es nicht fassen. Das hatte ich wohl angenommen, dass sie dich gern als ihren Gast sehen würden. Aber so viel Zuvorkommenheit und Ehrbezeugung, diese unüberbietbare Freude - sie wussten ja nicht einmal, was sie alles mit dir anstellen sollten, und mich selbst frassen sie beinahe auf vor Liebenswürdigkeit, weil ich dich hingeführt hatte.»

«Wie ein Märchen aus Tausendundeiner Nacht kommt mir der ganze Empfang vor.»

«Das Mädchen ist richtig vernarrt in dich.»

«Glaubst du?»

«Ich habe es gesehen wie jedermann.»

«Hm, wie gross mag ihr Vermögen sein?»

«Sie besitzen ein wunderschönes Gut. Wie ich höre, ist es zwar durch eine gewisse Schuld belastet, aber eine geschickte Verwaltung, eine straffe Führung der Wirtschaft könnten rasche Abhilfe schaffen, denn jetzt geht alles nachlässig zu, und sie leben, wie du gesehen hast, in Saus und Braus.»

«Wahrhaftig, es wäre nicht schlecht, einen verrückten Schritt zu tun.»

«Meinst du die Ehe?»

«Selbstverständlich.»

«Mit Etelka Remekéry?»

«Nun ja.»

«Es ist schon wahr, für dich wäre es ein tolles Glück, sie zu gewinnen, aber träume nicht davon, denn sie schauen stark auf das Vermögen, und viele kleinere Gutsbesitzer sind schon abgewiesen worden.»

«So sprechen wir nicht mehr darüber. Gute Nacht.»

Bei Remekérys verwandelten sich die Gesichter, sobald sich die Räume geleert hatten. Der Gatte liess sich besorgt in einen Lehnstuhl fallen, und wie man die Kerzen der Leuchter löschte, da war es, als erstürbe langsam auch sein seelisches Licht, seine Miene verfinsterte sich immer mehr. Auf dem Sofa ihm gegenüber sass die gnädige Frau, das Kinn auf die Hand gestützt. Etelka betrachtete melancholisch ihren verwelkten Strauss.

«Geh, meine Tochter», brach Frau Remekéry die Stille, «beginne mit deiner Nachttoilette. Ich folge dir gleich.»

Etelka seufzte und entfernte sich mit langsamen, schwerfälligen Schritten.

Neue Pause.

«Ich muss wohl wahnsinnig werden!» schrie dann Remekéry auf.

«Um Himmels willen, mein Gatte, du erschreckst mich ganz.»

«Ach, aber was soll ich tun? Meine Gläubiger haben mir die Anleihen gekündigt, meine Schafe fielen der Seuche zum Opfer, mein Gutsverwalter betrog mich, und der Wucherer Amtner hier über uns hat meinen schlechten Verhältnissen den Gnadenstoss gegeben. Ich bin ruiniert.»

Die Hausherrin seufzte schluchzend: «Meine liebe einzige Tochter! Was soll aus dir werden?»

«Jawohl, sie. Sähe ich sie nur an der Seite eines würdigen Gatten, der Schlag wäre erträglicher.»

Die Frau trocknete ihre Tränen und fragte trotzig ihren Mann: «Wie lange vermagst du noch, diese Lage zu verbergen?»

«Im besten Fall drei Wochen lang.»

«Gut, am Dienstag veranstalte ich einen glänzenden Ball.»

«Womit?»

«Du sollst Geld auftreiben, soviel wie nur irgend möglich. Ausser für den Ball werden meine Räume wöchentlich noch für zwei Empfänge offenstehen.»

«Um Gottes willen! Wo soll ich so viel Geld hernehmen?»

«Wenn es anders nicht geht, aus dem Preis meiner Juwelen; aber wir müssen jetzt ein geräuschvolles Leben führen.»

«Wie es dir beliebt.»

Remekéry versteckte sein flammendes Gesicht zwischen den beiden Händen, und seine Frau entfernte sich mit verschränkten Armen.

Zwei Tage später.

Halmy stürzte laut lachend zu Vánay herein. «Herrlich! Grossartig!»

«Was?» fragte Vánay.

«Die ganze Welt hält dich für den Sohn des reichen Vánay», antwortete Halmy, «die Mädchen wollen alle dir gefallen, die Mütter träumen von dir, die Kapitalinhaber möchten deine Wechsel besitzen.»

«Was sagst du?»

«So ist es, die Wucherer haben mich angesprochen, ihre Börsen stünden offen für dich, wenn du Geld benötigen solltest.»

«Halmy!»

«Nun?»

«Wäre es nicht gescheit, diesen Irrtum auszunutzen?»

«Natürlich.»

«Wie soll ich beginnen?»

«Lebe grossartig, verblende die Welt; lass dir im Gasthof mehrere ineinandergehende Zimmer geben, miete dir eine Loge im Theater, stelle einen Jäger und einen Butler an, veranstalte Herrenabende, erwirb dir irgendein hübsches Gespann.»

«Aber dazu braucht es doch eine Unmenge Geld.»

«Eine glückliche Anleihe und dann eine noch glücklichere Heirat.»

«Ich bin dabei.»

Nach fünf Tagen bildeten der festliche Ball der Remekérys, ihre wundervollen Empfänge, ihr grossartiger Lebensstil das Hauptthema der Gespräche in den vornehmen Kreisen; und die Männerwelt wiederum vermochte den Geschmack, die Pferde und die Gastmahle Vánays nicht genug zu loben. Unter den Jüngeren schätzten sich jene glücklich, die sich auf den Bock seines herrlichen Wagens schwingen, aus seiner Loge das Theaterpublikum mit dem Opernglas prüfen und sich mit seinem Château Lafitte betrinken durften.

Vánays Gespann stand oft einen halben Tag lang vor dem Haus der Remekérys, und die neugierige Welt machte auf Grund dieser Tatsache Voraussagen, die sich erfüllen sollten.

Die Liebe hat viele Arten; es gibt jene, die eigenwillig, unwillkürlich kommt, diese ist die richtige; es gibt jene, die sich suchend ins Herz des Menschen einnistet, sie ist die alltägliche; und schliesslich gibt es jene, die man sich einredet, das ist die Liebe des Verstandes.

Und diese Liebe des Verstandes, wie viele Menschen hat sie schon um den Verstand gebracht? Wie viele Herzen zu Bettlern gemacht und Seelen erschöpft? Was haben auch Herz und Seele mit dem Wohlergehen des Menschen zu schaffen?

Etelka war verliebt, sie gestand es sich ein, ihre Taten bewiesen das, und sie empfand es auch, da sie in der Abwesenheit ihres Geliebten stets von ihm träumte; doch blieb sie in ihren träumerischen Gedanken nicht bei dessen Person, Taten und Gemüt stehen, sondern ging nach kurzer Zeit auf ihre eigene Person über. Dies regte ihre Phantasie an; sie schuf sich mächtige Schlösser und wundervolle englische Gärten, Bedienstete, Gespanne, die einander an Schönheit übertrafen, vielbesuchte Empfänge und blendendes Licht. In einem solchen Augenblick ging die Türe auf, Vánay trat ein, und Etelka lächelte so, als sähe sie ihre Phantasiebilder in diesem Mann verkörpert.

Zur Faschingszeit finden selbst die Verliebten viel Gesprächsstoff, genügen doch hierfür selbst ein Kleid oder die Ereignisse eines Kettentanzes.

Nach einigen üblichen Fragen und Antworten kam das den Tag zuvor veranstaltete Fest des Barons Robay aufs Tapet.

«Diese Nacht bleibt für mich unvergesslich», begann Vánay, «mein Herz schlägt selbst jetzt noch schneller, wenn ich daran denke.»

«Frau Robay wird diese Erklärung mit Stolz erfüllen.»

«Nicht der Glanz des Empfangs, nicht die lärmende Gästeschar waren es, die mich dort fesselten.»

«Jemand im Kranz der Gäste demnach?»

«Ja, ausser dieser einen gab es dort für mich niemanden auf der Welt.»

Etelka griff in ihrer Verlegenheit nach den Blumen auf dem Gestell und brach einen chinesischen Jasmin ab.

«Siehe da, siehe da», fuhr Vánay fort, «diese wunderbare kleine Hand vermag Leben zu geben und zu töten; sie hat diese Blume gepflegt, und nun... nun nahm sie ihr das schöne Leben.»

«Vielleicht, um sie zu einem schöneren Zweck zu gebrauchen.»

«Ja, diese Hand vermag glücklich zu machen und zu töten, nicht nur Blumen, sondern... sondern auch mich.»

Etelka stutzte.

«Diese Hand, sollte sie mir versagt werden, so bringt mich die Verzweiflung ins Grab.»

Statt einer Antwort reichte ihm Etelka den abgebrochenen Jasmin.

«Ich verstehe nicht die Sprache der Blumen. Unter meinen heissen Küssen soll diese Blüte hier verwelken, denn Ihre Hand hat sie berührt. Aber ihre Bedeutung begreife ich nicht. Erklären Sie sich in Worten, teures, gnädiges Fräulein.»

«Das Gefühl... diese Erklärung...», stammelte Etelka, «ich gestehe, Sie überraschen mich dermassen, dass ich unfähig bin, in diesem Augenblick zu antworten.»

«Ach!» seufzte Vánay, «wenn Sie über die Antwort erst nachdenken, so kenne ich mein Schicksal. Sie empfinden nichts für mich.»

«Doch.»

«Gleichgültigkeit?»

«Nein.»

«Ein wenig Mitleid?»

«Mehr.»

«Freundschaft?»

«Und wenn es noch mehr wäre?» sagte Etelka und warf einen tadelnden Blick auf Vánay.

«Liebe?» rief der Jüngling hingerissen.

«Sie haben es ausgesprochen.»

«Etelka, Heil meiner Seele! Dieses nie erträumte Glück macht mich trunken.» Er küsste die Hand der Dame, legte seinen Kopf darauf und verweilte träumerisch so.

Etelka war glücklich, vermutlich unter der Last, die ihr das Zählen ihres künftigen üppigen Reichtums verursachte; sie wähnte, sie sah sich schon glänzen in dem geliebten Licht.

Am folgenden Tag flehte Vánay in aller

Feierlichkeit um Etelkas Hand bei den Eltern, die mit unaussprechlicher Freude ihr Einverständnis erklärten.

Und da beide Teile auf eine schnelle Eheschliessung drängten, beschlossen sie, dass die Entgegennahme des kirchlichen Segens in zehn Tagen folgen sollte.

Die Pester Welt konnte es nun nicht müde werden, über diese glänzende Heirat zu sprechen. Es gab Unmengen von Bemerkungen. Nach der Behauptung der Damen hätte der geistvolle, reiche und schöne Vánay eine bessere Partie machen können; die Herren dagegen beteuerten, dass die gebildete, anmutige und reiche Etelka nicht zu einem solchen ungeschlachten Gesellen aus der Puszta passe.

Inzwischen machte man bei Remekéry die grösstmöglichen Vorbereitungen.

Die zehn Tage verstrichen.

Vánay und Etelka schworen einander vor einer grossen Zuschauermenge beim Altar Liebe und Treue.

Das Hochzeitsmahl war vorzüglich, gleich dem ganzen bisherigen Leben der Remekérys.

Vánay führte seine Gattin in den Gasthof.

Unter Freuden und Genüssen flog die Zeit auf Feenflügeln schnell dahin.

Eine Woche war vergangen.

Vánay kehrte gerade von einem Ritt zurück, als er sah, wie Remekéry in aufgewühltem Zustand von Etelka eben Abschied nahm. Unbehagliche Vermutungen beschlichen ihn. Nachdem er die Zügel seinem Reitknecht zugeworfen hatte, blieb er eine Weile in Gedanken versunken stehen und seufzte dann schliesslich: «Früher oder später müssen sie es ja erfahren;

es ist vielleicht sogar besser, wenn sie es nicht von mir vernehmen.» Und damit eilte er zu seiner Frau.

Etelka empfing ihn mit so viel Liebe und Freundlichkeit, dass Vánay sich völlig überzeugt fühlte, sie wisse noch nichts von seiner Lage.

Die Frauen sind immer dann am liebenswürdigsten, wenn sie bei ihren Männern etwas durchzusetzen suchen. Etelka war in diesem Augenblick bis zur Übertreibung liebenswürdig.

«Mein Gatte», begann sie mit schmelzender, freundlicher Stimme, nachdem sie ihn auf die Stirn geküsst hatte, «Pest langweilt mich.»

«Ach! Mich auch.»

«Das ist schön von dir.»

«Ich hoffe, dass unser ganzes Leben in solch beispielhafter Eintracht verlaufen wird.»

«Gewiss. Siehst du, wir sind uns selber genug zum gegenseitigen Glück.»

«Vollkommen.»

«Ich möchte mich vom Lärm der grossen Welt zurückziehen.»

«Ich auch.»

«Herrlich! Lass uns auf deine Güter reisen!»

«Auf meine Güter?» stutzte Vánay.

«Nun ja. Siehst du, hier denke ich stets, du gehörst mir nicht ganz an, du teilst dich zwischen deinen häuslichen Freuden und den Genüssen der Welt. Mein lieber Gatte, ich bitte dich, fahren wir auf deine Güter. Mein Glück wird erst dort vollkommen sein. Im nächsten Winter werde ich selbst darauf drängen, dass wir uns erneut in die Hauptstadt begeben.»

«Ja, aber ich dachte an etwas anderes.»

«Nun?»

«Es wäre viel feiner, zuerst deine Güter zu besichtigen.»

«Die langweilen mich, ich kenne sie schon so sehr.»

«Bei mir ist es das gleiche.»

«Bitte widersetze dich nicht.»

«Meine liebe Etelka!» hob Vánay zerknirscht an. «Sage aufrichtig, liebst du mich? Aber so aus der Tiefe deines Herzens?»

«Unendlich!»

«Ohne jedes Nebeninteresse, nur um meiner selbst willen?»

«Ja!» erwiderte Etelka und blickte fragend auf ihren Mann. «Wozu jetzt dieses Verhör, ich habe dir dies ja schon tausendmal gesagt.»

«Weil... weil... Siehst du, wir können nicht auf meine Güter fahren.»

«Ich verstehe dich nicht.»

«Ich will dir das Rätsel lösen. Es ist wahr, ich habe schöne Güter, aber sie sind verpfändet.»

«Alle?» fragte Etelka und sprang auf.

«Bei meinem Onkel.»

«Alle?» wiederholte Etelka verzweifelt.

«Nicht einen Fussbreit Boden besitze ich.»

Etelka fiel mit einem Schrei auf das Sofa.

«Dein Vater», fuhr Vánay fort, «kann zur Auslösung Geld leihen.»

Etelka blieb stumm.

Vánay beeilte sich, ihr beizustehen, denn er merkte erst jetzt, dass Etelka das Bewusstsein verloren hatte. Als sie zu sich kam, stiess sie seinen Kopf mit einer krampfhaften Bewegung weg und brach in bittere Tränen aus.

«Das Schwierigste wäre nun überstanden», dachte Vánay bei sich, «das musste früher oder später kommen. Die reichen Eltern werden ihre einzige Tochter doch wohl nicht fallenlassen; und mein Schicksal ist mit ihrem Schicksal fest verbunden.»

Unter solchen Gedanken, wenn auch ein wenig niedergeschlagen, verliess er seine Frau.

Kaum eine Stunde war vergangen, da stürzte verzweifelt und mit völlig entstelltem Gesicht Remekéry herein.

«Mein lieber Sohn!» rief Remekéry und liess sich in einen Lehnstuhl fallen, «hilf mir, wenn du kannst.»

Vánay machte verwundert grosse Augen.

«Ich bin verloren!» fuhr Remekéry fort. «Ich bin am Ende.»

«Was ist Ihnen widerfahren?»

«Unglückliche Unternehmungen, Misserfolg, Sturz... Soeben hat man meine Zahlungsunfähigkeit festgestellt.»

Nun war die Reihe an Vánay, das Bewusstsein zu verlieren.

«Mein Interesse ist auch das deine. Alles ist noch zu retten, nur brauchen wir Geld. Die Hälfte des Vermögens bleibt jedenfalls erhalten, nur schaffe Geld herbei; dir fällt das ja nicht schwer, vielleicht, dass dein Vater...»

«Lass ihn zuerst aus dem Grab auferstehen.»

«Ist er gestorben?»

«Vor zwanzig Jahren.»

«Sie sind also nicht der Sohn Zoltán Vánays?»

«Zu meinem grössten Schmerz, nein.»

Dem Alten schwindelte es.

In diesem Augenblick trat Etelka herein und klagte schluchzend: «Vater! Er hat mich betrogen. Er hat nichts, aber auch gar nichts.»

«Mein Herr!» schrie Remekéry. «Ist es wahr, dass Sie uns betrogen haben?»

«Sie haben mich betrogen!»

«Sie glauben doch nicht, dass ich Ihnen meine Tochter wegen Ihrer persönlichen Eigenschaften gegeben habe?»

«Sie halten mich doch nicht für einen Verrückten, der einzig Ihre an Luxus gewöhnte Gernegross-Tochter hätte besitzen wollen?»

«Warum haben Sie nicht gesagt, dass Sie nicht der Sohn Zoltán Vánays sind?»

«Weil mich niemand gefragt hat.»

«Warum haben Sie nicht gesagt, dass Sie arm sind?»

«Und Sie, warum haben Sie nicht gesagt, dass Sie mir zur Mitgift eine Schar von Gläubigern mitgeben und dass meine Hochzeitsmusik der Trommelwirbel bei der Zwangsversteigerung sein wird?»

«Ich lasse den Scheidungsprozess einleiten.»

«Bin gern bereit, die Dokumente zu unterzeichnen.»

Remekéry reichte den Arm seiner krampfhaft weinenden Tochter und verliess unter Verwünschungen Vánays Zimmer.

Die Nachricht durchlief in Blitzeseile die ganze Stadt. Nach kurzer Zeit kam von seiten der Pester Gläubiger der Pfändungsbefehl gegen Vánay.

Vánay machte sich zu Fuss auf den Weg aus Pest hinaus. Beim ersten Halt nahm er eine Stelle bei einer Schauspielertruppe an und sagte, während er gegen die Hauptstadt zurückblickte: «Ich war ein Herr, ich lebte verschwenderisch, heiratete auf eine glänzende Art. Jetzt, da ich wieder ruiniert bin, kann mir niemand vorwerfen, ich hätte die kurze Zeit in der Hauptstadt schlecht genutzt.»

Mór Jókai

Der Frosch

Ich erinnere mich gut daran. Heuer ist es genau fünfzig Jahre her. Ich war Student in Kecskemét. Zu zweit, mein Kamerad Feri Nagy und ich, reisten wir schmucken jungen Juristen in die Festtagsferien nach Halas, wo die Eltern meines Freundes wohnten. Unser Wagen kippte einmal unterwegs um, doch nahmen wir keinen Schaden.

Dort, zwischen Kecskemét und Halas, erstreckt sich die grosse Treibsandwüste, die im Land, wie ich glaube, kaum ihresgleichen hat. Wer sie durchzieht, darf wahrlich sagen: «Und sie bewegt sich doch.» Die Erde verändert hier ihre Gestalt fortwährend. An manchen Orten in den Niederungen zeigt sie ein Bild, das dem Wellenschlag des Plattensees gleicht: sich übereinander türmende, sich kräuselnde Fluten – nur ist dies Sand, den der Wirbelwind formt; dann wiederum folgen bucklige Hügel, tief unterhöhlt auf der einen Seite, wo sie dem Wind ausgesetzt sind, langgestreckte Eselsrücken, welche die alten Sandhaufen miteinander verbinden.

Die alten Haufen trotzen der Zeit bereits. Sie lassen sich vom Wind nicht mehr wegtragen; sie haben sich von irgendwo ein aus knorrigen Birken und silbrigen Pappeln bestehendes Dickichtkleid besorgt, das sie schützt. Auf der einen Seite des Stammes strecken sich zwar die Wurzeln der Bäume wie Schlangen in alle Richtungen, doch auf der anderen Seite halten sie sich fest. Die neuen Haufen, welche die diesjährigen Winde um die Fastenzeit gebildet haben, kann man dagegen an den Kronen der begrabenen Birken erkennen, die aus den Kuppen herausragen. Kein Gras bedeckt das Tal, nur gemeine Sträucher mit stählernen Wurzeln und blaue Windröschen, deren Blüten der Wind wie einen Teufelskarren in der Wüstenei herumtollen lässt. Und so weit ich vom höchsten Hügel zu blicken vermag, habe ich nichts anderes vor mir als die Wellen der gelben Erde, weissblättrige Bäume, graues Gestrüpp; hier und dort krächzt auf einem verdorrten Baum ein Milan - andere Tiere werden nicht hierher verschlagen.

Bis ich indessen den Hügel erklettert habe, bin ich mehr auf meinen Händen und auf den Knien gekrochen als auf den Füssen marschiert. Der Sand rinnt nämlich unter den Sohlen weg und lässt einen, wenn man bergaufwärts will, zurückgleiten. Hinunter ist es schon leichter: die russische Rutschbahn steht bereit, man braucht sich nur zu setzen.

Hier waren wir mit dem Wagen umgekippt. Von einer Strasse ist da nämlich nichts zu sehen. Die Spuren der Wagenräder zerfliessen gleich; nur die Vermutung, die guten Gedanken führen die Reisenden. Dabei ist dies doch die Hauptverkehrsverbindung zwischen den zwei grossen Städten in der Tiefebene. Und halbwegs auf dieser Strecke liegt das berühmte Wirtshaus von Fehértó.

Wie aus dem Namen - weisser See- hervorgeht, unterbricht hier ein grosser, runder See die Einöde, in dessen Umgebung die Sodaerde das Auge blendet. Das rohe Sodasalz liegt in der Nähe des Wassers in dichten, rissigen Schichten, während an der nördlichen Seite ein üppiges Röhricht emporragt.

Sonst umgibt weites Flachland den See, so eben, als hätte das Lineal eines Feldmessers es eingeteilt; nicht einmal ein Maulwurfshügel erhebt sich. Fingerkraut bedeckt das Land, so weit das Auge reicht. Dies ist der heimische Bewohner der Sodaerde, der an manchen Stellen den gelben Blüten der Kamille Platz lässt. Alle Pflanzen schmiegen sich eng an die Erde. Sie schützen sich auf diese Weise. Sonst begrübe der Wind auch sie mit dem Treibsand; doch so kann er nirgends Fuss fassen, und er gleitet über sie hinweg.

In der Nähe dieses Sees, da hatte man die Schenke von Fehértó erbaut.

Das Haus ist nicht umzäunt. Es steht in der Mitte der Salzerde; Ochsenspuren, die Abdrücke von Pferdehufen haben den Weg davor aufgerissen; dieser führt seitwärts zu einem Einstellplatz, dessen Dach auf sechs Säulen ruht; die Reisenden pflegen ihre Tiere hier zu füttern. Die Wände der Schenke und die Säulen des Einstellplatzes gestehen alle ehrlich ein, dass sie aus Lehmziegeln erbaut worden sind; diese wiederum sind aus der gleichen schwarzen, salzigen Erde geknetet, aus der die ganze Weide besteht; und dieser Stoff duldet keinen Verputz. Die Wand des Stalls ist wie das Nest der Schwalben: mit Stroh durchsetzter Lehm, welchen man zwischen zwei Holzplanken mit einem schweren Gegenstand hartgeschlagen hat; wie eine römische Schanze, so widerstandsfähig ist sie. Bei allen Gebäuden besteht das Dach aus Schilf. Weit weg vom Haus gibt es einen von Schlüsselblumen umwachsenen Ziehbrunnen, auf dessen Schwengel man das Fell eines verendeten Schafes zum Trocknen aufgehängt hat. Ein Düngerhaufen raucht hinter dem Haus; man macht aus dem Mist Torf für den Winter. Für was anderes könnte man ihn hier gebrauchen? Spaten und Spitzhacke durchstochern vergebens diesen Boden: es gibt hier keinen Garten. Die einzige Blume ist die bekannte Zierpflanze unter dem Unkraut am Wegesrand, der giftige Stechapfel.

Unser Kutscher lenkte den Wagen zum Einstellplatz; er nahm Stroh von den hinteren Lattenstützen herab, schirrte die Pferde aus; mein Freund und ich betraten die Schenke.

Vom Flur her kamen wir in die grosse Wirtsstube, die zwei niedrige Fenster hatte. Es gab hier weder Vorhänge noch Geranientöpfe auf dem Sims, welche den Einblick von aussen behindert hätten.

In schäbigen Rahmen hingen vom Schimmel fahl gewordene Bilder an den salpeterfleckigen Wänden. Sie stellten die Betyáren* Jóska Sobri und Milfait dar; und dann gab es jahrzehntealte Illustrationen aus Pariser Modejournalen. Unter diesen hatte man hübsch die Bekanntmachung des hochlöblichen Komitats an die Wand genagelt: «Standrecht.»

Es war die Wirtin selbst, die uns empfing. Sie selbst, denn es gab keinen Wirt mehr. Der

* Wegelagerer, Räuber im Tiefland. Sie wurden, da sie nur die reichen Reisenden bedrohten, vom Volk oft verehrt und vor der Obrigkeit beschützt. (Anm. d. Übers.)

war zehn Jahre zuvor schon irgendwohin verschwunden. Die einen sagen, eifersüchtige Betyáren hätten ihn erschlagen; die anderen meinen, er sei nach Serbien gezogen; kann auch sein, dass er irgendwo «sitzt». Die Frau ist nicht mehr jung: sie ist über das gefährliche Alter längst hinaus; aber man sieht ihr heute noch an, dass sie einst schön war. Ihr Gang ist wiegend, ihr Wuchs stattlich; nur die Runzeln auf ihrem Gesicht sind schon sehr tief.

Wir fanden sie gerade beim Buttern, einer Tätigkeit, die man selbst eines noch so lieben Gastes wegen nicht unterbrechen kann; dabei forderte unser Kutscher sehr dringend seine Karaffe Wein. «Warten Sie noch ein wenig, wenn Sie so lange haben warten können.»

Mein Reisegefährte war stets ein höflicher Junge gewesen. Er anerbot sich, das Buttern selbst fortzusetzen, während sie in den Weinkeller gehe. Sie willigte ein. Der Jurist-Kamerad liess sich auf die niedrige Bank nieder, nahm das Gefäss zwischen seine Knie und setzte die nützliche chemische Übung fort.

Ich schaute mich unterdessen in der Trinkstube um.

Auf der einen Seite gab es einen mit Latten vergitterten Schankstand, wo Branntweinflaschen in den Regalen aufgereiht waren. In einer anderen Ecke befand sich ein grosser weissgetünchter Backofen.

Auf der niedrigen Bank, die rund um den Backofen lief, stand, den Rücken an den Ofen gelehnt, ein kleines Mädchen; es mochte vier oder fünf Jahre alt sein. Es war ein schönes Kind von geradem Wuchs; es trug nur ein bis zum Knie reichendes Hemdchen, das man aber aus feinen serbischen Linnen angefertigt hatte; an den Füssen hatte es nichts. Seine Augen, wahrhaftig, waren grösser als sein Mund, und sie schienen noch grösser mit den dichten schwarzen Wimpern, als es sie aufschlug. Es lugte nur so unter den dichten schwarzen Haaren hervor, die in krausen Ringellocken auf seine Stirn fielen. In der Hand hielt es einen jener gefährlichen Mohnköpfe, die am Wegesrand auf den Stengeln des Stechapfels wachsen. Damit spielte es. Es hätte auch mit etwas anderem spielen können, lag doch eine grosse graue Katze oben auf dem Ofen, die mal ihren Schwanz herabhangen liess und damit die Nase des Mädchens kitzelte, mal mit ihren Pfoten nach seinen Haaren angelte; aber das Kind ging auf das Spiel nicht ein; es wies die Schmeicheleien der Katze zimperlich zurück: «Neee!»

Die Wirtin kam mit dem Wein zurück, den wir unserem Kutscher überliessen. Damals noch mochte keiner von uns beiden den Wein. Und der Heurige aus dem Keller der Schenke von Fehértó verlockte nicht zur Übertretung des guten Vorsatzes.

Statt dessen bekamen wir frische Buttermilch, jenes feine saure Getränk, das als Rückstand nach dem Buttern übrigbleibt. Wahrscheinlich tranken das schon unsere Ahnen, als sie zur Landnahme nach Ungarn kamen. Wein gab es damals noch nicht bei uns. Wollten wir das Millennium* ganz echt begehen, müssten

* Die sieben ungarischen Stämme sollen das Gebiet des heutigen Ungarn 896 erobert haben; 1896 feierte man in Ungarn überall das Millennium, das Fest zum tausendjährigen Bestehen des Landes. (Anm. d. Übers.)

wir beim Landesfestmahl die grossen Segenswünsche und Toasts zu Buttermilch ausbringen.

Damals mundete uns die Buttermilch und dazu die frische Butter und das die Nacht zuvor gebackene Brot.

Ich konnte mich nicht bezwingen und fragte die Wirtin: «Nicht wahr, dieses kleine Mädchen ist ein Waisenkind?»

«Jawohl. Der Herr sieht es wohl daran, dass es seine Haare eingeflochten trüge, wenn es eine Mutter hätte?»

«Dass es nicht Ihre Tochter ist, sehe ich vielmehr daran, dass Sie, wären Sie die Mutter, ihr diesen giftigen Stechapfelzapfen aus der Hand nehmen würden.»

«Soll es doch damit spielen, das arme Geschöpf! Es isst ihn bestimmt nicht auf. Es isst auch sonst nichts. Ich weiss nicht, wie es sein Leben fristet.»

Damit schnitt sie eine kleine Scheibe vom Brotlaib ab, den sie auf den Tisch gelegt hatte; sie bestrich das Brot mit Butter und brachte es dem Mädchen.

«Nun, du ‹Frosch›! Willst du ein wenig Butterbrot?»

Das Kind nahm das Brot, dankte aber nicht.

«Sehen Sie! Es dankt nicht einmal. Iss gleich schön.»

Bei den Geräuschen des Mahles erhob sich die graue Katze auf dem Ofen und kletterte zum Bänkchen herab. Dort begann sie sich am Knie des Mädchens zu reiben und stiess mit dem Kopf immer wieder gegen seinen Ellbogen, während sie laut schnurrte.

Das Kind beobachtete mit gesenktem Kopf forschend die Wirtin und biss in das Butterbrot.

Sobald aber diese sich abwandte, nahm es den Bissen aus dem Mund und gab ihn der Katze.

Die Wirtin wurde gesprächig: «Ein Waisenkind ist es, jawohl, der arme Frosch. Denn es ist der Spross jenes Kavalier-Jóska, für dessen Kopf ich nicht einen Bleiknopf mehr gebe. Hier in diesem Raum hat man ihn vor drei Tagen festgenommen. Und dabei traf er einen Gendarmen so am Kopf, dass der nie mehr Zahnweh haben wird. Der Abdruck von seiner Hand ist heute noch dort an der Wand. Sie war blutig; aber ich habe die Spuren schon ziemlich abgekratzt. Ei, welch ein schmucker Junge er war, der Jóska! Kein Wunder, dass man ihn den Kavalier nannte. Als sie ihn fesselten, da sagte ihm der Gendarmerie-Leutnant: ‹Ei, du Galgenstrick, wie kannst du nur so hübsch sein?› Darauf sagte ich zu ihm: ‹Herr Leutnant, Sie wären auch so hübsch, wenn die schönen Mädchen Sie so oft liebkost hätten wie diesen da!›»

Echte Bauernlogik!

Ich fragte hierauf: «Wenn man den Kavalier-Jóska festgenommen hat, wieso hat man da seine Tochter nicht auch weggeschafft?»

Diese meine Studentenlogik fand nun wiederum die Wirtin merkwürdig: «Wozu hätten sie sie mitnehmen sollen, die hat ja keine Pferde gestohlen.»

«Damit das Komitat für ihre Erziehung sorgt.»

Oh, wie sie mich auslachte! «Ach, mein lieber junger Herr! Man sieht, dass Sie Student sind! Soll etwa die Frau des Vizegespans die Haare dieses Frosches kämmen?»

«Was wird aber so aus ihr?»

«Haben Sie nur keine Angst um sie, junger Herr. Die Puszta wird für sie sorgen.»

Ich konnte mir nicht recht vorstellen, wie die Puszta für ein Waisenkind sorgen sollte, wo sie doch nicht einmal einem verwaisten Hasen Obdach zu bieten vermag.

Von draussen vernahm man das Stampfen von Pferdehufen. Man sah durch das Fenster die Gestalt eines Reiters, der sich auf der Landstrasse näherte.

Die Wirtin erkannte ihn sogleich. «Ich sehe den alten Koppantó. Gewiss kehrt er ein.»

Er kam tatsächlich herein. Zuvor aber hatte er durch das eine, darauf durch das andere Fenster hereingeschaut; erst dann begab er sich zur Türe, nachdem er sich überzeugt hatte, dass es drinnen nur zwei Studenten gab, die Buttermilch tranken.

Es war ein alter Kerl. Seine grauen Haare hatte er in einen Knoten geknüpft. Sein Gesicht sah wie gegerbtes Leder aus, so braun war es, voll mit Blatternarben, Runzeln, alten verheilten Wunden. Unter seinen buschigen Brauen hervor blinkten seine unruhigen Augen gleichzeitig in zwei Richtungen, als er eintrat. Seinen verzierten Bauernpelz hatte er sich über die eine Schulter gehängt; man konnte nicht erkennen, was er in der linken Hand trug. In der freien Rechten hielt er eine stattliche stählerne Streitaxt mit einem kräftigen Stiel aus Eichenholz.

Er nahm vor uns nicht einmal seine Mütze ab. In der Schenke ist jeder ein gleich grosser Herr. Er grüsste auch nicht. Er setzte sich ans Ende des kreuzbeinigen Schenktisches und legte seine Axt neben sich. Er zog einzig seine Augenbrauen ein wenig hoch, und die Wirtin verstand schon den Wink. Es bedeutete: «Wein!»

Die Wirtin stieg durch die Falltüre in den Keller hinunter und kehrte dann mit einer breithalsigen Flasche zurück, die jene fahlrote Flüssigkeit, Wein, enthielt.

Der Alte sprach nun. Sägeblatt und Schleifstein erzeugen alle zusammen Flötentöne im Vergleich mit seiner Stimme. «Trink zuerst selber davon.»

Die Wirtin musste gehorchen.

«Und wo ist das Glas?»

«Sie brauchen das doch sonst auch nicht zum Trinken.»

«Es ist nicht für mich.»

Als dann das Glas vor ihm stand, goss er es mit dem Rotwein zur Hälfte voll. «Gibt es Zucker im Haus?»

«Gibt es auch.»

Er legte ein grösseres Stück ins Glas und rührte dann so lange mit seinem krummen Taschenmesser darin, bis es sich im Wein auflöste. Dann winkte er wieder die Wirtin zu sich. «Bring es ihr. Ohne Zucker trinkt sie ihn nicht.»

Die Wirtin brachte dem Mädchen das Glas. «Nun, trink, du Frosch! Gezuckerter Wein! Dein Taufpate schenkt ihn dir.»

Das Kind nahm das Glas und schlürfte mit grossem Genuss den gezuckerten Wein.

Der alte Betyár trank selber und begann zum Trunk auch zu singen:

«Holunder und Rosen blühen zur Zier.
Was machst du, mein Schatz, meine Liebste, [hier?
Ich näh' meinen Pelz so fein
Und küsse den Liebsten mein,
Mein liebes Röselein!»

Ich hatte in meinem Leben auch schon schönere Lieder gehört, aber keines war mir besser in Erinnerung geblieben als dieses, wie der alte Betyár es sang; er lehnte sich dabei auf seine Ellbogen und drückte sein Maul schief mit einer Faust, wie er sich stützte.

Als er dann das Mass Wein nach und nach hinuntergegossen hatte, da langte er in den eingebundenen Ärmel seines Pelzes und zog daraus eine Jacke hervor. Die Jacke war aus blauem Stoff verfertigt, hatte rote Aufschläge und drei Reihen Bleiknöpfe.

«Der Winter kommt. Es wird kalt. Das Kind erkältet sich», brummte er leise. «Da. Zieh es ihm an.»

Die Wirtin übernahm die Jacke und liess das Kind hineinschlüpfen. Sie reichte dem Frosch freilich bis zu den Fussspitzen, und die herabhangenden Ärmel bedeckten auch seine Hände; aber warm war sie halt doch.

«Nach dem Jahrmarkt bringe ich dann noch Schuhe für sie», murmelte der alte Koppantó. «Und sorge für sie, gelt. Was ich für sie schulde, sollst du aufschreiben.»

Damit rappelte er sich auf und schlurfte zum Kind hinüber. Das Mädchen hielt den Stechapfelzapfen immer noch in der Hand. Er nahm ihn ihm weg. «Das ist nicht gut.»

Dann hob er das Kinn des Kindes, damit er ihm in die Augen blicken könne.

«Hast du geheult? Na, heule nicht zuviel.» Er fasste seinen breit flatternden Hemdärmel und trocknete damit das Gesicht des Kindes.

«Willst du die Hand deines Taufpaten nicht küssen, du Frosch?» fragte die Wirtin, das Mädchen scheltend.

«Das ist bei uns nicht Brauch», murrte der Alte und versteckte die Hände unter seinem Pelz.

Dann bedeutete er der Wirtin, zu ihm zu treten, damit er ihr aus der Nähe ins Ohr murmeln könne: «Morgen früh dann, wenn die Kuckucksuhr die sechste Stunde ruft, lass da dieses Kind ein Vaterunser aufsagen.»

«Ist es schon morgen soweit?»

«Bei der Morgendämmerung, um sechs Uhr.»

Um diese Zeit sollte man den Vater des kleinen Frosches, den schmucken, stolzen Mann, den Kavalier-Jóska, zur Hinrichtung führen.

Der alte Koppantó verliess die Schenke, er setzte sich auf sein Pferd und trabte davon.

«Siehst du, was für eine schöne Jacke du bekommen hast! Freust du dich trotzdem nicht, du kleiner Frosch? Nächste Woche bringt dir dein Taufpate auch rote Schuhe.»

Der Mund des kleinen Frosches verzog sich auf diese Worte hin doch zu einem Lächeln. Nur sein Mund lächelte, nicht aber seine beiden Augen. Was in den Augen lag, konnte man wegen der herabhangenden Haare nicht erkennen.

Ich fragte die Wirtin: «Wenn aber der alte Koppantó einmal sterben sollte, was wird da aus diesem Mädchen?»

«Dann übernimmt ein anderer die Verpflichtung. Man braucht sich um die keine Sorgen zu machen. Die Puszta ist mächtig. Auch mich hat sie erzogen. Die wird nicht für immer ein Waisenkind bleiben. Ei, vielen armen Burschen wird noch ihretwegen das Herz schwer werden!»

Károly Vadnay

Hymen

«Wissen Sie das Neueste?» fragte Major Barta, als er beim Mittagstisch der Husarenoffiziere Platz nahm.

«Ich weiss es», sagte ein Kapitän, «das Ross ‹Fricka›, das dem Muki gehört, ist lahm geworden.»

«Schade, es war ein gutes Pferd! Aber meine Neuigkeit betrifft einen etwas grösseren Unfall. Einen unserer fröhlichen Kameraden, dem der Atem ausgegangen ist und der das Rennen nun hat aufgeben müssen. Er kann nicht mehr mit uns laufen.»

«Gewiss Béni Derényi?»

«Erraten. Der Oberst hat ihm gestern geschrieben, er dürfe seinen Urlaub jetzt beliebig verlängern, das heisst: er solle sofort sein Abschiedsgesuch einreichen. Der Wucher hat ihn verschlungen!»

«Armer Kerl. Er ist schnell ans Ende gekommen.»

«Wie verrückt hat er das Geld verschleudert», sagte der Major. «Die halbe Million, die sein Vater als Gutsverwalter und Grosspächter während geschlagener dreissig Jahre zusammengeschwitzt hatte, die vergeudete er in sechs Jahren im Galopp. Als Zugabe machte er im siebten Jahr noch ungefähr hunderttausend Forint Schulden, und unser Oberst hat wohl die Belästigungen durch die Gläubiger satt bekommen.»

«Er wusste das Geld in gutem Stil auszugeben», sagte ein blondköpfiger Oberleutnant, «das muss man ihm lassen.»

«Ich hielt nur sein Tempo für zu schnell, für prestissimo», bemerkte ein Rittmeister, der gern Klavier spielte und musikalische Fachausdrücke gebrauchte. «Im übrigen arbeitete er mit originellen Motiven und geschickten Variationen.»

Die Herren Offiziere verarbeiteten nun ihrerseits schnell das Angedenken des Mannes. Am Anfang lobten sie ihn, aber nach einer halben Stunde sprachen sie schon das Urteil aus, er hätte doch ins Irrenhaus gehört.

Einmal, erzählte man sich, ritt er seine zwei besten Pferde zuschanden, nur damit er aus dem Treibhaus des Grafen Tadalay für die lebenslustige kleine Frau, der er damals den Hof machte, zum abendlichen Ball einen herrlichen Blumenstrauss bringen könne. Ein andermal las die Frau in ihrem Journal, dass eine Schauspielertruppe in der Residenzstadt des drittnächsten Komitats das damals neueste Lustspiel Szigligetis*, den «Liliomfi», vorzüglich gespielt und das Publikum drei Stunden lang herzlich gelacht habe; und sie bemerkte: «Ach, wie gern hätte ich mit ihnen gelacht.» Und was tat Béni Derényi? Er reiste hin, liess die ganze Schauspielertruppe auf Wagen verladen, um sie für drei Vorstellungen des «Liliomfi» nach der Stadt der Frau zu transportieren. Soll sie doch drei Abende lang lachen. Die kleine Frau

* Ede Szigligeti (1814–1878), Autor von Lustspielen und Volksstücken (Anm. d. Übers.)

auf diese Art zum Lachen zu bringen, das kostete rund sechstausend Forint. Und die vielen Nachtessen mit Champagner, das Kartenspiel (je mehr er jeweils verlor, um so tollerer Laune war er), die Zigeunermusik und die vielen verwegenen Wetten beim Pferderennen...

«Ich entsinne mich», meldete sich ein Oberleutnant zu Wort, «einmal hat man ihn beim Spieltisch ausgeplündert, dass ihm zuletzt nur noch zwei Forint übrigblieben. Frühmorgens schauten wir zusammen in ein Café hinein, und da sagte er: ‹Weisst du, wie man dieses wenige Geld auf Herrenart ausgeben könnte?› ‹Wir verspielen es.› ‹Eh, das könnten auch Spiessbürger tun.› Und er rief den Kellner herbei. ‹Jean! Schauen Sie bitte hinauf zur Wanduhr. Wie spät ist es?› ‹Sechs Uhr.› ‹Danke, nehmen Sie das für Ihre Mühe.› Und er gab ihm beide Forint.»

Die Herren Offiziere lachten laut, und gerade jene, die den von ihm gespendeten Champagner getrunken und das viele Geld von ihm gewonnen hatten, sprachen jetzt über ihn am härtesten das strenge, aber richtige Urteil aus, dass er tatsächlich ins Irrenhaus gehört hätte. Einige bedauerten auch sein Ausscheiden, denn es war ja nicht zu leugnen, dass er ein gutes Herz hatte wie ein Kind und dass sein Geldbeutel, seine beiden Arme und seine amerikanischen Zigarrenschachteln, notfalls sogar seine reich ausgestattete Garderobe, jedem guten Kameraden offengestanden hatten. Und gute Kameraden finden sich stets in grosser Zahl, solange Beutel, Zigarrenschachtel und Champagnerflasche voll sind.

«Was wird jetzt aus ihm?» fragte der Regimentsarzt, der zwar nicht zu seinen engeren Freunden gehörte, der sich aber genügend darüber entsetzen konnte, dass jemand während sechs Jahren eine halbe Million vergeudet, dazu noch hunderttausend an Schulden macht, es mit dieser Unmenge Geld nicht über den Rang eines Oberleutnants hinausbringt und zuletzt sogar um seinen Abschied einkommen muss.

Eine Woche später, zur nämlichen Stunde, vernahm Béni Derényi im steinernen Herrenhaus eines kleinen Dorfes an der Theiss das gleiche von seinem Onkel: «Nun also, mein Lieber, nachdem du das riesige Vermögen hübsch durchgebracht hast und dir die Radschmiere zum leichten Wagen des Husarenoffizierstums ausgegangen ist, so sage jetzt, was aus dir wird. Denn seit du um den Abschied nachgesucht hast, bist du eigentlich nichts.»

«Wenn es wahr ist, Onkel», antwortete ihm leichtsinnig und heiter der hübsche, gutgewachsene junge Mann mit dem braunen Schnurrbart, «wenn es wahr ist, was die Bibel sagt, dass die ganze Welt aus dem Nichts entstanden ist, was soll ich dann trauern? Auch ich kann aus dem Nichts noch alles werden.»

«Na, alles vielleicht nicht, aber wir werden schon etwas aus dir machen, wenn du willens bist, dich hinter den Pflug zu stellen oder die Feder zu ergreifen und zu arbeiten.»

Es war damals für die Herrschaften in den Komitaten ein schwieriges Unterfangen, der verarmten Verwandtschaft beizustehen. Hätte es eine Verfassung gegeben, dann hätten die Schwäger und Vettern einfach beschlossen, dass bei der nächsten Wahl der Beamten für die Verwaltungsämter der arme Béni den kleinen Posten eines Amtshauptmanns gut gebrauchen könne. Er versteht zwar nichts davon, aber er soll den alten Wälzer des Ignácz Zsoldos, «Die Stelle des Amtshauptmanns», einige Male durchackern, der wird ihm in allem helfen. Doch als Béni Derényi die grosse Erbschaft und den Oberleutnantrang erledigte, da hatten die Komitate keine einheimischen Amtsleute, sondern fremde Beamte, die man aus Budapest, Wien und Prag den Herrschaften in der Provinz auf den Hals zu schicken pflegte und mit denen man im Notfall vielleicht einige Worte wechseln konnte; im übrigen schaute man auf diese Zugezogenen streng herab mitsamt ihren fremden Namen und drecktretenden Galoschen.*

So kam Béni Derényi nach Tiszabugacs in das Kontor eines Oberingenieurs, der bei der Flussregulierung beschäftigt war. Er erhielt ein Monatsgehalt von sechzig Forint, da er eine sehr schöne Handschrift hatte und auch geschickt zu zeichnen verstand.

Aber was war das für ein Dorf! In Bénis Vorstellung nahm es sich wie ein riesiger Fels aus, an den das böse Schicksal einen neuen Prometheus gekettet hat. In der Wirklichkeit: ein elendes Nest, wo anstelle der fröhlichen Musik nur die Mücken summten und es statt der Pariser Parfums nach Torf roch; statt des eleganten Ecarté spielte er mit dem Notar und dem alten

* Die Erzählung spielt in den Jahren nach der Niederwerfung des nationalen Aufstandes 1848/49 durch Österreich; Ungarn wurde während dieser Zeit ohne Verfassung von Wien aus durch fremde Beamte verwaltet. (Anm. d. Übers.)

Schreiber die langweilige Préférence um halbe Kreuzer. Und statt Champagner hatte man den Saft flacher Reben zu trinken, der so sauer war, dass Béni diese Rebberge manchmal für Röhrichte hielt und gar glaubte, Wildenten aufflattern zu sehen.

Wie sanft der glückliche Leichtsinn Herrn Béni in diesem langweiligen, prosaischen Nest auch wiegen mochte, so kratzte er sich dennoch recht häufig am Kopf bei dem Gedanken, dass es doch gescheiter gewesen wäre, von der halben Million vielleicht nur hunderttausend Forintchen aufzusparen, so dass er sich nun nicht in Tiszabugacs mit den endlosen Zahlenreihen des Herrn Ingenieurs abzumühen brauchte; diese Blutsauger von Mücken würden ihn nicht stechen, dieser gepanschte Wein, der geeignet wäre, als Folter Gefangene zum Sprechen zu bringen, würde ihm das Leben nicht versauern; und er brauchte nicht in der Gesellschaft zweier alter Einfaltspinsel beim Kreuzerspiel zu diskutieren und könnte einer etwas anderen Art von Schönheiten den Hof machen als den beiden verblühten Töchtern des Herrn Rektor oder der träumerischen Schwester des herrschaftlichen Gutsverwalters.

Während zwei Monaten hatte er es ausgehalten, beschloss dann aber, dass in den Tagen, da die Störche sich auf die Reise begeben, auch er aufbrechen wolle, um sich eine bessere Heimat zu suchen. Zwei Anker waren noch für seine schiffbrüchigen Hoffnungen geblieben: zwei Prozesse, die er nach der Versicherung seines Anwalts ganz gewiss gewinnen sollte. Den einen gewann er dann auch, doch vergebens, denn auch seine Gläubiger vernahmen die Kunde, und da die wahrhaftig verdammenswerte fremde Regierung damals gar die bittere Einrichtung «Schuldgefängnis» eingeführt hatte, war Béni Derényi gezwungen, von seinen fünfzigtausend Forint siebenundvierzigtausend den Gläubigern zu überlassen, um nicht in dieses Gefängnis zu kommen. Seinem Anwalt blieben damit noch zweitausend Forint und ihm selber eine lumpige Tausendernote. Auch die genügte ihm freilich, um ihm so grosse Flügel zu verleihen, dass er von Tiszabugacs wegfliegen konnte. Er liess seinen wenig freigebigen Onkel wissen, er müsse fort, da ihn, sollte er auch noch den Winter über bleiben, der Torfgeruch umbrächte. Und da die Gesundheit vor allem anderen komme, ziehe er in die Hauptstadt und werde sich nach einer anderen Tätigkeit umsehen.

Glücklich verabschiedete er sich vom Schilfrohr, von den Froschlöffeln und vom Röhricht, mit denen nur Wildenten, nicht aber Kavaliere etwas zu tun haben sollten. Leicht ging er hin, denn neun Hunderter und einige Zehnernoten bewegten sich flugbereit in seiner Börse.

Die erste Armut hatte ihn indessen etwas gelehrt, so dass er nun beschloss, er wolle sein Geld auf drei Monate im voraus einteilen. Er wollte seine Ausgaben planen, was sich etwa eine Woche lang tatsächlich machen liess. Doch als er im Caféhaus Karten erblickte, konnte er nicht widerstehen, sie selbst auch in die Hand zu nehmen, wobei das Glück ihm mal lächelte, mal sich von ihm abwandte. Und als er dann beim Nachtessen Musik vernahm, da kam auch ihm der Wunsch nach seinem Lieblingslied, worauf jeweils einige Zehnernoten draufgingen. Und dann verspürte er so manches Mal auch Durst nach ein bisschen Champagner nach all den Bitternissen in Bugacs – kurz, das für drei Monate gedachte Geld war in der Mitte des zweiten Monats hin.

Er lebte hernach kaum mehr, vegetierte bis zum Frühlingsbeginn nur noch, und dann meldete er sich beim Onkel und empfahl sich, er wolle bei der Verwaltung des Gutes helfen. Er half tatsächlich, so gut er konnte. Er mühte sich mit den Tagelöhnern und den Kutschern ab, schwitzte bei den Erntearbeiten, und im Herbst liess er sich im Nachbardorf beim Grafen Tardy als Reitlehrer anstellen, wo er der kleinen Comtesse Reitstunden gab und sich im Sattel wieder ein wenig als Kavalier zu fühlen begann. Im Schloss verletzte ihn indessen etwas: man lud ihn nie zu Tisch ein. Ihn, der noch vor kurzem an einem Hofball in Wien teilgenommen hat, betrachtet man jetzt halb als einen Diener – abgesehen von der Miss aus Helgoland, der Erzieherin der Comtesse, die mit ihren quarkfarbenen Augen sehnsüchtige Blicke auf den gutgewachsenen Reiter zu werfen pflegte. Er konnte diesen Dienerstatus nicht aushalten und stellte sich von neuem beim Onkel ein.

«Es hält dich nirgends, mein Sohn», sagte ihm dieser vorwurfsvoll ins Gesicht, «nichts kann dir helfen, nur blindes Glück. Weisst du was? Schau dich nach einer guten Partie um. Wenn du all deine Erde verkauft hast, verkaufe zuletzt auch dich selbst. Etwas anderes hast du ja nicht mehr.»

Stolz zerstritt er sich mit seinem Onkel und schwor hoch und heilig, er sei nicht verkäuflich. Zwei Monate später jagte er freilich schon einem vermögenden, schmächtigen und blutarmen Fräulein, einer Waise, nach; es hiess auch, es werde etwas aus der Affäre; aber das kleine schmächtige Mädchen verzehrte sich vergebens. Ihr Vormund war ein kluger Mann und wies den schmucken Freier ab, dessen Vergangenheit und Prassereien er sehr gut kannte.

Béni sah ein, dass er zu Hause auf keinen grünen Zweig kam und dass er an einen Ort fahren müsse, wo man ihn nicht kennt und ihn für das nimmt, was er äusserlich abgibt. Es traf sich gerade gut, dass er auch seinen zweiten Prozess gewann. In der Angelegenheit einer grossen Mühle hatte er mit der Stadt einen Vergleich gemacht und rund zehntausend Forint erhalten, die seine Gläubiger nicht beschlagnahmen konnten.

Er kaufte sich sogleich zwei Pferde und einen leichten Wagen, und da es gerade Frühsommer war, fuhr er zum Badeurlaub nach Balatonfüred, an den Plattensee. Vor dreissig Jahren war dort eine schöne Welt. Eine auserlesene, vornehme Gesellschaft vergnügte sich an den Ufern des lieblichen Füred. Reiche Mädchen und junge Frauen blendeten das Auge und das Herz. Die Blumen aus sieben Komitaten band hier die Badesaison zu einem Strauss. Béni Derényi fühlte sich richtig wohl. Am Vormittag hofierte er den Damen, am Nachmittag pflegte er beim Ecarté zu gewinnen, am Abend tanzte er vergnügt. Er wurde zum Löwen der Saison. Er organisierte die Tanzabende, die Serenaden, die Ausflüge auf den See und die lauteren Applause im Schauspielverein, wenn Blumen gestreut wurden. Wie ein Schmetterling flatterte er hin und her, gemäss den von älteren Herren erhaltenen sicheren Auskünften über die Mitgift des einen oder anderen Fräuleins.

Plötzlich aber wurde er sehr still, denn die «Witwe des Komitats», die vor einigen Tagen angekommen war, nahm den von ihm gebotenen Trost und seine Dienstbereitschaft in Anspruch. Frau Hétfalussy hiess sie, doch in ihrem eigenen Komitat nannte man sie nur «Mein Liebchen, Treszka», da sie in echt ungarischer Freundlichkeit alle per «Mein Liebchen» ansprach. Tage vor ihrer Ankunft hatte man sich schon ausgiebig erzählt, jetzt werde die reiche Frau kommen. Man sagte, sie sei eine Frau, die man getrost auch zum Vizegespan ernennen könnte, so sehr wisse sie, die Dinge zu ordnen. Sie selbst führe den Verstand ihrer Gutsverwalter und die Feder ihrer Anwälte, und sie erwerbe sich jedes Jahr so viel an neuem Besitz, dass vielleicht selbst sie nicht wisse, wie viel sie habe.

«Ist sie schön?» fragte Béni.

Sie war es. Nur war sie nicht mehr gerade die Jüngste. Sie war schon zweimal verheiratet gewesen, hatte aber nie Kinder bekommen. Sie hat auch keine nahen Verwandten. Sie wird wohl alles wohltätigen Institutionen vermachen, denn sie ist eine grosse Patriotin. Jedes ihrer Häuser war nach der Revolution ein Versteck für Verfolgte. Sie war mit einem Major der aufständischen Armee verlobt, aber dieser floh nach der Kapitulation nach Amerika, und die Verbindung nahm ein Ende. Er wäre ihr dritter Mann geworden, wäre er zu Hause geblieben. Der erste war schon vor langer Zeit an Lungenentzündung gestorben. Sie hatte lange um ihn getrauert, denn er war ein tüchtiger und aufrichtiger junger Mann aus vornehmer Familie gewesen, ein guter Gatte und ein guter Gutsherr. Den zweiten jagte sie davon, als sie von seinen Seitensprüngen erfuhr, und sie erreichte nach einem langen Prozess die Scheidung. Sie zahlte ihn aus, und damit war er für sie erledigt. Sie war eine energische Frau, doch kränkelte sie seit einiger Zeit. Sie hatte ein Leber- und Milzleiden, ihre Ärzte wollten sie nach Karlsbad schicken, sie aber antwortete ihnen: «Ich fahre nicht dorthin, denn da muss man deutsch sprechen. Und mir genügt die hiesige abscheuliche deutsche Welt. Ich bleibe lieber zu Hause. In Füred sind Wasser und Luft auch gut genug.» Und sie kam nun hierher. Ihr Hausarzt wird es nicht müde, zu sagen, wenn sie sterbe, werde er auf ihren Totenschein schreiben: «Gestorben an Halsstarrigkeit.»

Béni Derényi gefiel all das, was er über sie hörte. Sie hat viel Boden, viel Geld; sie wird wohl auch ein empfängliches Herz haben, da sie ja zum dritten Mal hatte heiraten wollen. Und selbst wenn sie eine wehrhafte Frau ist – anscheinend ist sie dennoch sterblich. Ein, zwei Jahre im Dienst, und er könnte von neuem beginnen, ein glänzendes Leben zu führen. Fünfzig Jahre sind zwar um die achtzehn mehr als sein blühendes Alter. Aber in Gottes Namen, je älter jemand ist, um so kürzere Zeit lebt er noch, zumal wenn das Milz- und Leberleiden auch noch ein wenig hilft.

«Ich schaue sie mir an!» dachte Béni und seufzte im verborgenen: «Hymen, hilf mir!»

Der Zufall half ihm tatsächlich sogleich und ermöglichte ihm die Bekanntschaft. Alle Zimmer des Hotels waren belegt, und man konnte der gnädigen Frau Hétfalussy nur eines im Erdgeschoss anbieten. Nur für zwei Tage, wie man versicherte, danach werde eine schöne Wohnung im oberen Stockwerk frei.

«Dieser feuchte Winkel könnte mich aber selbst in zwei Tagen zugrunde richten!» protestierte die gnädige Frau. «Ich lasse lieber anspannen und fahre zurück.»

Béni stand – zufällig natürlich – gerade im Korridor herum, hörte diese Worte und eilte zum Direktor.

«Wir können da sogleich Abhilfe schaffen, bitte. Ich habe zwei Zimmer im oberen Stockwerk und will sie gern der Dame überlassen. Ich bin unverheiratet. Verzeihung! Mein Name ist Béni Derényi, ich war Husarenoberleutnant. Ich meine, es sei eine Pflicht, einer Dame in dieser Notlage zu helfen. Mein Diener wird für meinen Umzug sofort besorgt sein.»

Er sprach so viel daher, damit er die Dame unterdessen mustern konnte. Sie war tatsächlich eine verblühte Schönheit, blass, hatte aber ein interessantes Gesicht, war von grossem Wuchs und trug einige Klatschmohnblumen an ihrem Strohhut. Klatschmohn! – Wer selbst in diesem Alter und krank diese Blume an den Hut steckt, der will trotz dem Leberleiden immer noch gefallen.

«Heissen Sie Derényi?» fragte die Frau mit einem freundlichen Lächeln. «Aus dem Derényi-Geschlecht in Westungarn?»

«Jawohl, Gnädigste. Mein Vater war einst Gutsverwalter in dieser Gegend.»

«Dann sind wir sogar entfernt verwandt, denn die Schwester meines ersten Gatten erwähnte manchmal einen Derényi, der ihr Schwager war.»

«Das freut mich sehr, denn so bin ich berechtigt, an dem Umzug teilzunehmen und Ihnen vor allem auf der Treppe meinen Arm zu reichen.»

«Ei, ei, was für ein liebenswürdiger junger Mann!» Dieser Gedanke bildete den ersten Eindruck.

In einer Stunde war der Wohnungswechsel bewerkstelligt, und während der neue Gast sich ausruhte, durchlief Béni die Promenadenwege und liess alle seine Frauen- und Mädchenbekanntschaften wissen, dass er künftig nicht mehr so viele freie Stunden für sie haben werde, da eine «kranke Tante» angekommen sei, die zu trösten und zu unterhalten ihm seine Verwandtenpflicht vorschreibe.

Doch als er sich in sein Zimmer zurückzog, führte er einen äusserst ehrlichen Dialog mit sich selbst.

«Kerl! Wohin ist dein Stolz verschwunden? Kaum hast du eine reiche alte Frau erblickt, da bietest du dich schon an: Kauf mich, bin verkäuflich, wohlfeile Ware! Tja, aber wo ich doch in den zwei Jahren die Armut, das unruhige Leben, die Mücken von Bugacs und den sauren Wein so satt bekommen habe! Edle Pferde und Champagner will ich haben, die bin ich gewohnt. Jawohl, nur wirst du dann selbst zum geschundenen Pferd vor dem verblichenen Wagen einer alten Frau, du kannst ihre Last ziehen. Es wäre ein trauriges Los, sollte es lange dauern. Aber die Frau lebt ja keine drei Jahre mehr, und da gehört die Welt mir. Welche Niedrigkeit, auf den Tod eines Menschen zu spekulieren! Ja, das ist es wohl. Aber leben muss man ja. Schiess dir lieber eine Kugel durch den Kopf!»

Solche moralischen Überlegungen nahmen am Ende des Dialogs überhand. Nach einer Stunde dachte Herr Béni, der sich geputzt und vornehm gekleidet hatte, jedoch schon so: «Lasst sie uns genauer ansehen! Vielleicht ist sie noch gar nicht so alt? Vielleicht hat nur die Reise sie etwas mitgenommen? Vielleicht ist sie freundlich und liebenswürdig? Der Herbst ist manchmal auch schön, die untergehende Sonne interessant.»

Sie dinierten zusammen, und nachdem sie die entfernte Verwandtschaft noch besser festgestellt hatten, bot Béni sein Gespann an für den Fall, dass die gnädige Frau hie und da in der Umgebung eine Vergnügungsfahrt unternehmen wolle. Sein Wagen rüttle ganz und gar nicht.

«Sie haben auch ein Gespann, mein Liebchen? Das ist fein, mein Vetter! Gewiss wollen Sie jemanden von hier entführen. Wissen Sie, meine Zeitung, der ‹Damenkurier›, wiederholt nicht immer ohne Grund, die Ehen würden heutzutage im Kaiserbad und in Balatonfüred geschlossen. Auch letztes Jahr...»

«Ich, gnädige Frau, denke nicht im Traum an dergleichen. Da kenne ich mich selbst viel zu gut. Unter meinen vielen übrigen Schwächen findet sich auch die Eifersucht. Wäre meine Gattin eine schöne, junge, anmutige Dame, da wäre es aus mit meiner Ruhe. Dabei ist die Ruhe das höchste Glück im Leben. Mein Onkel, meine Verwandten wollten mich oft genug verheiraten, doch ich antwortete stets: ich hätte - und habe noch - eine andere Frau nötig.»

«Was für eine?»

«Eine Mutter, die mich führen sollte. Doch die hat mir seit meinem siebten Lebensjahr gefehlt. Mein Vater schickte mich zu den Soldaten, ich wurde Offizier, als er starb. Ich hatte keine Stütze, keinen Ratgeber mehr. Das Militär wurde für mich nur zu einer Schule, in welcher man das Geldvergeuden lernt. Ich war mit einem sorglosen Kinderverstand unter die Leute geraten, die in der Soldatenherrlichkeit leben, und als ich mich ein wenig zu besinnen begann, war der grösste Teil meines Vermögens schon hin. Ich verliess die Armee.»

«Richtig haben Sie gehandelt, mein Liebchen. Es gereicht ja ungarischen Jünglingen nicht zur Ehre, bei den Deutschen zu dienen. Sie sind gewiss auch ein Patriot!»

«Selbstverständlich.»

«Ei, was für ein braver Jüngling», dachte die kränkelnde Frau, die während des Nachtmahls wieder ganz als «Mein Liebchen, Treszka» auftrat. Béni seinerseits fand die Frau bei der Konversation weder zu alt noch zu energisch. In ihren Augen glomm Anmut, ihre Stimme hatte etwas Liebenswürdiges.

Kurz, in einer Woche lernten sie sich gut kennen. Frau Hétfalussy gefiel es, wie er bei den Ausfahrten die Pferde zu lenken verstand, wie er bei Bootsausflügen in der Stunde der Abenddämmerung auf der spiegelglatten Fläche des Sees geschickt ruderte, wie er ihr stets eifrig das grosse flaumige Tuch nachschleppte, um es auf dem Wasser oder im Wagen über sie zu breiten, sobald ein kleiner Windhauch aufkam. Diese Aufmerksamkeit tat der bejahrten Frau wohl, und sie bemerkte nicht selten: «Mein Liebchen, Sie sind ein eigenartiger Jüngling, dass Sie sich mit einer so alten, kranken Frau abmühen, wo Sie doch die vielen schönen Mädchen und jungen Frauen vor sich haben.»

«Ich vernehme mehr Gescheites von Ihnen als von denen. Die brauchen stets nur Zückerchen, Komplimente. Ich habe keine Heiratspläne. Lieber wäre ich Verwalter auf einem Ihrer Güter, gnädige Frau, dort würde ich mehr lernen.»

«Ich habe keine solche Kavalier-Verwalter!»

«Ich weiss auch sehr wohl mit dem Pflug mit harter Hand umzugehen», antwortete Béni, «habe das bei meinem Onkel ohne Entgelt oft genug getan. Sie, gnädige Frau, gäben mir vielleicht sogar einen bescheidenen Lohn.»

«Das können wir noch versuchen», sagte Ihre Gnaden lachend, während sie den hübschen, braungebrannten und gutgewachsenen jungen Mann aufmerksam betrachtete. Sie konnte ihn nicht verdächtigen, er sei auf ihr Vermögen erpicht, hatte er doch selbst gesagt, er habe keine Heiratspläne. Die verwitweten egoistischen und verschuldeten Gutsherren und der pensionierte Major, die sich alle nach den ihr gehörenden siebentausend Joch Boden sehnten, sie pflegten mit ihr allerdings nicht so zu sprechen. Frau Hétfalussys Vertrauen zu diesem galanten, ernsten, aufrichtigen jungen Mann war dermassen gewachsen, dass sie, wenn der Wagen sie sehr geschüttelt oder wenn sie sich bei einer Bootsfahrt verkühlt hatte und sie im Zimmer bleiben musste, es ihm erlaubte, sie zu besuchen, selbst wenn sie ihn nur auf dem Sofa liegend empfangen konnte. So hörte sie sich die Klatschgeschichten des Badeortes an, die dieser anhängliche junge Mann ihr so lebendig erzählen konnte.

Für die Anhänglichkeit gab es auch neue Gründe. Gerade als es der ehrenwerten Herrin schlechter ging, stellten sich ihr Hausarzt und ihr Gutsverwalter zu Besuch ein. Der Arzt verbot ihr rundheraus alle Boots- und Wagenfahrten für das nächste Jahr. Eine so kranke Frau hat derlei zu meiden! Unter vier Augen forderte er Béni auf, die Gnädige zu solchen Ausflügen nicht mehr einzuladen, denn sie sei kränker, als sie scheine. Wolle sie nächstes Jahr nicht nach Karlsbad fahren, so gebe er ihr nicht einmal zwei Jahre mehr. Béni hielt es für geziemend, sich über diese schreckliche Erklärung zu entsetzen. Vom Gutsverwalter, einem mitteilsamen Herrn, vernahm er dies: «Es wäre schade um sie, mein Herr! Eine derartige Frau gibt es im ganzen Komitat kein zweites Mal. Sie fordert zwar Arbeit, aber wer sie zufriedenstellt, den belohnt sie. All ihr Besitz spiegelt die gute Wirtschaft wider. Es gibt dort solche Herden von Schafen, Kühen und Schweinen, dass es eine Freude ist! Wenn Sie es einmal sehen könnten!»

«Ich werde es sehen», antwortete ihm Béni, «denn die gnädige Frau hat mich liebenswürdigerweise eingeladen. Ich werde sie von hier nach Hause begleiten.»

«Möge Gott ihr nur die Gesundheit zurückgeben!» bat der Gutsverwalter von Herzen.

«Aber ich fürchte sehr, wir werden bald verwaisen.»

Und tatsächlich begleitete Béni sie glücklich nach Hause. Das Gesicht der Witwe hatte Farbe bekommen, sie wurde besserer Laune. Während der zwei letzten Wochen hatten sie statt der Wagen- und Bootsfahrten Pikett gespielt, da dies eine Lieblingsbeschäftigung der Witwe war.

Nach der letzten Partie bemerkte sie: «Mein Liebchen! Mit Ihnen ist es eine Freude, zu spielen, mein Vetter, so gut verstehen Sie es. In Hétfalu wollen wir es fortsetzen.»

Und sie setzten es fort. Den ganzen Winter über unterbrachen sie das Spiel nicht. Jedesmal, wenn Béni aufbrechen wollte, um nach Hause zu fahren, oder zumindest bemerkte, dass es nun schon geziemend wäre, sich zu entfernen, widersprach ihm die Witwe.

«Mein Liebchen, für Sie hat das doch keine Bedeutung. Was soll ich denn für mich allein tun, wenn ich zum Pikettspiel keinen Partner habe?»

«Ich schäme mich, gnädige Frau», sagte er, «dass ich ohne jede Arbeit hier schmarotze mitsamt zwei Pferden, dem Wagen und dem Kutscher. Was wird die Welt sagen?»

«Die Welt, mein lieber Vetter, hat über mich schon genug Kraut und Rüben erzählt. Das kümmert mich nicht. Man pflegt über Leute zu klatschen, die man beneidet. Wenn sie mich einmal bedauern sollten, dann werden sie nichts sagen.»

«Machen Sie mich doch wenigstens zu Ihrem Gutsverwalter.»

Die Frau erhob sich, legte die Hände auf seine

Schultern, blickte ihm in die Augen und sagte: «Ich mache Sie zu mehr, wenn Sie wollen.»

«Was wäre das?» fragte Béni, während er die zwei Hände freundlich von seinen Schultern löste und küsste.

«Ich mache Sie zu meinem Gatten. Einverstanden?»

Béni antwortete nicht, sondern sank wortlos an die Brust der Frau. Eine wirkliche Freude durchzuckte ihn. Die Freude darüber, dass all die Schwierigkeiten, die ihn schon seit zwei Monaten beunruhigt hatten, nun so leicht überstanden waren. Er hatte nie richtig auszudenken vermocht, wie er seine Liebe erklären und um die Hand dieser kränklichen und bejahrten Frau anhalten sollte. Wie könnte er den Glauben erwecken, er werde durch seine Neigung, nicht durch Egoismus geführt? Was er ihr auch immer zu sagen hätte, sie würde seine Aufrichtigkeit bezweifeln. Aus Angst hiervor war er vor dem Unterfangen stets zurückgeschreckt.

«Sonderbar, nicht wahr?» sagte die Witwe lachend. «Eine kranke Frau, die beinahe Ihre Mutter sein könnte, bietet sich einem stattlichen jungen Mann an! Die Erklärung ist die, dass ich genug davon habe, in diesem grossen Haus mit lauter Dienstleuten allein zu leben. Aber ich hatte längst schon beschlossen, dass ich zum dritten Mal nicht jemanden heirate, der um meine Hand anhält. Nur jemanden, um dessen Hand ich bitte. Ich habe gesehen, Béni, dass du ein braver Junge bist mit einem guten Charakter. Selbst unter schönen Mädchen hat dir meine Gesellschaft genügt. Sie muss dir auch nach der Hochzeit genügen. Das andere wird sich dann geben.»

Nach einer Woche schon wurde im Komitat die Nachricht, dass «Mein Liebchen, Treszka» wieder Braut sei, in allen möglichen Varianten geistreicher Witzelei und des Spotts von Mund zu Mund weitergegeben. Ihr morsches Herz habe Feuer gefangen, und da habe sie sich nun von Balatonfüred einen Feuerwehrmann mitgebracht. Sie heirate irgendeinen jungen Vetter.

Jedermann hätte die Hochzeit gern gesehen, aber niemand sah sie, nur die zwei Zeugen: der Hausarzt und der Gutsverwalter – das Gesinde nicht gerechnet, das im Hof unter dem grünen Mailaub der Linden ein grosses Volksfest feierte; alle tanzten bei fröhlicher Musik um ein angestochenes Fass herum und liessen die gnädige Frau laut hochleben.

«Und der gnädige Herr?» rief der Verwalter dem jauchzenden Kutscher zu.

«Der lebt von sich aus noch lange, denn der ist jung!» lautete die Antwort.

«Und dann», fuhr ein klug dreinblickender Hirte fort, «können wir dem neuen Herrn auch nichts Besseres wünschen, als dass die gnädige Frau lange leben möge.»

Der alte Knecht hatte aus vollem Herzen gesprochen, anders als der gerade dort vorbeigehende Béni, der die Antwort formulierte: «Das war wirklich gut gesagt, mein Alter.»

«Siehst du, Béni, mein Liebchen», bemerkte die Herrin, «dieses gute Gesinde, das ist mein liebes Volk. Ich brauche keine vornehmen Leute, die nur unnütze Worte machen, das grosse Mahl, das ich ihnen biete, aufessen und nachher hinter meinem Rücken über mich spötteln. Die da sind alle ganze Kerle, alles arbeitsame Hände, reine Herzen, ehrliche Reden. Lass uns nicht den Lärm der Welt suchen. Es gibt hier genug, was uns erfreuen kann.»

Béni wurde also zum Herrn, doch zu einem, der auf seinen eigenen Willen verzichten musste. Er hatte vier Pferde für sich, eine Kalesche, er konnte jederzeit in die Residenzstadt fahren, nur sass seine Gattin immer neben ihm. Sie suchten zusammen Anwälte, Ärzte und Ämter auf, denn eine so vermögende Frau hat viel zu tun. Auch hatten sich gewisse Unannehmlichkeiten ergeben, die man nicht mit einigen Abstechern in die Stadt erledigen konnte.

«Der Blitz treffe alle Journalisten», dachte Béni, «sie klatschen über alle Privatangelegenheiten, selbst darüber, wer wo heiratet.»

Man hatte unter den «Hymen-Nachrichten» in grosser Aufmachung über die Hochzeit Béni Derényis berichtet und hatte damit die Gläubiger, die nach dem ersten Prozess noch nicht befriedigt waren, auf die Fährte gelenkt. Es waren etwa neunzig an der Zahl, die insgesamt um die vierzigtausend Forint verlangten, die Zinsen nicht gerechnet. Diese fingen nun hübsch der Reihe nach an, sich zu melden, zuerst nur mit freundlichen Gratulationsschreiben, später persönlich, der eine unterwürfig, der andere fordernd. Sie machten auch der gnädigen Frau ihre Aufwartung und legten ihr die Schuldscheine vor.

«Es ist nicht nett von dir, Béni», meinte die Ehefrau, «dass du in dieser Hinsicht unehrlich warst. Du hättest mich von dieser Art von Besuchen, die ich ganz und gar nicht gewohnt bin, verschonen können.»

«Liebes Mamachen» (so pflegte er sie zu nennen), «hatte ich denn dazu Zeit? Hätte ich um deine Hand angehalten, wäre es gewiss mein erstes Wort gewesen, dass ich aus meiner Offizierszeit noch einige Lasten habe und so fort. Aber als du mir gesagt hast, du wollest mich zu deinem Mann machen, konnte ich da etwas anderes tun, als an deine Brust sinken und dankbar deine Hände küssen?»

«Du hast recht. Ich habe dies eine Mal wirklich voreilig gehandelt. Ich hätte dich über deine Verhältnisse ausfragen sollen. Aber ich dachte nur an deine Person. Die Pikettspiele mit dir waren mir sehr lieb geworden. Gut, ich will also den Verlust bezahlen. Der Anwalt wird alles erledigen. Im übrigen ist es besser, dass ich deine Schulden jetzt bezahle und nicht zu der Zeit, als du noch Junggeselle warst. Sonst hätte man gesagt, ich habe dich für vierzigtausend Forint gekauft. Jetzt zahle ich in einem Augenblick, da wir schon verheiratet sind und ich nicht leugnen und mit Fug und Recht sagen kann, du seist mein teures Männchen.»

Mit den Gläubigern verfuhr sie nicht so kurz. Sie erklärte, dass sie keine Zinsen bezahlen wolle, da dies schmutziger Wucher sei. Sie bekämen so viel, wie sie ihnen gebe: rund dreissigtausend Forint. Die Gläubiger lärmten sehr, sie könnten die Zinsen nicht erlassen, doch dem Anwalt war es ein leichtes, sie kleinzukriegen. Die einzige Grundlage, worauf sie bauen konnten, war ja das gute Herz der Gnädigen. Nach einer Woche einigten sie sich, und die Schuldscheine verbrannten im fröhlich knisternden Feuer des Familienherdes. «Mein Liebchen, Treszka» machte keine Vorwürfe mehr, sagte nur manchmal lächelnd und schlug sich dabei auf den Mund: «Du mein Teurer!» Und dieser kleine Spott war zu ertragen, denn es gab dafür die herrschaftliche Wohnung, bequeme Zimmer, feine Mittagessen, duftende Zigarren, ein sorgloses Leben. Wenn nur ein junger Mann nicht auch andere Wünsche hätte! Wenn er nur nicht wüsste, dass es ausserhalb dieser herrschaftlichen Gefangenschaft auch noch eine grosse bunte Welt gibt, voll mit lustigen Kumpanen, jungen Damen, mit Spieltischen, Champagnergelagen und fröhlichem Lachen.

Im Grunde kam er sich wieder als Prometheus vor, der diesmal nicht an einen Felsen, sondern mit den Ketten Hymens an eine alte Rippe Adams gefesselt wäre. Und diese Kette mochte anscheinend nicht so bald reissen wie ein Rosenband, sondern vielleicht so lange halten wie die mit eisernen Kugeln beschwerten Ketten in den Gefängnissen.

Denn es war Tatsache, dass es dem «lieben Mamachen» mit der Zeit besser ging, und damit sie sich von jedem Übel befreie, ergab sie sich schliesslich auch dem Rat ihres Arztes.

«Mein Liebchen, Béni!» sagte sie eines Tages, als sie aus der Stadt heimkehrte. «Weisst du, wohin wir in die Bäder fahren?»

«Wir haben vereinbart, wir wollten nach Füred, wo wir uns kennengelernt hatten.»

«Ja, vielleicht fahren wir auch dorthin, aber nur später. Zuerst verbringen wir anderthalb Monate in Karlsbad.»

«Letztes Jahr wolltest du nicht hin.»

«Nein, mein Liebchen, denn, ehrlich gesagt, mein Leben war mir letztes Jahr gleichgültig. Ich hatte diese ewige Einsamkeit satt, die Diskussionen mit den Stubenmädchen, die vielen ziellosen Mühen. Es war mir gleich, ob ich zugrunde gehe. Aber jetzt verhält es sich anders. Ich will ganz gesund werden, damit ich mit dir und für dich lange leben kann, mein Teurer!»

«Danke!» antwortete Béni und erschrak sogar selbst, ob er dieses kurze Wort wohl nicht in allzu aufrichtigem Ton ausgesprochen habe.

Das Mamachen fand daran nichts auszusetzen, und das berühmte Karlsbader Wasser begann nach einem Monat, an ihr Wunder zu wirken. Sie bekam manchmal sogar rote Wangen, und Béni ging von Zeit zu Zeit der Gedanke durch den Kopf, wie schrecklich gesund sie zu werden beginne; sie werde sich sogar verjüngen, sich ihm anpassen. Zu Hause erkannte man sie fast nicht, so gut sah sie aus. Sie gewann gleichzeitig auch neue, frische Lebenslust, und in der Nachsaison stellten sie sich mit grossem Gepäck, das mit neu gekauften modischen Kleidern und Hüten gefüllt war, in Füred ein.

Die letztjährigen Bekannten wünschten Béni Glück.

«Es ist wohl wahr, dass mein Alterchen sich sehr zu verjüngen beginnt.»

So oft er es freilich anstellen konnte, stahl er sich von ihr weg und ging zum schelmisch schauenden Zuckerbäckerfräulein, um ihr den Hof zu machen.

Seine Frau ertappte ihn aber sogleich und sagte spöttisch zum Fräulein: «Geben Sie meinem Mann irgendeine Erfrischung, denn es ist ihm anscheinend sehr heiss.»

Dann reichte sie ihm den Arm, nahm ihn an diese kurze Leine und meinte: «Ich nehme nicht an, Béni, dass dein männlicher Stolz es dir erlauben würde, dich zu demütigen und zu Subalternen herabzulassen.»

Als sie ihn zum zweiten Mal dabei ertappte, wie er den Hof machte, erklärte sie eindeutig: «Béni! Gib acht, dass es dir nicht so ergeht wie dem Zweiten. Als ich erfuhr, dass er beim Mondschein mit der geilen Frau des Verwalters herumzuspazieren pflegte, da warnte ich ihn das erste Mal, schimpfte mit ihm das zweite Mal, und das dritte Mal zahlte ich ihn aus und jagte ihn davon. Mit meinem Mann soll mir keine Frau gemeinsame Sache machen, der gehört ganz mir.»

Sie hütete ihn denn auch wie ihr Augenlicht, und wenn irgendein fröhlicher Kumpan ihn am Nachmittag zum Kartenspiel einladen wollte, da antwortete die Frau: «Es tut mir leid, aber er hat mir schon versprochen, wir wollten einige heisse Stündchen mit dem Pikettspiel vertreiben.»

Béni versuchte zu rebellieren: «Du hast mich nicht zu deinem Mann gemacht, sondern zu deinem Sklaven! Unmöglich, dass wir uns auf diese Art nicht satt bekommen. Das ist ein unhaltbarer Zustand!»

«Dann ändere ihn! Befreie dich. Ich will dich nur durch meine Liebe halten. Sobald du aussprichst, sie sei dir eine Last, halte ich dich nicht mit einem Finger zurück. Ich werde dir nachweinen und dich vergessen.»

Da aber Béni auch zu Hause auf dem Gut sehr lustlos, wortkarg und melancholisch zu werden begann, sah Mamachen ein, dass er hierzu manchen Grund haben konnte.

«Natürlich: du bist jung, du möchtest ein

wenig die Welt, das Leben geniessen. Gut. Seit ich gesund bin, will ich selber den Menschen nicht mehr aus dem Weg gehen. Im Herbst werden wir in den Dörfern und in der Stadt Besuche machen. Wir veranstalten ein Winzerfest und lassen die Zigeunermusikanten kommen. Wir fahren hin zu den Festen an den Namenstagen, zu den Jahrmärkten. Wenn du willst, selbst zum Ball der Frauenvereinigung.»

«Wie sollte ich nicht wollen. Man kann doch nicht daheim verschimmeln!»

«Wir werden also hübsch zu zweit überall dabei sein.»

Alle Leute in der Umgebung staunten, dass «Mein Liebchen, Treszka» diese alte, lustige Frau geworden war. Und sie zeigte stolz ihren Herrn Gatten herum, obgleich sie sich nicht selten beunruhigte, wenn Béni eine der jungen Frauen beim Csárdás recht heftig im Kreise drehte oder wenn er im Winter im Theater sich beim Anblick, den sein Opernglas ihm von einer hübschen Schauspielerin bot, zu lange vergass. «Sie muss schön sein, dass du sie so lange anschaust. Komm, lass auch mich sie betrachten.»

Es muss gesagt werden, aus dem einstigen schmucken Husarenoffizier wurde - absichtlich oder unwillkürlich - ein grosser Pantoffelheld. Die Augen seiner Frau begleiteten ihn ständig, und wenn es mal vorkam, dass er sich in einer Damengesellschaft allzu wohl fühlte, da bekam Mamachen sofort Kopfschmerzen, und man musste sie nach Hause begleiten.

Er hatte sich dieses Leben nicht so vorgestellt und beschimpfte sich nun heftig wegen der Fehlkalkulation. Manchmal sehnte er sich sogar zurück unter die Mücken von Tiszabugacs, denn dort hatte er wenigstens nur während einiger Stunden im Amte Dienst tun müssen. Hier dagegen war er für immer der Sklave einer alten Frau.

In seiner Verbitterung leerte er gelegentlich etliche Gläser, und in solch erregtem Zustande kündigte er ihr einmal sogar den Gehorsam: «Treszka! Du hältst mich an einem Bindfaden wie ein Schosshündchen. Die ganze Welt lacht über mich, und ich schäme mich, den Menschen in die Augen zu sehen.»

«Du solltest dich eher schämen, mein Liebchen, mir in die Augen zu sehen, da du so viel getrunken hast. Und was fehlt dir? Dass ich dich behüte? Hast du nicht selbst gesagt, dir habe die Mutter gefehlt, die dich hätte führen sollen? Und jetzt beklagst du dich, da du eine Frau hast, die dich behütet? Dabei muss man auf dich achtgeben, mein Liebchen, sonst vergeudest du das Geld, trinkst, tanzt. Aber ich will mich deinetwegen nicht so schämen müssen wie wegen des Zweiten. Wenn dir ein anständiges Leben Gefangenschaft bedeutet, so sag es nur heraus. Wir sind nicht aneinandergefesselt. Einen Scheidungsprozess habe ich schon durchgestanden, ich werde auch am zweiten nicht sterben.»

«Du fährst gleich mit grossem Geschütz auf!»

«So lauf davon, wenn du Angst hast.»

Einmal lief er dann tatsächlich davon. Als Mamachen allein in die Residenzstadt fuhr, um Einkäufe zu machen, übergab ihr das Stubenmädchen am Abend bei ihrer Rückkehr ein Briefchen.

«Der gnädige Herr hat mir befohlen, es sofort auszuhändigen.»

«Ist er denn nicht zu Hause?»

«Er ist weggefahren.»

«Wohin?»

«Er hat darüber nichts gesagt. Er hatte grosses Reisegepäck bei sich.»

Mamachen öffnete erschrocken den Brief, in dem nur so viel stand: «Liebe Theres! Du wirst einsehen, dass Tiere in diesen Käfig gehören, nicht Menschen. Am allerwenigsten einer, der die Freiheit gewohnt ist. Ich melde also, dass ich durch die Käfigtüre ausgebrochen und in die Welt gezogen bin. Ich werde Dir meine Bedingungen zukommen lassen. Nimmst Du sie an, so kehrt zurück – Dein Dich liebender Gatte.»

Mamachen zerknüllte den Brief und warf ihn empört weg. «Einmal lasse ich ihn allein, und gleich ist er entflohen. Und er will mir noch Bedingungen vorschreiben. Ich gehe ihm nach und bringe ihn zurück!»

Sie überlegte. Wohin sollte sie ihm nachgehen? «Man darf keinen Lärm schlagen, sonst gibt es einen Skandal. Er wird schon von sich aus zurückkehren, wenn ihm das Geld ausgeht. Zur Freiheit braucht es Geld, und er hat nicht viel.»

Sie ging im Zimmer auf und ab und machte sich manchmal Vorwürfe. Sie hatte ihn doch nach zu strengen Regeln gehalten; so werden Sklaven zu Rebellen! Sie selbst ist schuld. «Jetzt wird er natürlich ein grosses Leben führen. Ist er vielleicht zusammen mit jener schönen Schauspielerin geflohen?» Am folgenden Tag fuhr sie in ihrer Ratlosigkeit erneut in die Stadt und beruhigte sich sehr, als sie den Namen der schönen Schauspielerin auf dem Programmzettel erblickte. Aber sie verdächtigte ihn. «Vielleicht ist eine andere sich nach Abenteuern sehnende Frau im Spiel. Wer weiss?» So sehr die Sorgen sie auch quälten, sie suchte der ungünstigen Wendung einen harmlosen Schein zu geben. Sie sagte ihren Bekannten in der Stadt, auf dem Gut, den Frauen in den Nachbardörfern: «Béni ist für einige Wochen an die Theiss gefahren, zu seinem Onkel. Er hat ihn schon lange nicht mehr gesehen. Schade, dass ich nicht mitfahren konnte. Die Wirtschaft lässt mich nicht los.»

Die verlassene Frau dachte ständig in Nervosität an ihn. Mal schimpfte sie über ihn, mal tat er ihr leid. Manchmal stellte sie sich ihn wie ein junges, feuriges Pferd vor, das jetzt dahinrast und Abenteuern nachjagt. Manchmal wiederum glaubte sie, er sitze beleidigt irgendwo wie ein angeschossener Waldvogel. Ungeduldig wartete sie täglich auf die Post, sie wollte die Bedingungen sehen. Vielleicht würden sie doch nicht unannehmbar sein. Aber es wären doch Bedingungen, und sie feilscht nicht. Nein, nein!

In der fünften Woche kam ein Brief aus Budapest. Ein Arzt hatte ihn geschrieben und die gnädige Frau gebeten, ihren Mann zu besuchen, der im Hotel Hungaria krank darniederliege. Die Nachricht erschreckte Mamachen im ersten Augenblick, und sie wollte sofort reisen. Doch bald wurde sie misstrauisch. Warum hat nicht er selbst den Brief geschrieben? Warum braucht er einen Vermittler? «Nein, mein lieber Gatte, mich wirst du nicht kleinkriegen.» Sie schickte einen jungen, tüchtigen Verwalter hin, er solle sich erkundigen. Nach zwei Tagen bekam sie ein Telegramm, der gnädige Herr sei nicht schwer krank, nur unpässlich.

Vermutlich war bei den vielen Vergnügen seine Geldbörse leer geworden, denn er hatte sich gründlich ausgetobt, um sich schadlos zu halten. Nun aber wurde das Hotel Hungaria zu seinem Gefängnis, dem er nicht entfliehen konnte. Da begann er zu philosophieren: «Wenn man schon im Gefängnis sitzen muss, so ist es am Ende doch besser zu Hause, denn dort hat man es wenigstens bequem, während hier die nicht beglichenen Rechnungen manche unangenehme Minute bereiten.»

Mamachen schickte indessen eine sehr militärische Antwort an den Arzt: «Ich kann nicht hinfahren, denn die Ernte steht bevor. Die Krankheit kann so schlimm nicht sein, sonst hätte der Herr Doktor darüber geschrieben.»

Was gab es da zu tun? Béni stellte sich eines Abends kleinlaut, mit wenig Gepäck und mit bleichem Gesicht, ohne jede Bedingung wieder ein.

Mamachen empfing ihn wortkarg: «Dein Gesicht zeigt, dass der Ausflug dir nicht gut getan hat.»

«Ich war krank. Ich dachte viel an dich.»

«Ich auch. Willst du hier bleiben?»

«Natürlich.»

«Du darfst, aber unter einer Bedingung.»

«Bitte, Mamachen.»

«Du gelobst mir auf deine Ehre, dass dies das letzte Mal war.»

«Ich gelobe es.»

Die Frau reichte ihm die Hand, damit der Reumütige sie küsse.

«Du kannst also bleiben. Dein Glück ist, dass du schon einen Vorgänger hast, den ich verbannt habe. Ich will nicht das gleiche mit dir wiederholen. Aber die frühere Freundlichkeit kann ich dir nicht mehr bezeigen, du treuloser Lump.»

Und Béni war nun gezwungen, alles zu tun, um die «frühere Freundlichkeit» wieder zu erobern. Es kostete ihn einen Monat, bis Mamachen sich mit ihm zu einer Partie Pikett setzte; einen zweiten, bis sie mit ihm auf Besuch in die nächsten Dörfer fuhr, damit er vor Langeweile nicht vergehe; einen dritten Monat, bis sie ins städtische Theater gingen – doch ohne Opernglas.

Béni ergab sich. Er hatte eingesehen, dass Mamachen nicht geneigt war, ihn zum glücklichen Witwer zu machen. Er hatte eingesehen, dass diese Frau in ihrer Arbeit im Haushalt und auf dem Gut ein wahres Lebenselixier besass. Er konnte nicht leugnen, dass sie vielleicht mehr wert war als er, der ohne Arbeit nur schmarotzte und einen einzigen Titel besass: den des Gatten einer reichen alten Frau. Hie und da schämte er sich gar, und er begab sich hinaus, um auf dem Gut das eine oder andere zu erledigen. Mamachen machte ihn zum Kircheninspektor des nächstliegenden Dorfes, wo er nach ihrem Willen die Ausbesserung des morschen Schindeldaches der Kirche und der Schule anordnen konnte.

So gingen die Jahre dahin, bis einmal dann auch Bénis Haar nach und nach ergraute und das junge Volk der Umgebung ihn «Onkel» zu titulieren begann. Mamachen schien es nun an der Zeit, ihm eine etwas grössere Selbständigkeit zuzugestehen. Er durfte mit den älteren Herren nicht nur Tarock spielen, sondern sie liess ihn gelegentlich auch auf die Jagd mitgehen. Und Béni selbst dachte nicht mehr daran, dass er einmal ein freies, frohes Leben haben könnte, denn alle Leute in der Umgebung fanden nun, der Unterschied zwischen den «glücklichen Gatten» sei nicht mehr so gross. Das langjährige vergebliche Warten hatte sich auf den Mann ausgewirkt, er wurde alt und seiner Frau ähnlich. Er hatte sich an die Gefangenschaft gewöhnt; manchmal prahlte er gar, seine Frau sei für ihn die Vorsehung. Mamachen wusste freilich auch mit ihm umzugehen, besonders wenn er von den winterlichen Jagdpartien hustend, durchfroren und halb krank heimkehrte.

Einmal brachte er ausser dem erlegten Reh auch die Gicht nach Hause, und er blieb den halben Winter über mit schmerzenden Knochen zwischen warmen Kissen im Bett. Sobald aber der Sommer an der Schwelle stand, begleitete ihn seine Frau nach Héviz, zum wundertätigen Schlamm jenes kleinen weissen Sees, der schon so vielen gichtbrüchigen Kranken auf die Beine geholfen hat.

Dort sah auch ich sie vor drei Jahren zum ersten Mal, und als ein Major im Ruhestand uns das Leben des einstigen glänzenden Husarenoffiziers erzählte, glaubte niemand auf den ersten Blick, dass der Altersunterschied zwischen den alten Gatten achtzehn Jahre betragen sollte. Es wirkte ganz und gar nicht so. Im Gegenteil: der schmächtige, schwer schreitende Herr Gemahl mit dem weissen Bart und den tiefen Augenhöhlen schien manchmal der Ältere neben der rotwangigen, vollen, lächelnd dreinblickenden und sicher gehenden alten Frau, die den Kranken vor jedem Windhauch, vor schwerer Speise und starkem Getränk behütete und bei der Abenddämmerung ihm selber in den warmen Mantel half.

«Das ist nun mal so», sagte sie zu ihren Bekannten, «man muss auf meinen Mann immer aufpassen. Gleich geht etwas schief, wenn ich ihn aus den Augen lasse.»

Der Gatte stützte sich in allem auf sie, und wir lächelten manchmal breit, wenn wir bei Tisch hörten: «Mamachen, mein Liebchen! Was meinst du, bin ich schon satt?»

«Ach wo, mein Liebchen! Ein bisschen Hühnerfleisch wird dir noch gut tun.» Die Frau bestellte das Gewünschte gleich. Sie war es immer, die bezahlte.

Der gute Mann liess sogar seine eigenen Meinungen und Anschauungen von ihr verwalten, und oft kam es vor, dass Derényi, wenn die alten Herren über die Angelegenheiten des Landes diskutierten, sich so zu Wort meldete: «Mein Mamachen denkt da mit mir zusammen anders. Gerade gestern haben wir hierüber gesprochen. Erzähl nur, Mamachen, was wir gesprochen haben.»

Und welche Verzweiflung packte ihn, als Mamachen eines Abends sich verkühlte, Fieber bekam und ihn zwei Tage lang nicht zur Badehütte begleiten konnte.

«Mein Gott!» sagte er. «Was würde aus mir, wenn ich allein bliebe.»

Sie war ihm ebenso notwendig geworden wie der starke Spazierstock, auf den er sich beim Gehen stützte. Wer hätte glauben können, dass dieser gichtbrüchige alte Herr vor dreissig Jahren ein gutgewachsener, blendendschöner Mann gewesen war, der seine Frau in der Hoffnung geheiratet hatte, seine arme, schwerkranke Gattin würde in einigen Jahren unbedingt sterben und er könnte dann aus ihrem Vermögen als ein fröhlicher und glücklicher Herr leben. Er hatte falsch gerechnet; seine träge Selbstsucht, seine Verstellung hatten ihm eine lange Knechtschaft beschert. Er war im Alter ihr ähnlich geworden und starb vor ihr im vergangenen Winter.

Als sein greiser Onkel im Dorf an der Theiss die Todesnachricht erhielt, bemerkte er: «Er hatte ein so nutzloses Leben geführt, dass der Tod im Vergleich damit als die einzige gescheite Tat erscheint, deren er fähig war.»

József Kiss

Jokli

Csámpás, der Dorfbüttel, schlurfte mit trägen Schritten die einzige Strasse des kleinen Schwabendorfs* entlang. Bei jedem zehnten Haus steckte er seinen üppigen Bauch zum offenen Tor des Hofes hinein, von wo in der abendlichen Dämmerung die roten Flammen der Reisigfeuer herausleuchteten, und rief mit heiserem Brüllen den Tagesbefehl, wonach der Bauer nach dem Nachtessen zu einem Wort ins Gemeindehaus kommen möge. Es war im Sommer, zur Zeit der dringlichsten Arbeiten. In diesen Tagen ruht die öffentliche Verwaltung, allgemeiner Friede wird von den Räten jeweils vom Sonntag bis zum nächsten Sonntag verkündet, und leerer als das Wirtshaus ist nur noch die Kirche. Die Abhaltung der abendlichen Ratssitzung kam daher für jedermann um so überraschender, besonders für die Frauen, die alles früher erfahren möchten.

«Dass man euch binden möge! Was wollt ihr von meinem Mann so spät am Abend?» fragte die temperamentvolle junge Frau des Richters Róka und versuchte mit einem Knödel von der Grösse eines Kinderkopfes aus dem Dorfbüttel etwas herauszukriegen.

* In der Nähe Budapests, im Nordwesten, befindet sich ein von schwäbischer Minderheit bewohntes Gebiet. (Anm. d. Übers.)

«Seid ihr wahnsinnig geworden?» schimpfte die Frau des Kurators. «Keineswegs lasse ich meinen Mann fort! Um dort zur nächtlichen Stunde die Zeit für nichts und wieder nichts zu verschwenden! Wartet bis Sonntag... Wichtig sei es, sagst du?... Wenn ich will, glaube ich es oder auch nicht... Nun, spuck es nur heraus, Csámpás, wo fehlt es?... Isst du einen Happen Schinken?»

Csámpás kaute mit stoischer Ruhe am Knödel, verzehrte das Stück Schinken mit beispielhafter Selbstverleugnung und schleppte seinen riesigen Körper mit der Seelenruhe der Gottesfürchtigen weiter.

Bei den letzten Häusern wollte man schon nichts mehr von ihm wissen; man stritt nicht mit ihm, bot ihm aber auch weder Knödel noch Schinken an, da die Nachricht ihn bereits überholt hatte; man wusste nicht nur, dass er komme, sondern auch, warum er kam. Wie ein Windstoss fegte die sensationelle Kunde - die unschuldige Ursache so grosser Erregung - durch die kleine Schwabengemeinde, dass Jokli gestorben sei.

Wer war Jokli gewesen?

Was hat Jokli mit dem Dorfrat zu tun, was der Dorfrat mit Jokli?

Wenn ein gewöhnlicher Mensch sich von der Welt verabschiedet, so schickt man jemanden zum Mesner und zum Pfarrer, der wird ihn einsegnen. Und zusätzlich hebt man ein Grab aus, man verscharrt ihn, und damit gut. Wer aber hätte schon gehört, dass die Höchsten der Ortschaft sich in eine solche Angelegenheit einmischten?

«Es gibt Regeln, und es gibt Ausnahmen!» pflegte Florian Schreiter, der Gelehrte, Tausendkünstler, Quacksalber und Viehheiler des Dorfes zu sagen, der, wenn er sich eine Zeitung ergattern konnte, sie auch las, alles darin glaubte, auf jeden Buchstaben zu schwören bereit war und alles Gedruckte in hohen Ehren hielt. Dies war seine Redewendung, der Grundstein und das Endergebnis seiner empirischen Weisheit: Es gibt Regeln, und es gibt Ausnahmen!

Nun, Jokli war eine Ausnahme, eine Ausnahme in jeder Hinsicht.

Armer Jokli!

Wäre ihm einmal gesagt worden, dass dereinst, wenn er seine bleigrauen Augen geschlossen haben wird, jemand sich findet, der ihn «als Stoff benutzt», ihn nach den Regeln der Kunst in Spiritus legt und ihn - uti figura docet - dem hochverehrten Publikum wie ein Wundertier für Geld vorführt: gewiss hätte er sein ungekämmtes, zerzaustes Haupt geschüttelt und sich sehr geschämt.

Tröste dich, Jokli. Mein Spiritus hat mit der Unsterblichkeit nichts zu tun. Du aber bleibst dennoch ein Wundertier.

Robinson wurde weltberühmt, weil er sein Leben auf einer unbewohnten Insel verbracht hatte. Jokli stellte selber eine Insel dar, die aus eigener Kraft zwischen blühenden, bevölkerten Ufern schwamm.

Er war allerdings eine recht herabgekommene, zerlumpte Insel - damit ich bei diesem Bilde bleibe.

Und alt war er, sehr alt!

Selbst das älteste Mütterchen im Dorf vermochte sich nicht vorzustellen, wie Jokli in seiner Jugend ausgesehen hatte. Vielleicht war er auch nie jung gewesen. Wie eine Tradition, so reichte ihn die eine Generation der anderen weiter. Die Zeitgenossen starben neben ihm weg, und Jokli bemerkte das nicht einmal.

Vielleicht verdient er diese lange Abhandlung gar nicht, denn, im Grund, wer war Jokli? Ein herumgestossener, ungeschliffener, zerrütteter hundertjähriger jüdischer Hausierer mit einer riesigen Nase und mit Bartstoppeln, das Mode-Orakel von neun bis zehn schwäbischen Dörfern, der Lieferant von Kupferringen, von Halsbändern und roten Farben für die Wangen. Gewiss kein salonfähiges Wesen! Ich will ihn auch nicht in dieser Eigenschaft vorstellen. Nur ein Zug Joklis ist nennenswert, doch der ist nicht alltäglich.

Jokli «wohnte» niemals, stets «hielt er sich auf».

Welche Zähigkeit, Kraft und Geduld verlangt das, neunzig bis hundert Jahre auf dieser Erde ohne ein Heim zu fristen!

Oder besass er vielleicht ein gerade von Methusalem ihm hinterlassenes Geheimmittel gegen Trauer, Sorge, Elend, Herzlosigkeit, Dummheit und Vorurteile? Oder war er ein Trinker?

Nein, Jokli war kein Trinker.

Vielleicht - ich schäme mich ob der Frage - war er ein dumpfer Tor?

Nein. Die Natur ist vorsorgend. Was wäre aus Jokli ohne Verstand geworden? Im Gegenteil, es gab da Leute, beispielsweise Florian Schreiter, den Viehheiler, die ihn nicht nur für vernünftig, sondern geradezu für geistreich hielten.

Dabei ist Florian Schreiter ein verlässlicher Mann, der sich nicht mit jedem Narren auf ein Gespräch einlässt.

Die Bekanntschaft mit Jokli pflegte er gern.

Es kam vor, dass der Zufall die beiden Männer zusammenführte, als sie auf der Landstrasse wanderten oder mit gekrümmten Rücken ohne Tätigkeit auf dem Bänkchen vor dem Haus sassen.

Da fragte der eine den anderen: «Du lebst also noch, Jokli?»

«Mögen meine Feinde nicht leben.»

«Der Inhalt des Sacks auf deinem Rücken nimmt aber ab!»

«Was tut das! Um so leichter ist er zum Schleppen.»

«Und was hältst du vom Lauf der Welt?»

«Solange die Dinge sich bewegen, sind sie noch närrischer, als wenn sie stillstehen.»

Über den Lauf der Welt konnten sich die beiden ernsten Männer nie einigen.

Florian Schreiter war entschieden ein Mann der modernen Ideen.

Er lehnte den Aderlass ab und schwärmte für das Dampfbad. Er führte in seinem Dorf die Morison-Pillen ein und hielt die Bluttransfusion für eine hohe Errungenschaft der ärztlichen Kunst, welche die Institution des Todes mit der Zeit ganz überflüssig machen werde. An Sonntagen erschien er zwar pünktlich zur heiligen Messe, tat dies aber eher, weil es sich so geziemte, weniger aus Überzeugung oder Frömmigkeit. An Werktagen war er ein Partner des Herrn Pfarrers beim Kartenspiel; gemäss dem wohlverstandenen Grundsatz der Gegenseitigkeit assistierte Florian Schreiter seinerseits am Sonntag dem Pfarrer.

Bei dieser Praxis kamen sie beide ganz gut auf ihre Rechnung.

Jokli war von anderem Schlag.

Er blieb mit Leib und Seele ein Anhänger der guten alten Zeiten und brach etliche Male eine Lanze für sie. Das war seine empfindliche Stelle, ich könnte sagen: seine Achillesferse, müsste ich nicht befürchten, dass Florian Schreiter als ehemaliger Soldat auf die Ferse seines heldenhaften Vorgängers Anspruch anmeldet und es als eine Profanierung betrachtet, dass ich Achills Ferse mit der Joklis vergleiche.

«Du bist ‹konservationär›, Jokli, und wirst es auch immer bleiben!»

Diese Erklärung bildete fast immer den Schlusspunkt zwischen den beiden Männern. Florian Schreiter glaubte damit etwas sehr Grosses gesagt zu haben. Er meinte mit «konservationär» ungefähr einen roten, republikanischen Oppositionellen. Jokli seinerseits widersprach ihm nicht. Vermutlich glaubte er, es handle sich um einen Segensspruch.

Dabei müssen jene in Chroniken festgehaltenen guten alten Zeiten für Leute von der Art Joklis äusserst traurig gewesen sein.

Auf der Budaer Seite bildete die ganze von Hügeln kreuz und quer durchzogene Region, wo nach dem Einfall der Tataren* aus Mangel an einer anständigeren Nation Schwaben angesiedelt wurden, ein «treifes» Land, und das ist es geblieben bis zum heutigen Tag. Man duldete den Juden dort nicht, er durfte sich

* Einfall der Mongolen in Ungarn 1241 (Anm. d. Übers.)

hier nicht niederlassen und ohne obrigkeitliche Bewilligung nicht länger als vierundzwanzig Stunden verweilen. Ob bei Sturm, Gewitter, klirrendem Frost oder bei Wolkenbruch, wenn die vierundzwanzig Stunden um waren, so erschien der Dorfbüttel und sorgte für die Ausführung des Gesetzesparagraphen: «Ahasver, erhebe dich und geh!»

Manchmal gebrauchte er allerdings auch härtere Ausdrücke als die biblischen Worte; er liess den Haselnussstock durch die Luft pfeifen, und dagegen gibt es bekanntlich keine Appellationsmöglichkeit.

Unser Jokli appellierte auch nie, ausser an jenes höchste Forum, das seine Entscheidungen nie begründet, da die absolute Wahrheit keiner Erklärung bedarf. Der hohe Jehova ist weise und gerecht, und das Leiden, das er den Menschen zumisst, führt im Endergebnis immer zum Guten. Wie weise zum Beispiel hat er es geordnet, dass auf sieben schwäbische Dörfer ein Jokli entfällt, um wieviel weiser, wie wenn sieben Joklis für ein schwäbisches Dorf zuständig wären.

Im Interesse von Joklis gutem Ruf halten wir es im übrigen für unsere Pflicht, an diesem Ort zu erklären, dass er mit den Vertretern des Gesetzes nie in Konflikt geraten ist; mit dem Dorfbüttel gar stand er auf sehr freundschaftlichem Fuss. Eine Pfeife nach der neuesten Mode und die dazugehörenden Geräte – Stahl, Feuerstein, Zunder –, manchmal einige Kupfermünzen, sie sicherten Jokli jene Protektion, welche die einzige Waffe der vom Gesetz Unterdrückten gegen die im menschlichen Herzen verwurzelte Bösartigkeit darstellt.

Wie gesagt, sieben schwäbische Dörfer bildeten das Jokli von Gott zugeteilte Territorium. In jedem sass er vierundzwanzig Stunden, und in jedem hatte er ein kleines Absteigequartier: hier einen Dachboden, dort einen Speicher, einen Stall, einen Winkel, wo er die Nacht durchstehen konnte. Er kam am Nachmittag und verzog sich am folgenden Nachmittag mit solcher Pünktlichkeit wie die Börsentelegramme in unseren Tagen. Die Frauen kannten den Tag seiner Ankunft im voraus, sie rechneten mit ihm und gewährten ihm manchmal Vorteile. Sie boten ihm von den gekochten Bohnen, vom geräucherten Fleisch und dem Ferkelbraten an: «Lang zu, Jokli, es beisst dich nicht.»

Doch Jokli begehrte diese Speisen nicht. Er wusste warum. Vergebens sagte man ihm, Essen sei keine Sünde - Jokli wollte es ihnen nicht glauben. Und er tat klug daran, denn hätte er ihnen geglaubt, dann wären die schwäbischen Frauen mit ihren Einladungen vorsichtiger geworden, und das Endergebnis wäre das gleiche gewesen.

Viele Tagereisen weit in der Umgebung rundherum wohnte kein Artverwandter Joklis, kein Lebewesen, das ein stärkeres Band an ihn geknüpft, das die inneren Gründe seiner Taten verstanden, ihn ganz begriffen hätte. Wochenlang kam er mit keinem Menschen zusammen, der ihn freundlich angesprochen, sich mit ihm zu Tisch gesetzt und ihm für die Nacht ein frisches Bett gemacht hätte. Vielleicht hielt Jokli gerade deswegen an den äusseren Zeichen seines Glaubens um so stärker fest, verrichtete streng die Handwaschung (er hätte auch auf sein Gesicht ein wenig Sorgfalt verwenden sollen), betete all die vorgeschriebenen Gebete, und in Gedanken fühlte er sich eins mit seinem in die Welt verstreuten Volk und hätte um keinen Preis gegen die Gesetze verstossen, da sonst das unsichtbare geistige Band sich gelockert hätte.

Gewöhnlich lud ihn ein Bekannter aus dem drittnächsten Komitat zum jüdischen Osterfest zu sich ein. Dort beging er fromm das «Fest der Befreiung aus der Knechtschaft».

«Und führe uns nächstes Jahr nach Jerusalem!» betete er – und ging zurück unter die Schwaben.

Düster, fast mürrisch, legte er die gewöhnliche Runde in seinen Dörfern zurück. Er machte mit den Menschen keine grossen Umstände. Er schaute auf sie herab. Er zahlte es ihnen auf seine Art heim. Der Spott der Jugendlichen kümmerte ihn nicht einmal, auf den der Alten antwortete er mit Grobheiten. Das imponierte den Menschen. Jokli hatte sich hieran gewöhnt; doch er vermochte sich nie von einem drückenden Gefühl zu befreien, solange die letzte Zigeunerhütte am Ende des Dorfes nicht hinter ihm zurückgeblieben war. Wenn er sich dann draussen befand auf der offenen Wiese unter Gottes freiem Himmel, dann atmete er auf; seine Brust weitete sich, seine finsteren Züge wurden milder, irgendein ungewöhnliches jugendliches Licht blinkte plötzlich in seinen klugen grauen Augen, und er begann für sich nie gehörte, sonderbare Melodien zu summen – wohl seine eigenen Kompositionen. Im Schosse der grossen, offenen Natur schien im Inneren des heimatlosen Jokli eine dunkle

Ahnung aufzusteigen, dass es ein gerechteres Gesetz gibt als das der Menschen, welches ihn mit dem Mal des Ausgestossenen gezeichnet hatte. Dass ein Recht besteht, das ihn aus der Gemeinschaft nicht ausschliesst, dass diese Erde nicht den Nationen und Generationen gehört, sondern ein jeder, der lebt, daran Anteil haben darf, ohne eine grössere Berechtigung als die, welche die kleine Grille am Wegesrand besitzt, die so winzig ist und dennoch so laut zirpt, wie wenn sie allein wäre auf der Welt und diese ganz ihr gehörte...

Jokli stellte seinen Sack im taufrischen Gras ab, beim Graben am Rande des Wegs, und hörte so dem Lärm der kleinen Grille zu, als verstünde er sie; manchmal nickte er auch mit seinem ungewaschenen Kopf, wie wenn er der Grille recht geben wollte.

Und der Wald erst! Was alles erzählte der Wald Jokli, wenn er sich vor den Strahlen der Mittagssonne in seinen mild schützenden Schatten rettete. Die lautlose, tiefe Ruhe, in der sich selbst die Vögel nicht getrauen, mit ihren Flügeln zu flattern, anstelle des Vogelgesangs das Murmeln des leichten Windzugs, der an tausend Hindernisse stösst - sie wirkten stets so beruhigend auf Joklis Gemüt. Das Gefühl, dass er zu einer Gemeinschaft gehöre, stieg in ihm noch mächtiger auf, und es kam hier manchmal vor, dass er gar den Mut fand, für sich von einem Kornelkirschenbaum einen Ast als Wanderstab abzuschneiden... Und während er den Ast rundherum entrindete und die kleinen Zweige entfernte, hüpfte dort oben in dem zum Himmel ragenden Laubwerk der Baumstämme das Eichhörnchen, blickte mit seinen klugen Augen auf seinen guten Bekannten Jokli herab und neckte ihn: «Jüdchen-Bübchen Jokli, willst du Haselnüsse?»

Und Jokli konnte da nicht umhin, laut zu lachen, und wusste selbst nicht warum. Er schaute dem Spiel des Eichhörnchens oben auf dem Baum stundenlang zu. Wie glücklich ist das Eichhörnchen, dachte er, dass es so leicht von einem Zweig auf den anderen springen kann und auf seinem Rücken keinen so schweren Sack zu schleppen braucht wie er.

Jokli vermochte sich von diesem Gedanken lange nicht zu befreien.

Einmal traf er einen alten blinden Bettler auf der Landstrasse. Jokli kaufte dessen Wagen und ging fortan nicht mehr zu Fuss. Wer konnte nun glücklicher sein als Jokli? Er hätte sich über die Schätze des Darius nicht so sehr gefreut wie über den schäbigen Karren mit den zwei Rädern und über das kränkliche, ausgediente Paradepferd. Jokli war kein Sportsmann. Was verstand er schon davon? Es sass sich vorzüglich auf dem Stroh des Karrens, und der alte Toncsi (so hiess das graue Pferd) zeigte grossen Respekt seinem neuen Herrn gegenüber. Er war die Verkörperung der Demut. Er senkte bei jedem Schritt den Kopf wie ein frommer Priester beim Gebet.

Jokli kam dann später drauf, dass Toncsi auf seinen Vorderbeinen hinkte.

Auch das kümmerte ihn wenig. Wenn es Toncsi so besser gefällt, soll er in Gottes Namen hinken. Und wenn jemand ihn deswegen neckte, erwiderte er, aufrecht gehende Menschen seien noch seltener. Womit Toncsi die Sympathien vor allem gewann, das war sein offener, ehrlicher und mutiger Blick. Er konnte zwar nicht mit besonderer Schönheit aufwarten, war er doch zuerst das Pferd eines Bettlers gewesen und dann das Eigentum eines Hausierer-Juden geworden, aber er schlug die Augen vor keinem Lebewesen nieder; ja, selbst wenn er in die Sonne blickte, blinzelte er nur mit einem Auge.

Im Laufe der Zeit stellte es sich dann heraus, dass das Pferd auf einem Auge blind war.

Aber wir wollen die Ereignisse nicht vorwegnehmen.

Als Jokli mit seiner Erwerbung die erste Runde in seinem Revier zurücklegte, gab es ein solches Gaudium, dass selbst die Enkelkinder sich daran erinnern werden. Das war eine Aufregung! Gross und klein in den sieben schwäbischen Dörfern lief zusammen, um das Wunder zu begaffen. Das lahme Pferd mit dem überall geflickten Zaumzeug, der schäbige und unentwegt knarrende Wagen und das selbstbewusste Gesicht des zerzausten Jokli – eine so eigenartige Harmonie, eine Art höheren Humors lag über diesem Bild, dass niemand, der es sah, das Lachen verbeissen konnte.

«Ei, hat dich Gott erhöht, Jokli», neckten ihn die Frauen.

«Dann tut etwas dafür», brummte Jokli.

«Und wen hast du deswegen totgeschlagen, Kerl?»

«Gottes Zorn soll euch alle totschlagen!» fluchte Jokli.

«Du könntest ihm deine eigenen Stelzbeine ausleihen, es würde gleich besser stampfen!»

Aber das war noch heilig. Kluge Leute machen sich nichts aus dem Weibergeschwätz;

sollen sie nur ihre Zunge erproben. Wenn es ihnen dabei langweilig wird, werden sie aufhören. Schlimmer war es, dass nun auch die Männer begannen, sich in Joklis Angelegenheiten einzumischen. Ja, selbst im Gemeindehaus kam sein Fall im Rat aufs Tapet, und er wurde zur Ursache eines lebhaften Gedankenaustauschs.

Es gab nämlich einige angesehene Ratsherren, die in dieser Zunahme von Joklis Vermögen eine Gefahr für das Allgemeinwohl witterten und bezweifelten, ob es Jokli von Gesetzes wegen erlaubt werden dürfe, sich einen Wagen und ein Pferd zu halten.

Und zwar argumentierten die Herren dabei folgendermassen: Das Landesgesetz verbietet Jokli, sich irgendwo niederzulassen oder ein eigenes Haus zu besitzen. Wenn aber Jokli nun einen Karren hat, so wohnt er doch ständig darin; ergo - dieser Karren ist sein Haus. Da aber das Haus gegen den Buchstaben des Gesetzes verstösst, tut es auch der Karren...

Bei diesem Zusammenstoss mit dem Gesetz wäre Joklis Karren vermutlich in Splitter zerschellt, hätte es in den Bechern nicht zufällig Wein gegeben, weswegen die Sitzung aufgehoben wurde, bevor die Herren Räte in Joklis Sache zu einem endgültigen Beschluss hätten kommen können.

Wie vielen Quälereien und Peinigungen war Jokli auf seinen Wegen stets ausgesetzt, bis das Publikum sich endlich an seine neue Lebensweise gewöhnte. Wie oft zerschnitt man ihm den Strang! Wie oft stürzte man sein primitives Fahrzeug um! Was alles hat man an Unmenschlichkeit an ihm verübt... Und das alles diente nur dazu, das zwischen Jokli und seinem

Pferd bestehende freundschaftliche Verhältnis noch viel enger zu machen.

Einen milderen Herrn als Jokli, einen dankbareren Diener als Toncsi kann man sich nicht vorstellen. Man erzählte sich in den Dörfern wahre Wunder, wie die beiden aneinander hingen. Es kam wohl vor, dass Jokli hungern musste, doch seinem Pferd widerfuhr das nie, denn zum einen war der alte Toncsi nicht wählerisch, er frass Häcksel anstelle von Heu, und wenn es selbst hieran fehlte, auch Zwetschgen, Bohnen, Brot und Fleisch (auch wenn es nicht koscher war). Zum zweiten hatte das Pferd genug Verstand, und wenn sein Herr manchmal die morgendliche Fütterung verschlafen wollte (der arme Teufel hatte einen schweren, tiefen Schlaf), dann zerrte Toncşi so lange an ihm, bis er erwachte, worüber sich Jokli unmässig freuen konnte.

Wer die Natur der schwäbischen Dörfer kennt, wird wissen, dass es kein schwäbisches Dorf gibt, wo nicht wenigstens einmal im Jahr ein Jahrmarkt abgehalten wird. Jokli aber hielt sich von dieser schäumenden Kundgebung des Volkslebens instinktiv stets fern.

«Schufte sind sie selbst in nüchternem Zustand», dachte er, «und wenn sie erst noch eins über den Durst getrunken haben!» Und er liess sich nicht von der Hoffnung auf Gewinn verführen, sondern mied die fragliche Ortschaft immer so weit wie nur möglich.

Irgendwie widerfuhr ihm einmal doch das Unglück. Sorglos platzte er in einen Jahrmarkt hinein. Jehova hatte ihn mit Blindheit geschlagen. Er besann sich erst, als er in der Dorfmitte hielt und die groben schwäbischen Gesellen den Karren umstellten und alles taten, um Jokli in Harnisch zu bringen.

Jokli liess sich hänseln und versuchte, ein Geschäft zu machen. Immerhin, alles Schlimme hat auch eine gute Seite. Zumindest wird er sich wegen des Ärgers mit ein wenig Gewinn entschädigen.

Auf einmal, als Jokli dabei ist, mit einer Schwäbin zu feilschen, und auf Himmel und Erde schwört, dass ein solches Kopftuch, wie er es anbiete, selbst beim Fabrikanten nicht zu haben sei, erschallt ein tolles Gelächter. Er dreht sich um, und fast hätte ihn der Schlag getroffen.

Ein feiner schwäbischer Jüngling stand bei Toncsis Kopf, zündete phlegmatisch ein Zündholz nach dem anderen an und hielt es vor Toncsis rechtes Auge, um zu sehen, ob das Pferd dabei wohl blinzle. Das linke Auge Toncsis protestierte entschieden gegen diesen Scherz, doch das rechte, das schlechtere, wusste von all dem nichts. Es nahm nichts zur Kenntnis.

«Der graue Star!» tönte es von allen Seiten. «Das lahme Pferd Joklis ist blind!» Dann wiederholte sich das ordinäre Gelächter im Chor und traf Jokli bitter und schmerzlich. Nicht dass Jokli diesen Mangel seines Gefährten nicht selbst schon früher entdeckt hätte. Er wusste es ja, wusste es schon lange, aber was geht das andere an? Wozu das gleich an die grosse Glocke hängen? Genügt es nicht, dass man seine lahmen Beine, seinen eigenartigen hinkenden Gang verspottet; soll Toncsi jetzt auch noch wegen seiner Blindheit leiden?

Mit bitteren Gefühlen führte Jokli am Abend sein Pferd in den baufälligen Stall. Traurig strich er über Toncsis krause Mähne, als er das teure Heu ihm vorlegte, und ermunterte ihn, er solle nur essen und nicht betrübt sein, er werde ihm sein Gebrechen in der Zukunft ebensowenig vorhalten wie bisher. Toncsi war an diesem Tag schlechter Laune, er mahlte das Futter unlustig zwischen seinen Kiefern und achtete nicht auf die guten Worte.

Jokli packte seine Habseligkeiten vom Karren. Er trug den Sack in den Stall und legte sich nach Toncsis Beispiel hin. Bald schlich sich die Fee der Träume zu ihm, nahm Joklis zerzausten Kopf in ihren Schoss und sprach so lange allerlei honigsüsse Worte zu ihm, schmeichelte ihm freundlich, bis Jokli endlich alle irdischen Übel vergass und in einen stillen, glücklichen Schlaf fiel. Und was für absonderliche Dinge Jokli träumen konnte! Heute träumte er, dass er in einer grossen jüdischen Gemeinde zum Schultheissen gewählt wurde und dass er dieses Amtes hundertzwanzig Jahre lang waltete. Er liess Synagogen erbauen und allerlei wohltätige Institutionen gründen, unter anderem ein Heim für lahme und blinde Pferde, wo Toncsi, da er sich beider Eigenschaften rühmen konnte, das Präsidium führte...

Jokli hätte sich noch viele Jahre seines Amtes gefreut, hätte ihn nicht jemand aus dem angenehmen Schlaf wachgerüttelt.

Es war Toncsi.

Schmerzlich wiehernd, mit seinen lahmen Beinen auf dem Boden scharrend, beugte er mit zitterndem Körper den Kopf zu seinem Herrn herab, leckte mit der Zunge an seiner Schulter und bat ihn so inständig, er möge aufstehen, denn etwas Schlimmes war geschehen.

Jokli fühlte heisse, schwere Tropfen wie Blut über sein Gesicht fliessen. Er sprang von seinem Lager auf, zündete ein Licht an und schlug dann die Hände zusammen. Der Schrecken liess seine Zunge erstarren; er klammerte sich an den Futtertrog und starrte stumpf, mit vor Schmerz und Bestürzung entstelltem Gesicht, mit angehaltenem Atem und offenem Mund auf sein treues Pferd, bis seine Augen sich mit Tränen füllten, seine Zunge sich löste und er zu heulen begann, so dass die ganze Nachbarschaft zusammenlief.

Etwas Unerhörtes war da geschehen, etwas Empörendes, das die Feder niederzuschreiben sich fürchtet, das die Phantasie verpestet, wenn es eine Erfindung ist; und es klagt das menschliche Elend an, ist es wahr. Ein teuflischer, ein niederträchtiger, verachtenswerter Bube war aus Scherz in den Stall geschlichen und hatte hinterhältig das eine gesunde Auge Toncsis ausgestochen...

Und all das hatte sich in jenen alten Zeiten begeben, für die Jokli so entschlossen focht. Und vieles andere noch. Wer vermöchte das alles zu berichten? Aber damals war Jokli noch jung gewesen, kaum vierzigjährig, und man liebt eigentlich nicht die guten alten Zeiten, sondern die eigene Jugend, die sie mit wundervollem Glanz widerspiegeln.

Nach diesem Unfall zog Jokli erneut durch die Welt; aber er ging zu Fuss wie zuvor und betrat dieses Dorf zehn Jahre lang nicht mehr, er mied es wie eine Siedlung von Aussätzigen.

Während dieser zehn Jahre hatte sich nicht ein einziges Haar Joklis verändert – was waren schon zehn Jahre für Jokli! –, aber im Dorfe waren viele Neuerungen eingeführt worden. Die einstige Feindseligkeit war einer günstigeren Stimmung gewichen. Das ganze Dorf schien zu fühlen, dass es Jokli gegenüber eine schwere, grosse Schuld abzutragen hatte. Jawohl, das Gewissen des Dorfes regte sich, als Jokli genau zehn Jahre später genauso staubig und zerzaust wie einst, den Sack auf dem Rükken, mit gemessener Feierlichkeit von neuem seinen Einzug hielt. Und er konnte sich nicht mehr beklagen, man behandle ihn unfreundlich, verweigere ihm das Obdach, man verspotte oder reize ihn. Allerdings, die Zeiten und auch die Gesetze hatten sich geändert. Niemand mehr schrieb Jokli und seinesgleichen vor, wer wie lange am gleichen Ort verharren dürfe. Auch der Haselnussstock des Dorfbüttels hatte mit diesen Leuten nichts mehr zu schaffen, denn Jokli war kein Landstreicher und kein Bettler, sondern ein armer Mann, sein eigener Herr, dem niemand etwas gibt, der aber auch niemand um etwas bittet. Und hatte die Zahl der aufgeklärten Dorfbewohner nicht zugenommen? War nicht Florian Schreiter, der Jokli vom ersten Augenblick an in Schutz genommen hatte, aus dem Militär nach Hause gekommen?

Die Jahre vergingen, die Menschen alterten und fielen nach und nach aus der Reihe der Lebenden. Auch Jokli wurde zum Greis. Er machte immer kürzere Ausflüge und hielt immer längere Ruhepausen. Zuletzt verliess er das Dorf, an welches ihn die traurige Erinnerung an sein Pferd Toncsi band, nur noch selten.

An dem oben beschriebenen Sommernachmittag hatte sich Jokli auf das Bänkchen vor dem Haus gesetzt, um den Sonnenschein zu geniessen. Prächtige Äpfel lugten im kleinen Garten aus dem dunklen Laub. Jokli bekam Appetit. Er stand vom Bänkchen auf, um sich einen Apfel zu pflücken. Kaum aber hatte er einige Schritte gemacht, da fiel er hin.

In jenen Apfel wird er erst im Jenseits beissen.

Bis Csámpás, der Dorfbüttel, beim Gemeindehaus wieder anlangte, um seinen Platz im Flur einzunehmen (er benutzte eine ausgediente Prügelbank als Sitz), als er sich anschickte, nach Beendigung dieses ungewöhnlich ermüdenden Rundgangs seinen langsam schon kahlen Schädel zur gesegneten Ruhe zu betten, da war der hohe Dorfvorstand bereits versammelt. Sie sassen beim langen Eichenholztisch, hatten die grosse Öllampe, die vom Tragbalken herabhing, angezündet, und die Sitzung begann.

«Hörts etz Moahne!»*, so begann der breitmaulige Schultheiss Sepp mit einem frommen Seufzer, während er seine riesigen Hände ausstreckte und mit einem träumerischen Blick vor sich hin starrte wie jemand, der in der Kirche mit abgenommenem Hut betet. «Ich habe Sie wegen eines nicht alltäglichen Ereignisses einberufen, damit wir beraten... Jokli ist gestorben...»

Der Schultheiss erlaubte sich an dieser Stelle eine kleine künstliche Pause, um die Wichtigkeit seiner Mitteilung zu betonen, hatte damit aber keinerlei wahrnehmbaren Erfolg. Die einen unter den Ratsherren blickten auf die Lichtstreifen, welche die Lampe auf die Decke

* Deutsch im Original (Anm. d. Übers.)

warf, andere auf den Tisch, wieder andere waren damit beschäftigt, die Metallknöpfe an ihren Jacken zu zählen. Die Unlust und die Langeweile liessen ihre Gesichter dumm erscheinen.

Selbst Joklis Beschützer, Florian Schreiter, der am Ende des Tisches dem Notar gegenübersitzt, zeigt in seinem Gesicht nicht das kleinste Zeichen der Rührung. Wir halten es indessen für unsere Pflicht, zu erklären, dass Florian Schreiter weder die Lichtstreifen anstarrt noch seine Jackenknöpfe zählt, sondern statt dessen sich in eine alte Zeitung vergräbt. Bei dieser Beschäftigung vergisst er dermassen die Achtung, die er der Versammlung schuldet, deren «aktives» Mitglied er selbst ist, dass er seine Ellbogen in grosser Seelenruhe auf den Tisch stützt und so tut, als wäre er zu Hause.

Wie wir wissen, ist das Zeitunglesen Florian Schreiters Leidenschaft. Ach, was für ein braver Zeitungsleser ist Florian Schreiter! Ihm ist es vollkommen gleichgültig, ob es sich um eine Ausgabe von gestern, von vorgestern oder vom letztjährigen Sommer handelt. Das Datum schaut er ohnehin nicht an. Wozu? Das ist doch völlig bedeutungslos. Die Wahrheit verjährt nicht, und die ehrliche Seele Florian Schreiter wurde nie auch nur vom Schatten des Zweifels berührt, dass das, was die Zeitungen schreiben, nicht bis zum letzten Buchstaben die vollkommene Wahrheit wäre.

Aber kehren wir zur Sitzung zurück.

«Jokli ist gestorben...», wiederholte Sepp, der Schultheiss, noch einmal und wollte seinen Spruch weitersagen, fand aber zu den nun folgenden Anhängseln keine Zeit, da der tiefe Bass einer brüllenden Stimme ihn unterbrach:

«Wenn er gestorben ist, dann muss man ihn in Gottes Namen begraben...»

Das war ein Satz, den jeder hätte sprechen können, den aber doch nur einer hersagen konnte, nämlich Máté Kaczkiás, der amtliche Vormund, ein durch seine Streitsucht weitbekannter Mann, der im Rat allein die Opposition verkörperte und kein Wort des Schultheissen ohne eine Bemerkung hinnahm.

«Das ist es eben, dass man ihn begraben muss», replizierte Sepp, der Schultheiss, und warf, seines Triumphs bewusst, einen niederschmetternden Blick auf seinen Widersacher, «aber wer soll ihn begraben und wo?»

«Im Friedhof», bemerkte der Geschworene Hansi Tibli unschuldig, ein Mann, der das Pulver nicht erfunden hatte und jetzt darum auch nicht begreifen konnte, was es da zu lachen gab, wenn er sagte, man müsse Jokli im Friedhof begraben. Die anderen lachten freilich so laut, dass es wie eine Kartätsche wirkte. Selbst der Schultheiss konnte das Lachen nicht verbeissen, obwohl er sich schon seit einem Jahr in der weisen Tugend übte, sich das Lachen abzugewöhnen, das seiner Autorität schadete. Im geheimen beneidete er Florian Schreiter um sein ernstes, glattrasiertes Soldatengesicht mit der ansehnlichen Gurkennase in der Mitte, das sich niemals auch nur zu einem sauren Lächeln verzog.

Florian Schreiter lächelte auch jetzt nicht, doch glitt ein gewisser geringschätziger Ausdruck über seine Mundwinkel; er sah tadelnd auf und faltete das Zeitungsblatt mit grosser Ruhe zusammen.

«Das aber war nicht gut gesagt, Schwager

Tibli», meinte Máté Kaczkiás, der öffentliche Vormund, «denn das widerspricht der Religion. Schreiben Sie das besser auf Ihren Beichtzettel. Eine kleine Busse würden Sie deswegen wohl verdienen...»

«Nun, nun! Man braucht das nicht gleich wörtlich zu nehmen», warf sich Freund Róka, der Gerichtsvorsitzende, zwischen die Streitenden. Er liebte es, im Dorfrat die Rolle des Vermittlers zu spielen. «Schwager Tibli hat es nicht so gemeint, dass wir Jokli im Friedhof bestatten sollten. Ein Jude kann weder ins Jenseits noch in unseren Friedhof kommen, denn darauf haben nur echte Katholiken Anrecht; aber Tibli wollte offensichtlich sagen, dass wir Jokli, nachdem er gestorben ist und begraben werden muss, draussen im Friedhofgraben bestatten sollen, dort, wo wir den an Cholera gestorbenen Russen im Jahr achtundvierzig verscharrten.»

«Im Jahr neunundvierzig!» fiel ihm Florian Schreiter ins Wort.

«Während der Revolution», sagte Freund Róka versöhnend.*

«Es ging nicht um einen Russen, sondern es waren ihrer elf!» rief Máté Kaczkiás, der öffentliche Vormund, der sich damit wieder über den anderen fühlte.

«Ausserdem waren die gar nicht an Cholera gestorben, sondern an rohen Gurken», spuckte Hans Tibli triumphierend die Worte aus, mit denen er seinen Misserfolg von zuvor vergessen lassen wollte.

* Florian Schreiter hat recht. Die russische Intervention gegen die ungarischen Aufständischen erfolgte 1849. (Anm. d. Übers.)

«Tja!» Sepp, der Schultheiss, schlug kräftig auf den Tisch. «Wir sind nicht zusammengekommen, um die Ruhe der Russen zu stören, sondern um zu entscheiden, was mit dem Juden Jokli geschehen soll. Sie sehen das wohl ein. Darum also möchten sich jene melden, die meinen, sie hätten dazu etwas zu sagen.»

Die ganze Versammlung wandte ihre leiblichen und geistigen Augen dem am Tischende ruhig an seiner Pfeife schmauchenden Notar zu. In verwickelten und in nicht verwickelten Angelegenheiten stellte er gleichermassen die eigentliche Exekutivgewalt dar. Die Mäuler im Dorf schwatzten tagelang, und die «Feder des Dorfes» liess sie schwatzen. Wenn den anderen dann der Atem ausging und sie in ihrer grossen Klugheit sich schon ganz dumm vorkamen, dann diktierte der brave Notar ihnen ein bisschen menschlichen Verstand, worüber sie sich äusserst freuten. Der grausame Mann wollte aber jetzt das Flehen der auf ihn gerichteten Blicke noch nicht begreifen, und der Rat war folglich gezwungen, dass jeder sein Hirn wegen des Falles Jokli weiter zermarterte.

«Mir kann es recht sein. Bestatten Sie Jokli im Friedhofgraben», sagte nach einer kleinen Pause Máté Kaczkiás, in einem Ton, wie wenn gerade alles von seiner Zustimmung abhinge.

Den Schultheissen ärgerte das.

«Mir kann es auch recht sein», gab Hans Tibli seine Stimme ab.

Freund Róka, dem Antragsteller, war es natürlich ebenfalls recht, und auch den übrigen. Aber um so weniger war es Sepp recht, dem Schultheissen.

«Wissen Sie denn, wen man im Friedhofgraben zu verscharren pflegt?» fragte er, während er hart seinen Widersacher Máté Kaczkiás musterte. «Wenn Sie es nicht wissen, will ich es Ihnen sagen: die Wegelagerer, die Hingerichteten, die Selbstmörder. Der Jude Jokli war weder das eine noch das andere. Er hat seine Zeit ehrlich durchgestanden und war niemandem zur Last gefallen. Die Ehre, dass wir ihn im Friedhof begraben, können wir ihm nicht erweisen, denn der Priester erlaubt es nicht. Aber die Schande, dass wir ihn in den Friedhofgraben werfen, das hat Jokli von uns nicht verdient. Ist es nicht so?»

Herrn Máté Kaczkiás blieb dies eine Mal die Opposition im Halse stecken. Das aber, nein, das hätte er von Sepp nicht erwartet. Gewiss hat ihm das der Schulmeister beigebracht, denn aus eigenem Verstand waren ihm sonst noch nie solche Reden eingefallen.

«Ausserdem wäre es auch deswegen nicht ratsam, Jokli im Graben zu verscharren», meldete sich Hans Tibli, dem vorhin noch alles recht gewesen war, der aber jetzt ganz zum Schultheissen hinüberwechselte, «weil es bei uns zwar keinen einzigen seiner Artsverwandten gibt, aber die Juden werden von Tag zu Tag mächtiger. Vielleicht fällt ihnen eines Tages ein – wir kennen Joklis Sippschaft nicht –, uns wie ein ganzes Heer heimzusuchen; ein ganzes Dorf, die Juden des ganzen Landes könnten sich hier zusammenrotten und Rechenschaft fordern, wo wir Jokli hingetan haben, nicht wahr, he?»

«Das ist wohl möglich», warf der Notar zur grossen Bestürzung der ganzen Versammlung lakonisch hin und schmauchte mit unerschütterlicher innerer Ruhe gelassen an seiner Pfeife weiter.

«Nun, die Reihe ist an dir, Schultheiss Sepp!» spottete da der übertrumpfte öffentliche Vormund, nachdem er sich von der ersten Überraschung erholt hatte. «Lass uns hören, ob du auch aus eigenem Verstand etwas Kluges zu sagen hast. Was also soll mit Jokli geschehen?»

Gespannte, erwartungsvolle Stille trat auf diese Provokation ein.

In diesem Augenblick erhob sich Florian Schreiter am Ende des Tisches ebenso unerwartet wie würdig, überblickte mit ernster Feierlichkeit die Versammlung, legte die linke Faust auf den Tisch und wagte mit der rechten Hand, zwischen deren Fingern ein gefaltetes Zeitungsblatt sichtbar wurde, eine Rednergeste; dann begann er seine Ansprache mit erhobener Stimme: «Geehrter Herr Schultheiss, hochgeschätzte Geschworene und besonders verehrter Herr Notar! Wir haben uns hier bekanntlich deswegen so spät am Abend versammelt, damit wir über die Bestattung des Leichnams des unter uns während unzähliger Jahre umhergeschweift seienden, Jokli genannten jüdischen Mitbürgers, über die zweckmässigste Übereinkunft zu diskutieren, solange...»

«...Gott es gefällt», beeilte sich Hans Tibli, Florian Schreiter, der inmitten der gewählten Konstruktionen den Faden zu verlieren schien, Hilfe zu bringen.

«Solange wir nicht herauskalkuliert haben», fuhr Florian Schreiter fort, während er einen tadelnden Blick auf den ungerufenen Helfer warf, «welche die einzig mögliche, den göttlichen und menschlichen Gesetzen gleichermassen entsprechende Weise sei, nach welcher der oben beschriebene und nach den neuesten Gesetzen als unser Mitbürger qualifizierte Jude namens Jokli zu bestatten sein wird.»

Máté Kaczkiás konnte nicht umhin, seinem Nachbarn einen leichten Stoss zu versetzen, um ihn so auf die Anerkennung aufmerksam zu machen, die er der bewundernswerten rednerischen Fähigkeit Florian Schreiters zollte. Und der Schultheiss flüsterte ins Ohr des Gerichtsvorsitzenden: «Sehen Sie, der versteht es.»

Florian Schreiter sprach weiter: «Wie der werte Dorfvorstand vorhin in weiser Einigkeit im Laufe des soeben geführten Diskurses festgestellt hat, gibt es zwei Arten der Beerdigung: nämlich innerhalb und ausserhalb des Friedhofs...»

«Oder wenn man jemanden erschlägt», bemerkte Hans Tibli leise.

«Oder wenn jemand ertrinkt», sagte Freund Róka.

«... und man ihn nicht herausfischen kann», ergänzte die Opposition.

«Überlasst es nur ihm selbst. Florian weiss schon, was er sagen will», meinte Sepp, der Schultheiss, im Tone eines Protektors.

«Da aber», fuhr Florian Schreiter fort, «diese hochverehrte und über die Wohlfahrt des Ortes väterlich wachende Versammlung, deren bescheidenes Mitglied ich selbst auch bin, im vorliegenden Falle die Anwendung beider Arten aus verschiedenen Gründen ablehnen zu müssen glaubt, so will ich etwas vorschlagen...»

«Hört Schwager Florian, hört!»

«Seht ihr das da?» fragte Florian Schreiter,

indem er plötzlich seine auswendig gelernte Rede vergass. «Was ist das?»

«Das ist ein Stück Papier, in welches Toni Greisler jeweils Schmer und Speck einzupakken pflegt», antwortete Hans Tibli.

«Das stimmt nicht», lächelte Freund Róka, «der Toni Greisler verpackt den Schmer in Kohlblätter.»

«Das ist eine Zeitung», sprach Florian Schreiter langsam und nachdrücklich. «Eine echte, wirkliche Zeitung. Und wisst ihr, was in dieser Zeitung steht?» fragte er weiter und breitete das Blatt ehrfürchtig aus.

«Nichts!» tönte es von allen Seiten.

Diese barbarische Antwort brachte Florian Schreiter aus seiner majestätischen Ruhe.

«Ihr seid ungeschliffene, unwissende, dumme Menschen. Nicht einmal so viel Verstand habt ihr wie ein Huhn. Und vom Lauf der Welt wisst ihr und hört ihr nachgerade nichts. Ihr wisst nicht einmal, dass man die Menschen in vielen Ländern heute nicht mehr in der Erde bestattet, sondern im Feuer!»

«Im Feuer!» wiederholte der ganze Rat ungläubig staunend. Diese Mitteilung wirkte auf die Versammlung so bestürzend, dass sie ganz vergass, Florian Schreiter wegen der Grobheiten von zuvor zurechtzuweisen.

«Jawohl, im Feuer!» setzte Florian Schreiter seine Rede mit verklärtem Gesichtsausdruck fort. «Wer es nicht glaubt, darf es hier in der Zeitung mit eigenen Augen lesen, falls er zu lesen versteht. Man legt die Toten auf einen grossen Reisighaufen, zündet den an, und nur eine Handvoll Asche bleibt übrig. Die Ärzte sagen, das sei sehr gesund, es verursacht keine grossen Kosten, und man wendet es in der Welt überall schon an.»

Der Rat gab auch jetzt keinen einzigen Laut von sich; alle warteten mit offenem Mund, sich auf ihre Ellbogen stützend, auf Florian Schreiters weitere Worte.

Florian Schreiter schwang sich erneut auf die Höhe des rednerischen Pathos und beendete seine Ansprache folgendermassen: «Infolgedessen schlage ich dem verdienten Rat des Ortes vor, dass wir, indem wir uns der Notwendigkeit beugen, uns den überall in der Welt verbreiteten Neuerungen anzupassen, unseren Mitbürger, den Juden Jokli, weder innerhalb noch ausserhalb des Friedhofs begraben, sondern zum Ruhme des Dorfes auf dem Marktplatz feierlich verbrennen!»

Im Rat herrschte einen Augenblick lang tiefe Stille.

Dank der weitblickenden Vorsorge des Notars landete Jokli nicht auf dem Scheiterhaufen. Drei Tage später kamen etwa zehn alte, bärtige Juden aus der Stadt an und gingen in Joklis stille Kammer, deren Langeweile Jokli schon unerträglich war. Sie wuschen Jokli und legten ihm ein bis zu den Knöcheln reichendes neues, schneeweisses Hemd an. Sie umschwärmten Jokli wie einen grossen Herrn. Sie sprachen leise, flüsternd; sie murmelten ihre Gebete, um ihn ja nicht zu wecken. Jokli liess alles, was sie nur wollten, ruhig geschehen. Er erhob nicht einmal Einspruch, als man ihn in eine aus ungehobelten Brettern in Eile verfertigte unbedeckte Kiste legte, welche die Männer auf ihre Schulter hoben und forttrugen.

Es war eine wundervolle helle Sommernacht.

Durch den alten blaugesäumten, netzdünnen Gebetmantel, in den man seinen müden Kopf gewickelt hatte, konnte Jokli die Pracht des dunkelblauen Himmels, die glänzenden Sterne, ganz bequem betrachten.

Das Silberlicht des Mondes fiel gerade auf sein Gesicht, und schmerzhafte Erinnerungen durchzogen Joklis Seele; er dachte an Toncsi, der einst ebenso in die glänzende Sonne hatte blicken können, wie er jetzt auf den Mond schaute. Um wieviel leichter ist das; besonders für jemanden, der nach dem Beispiel des armen Jokli dort oben auf dem Mond einen so vornehmen Verwandten besitzt wie den heiligen David mit der Harfe. Mit einem Mal löste dann irgendein tiefdunkler Schatten die himmlische Helligkeit ab. Doch dieser Schatten war von Duft, Frische, geheimnisvollem Rauschen, Summen, von mystischer, tiefer, betäubender Freude erfüllt.

Der im Sarg schlummernde Jokli glaubte, dies sei das Paradies; aber es war erst der Wald.

Und als der eigenartige, eher fröhliche als traurige Trauerzug immer tiefer in den Wald eindrang, als die jahrhundertealten Eichen erkannten, dass der Mann, den man mit so grosser Pracht, unter Gebeten, die in flatternde Bärte gemurmelt wurden, und unter tausendjährigen Psalmen in solcher Bequemlichkeit ins Jenseits fahren liess, keine kleinere und geringere Person war als ihr guter Bekannter Jokli! – da entstand plötzlich ein grosses Gedränge, Geräusche ertönten eifrig, und alle im Wald weckten einander. Jeder wollte Jokli sehen, jeder wollte erfahren, wohin er gehe. Die

Siebenschläfer des Waldes, die Amseln und Spechte bewegten im Schlaf die Flügel, die Erinnerung an ein Lied huschte durch ihre Träume, doch vermochten sie nicht zu erwachen und wünschten Jokli nur leise lallend «glückliche Reise». Aber die anderen Vögel erwachten alle, und ein wunderbares Flüstern, ein melodisches Murmeln begann im Laub.

Und dann hob plötzlich die Nachtigall an zu singen.

Jokli spürte, wie die alten, bärtigen, trockenen Totenträger, auf deren Schultern sein Sarg ruhte, erzitterten. Sie hatten noch nie etwas Ähnliches gehört. Jokli dagegen kannte alle Lieder der Nachtigall auswendig, ausgenommen dieses eine, das sie gerade sang, denn das war ein neues Lied, welches die Nachtigall eigens für diesen Anlass gedichtet hatte: Requiem für Joklis Beerdigung...

Im Gewölbe der dunklen Zweige brach hier und dort der Mondschein durch, und das Licht zerfiel in den gewundenen engen Laubgässchen. Oben von einer Steineiche blickten zwei winzige, glänzende Augen auf Jokli herab; ob er wohl aufmerken werde? Es war das Eichhörnchen.

Als Jokli schon weit entfernt war und immer noch so tat, als hätte er nichts bemerkt, rief das Eichhörnchen ihm zornig nach: «Jüdchen-Bübchen Jokli, willst du Haselnüsse?»

Ein vertraulicher Fink fragte: «Was verkaufst du, Jokli?»

Und als Jokli auch hierauf nicht antwortete, da beschämte ihn eine kleine verbitterte Grille: «Ei, Jokli, bist du ein grosser Herr geworden, dass du nicht einmal mehr Antwort gibst!»

Und Jokli lachte nur vor sich hin. Gott hatte ihn wirklich erhöht. Ein Grosshändler war er geworden! Einst hatte er nur billigen Stoff und Bänder zu verkaufen, nun bot er Bretter feil. Welch ein Unterschied!

Als bei der Morgendämmerung am Horizont die ersten Strahlen erschienen, als sollte auf diese märchenhafte Sommernacht eine noch glänzendere Fortsetzung folgen, da langten Joklis Begleiter beim Tor einer endlosen Stadt an, wo die Häuser mit eingemeisselten goldenen Buchstaben und mit viel schönem Schmuck bedeckt waren. Durch dieses Tor geleitete man Jokli unter lauten Psalmen und mit grosser Ehrerbietung hinein, und man legte ihn am Rande eines neu ausgehobenen Grabes nieder. Dann trat der älteste Jude, der den längsten Bart hatte, zu ihm, lüftete Joklis Leichentuch und sprach mit frommem, gesungenem Gebet, während die anderen mit ihren von der durchwachten Nacht gezeichneten Gesichtern sich um Joklis Sarg versammelten: «Und vergib uns, die wir uns gegen dich versündigt haben mögen, und vergib ganz Israel. Amen.»

Kálmán Mikszáth

Das Geschäft des Grafen Kozsibrovszky

Ich nehme an, dass Sie den Grafen Kozsibrovszky kennen. Wenn nicht anderswo her, so aus meinen Erzählungen. Einmal muss er unten durch, einmal ist er obenauf, doch bleibt er stets ein Gentleman. Gelegentlich verschwindet er für Jahre, es heisst: es ist aus mit ihm, er führt ein Schmarotzerleben bei irgendeinem russischen Fürsten; solches wird ihm nachgesagt, dann taucht er plötzlich wieder auf in seinem alten Glanz, in den Klubs, auf den Rennbahnen, unter Politikern, in Krakau, Wien oder Budapest.

Neulich (etwa zwei Jahre ist es her), als er sein Quartier in Graz aufschlug, in der Stadt der pensionierten Leute, da prophezeihten jene, die sein Versteck kannten: «Nun, jetzt ist er aber wirklich schon im Friedhof, dieser vergnügte Kerl, unser Kozsibrovszky. Agent ist er geworden bei einer Immobilienfirma, die sich hauptsächlich mit dem Verkauf von Villen befasst (‹Kruse & Co., die Verschönerer der Natur, Hauptstrasse 11›). Agent in Graz! Ein schreckliches Ende. Da gibt es keine Auferstehung mehr.»

Und doch ist er wieder auferstanden.

Damit er jedoch auferstehen könne, zu diesem Behuf hatte zuerst jemand sterben müssen.

Dieser Jemand war niemand anders als seine

einstmalige Amme, eine gewisse Frau Alojsia Schrammel in Lemberg, die sich in ihrem späteren Leben aus der Herstellung künstlicher Blumen ein kleines Vermögen gesammelt hatte und die, als sie ihr letztes Stündchen nahen fühlte, selber kinderlos, sich an den kleinen Wurm erinnerte, den sie einst an ihrem Busen genährt; sie vermachte ihm also zwanzigtausend Forint Bargeld sowie ihren Laden, der voll war mit Schachteln, die alle künstliche Blumen enthielten.

Nachdem Kozsibrovszky die Begebenheiten erfahren hatte, fuhr er geradewegs nach Lemberg und schnappte nach dieser unerwarteten Erbschaft wie ein Hund nach der Fliege. Schliesslich gilt: kleine Fische, gute Fische. Die arme alte Alojsia - schön hat sie gehandelt und eigentlich ganz logisch. Solange sie Milch hatte, ernährte sie den kleinen Kozsibrovszky damit, und jetzt hinterliess sie nach der Milch auch einige feste Brocken. Es ist zwar wahr, dass sich zwischen der Milch und der festen Nahrung zeitlich eine recht grosse Kluft auftut, aber es ist doch auch so ganz gut.

Das Geld übernahm der edle Graf; was aber das Geschäft betraf, so hatte er sich wegen der Erbschaftsformalitäten in Lemberg aufzuhalten und dabei die Musse, ein hübsches Ladenfräulein zu suchen, dem er es auf echte Kavaliersart verschenken konnte.

Da nun Kozsibrovszky diese vom Himmel gefallene Summe in seiner Börse fühlte, sprach er in der Eisenbahn auf der Reise nach Ungarn folgendermassen zu sich: «Sei jetzt gescheit, Kozsi! Gib jetzt acht, Kozsi! Dies ist der letzte Strohhalm, den das Schicksal dir zuwirft, damit du daraus den Korb flechten kannst, um dich darin weich zu betten. Nichts vom Kartenspiel, sage ich. Sondern du musst durch deine Klugheit, deine Geschicklichkeit dir deine einstige Position zurückerobern. Hör auf mich, Kozsi! Von Kruse & Co. hast du wohl genug gelernt, so nütze nun dein Wissen!»

Und tatsächlich gehorchte er sich selber, bis zum Komitat Zemplén machte er keinen Halt. Dort stieg er aus und kaufte ein Gut für achtzigtausend Forint. Eines, wie er es gerade brauchte. Und er brauchte eines, nach welchem sonst keine Seele die Hand ausstreckt.

Einen Wald sollte es darauf geben, zu welchem der Zugang erschwert ist, ferner ein geräumiges Jagdschloss; dann darf das Gut auch Äcker umfassen, das schadet nicht, könnte sogar nützlich sein, insbesondere wenn etwas Grünes darauf spriesst, gerade Hafer muss es ja nicht sein. Man fordere nicht allzu viel.

Im Komitat Zemplén gibt es tatsächlich solche von Gott geschlagenen Dominien. Alte Schlösser mit ihren Türmen stehen an unzugänglichen Orten, erbaut von historischen Potentaten, damit kein Feind sie finden könne, wenn sie sich dort verschanzten. Oder es sind hübsche Jagdschlösser aus jener Zeit, da im Walde noch Raubtiere hausten.

Auch das Gut von Trimóc war von solchem Schlag. Irgendein protestantischer Kirchenkurator hatte es ursprünglich besessen, und er gebrauchte es (darum war er Hauptkurator geworden), um als ein durch seine Wohltätigkeit berühmter Grossadliger auftreten zu können. Darum also lauerte er beinahe ungeduldig darauf, zu erfahren, wo ein Dorf abbrannte; auf der Stelle bot er dann den Brandgeschädigten Bauholz aus dem Wald von Trimóc an – und zwar ohne jede Rücksicht auf die Konfessionsunterschiede. (Tja, was es doch für vorzügliche Menschen einst gegeben hat!) Freilich konnte er dies tun, denn die ganze Angelegenheit sprang nur in den Zeitungen so munter umher, in der Theorie. In der Praxis aber genügte es dem armen Brandgeschädigten völlig, dass sein Haus vom Feuer zerstört worden war; dass er für das umsonst hergegebene Bauholz sein Leben und das seiner übriggebliebenen Zugtiere auch noch aufs Spiel setze, konnte man von ihm nicht mehr verlangen. Es galt als lebensgefährlich, auch nur einen Balken von dort herunterzuholen, das heisst heruntergleiten zu lassen. Und es kostete mehr, als wenn man ihn in der Apotheke bestellt hätte.

Nach dem drei Jahre zuvor erfolgten Tod des opferbereiten gnädigen Herrn war das Gut von Trimóc in die Hand eines klugen Neffen gekommen, dem es durchaus keine Einnahmen brachte. Er bot es allen möglichen Leuten zum Kauf an, doch man lachte ihn aus. Er dachte gerade schon daran, es dem Oberungarischen Kulturverein zu schenken, als Kozsibrovszky, der sein Duzfreund war, sich bei ihm einstellte und für das «Dominium» achtzigtausend Forint bot.

«Hast du vielleicht irgendeine Goldgrube entdeckt, mein Alter?»

Kozsibrovszky lächelte geheimnisvoll. «Das wird sich weisen.»

In Kürze hatten sie den Vertrag aufgesetzt. Kozsibrovszky warf zwanzig Tausenderscheine als Anzahlung hin: «Den Rest bringe ich später.» Hierauf schüttelten sie einander die Hand und genehmigten sich den Kauftrunk, wie das in Ungarn und auch auf polnischem Boden Sitte ist.

«Aber jetzt bekenne wirklich, mein Freund, was hast du mit diesem armseligen Gut vor?»

«Nun, erst einmal will ich es ausstatten.»

«Den Wald?» wunderte sich der andere.

«Auch den Wald», antwortete Kozsibrovszky mit unsicherer Stimme.

«Und womit stattest du ihn aus?»

«Ei, mit allem, was so dazugehört. Mit toten und lebenden Einrichtungen.»

«Und dann?»

«Dann lasse ich das Schloss verschönern.»

«Und dann?»

«Dann folgt das andere, du wirst schon sehen.»

Das Gut bestand aus etwa achtzehnhundert ungarischen Joch Waldungen und aus ungefähr vierhundert Joch anderen Äckern, welche, um ein Beispiel zu nennen, sich zur Herstellung von Lehmziegeln ausgezeichnet geeignet hätten. Dass sie sich für etwas anderes hätten eignen sollen, hierfür gibt es keinen Anhaltspunkt. Es fanden sich dort auch Steine, und zwar in grosser Zahl, brauchbar bei einem Bauunternehmen, wenn wir die Lehmziegel schon zur Sprache gebracht haben. Denn entweder die Lehmziegel oder die Steine sind überflüssig. Wozu sollen sie einander Konkurrenz machen? Darüber hinaus perlten fürstliche Quellen hier und dort. Einen grossen Wert hätten die in Budapest, einen unermesslichen Wert. Aber hier in dieser Gegend wohnen ja nicht einmal Menschen. Nur die Vögel trinken da, welche dieses Wasser nicht zu schätzen wissen, ist ihnen doch selbst der Tau auf den Blättern der Bäume gut genug.

Freilich gibt es noch brave, ehrliche Menschen in anderen Winkeln der Welt, die all dies doch zu würdigen verstehen.

Kozsibrovszky liess sich von hier geradewegs nach Homonna fahren, wo er sich mit den Baumeistern über die Verschönerung des Schlosses einigte.

Dann suchte er auf dem Marktplatz den Laden des Juden auf, der mit Altmetall handelte. Man wusste dort vor Verlegenheit kaum, welchen Platz man dem vornehm gekleideten Herrn anbieten solle.

«Womit kann ich dienen, küss' die Hand.»

«Könnten Sie mir wohl alte Hirschgeweihe besorgen?»

Der Jude blickte verwundert fragend zum Grafen hinauf, ob er nicht scherze, doch plötzlich schlug er sich auf die Stirn. «Zur Zimmerdekoration, nicht wahr?» sagte er, erfreut, dass er es erraten hatte.

«Ja, so was, jawohl.»

«Ja warum könnte ich nicht? Miksa Kramer kann alles. Miksa Kramer hat viele kleine Kinder.» (Kramer pflegte von sich stets in der dritten Person zu sprechen.) «Die Armut ist der beste Professor.»

«So besorgen Sie welche. Je schneller, desto besser.»

«Wie viele braucht man ungefähr?» fragte Kramer händereibend.

«Um die sechs Wagenladungen», antwortete Kozsibrovszky.

Miksa Kramer stutzte, er schlug die Hände

zusammen. «Oh, weh ihm!» (Nämlich weh Miksa Kramer.) «So viele Geweihe hat der Hirsch ja gar nicht.»

«Sie sind ein Narr, Kramer; einer hat natürlich nicht so viele, viele Hirsche aber haben sie.» Und damit öffnete er seine Börse und legte eine Hunderternote vor Kramer hin. «Nehmen Sie das zur Anregung. Ich bezahle Sie gut, wenn Sie alles herbeischaffen. Die Ware darf alt sein, gross, klein, mit zwei Stangen oder vielen Sprossen; einerlei, wenn es nur Geweihe sind. Mitte März komme ich vorbei und lasse sie abholen.»

Miksa Kramer versprach endlich, dass die gewünschten Geweihe zur richtigen Zeit vorhanden sein würden, und Kozsibrovszky reiste hernach ruhig nach Budapest.

Von hier sandte er einen schönen Brief an die «Verschönerer der Natur» und teilte ihnen mit, dass er vom Spass genug habe, da er nun sein eigener Herr sei und sein Dominium in Ungarn persönlich zu verwalten wünsche.

Er machte sich denn auch Hals über Kopf an diese Aufgabe; er erwarb ein schönes Vierergespann; irgendwo an einer Auktion kaufte er zu Spottpreisen eine Menge unbrauchbare landwirtschaftliche Maschinen (und zwar solche, die nicht funktionierten und auch nicht mehr zu reparieren waren), die alle liess er nach Trimóc schaffen; ebenfalls an einer Auktion erstand er zwei Vorderladerhaubitzen, die würden sich vor dem Eingang wundervoll ausnehmen.

Und in der Zwischenzeit besuchte er fleissig das Kasino, hielt sich Tag für Tag hinter dem alten Grafen Vágrányi auf, der als ein leidenschaftlicher Liebhaber von Wetten bekannt war.

Nach jedem dritten oder vierten Wort fuhr er auf: «Wer wettet mit mir?»

Kozsibrovszky lauerte so lange, bis er endlich ein günstiges Thema fand, eine unhaltbare Behauptung (darin war Graf Vágrányi unerreicht), und er begann seine Zweifel zu äussern.

«Wettest du also mit mir?» fragte Vágrányi mit der ihm eigenen Heftigkeit.

«Es fragt sich worum», antwortete Kozsibrovszky bescheiden.

«Worum auch immer. Was du willst.»

«Nun gut», willigte Kozsibrovszky ein. «Lass uns wetten um dreissig Säcke mit lebenden Hasen.»

Vágrányi lächelte, schlug aber ein und verlor so die dreissig Säcke mit den lebenden Hasen.

Als es zur Begleichung der Schuld kam, hätte Vágrányi die Hasen gerne in Geld verwandelt, doch Kozsibrovszky gab nicht nach; er brauche kein Geld, er benötige die lebenden Hasen, und somit, ob lächerlich oder nicht, hatte der Graf die Langohren tatsächlich als Naturalleistung auszuliefern und den Verwalter des Gutes im Tiefland brieflich anzuweisen, er möge sie herbeischaffen.

Sobald der Winter zu Ende war und «Gottes Kühlein», die Marienkäfer, bei der ersten Frühlingssonne zwischen den Erdschollen hervorkamen, um sich in ihrem Schein zu wärmen, begann Kozsibrovszky mit der Ausstattung des Gutes.

Er liess das Schloss verschönern, und dann transportierte man die sieben Wagenladungen Hirschgeweihe unter Leintüchern zu nächtlicher Stunde von Homonna nach Trimóc. Am

Tage darauf dingte Kozsibrovszky Arbeiter, vier für jeden Wagen, worauf sich die Fuhrwerke in Bewegung setzten, auf verschiedene Teile der Waldung zu.

«Nun, Kinder», ermunterte Kozsibrovszky die Tagelöhner, «langt zu, streut die Geweihe aus!»

Jene blickten verwundert auf ihn. «Wozu soll das gut sein, gnädiger Herr?»

Kozsibrovszky lachte. «Wenn wir Geweihe in den Boden pflanzen, werden Hirsche spriessen.» Und er blinzelte schelmisch. «Streut sie gleichmässig, nicht nur an einem Ort. Und bedeckt sie ein wenig mit dürren Blättern, denn die Hirsche selbst scharren sie ja auch so ein.»

Ein närrischer Boden ist das! Nichts in der Welt vermag ihn zu erfreuen, nur der Frühling, und auch der bloss zwei Wochen lang. Dann allerdings legt er sich seine prächtigsten Kleider an; die Farnpflanzen überziehen die Felder und reichen bis zur Hüfte, die Blätter, die Wolfsmilch, die Malven strecken sich. Wer sich mit Laienaugen auf dem Feld umschaut, könnte meinen, er stehe auf reichem, fruchtbarem Boden. Wunderbar ist es! Ein grüner Teppich, menschenhohe Gewächse, bedeckt die rötliche Erde. Ein schlechter Mensch, der hiervon nicht entzückt ist. Und wer entzückt ist, ist wiederum ein dummer Mensch. Denn diese grünen Pflanzen taugen zu nichts in der Welt, sie schmeicheln nur dem Auge. Der Boden von Trimóc ist wie ein faules Pferd; es springt nervös und spielerisch umher, lässt sich bitten, doch wenn man es einmal für eine nützliche Arbeit einspannt, da bewegt es selbst ein Gott nicht vom Fleck. Du kannst diesen Boden ermuntern, düngen, pflügen, eggen, er antwortet in slowakischer Sprache: «Ne mozem – es geht nicht.»

Kozsibrovszky verstand es freilich nur allzu gut, die Gelegenheit beim Schopf zu packen, und er fuhr zu Beginn des Frühlings nach Berlin, um im Kreise der dortigen Aristokratie für sein Gut einen Käufer zu suchen. Und er fand auch einen. Denn in Deutschland gibt es alles im Überfluss, nur keinen Boden. Der Kaiser selbst ist der erste Gutsbesitzer mit etwa achtzigtausend Joch Boden, auf dem an die vierzig Burgen und Schlösser stehen. Der sächsische König ist der zweite Gutsbesitzer mit zehntausend Joch Boden und zwanzig Schlössern, und auch die anderen Dominien sind alle von so kurzem Atem. Es sind Äcker, gepflegt wie Gärten, kreuz und quer aufgestochert, von Kanälen durchzogen. Auch die allzu grosse Kultur ist lächerlich. Es fehlt nur noch, dass man die Erde siebte. Doch es mangelt dort ja an jeglicher Poesie. Tiere sieht man nur im Tiergarten oder in den Menagerien. Springt hier und dort einmal ein wilder Hase aus dem Busch, die deutschen illustrierten Journale photographieren ihn womöglich.

Irgendein Baron Sebastian Knopp, ein reicher Bankier und Fabrikant, suchte zu jener Zeit ein an Wild reiches Gut in einem der Nachbarländer. Kozsibrovszky lernte ihn kennen, und als er auch vor ihm seinen Wunsch erwähnte, antwortete er zögernd: «Also das lässt sich bei uns finden. Auch ich selbst habe ein Gut, das feil ist. Wertvolle Äcker und prächtige Waldungen. Wenn Ihnen nichts Besseres begegnet, Herr Baron, so sehen Sie es sich einmal an, wenn Ihr Weg Sie dorthin führt.»

«Hm. Die Frage ist, ob es darin Wild gibt. Denn, sehen Sie, lieber Graf Kozsibrovszky, ich habe grosse Geschäftsverbindungen mit hohen, ja mit den höchsten Persönlichkeiten, deren Liebenswürdigkeit ich jeweils mit nichts anderem erwidern kann als durch eine jährliche Einladung zur Jagd. Ich brauche also ein Jagdschloss und einen Bestand an Wild zum Schiessen.»

Kozsibrovszky schüttelte geringschätzig seine rechte Hand. «Dann, mein lieber Baron Knopp, werden wir kaum ein Geschäft machen, denn mein Gut ist nicht irgendeine Zugabe zu den Hasen, kein Wildfundus. Es ist ein Stück kultiviertes Europa, ein kleines Paradies in seiner Art, wo sich die Jagd nur als Nebensächlichkeit erwähnen lässt. Allerdings eignet es sich auch hierfür erstrangig.»

«Glauben Sie?»

«Bitte, sehen Sie es sich einmal an. Obwohl, wie gesagt, ich selbst ihm in dieser Hinsicht kein besonderes Gewicht beimesse.»

«Sie pflegen nicht zu jagen?» wunderte sich der Baron.

«Niemals. In meiner Jugend schoss ich einmal auf einen Treiber, einen jungen Burschen. Nicht aus Ungeschicklichkeit, sondern absichtlich. Ich war ein Kind, Spross eines grossen, feudalen Geschlechts, erzogen inmitten närrischer mittelalterlicher Ideen. Mein Vater hatte mich zum ersten Mal auf die Jagd mitgenommen in die litauischen Waldungen, und ich hörte, wie der Oberjäger ihm meldete, so und so viele Gemsen und Hasen habe man erlegt, ausserdem seien zwei Treiber verwundet. ‹Ach so›, dachte ich, ‹wir jagen also auch Treiber›, und da ich mich schämte, bisher nichts geschossen zu haben, legte ich auf einen in meiner Nähe stehenden Burschen an und schoss auf ihn. Seine Wunde, sein Jammern rührten mich; damals gelobte ich, nie wieder auf die Jagd zu gehen, und ich habe es bis heute gehalten.»

«Sie sind ein starker Charakter, Graf Kozsibrovszky», meinte der Preusse. «Und was für Wild gibt es im Wald?»

«Ich glaube, alles mögliche.»

«Nun, dann will ich das Gut besichtigen.»

«Wann?»

«Meinetwegen gleich jetzt.»

Kozsibrovszky dachte nach. «Jetzt gerade bin ich einige Tage beschäftigt, doch falls Sie Lust haben, so kommen Sie gegen Ostern.»

Der Baron schaute in seinen Taschenkalender. «Am 24. April mache ich mich auf den Weg und treffe dort am 26. mit dem Nachmittagszug ein. Passt Ihnen das so?»

«Ich werde Sie an der Station erwarten. Abgemacht.»

Es war ein schöner Frühlingstag, als Kozsibrovszky am Morgen des 26. April in seinem verwunschenen Schloss erwachte, in welchem nur vier Menschen wohnten: ein alter Feldhüter, gleichzeitig Majordomus, der auch die Kuh pflegte, ein Kutscher, dem die vier Paradepferde anvertraut waren, eine Magd, welche die Küche besorgte, sowie der Diener des Grafen beziehungsweise sein Sekretär, eigentlich auch er ein adliger Pole, Graf Stiriverszky, der aber zur fraglichen Zeit – der gräflichen Lebensweise bar – bei der Trimócer Herrschaft die Rolle des Baptiste spielte.

Kozsibrovszky pflegte sein Frühstück, gekochte Milch und Toast, im Bett einzunehmen und hernach seine lange Pfeife zu rauchen.

«Baptiste, stopfe meine Pfeife und bring sie mir her.»

«Warte», antwortete Baptiste, «bis ich mein Frühstück zubereitet habe.» (Es traf sich öfters, dass Kozsibrovszky Baptistes Diener war, denn das Glück ist in Polen launisch.)

Nachdem Baptiste das Verlangte herbeigeschafft hatte, stützte sich Kozsibrovszky auf seinen Ellbogen, schmauchte an seiner Pfeife und plauderte gemütlich.

«Ein grosser Tag steht uns heute bevor, Baptiste. Heute entscheidet sich, was aus uns wird. Welche Stille ist hier jetzt. Du wirst schon sehen, was für ein Treiben am Nachmittag herrschen wird.» Er blickte auf seine Uhr. «Wenn der alte Wecker richtig geht, so haben wir noch eine Stunde. Dann beginnt die Vorstellung. Der Koch mit den Küchenjungen kommt aus Budapest mit dem Halb-zehn-Uhr-Zug an. Du springst nach Oklád hinüber, Baptiste, wo die Treiber nun schon versammelt sind. Diese Nacht müssen die dreissig Sack Hasen angekommen sein. Du selbst begleitest die Treiber und ordnest es so, dass unsere braven Gehilfen ihre Leinengefängnisse am rechten Ort, zur rechten Zeit und auf rechte Weise verlassen. Aha, etwas rasselt hier unter dem Fenster. Die gemieteten Pflüge kommen. Was für Esel, habe ihnen doch klar gesagt, sie sollten sich erst am Nachmittag ans Werk machen. O weh, Baptiste! Ich habe mich in hohe Kosten gestürzt, mich sehr weit gestreckt, Baptiste! Wenn diese Sache da schiefgeht, sind wir verloren.»

Es war ein allgemein lärmiger Tag, der über Trimóc anbrach. Während Kozsibrovszky seine Pfeife rauchte, begann der ganze Hof sich zu beleben und zu bevölkern. Fuhrwerke kamen mit allerlei Geräten, livrierte Diener von hier und dort. Und weiter eine Menge leere Kaleschen und Einspänner.

Baptiste lief immer wieder hinaus und meldete dann, dies oder jenes sei gekommen.

«Die gemieteten Kaleschen», brummte Kozsibrovszky.

Diesen folgte ein schweres Fuhrwerk, beladen mit wunderschönen Bauernmädchen, ein zweites Fuhrwerk brachte Männer, auf einem dritten Wagen standen gedrängt Zigeunermusikanten mit ihren Bratschen, Violinen und dem Zimbel.

«Was sollen denn die?» fragte Stiriverszky.

«Das sind unsere Hofzigeuner. Führe sie in die Kammer, dort liegen die Kostüme, die ich an der Versteigerung in Kassa von der bankrotten Schauspielertruppe gekauft habe; kleide sie ein. Aber es wird nun Zeit für mich zum Aufstehen.»

Langsam, umsichtig zog er sich an. Während er sich rasierte, blickte er immer wieder zum Fenster hinaus, denn jeden Augenblick geschah etwas. Als hielte man draussen eine Theatervorstellung ab, wo die im voraus berechneten Auftritte und Aufmärsche alle im richtigen Zeitpunkt erfolgen.

«Ah», sagte er zufrieden und schnipste mit dem Finger, «der Landwirtschaftsminister ist eingetroffen.»

Auf dieses Wort hin sprang aber nun selbst Stiriverszky zum Fenster. Ein Minister ist in

Trimóc keine so alltägliche Erscheinung, dass man sich deswegen nicht aufregen sollte.

«Hahaha», lachte Stiriverszky, «das ist doch der Advokat Slamcik aus Homonna.»

Er war es tatsächlich, Fiskalis Slamcik. Inzwischen war er auch schon eingetreten und schüttelte den Staub der Landstrasse, Blätter und all das nicht dorthin gehörende grüne Zeug aus seinem üppigen Bart. Er war schön gekleidet, trug seinen Sonntagsanzug, als käme er aus der Kirche.

«Guten Morgen, mein Gräfchen, Duschitschka, da bin ich pünktlich wie der Smrtj, der Tod. Gott gebe gute Arbeit.»*

«Nun, so setz dich, Leopold, und trink ein wenig Schnaps. Und dann greif zu, ordne alles; ihr sollt in der Küche herumwerken, während ich den Gast an der Bahnstation abhole.»

«Wann kommt er an?»

«Mit dem Ein-Uhr-Zug.»

«Wer kommt alles?»

«Er und sein Sekretär.»

«Fachleute?»

Kozsibrovszky zuckte die Achseln. «Er hat sogar ein Buch über die Jagd geschrieben.»

«Das ist gut so, mein Freundchen», jubelte Slamcik, «denn worin der Deutsche Fachmann ist, davon er nichts versteht. Und in welchem Alter ist er?»

«So gegen die siebzig.»

Slamcik rieb sich die Hände vor Freude. «Die besten Jahre. Für uns, intellegitur, nicht für sie. Die Affen-Jahre, intellegitur. Und wie alt ist sein Sekretär?»

* Slamcik ist Slowake und spricht ein fehlerhaftes Ungarisch. (Anm. d. Übers.)

«Das ist ein junger Verwandter, mit Namen Hanck, etwa fünfundzwanzig Jahre alt.»

«Er wird ein taktloser Kerl sein. Also in den Ziegenbock-Jahren. Die Ännchen Komelik wird es tun für ihn. Ich sie werde lehren.»

«In was für Hieroglyphen sprichst du da von den Jahren?»

«In solchen, dass ein jeder Mensch in irgendwelchen Jahren steht.»

«Und du, in welchen bist du?»

«In den Fuchs-Jahren, mein Freundchen.»

«Du, Slamcik, trinke nicht mehr von dem Schnaps, denn du hast heute irgendwo schon getrunken. Ich spüre es an deinen Reden.»

«An denen du allerdings nichts spürst. Denn das ist eine alte Geschichte. Und eine kluge Geschichte. Älter als dein Schnaps. Ich trinke noch ein Gläschen. Auf dein Wohl, mein Gräfchen. Es heisst nämlich... in der Geschichte natürlich: Gott hat sich erzürnt gegen Adam, weil der vom Apfel gegessen hatte. Siehst du, als gottesfürchtiger Mensch esse ich seither nie mehr einen Apfel. Und trinke keinen Apfelwein. Also, wie gesagt... wo war ich gerade? Gott warf den Menschen auf die Erde hinunter, damit er eines furchtbaren Todes sterben möge. Eines blieb aber noch zu entscheiden, wann nämlich Adam und Eva sterben sollten. Der Termin, das war fraglich. Der Herr dachte, sie möchten vierundzwanzig Jahre leben. So lange ist Leben etwas wert. Der Mensch jedoch hielt das für zu wenig und kam vor Gott, um sich zu beklagen. Sagt Gott zu ihm: ‹Ne mozem, Adamko, daj mi pokoj – ich kann nicht, Adamchen, lass mich in Ruhe; habe die Jahre unter den Kreaturen alle schon verteilt.›

Der Mensch jammerte so lange, so und so, es sei nicht gerecht, bis zum zwanzigsten Jahr wachse er ja, also wozu die grosse Vorbereitung für die winzigen vier Jahre? Gott sah das ein und sprach: ‹Habes rectum, woher aber nun ich soll Jahre nehmen? Ei, habe ich selber keine, so will ich welche entlehnen.› (Daraus hat ungarisch Gentry Schuldenmachen gelernt.) Gott rief also die Tiere herbei, welche in der Nähe standen, zuerst den Ziegenbock, von dem borgte er fünf Jahre für den Menschen, dann bat er den Fuchs herbei, auch der übergab zehn von seinen Jahren, da hatte der Mensch schon vierzig Jahre. Gott blinzelte auf Adam: ‹Genügt's, Adam?› Der schüttelte seinen Kopf: ‹Es genügt nicht, keineswegs genügt es.› Da erbat der Herr zehn Jahre vom Ochsen. Der gab sie auch her (ist wohl darum ein Ochs). ‹In diesen Jahren›, sprach der Herr zu Adam, ‹wirst du das Joch genauso ziehen wie der Ochs. Brauchst du noch mehr?› Adam sagte, er wolle mehr. Da nahm Gott schon vom Esel zehn Jahre weg. Der Mensch wünschte immer noch mehr; es stand aber kein anderes Tier mehr dabei, nur der Affe, von dem also hatte man den Rest zu entlehnen. Nun, hast du jetzt verstanden, mein Gräfchen, wovon ich gesprochen habe?»

«Sagen wir, dass ich dich verstehe. Und ich freue mich sehr, dass du dich gerade in den Fuchs-Jahren befindest. Indessen, gebrauche deinen Verstand, Leopold, und vergiss nicht, dass du ein Minister bist, der gerade hier aufgetaucht ist, um mich zu besuchen, während ich eben unterwegs war, um meine Gäste abzuholen.»

«Oh, natürlich vergesse ich es nicht. In meinem ganzen Leben wird mir das eine hübsche Erinnerung sein.»

«Beim Mittagsmahl sitzt du zu meiner Rechten.»

«Und auf welche Zeit bestellst du das Essen?»

«Auf vier Uhr. Von der Bahn führe ich die Herrschaften geradewegs in den Wald, und bevor wir allzu weit gegangen sind, wird Striverszky, der beim Loslassen der Hasen tätig ist, mir zu Pferde nachjagen und melden, du seist angekommen. Alles muss so klappen, wie wir es vereinbart haben.»

Kozsibrovszky machte sich bereit, die vier Braunen draussen stampften schon unruhig. Er liess zwei schöne Gewehre auf den Wagen legen. Er kam heraus, blickte im Hof herum, wo zwischen den Wirtschaftsgebäuden die Maschinen in poetischer Unordnung standen; hier und dort gab es eine Kalesche, als wäre sie zufällig dort vergessen worden. In der Küche arbeiteten der Budapester Koch und sein Gehilfe emsig, kramten aus Kisten die mitgebrachten Delikatessen hervor, gemästete Gänse, Gurken, zwei Melonen, Hammelrücken, Fische, Kaviar, und weiss der Teufel, was alles noch.

Die Dienerin rang die Hände vor der Küchentüre: «Oh, Jesulein, Jesulein, was geschieht denn heute hier?»

Draussen im Vorhof, da sassen bildhübsche Bauernmädchen, sie kicherten und scherzten mit dem Mannsvolk.

Einer der slowakischen Burschen lüftete seinen Hut. «Und was sollen wir, gnädiger Herr Graf?»

«Ihr, mein lieber Sohn, ihr bekommt euren Tagelohn auf ehrliche Weise. Ihr esst und trinkt und benehmt euch brav. Das ist alles. Und wenn ich ankomme, da zerstreut ihr euch, der eine in den Garten, der andere in den Hof, und tut so, als würdet ihr etwas arbeiten. Und sollte ich euch mal rufen und euch sagen, dass ihr ein wenig tanzt, nun, so werdet ihr tanzen. Denn im Grunde will ich einem hohen ausländischen Herrn vorführen, wie die Ungarn sich vergnügen. Das ist alles, was ich von euch wünsche. Wieviel Lohn verlangt ihr also dafür? Hat der Herr Notar das mit euch nicht abgemacht?»

«Er hat nichts darüber gesagt, uns nur herbestellt.»

Sie blickten einander an, flüsterten; endlich sagte der Älteste: «Die Frage ist, gnädiger Herr, wie lange das dauern wird.»

«Lächerlich. Einige Stunden heute nachmittag. Wenn der fremde Herr abreist, könnt auch ihr abziehen.»

Der Bauer kratzte sich am Kopf. Es gefiel ihm nicht, dass die Beschäftigung nur einen Tag dauern sollte.

«Nun, in Amerika», sagte er lustlos, zwischen den Zähnen, «dort bezahlt man zwei Taler am Tag, und das ist mehr als vier Forint.»

Kozsibrovszky zog seine Brauen zusammen. «Schon gut, aber wir sind hier nicht in Amerika, mein Freund, komme mir also nicht frech mit Amerika. Und ausserdem ist das ja keine ordentliche Arbeit!»

«Darum geht es eben», entgegnete der Wortführer des Volkes, «wäre es ordentliche Arbeit, da sagten wir keine Silbe. Aber solche Dinge sind wir nicht gewohnt.»

«Unersättliche Slowaken, das seid ihr!» fuhr

Kozsibrovszky erregt auf. «Hei, Baptiste, Baptiste, komm bitte her und schiesse einige von ihnen nieder!»

Auf dieses drohende Gekrächze hin begannen nun die ausgewählten Bauernmädchen und -frauen entsetzt zu kreischen. Die Männer wiederum gaben klein bei und schlugen versöhnlichere Töne an.

«Hören Sie nicht auf ihn, bitte sehr. Was weiss der schon? Nur der Schnaps spricht aus ihm. Wir nehmen es an, was Sie uns geben, gnädiger Herr.»

«Die Frauen erhalten drei Forint, die Männer zwei», entschied Kozsibrovszky.

Das aber forderte Widerspruch heraus. «Wie kann denn das sein, bitte untertänigst? Wie können die Frauen mehr bekommen?»

«Weil die Frauen schöner sind», antwortete Kozsibrovszky.

Alles ging, wie es Kozsibrovszky berechnet hatte. Der Zug lief pünktlich ein, und einem Abteil der ersten Klasse entstieg der preussische Baron, gefolgt von einem bezaubernd schönen kleinen Frauenzimmer.

«Meine Cousine, die verwitwete Frau Wraditz», beeilte sich der Baron sie vorzustellen.

Kozsibrovszky hatte von der schönen Witwe schon gehört, deren Mann ein russischer Attaché gewesen war. Etwa drei Jahre zuvor hatte er mit einer hochherrschaftlichen Gesellschaft auf den australischen Inseln an einer abenteuerlichen Jagd teilgenommen, wo er in die Hände der Eingeborenen geriet, die den gutgenährten Herrn buchstäblich auffrassen.

Kozsibrovszky verbeugte sich, und es flimmerte vor seinen Augen, so schön war die Frau.

«Ich bin entzückt, Sie begrüssen zu dürfen», sagte er. Doch als Sekretär Hanck von innen die Unmengen von Schachteln, Reisetaschen und Koffern herunterzuwerfen begann – da konnte er sich einen kleinen Vorwurf dem Baron gegenüber nicht verkneifen: «Sehen Sie, lieber Baron, was Sie für ein Mensch sind. Sie hatten die Grausamkeit, mich von dieser grossen Freude nicht im voraus zu verständigen.»

«Meine Cousine hat mich selbst überrascht, als sie im Bahnhof mir entgegenkam mit dem Wunsch, ich solle sie mitnehmen.»

«So. Aber ich brachte nur eine kleine leichte Kalesche mit, um Sie abzuholen.»

«Das tut nichts. Wir werden uns mit dem Platz friedlich begnügen.»

«Wir schon. Aber die Hutschachteln und die Koffer sind anspruchsvoll. Ausserdem hätte ich für die gnädige Frau für Gesellschaft sorgen sollen. Was ich einsamer Bär ihr unter diesen Umständen bieten kann, das reicht nicht aus.»

«Überlassen Sie mir Ihren Arm, das reicht», verlangte die anmutige Witwe mit einem milden Lächeln.

Kozsibrovszky gab ihr die Rechte und küsste die Hand der Dame bei der dreifachen Naht des Handschuhs.

«Sie sind indessen doch nicht ohne Schuld, lieber Baron.»

«Sie empfangen mich nun wahrlich schön», wandte die kleine Frau ein, während sie ihre Gepäckstücke betrachtete. Dann faltete sie zum Spass ihr Händchen und flehte: «Gnade, lassen Sie mich nicht ohne Speise und Trank hier am Rande des Weges verkommen.»

Kozsibrovszky lachte; der Scherz der Frau gefiel ihm.

«Wie sollte ich Sie verkommen lassen. Ich zürne vielmehr, weil mir einmal im Leben ein Glück widerfährt, das ist Ihre Ankunft, und ich es nicht benutzen kann.» Er blickte vorwurfsvoll auf den Baron: «Und das ist Ihr Fehler.»

«Na, sehen Sie, das ist schön gesagt», stimmte ihm die Frau zu.

«Nun, wir werden es schon irgendwie ordnen», sagte Kozsibrovszky und beriet sich mit dem Kutscher auf ungarisch, worauf dieser die Reisetaschen zusammenzustellen begann, einen Teil an die Rückseite des Wagens band und den Rest auf dem Bock stapelte.

Kozsibrovszky half indessen Frau Wraditz auf den hinteren Sitz. Er liess den alten Baron, der die würzige Waldluft aus vollen Lungen einatmete, neben sie sitzen.

«Und Sie, lieber Herr Hanck, nehmen Sie mit dem engen Vordersitz vorlieb. Er passt freilich eher für ein kleines Kind, aber sogar der Kaiser vermag nicht mehr zu geben, als er besitzt.»

«Und Sie selbst?»

«Ich würde mich zum Kutscher setzen, doch nehmen dort die Koffer den Platz weg.»

«Also?»

«Also werde ich mich woandershin setzen.»

Der Kutscher spannte die beiden vorderen Pferde aus und band das rechte neben die zwei hinteren.

«Und was geschieht mit dem vierten Pferd?»

«Darauf werde ich mich setzen», sagte Kozsibrovszky und sprang auch schon auf, kaum dass er das ausgesprochen hatte.

«Um Gottes willen!» rief Frau Wraditz ängstlich. «So ohne Sattel!»

«Ja, hätte ich erst noch einen Sattel!» prahlte Kozsibrovszky und begann neben dem Wagen einherzugaloppieren.

Die drei Pferde flogen dahin wie der Blitz auf der vorzüglichen Strasse in dem «für sein gutes Wasser und seine guten Steine bekannten Land». Kozsibrovszky ritt neben dem Wagen wie ein mittelalterlicher Ritter und sass auf dem Pferde, als wäre er damit verwachsen. Kein Wunder, denn er war in Kecskemét gross geworden (sein Vater hatte als Offizier in der berühmten Stadt gelegen), und als Junge hatte er dort zusammen mit den anderen Kindern im Tiefland gelernt, ohne Sattel zu reiten. Unterwegs erzählte er der Frau allerlei Geschichten: Dieses Schloss hat dem und dem gehört, hier fand einst eine Schlacht statt, dort wiederum geschah etwas anderes. Es ist ja wahr, dass in jener Gegend so manches sich ereignet hat... eine düstere Ruine zur Linken, der Stumpf eines jahrhundertealten Baumes - als man ihn durchsägte, fiel ein Topf daraus hervor, voll mit Goldstücken aus der Zeit des Königs Mátyás*.

«Siehe da! Was ist denn das dort? Mein Gott, wie schön!»

«Das ist Klatschmohn.»

«Und darf man den pflücken?»

«Wenn Sie befehlen...» Er sprengte über den Graben, drang ins Kornfeld ein, legte sich der Länge nach aufs Pferd, dann pflückte er eine Blume und brachte sie der schönen Frau.

Sie lächelte ihm zu, roch an der Blume, doch

* König Mátyás (Matthias) Corvinus (1458-1490) (Anm. d. Übers.)

hatte diese keinen Duft. Dann steckte sie sie an ihr Kleid.

So fuhren sie fast eine Stunde lang dahin und freundeten sich immer mehr an. Kozsibrovszky scherzte sogar mit der Dame, beugte sich manchmal hinunter und flüsterte ihr etwas Schelmisches ins Ohr.

Der alte Baron fragte: «Was hat der Schlingel gesagt?»

Mal erzählte sie es, mal behielt sie es für sich; manchmal wurde sie rot.

Beim Meierhof von Szlinya erblickte Kozsibrovszky eine Schar Hühner.

«Wissen Sie, von wem die Firma Worth es gelernt hat, Damentoiletten zu entwerfen?»

«Von wem denn?»

«Nun, von den Hühnern.»

«So gehen Sie mir doch, Kozsibrovszky. Gleich werfe ich Ihnen diesen Feldstecher an den Kopf.»

«Auf meine Ehre. Ich habe Worth gekannt, als er noch ein wandernder Geselle war. Als ich einmal an einer dörflichen Jagdpartie teilnahm, erblickten wir den Kerl auf der Landstrasse und zwangen ihn mit Gewalt, als Treiber mitzumachen. Er machte auch mit, der Arme, wir bewirteten ihn nachher. Ich unterhielt mich da mit ihm und merkte, dass er ein äusserst gescheiter Handwerksgeselle war. Er erzählte, dass er aus Wien gekommen sei, zu Fuss Ungarn durchwandere, um die Motive der hier von einer Unmenge von verschiedenartigen Volksgruppen getragenen Trachten zu sehen. Hauptziel seiner Studien sei die Zusammensetzung der Farben im Hinblick auf die Damentoiletten, an dieser Frage hänge eben alles. Ich hatte einen sehr vernünftigen Feldhüter, einen gewissen János Barkó, dem ich erzählte, was der französische Bursche gesagt hatte. ‹Dummheiten›, antwortete der, und er zwirbelte seinen Schnurrbart, ‹der alte Gottvater weiss in solchen Dingen besser Bescheid. Der nämlich, welcher die Hühner einkleidet. Schauen Sie nur, wie die Farben hier ausgelesen sind; meine Alte sagt auch immer, wenn sie sie rupft: ‚Was die für Gewänder haben!'› Ich übersetzte Worth die Worte des Feldhüters, und er dachte nach. Und als ich zehn Jahre später in Paris in seinen glänzenden Laden eintrat, fiel er mir um den Hals: ‹Mein Herr, Ihnen danke ich alles.› ‹Mir?› fragte ich überrascht. ‹Ihre Hühner haben für mich goldene Eier gelegt. Jawohl, ich kleide die Gräfinnen und Fürstinnen in die Farben der Hühner.› »

«Kozsibrovszky, Sie wollen mich zum Narren halten.»

«Auf meine Ehre, es ist die Wahrheit. So sehr, dass ich ihm in den folgenden Jahren von meinem Gut ungarische Hühner mit verschiedenem Gefieder geliefert habe, von denen er dann immer wieder neue Farbkombinationen kopierte. Und er redet mir immerfort zu, ich solle heiraten, er werde meiner Frau aus Dankbarkeit die Toiletten umsonst liefern.»

«Sehen Sie. Und Sie haben doch nicht geheiratet.»

«Weil ich bis gestern keine Frau gefunden habe, die mir richtig gefallen hätte.»

«So haben Sie also gestern doch noch eine gefunden.»

«Ich sagte ‹gestern›, weil ich ‹heute› nicht mehr hätte sagen können.» Er beugte sich so nahe zu Frau Wraditz, dass der Kopf des Pferdes sie beinahe berührte und der Schaum aus dessen Maul auf ihre Mantille tropfte.

«Jesus, heiliger Himmel», schrie die Dame auf, «was tun Sie denn hier? Gehen Sie mir gleich weg mit dem abscheulichen Tier!»

Er ritt fort, voraus, wie wenn er die Worte übelgenommen hätte. Frau Wraditz konnte die Umrisse des schlanken Reiters nur sehen, indem sie unter dem Arm des Kutschers durchblickte. Inzwischen unterhielt sie sich mit ihrem Verwandten, der es nicht müde wurde, die Gegend zu loben: «Welch ein prächtiges Land!» Hier und dort perlte ein Bach von den Bergen herunter. «Schau, schau, Ninette, wie hinreissend!» Anderswo blühte der Hagedorn. «Ninette, Ninette, wie herrlich!»

Ninette zog es indessen vor, den Reiter zu betrachten; sie stocherte mit dem Griff ihres Schirms zwischen den Gepäckstücken herum und stiess eine Hutschachtel zur Seite, um ihn durch die so erhaltene Lücke nicht aus dem Auge zu verlieren.

Der Baron bemerkte die weibliche List und meinte: «Mir scheint, Ninette, dich interessiert dieser Dings... dieser Graf.»

Frau Wraditz zuckte die Achseln. «Das will ich nicht gerade behaupten. Aber ich muss zugeben, er ist kein alltäglicher, kränklicher Mann. Er hat etwas kräftig Männliches. Ein wahrer Wilder.»

«Und dir sind die Wilden sympathisch. Natürlich. Sie haben ja deinen Mann aufgefressen. Du schuldest ihnen Dank, Ninette.» Der alte Herr stichelte gern.

Bei der Brücke des Heiligen Nepomuk verliess Kozsibrovszky die Landstrasse und winkte dem Kutscher, der bei den Wiesen von Penege auf den Feldweg hinüberwechselte, dem Reiter überallhin folgend; bei dem Weiher, wo Hanf geröstet wurde, machte er einen Bogen nach links, gerade dem Wald entgegen.

«Das ist schon mein Wald», meldete Kozsibrovszky, nachdem er mit dem Pferd zum Baron aufgeschlossen hatte.

«Und wo ist das Schloss?»

«Jenseits des Waldes.»

«Und die Äcker?»

«Die sind jenseits des Schlosses. Aber einen Teil werden wir sehen auf dem Weg dorthin.»

«Vielleicht schauen wir uns zuerst mal das Schloss an?»

«Wie Sie wünschen. Allerdings empfehle ich zuerst den Wald.»

«Gut. Was ist jener weisse Fleck dort?»

«Ein Zelt. Ich habe einige Erfrischungen dorthin bestellt, da das Mittagessen erst später serviert wird.»

«Nun, das wird nicht schaden, nicht wahr, Ninette?»

«Wir essen einen Happen, dann durchstreifen wir den Wald. Für die Herren habe ich zwei Gewehre mitgebracht.»

«Richtig, richtig. Sie pflegen ja nicht zu jagen.»

Es war wundervolles Frühlingswetter; kein Flecken, keine Wolke zeigte sich am Himmel. Die Sonne schien, glühte aber nicht mit heissen Strahlen; sie hing eher wie gleichgültig von oben herab, so wie das Eigelb in der eigenen Umgebung schwimmt. Im Gras wimmelte es von tausenderlei Lebewesen, und im Bach, der aus dem Walde hervorbrach, schwammen und sprangen Forellen. Ein Bauernbub hatte einen ganzen Korb voll gefangen; er kam gerade des Weges, ihnen entgegen.

«Siehe da, Forellen! Das sind ja Forellen!» rief der Baron angenehm überrascht, denn er mochte Forellen gern. «Wem gehört dieser Bach?»

«Auch der gehört mir», antwortete Kozsibrovszky.

Der Baron gab Ninette mit dem Finger einen kleinen Stoss. Deren Blick wanderte über die wunderbaren Farben des Waldes, die vom bläulichgrünen Wacholder bis zu den Nadeln der Rottannen reichten.

«Hörst du, Ninette», versprach sich der Baron, «auch der Bach gehört uns.»

Kozsibrovszky lächelte fröhlich nach innen und dachte bei sich, dass der Auftritt des Knaben mit den Forellen guten Erfolg gehabt habe. Und dann ritt er weiter zum Zelt.

Dort servierten zwei hübsche Bauernmädchen den Gästen Schinken, warmen Tee, kalte Eier, Butter, ein wenig Gebäck und Champagner. Die Ankömmlinge stiegen vom Wagen herunter, und das feine Frühstück, das sie hier unter Wilden erhielten, machte einen sichtlich guten Eindruck auf sie.

«Sapperlot! Das ist ja fürstlich!»

Kozsibrovszky verbeugte sich. «Wir sind arm, mein Herr, aber wir wissen zu leben.»

Ein mächtiges Reisigfeuer brannte neben dem Zelt, und ein herrschaftlicher Husar briet dort Speck am Spiess und liess das brutzelnde Fett auf Brot tropfen; der Speck wurde immer röter, das Brot immer schwärzer, russiger.

«Was ist denn das?» erkundigte sich Ninette leise. «Was brät dieser... dieser Herr General?» (Der mit silbernen Tressen aufgedonnerte Husar musste ihr zumindest als General erscheinen.)

«Nun, das ist die Lieblingsspeise der Ungarn. Wollen Sie nicht davon kosten?»

Frau Wraditz sah ihn an mit jenem kitzelnden Blick, der selbst die tiefsten Gewässer trübt. «Sie wollen meinen Tod, Kozsibrovszky.»

«Sie Feigling», neckte sie der Graf und begann selber, sich am Speck gütlich zu tun; in kleinen Würfeln ass er ihn von der Spitze seines Messers.

«Meinen Sie, ich wage es nicht? Wirklich?»

«Das meine ich.»

«So wollen Sie es also?» fragte sie mit forschendem Blick und einem tieftraurigen, geheimnisvollen Ton, der schlecht zum Thema passte.

«Natürlich will ich es.»

«Aber was nützt Ihnen das alles?»

«Darauf wüsste ich wahrhaftig keine Antwort.»

«So geben Sie es her!» rief sie, und ihr liebenswertes Lachen erklang im Wald.

Sie schloss die Augen und trat näher an Kozsibrovszky heran, öffnete den Mund und wiegte den Oberkörper hin und her, wie das kleine Kinder zu tun pflegen, wenn irgendein lieber Onkel ein Zückerchen auf ihre ausgestreckte Zunge legt.

Kozsibrovszky fühlte sich von einer unstillbaren Sehnsucht ergriffen, von jenen begehrenswerten Lippen lieber einen Kuss zu rauben, solange die Augen geschlossen waren, doch schaute Baron Knopp gerade hin; so liess er die schöne Frau schliesslich nur den Speck verschlucken.

«Es ist ja gar nicht so schlimm», rief sie, als sie es hinter sich hatte.

«Man kann sich an alles gewöhnen», wandte Baron Knopp mit grosser Weisheit ein. «Nehmen wir nur die armen Pariser, die während des letzten Feldzugs die Ratten aufgegessen haben.»

«Brr», entsetzte sich Ninette, «welch abscheuliche Tiere!»

«Oder die Wilden, die deinen Mann verzehrt haben», fuhr der Baron fort.

«Oh, Onkelchen, sprechen Sie mir nicht von solchen Dingen.»

Kozsibrovszky hatte indessen den Wagen nach Hause geschickt und befohlen, der Kutscher möge zusammen mit einem zweiten Wagen zum westlichen Rand des Waldes zurückkehren und beim See von Previstye warten.

«Und nun nehmen Sie die Gewehre, meine Herren; wir wollen den Wald besichtigen.»

«Wo haben Sie den Wagen hingeschickt?» fragte die kleine Frau besorgt. «Sie möchten doch nicht, dass wir, zu Fuss, hier in der Wildnis verbleiben?»

«Im Gegenteil. Ich habe den einen Wagen weggeschickt, damit es am anderen Ende des Waldes deren zwei geben soll.»

Knopp und Hanck ergriffen die Gewehre und machten sich auf den Weg, zwischen den mächtigen uralten Bäumen, von welchen jeder einzelne den Baron zu interessieren schien. Insbesondere an den merkwürdig gewachsenen Exemplaren fand er grosses Gefallen.

«Wie alt mag der sein? Donnerwetter, wie herrlich! Schade, dass du den photographischen Apparat nicht mitgebracht hast, Ninette!»

Am Ende des Zuges schritt Kozsibrovszky zusammen mit Frau Wraditz und half ihr, Blumen zu pflücken. Königskerzen blühten im Wald und blauer Rittersporn.

Kaum waren sie aufgebrochen und hatten einige Schritte gemacht, als Frau Wraditz plötzlich erschrocken aufschrie.

Ein jeder blickte auf sie. Der Baron liess ängstlich seine Flinte sinken.

«Was fehlt dir?»

«Etwas hat mich gebissen, au!»

«Du lieber Gott, vielleicht eine Schlange? Gibt es keine Vipern hier?»

«Nein, nein», beeilte sich Kozsibrovszky zu antworten und wühlte mit dem Absatz seines Schuhs im Unterholz, worauf ein gewaltiges Hirschgeweih zum Vorschein kam.

«Da haben wir es. Ihre Gnaden ist auf das Geweih getreten, und es hat sie durch ihre Stiefelette hindurch gestochen.»

«Donnerwetter», sprach der Baron hingerissen, während er das Geweih aufhob, «das ist ja toll. Schauen Sie nur, Freund Hanck. Das war ein grosser Hirsch-Herr, der hier dieses Kleidungsstück abgelegt hat. Das wollen wir mitnehmen.»

«Es lohnt sich nicht, das in der Hand mitzuschleppen», meinte Kozsibrovszky geringschätzig. «Die Geweihe liegen hier so herum wie Erdklumpen. Ich warne Sie, meine Herrschaften; schauen Sie, wohin Sie Ihren Fuss setzen.»

Er hatte die Wahrheit gesprochen. Es gab

genug Hirschgeweihe überall. Nach ungefähr einem halben Kilometer bemerkte auch der Baron eines vor seinen Füssen. Als guter Geschäftsmann verkündete er seinen Fund nicht laut; er zwinkerte nur heimlich seinem Sekretär zu, worauf dieser leise entgegnete: «Auch ich sehe eines. Gerade dort beim Schwarzdornstrauch.»

Der Baron trat näher zu ihm und flüsterte ihm ins Ohr: «Wir sind da auf einen einfältigen Mann gestossen, mein Freund; der hat ja keine Ahnung, welchen Schatz er an diesem Wald hat. Was meinen Sie, mein lieber Hanck?»

«Ich meine, man muss ihn kaufen.»

«Ganz ohne Zweifel», versetzte der Baron in Ekstase. «Aber was glauben Sie, wieviel wird er verlangen?»

Der Sekretär antwortete nicht, er zeigte nur stumm auf eine entfernte Lichtung, wo ein durstiger Rehbock vom Wasser des vom Berg herunterrinnenden Baches trank.

Das Gewehr zitterte in der Hand des Barons vor angenehmer Aufregung, doch Hanck schoss, worauf der Rehbock sich einmal um seine Achse drehte und tot hinfiel.

«Bravo, Hanck! Bravissimo. Aber ist es nicht schade um das Tier? Darf man Rehe schiessen um diese Zeit?»

«Böcke schon», antwortete Kozsibrovszky gutgelaunt, «die Schonung gebührt nur den Reh-Damen.»

In diesem Augenblick flogen zwei Auerhähne auf. Baron Knopp zielte, und einer der Hähne stürzte nieder. Das alles konnte nur Beelzebub selbst so veranstaltet haben, der offensichtlich Kozsibrovszky beistand.

«Das war mir ein feiner Schuss», gratulierte Kozsibrovszky dem Baron.

«Onkelchen, ich beanspruche die Federn für meinen grauen Hut», schmeichelte Frau Wraditz.

«Gut, schon gut, du bekommst sie», sagte Baron Knopp mit dem Stolz eines Löwenjägers und wandte sich dann an Kozsibrovszky: «Ei, was ist das schon! Als ich in Russland gejagt habe auf den Besitzungen meines Freundes Orloff, da habe ich einen Bären gerade ins Herz getroffen, gerade in die Mitte. Gibt es hier Bären?»

«Ich weiss es nicht», antwortete ihm Kozsibrovszky mit unschuldiger Miene, «aber vielleicht gibt es welche. Ein liebes Wäldchen ist das. Es produziert für meine ehrenwerten Gäste gerade das, was sie benötigen, was der Jägerkalender so vorschreibt: Rehböcke und Auerhähne, aber es wird sicherlich nicht alles sein. Das eine habe ich gehört, zur Zeit der Brunst sei der Wald voll von Hirschen. Die Harems der Hirsche befinden sich hier, vor allem im Herbst. Eine ganze Herde von Hirschkühen brüllt hier. Aber es findet sich auch anderes: Waldschnepfen, ja sogar Hasen. Nicht sehr viele zwar, immerhin doch einige, wenn es jemanden nach Hasenbraten gelüsten sollte.»

All das sagte er bescheiden, als wollte er es nicht besonders betonen. Er war ein richtiger Schelm. Er wusste wohl, dass die Reihe nun an den Hasen war. Der erste Büchsenschuss war das Zeichen zum Öffnen der Säcke.

Die Nimrode betrachteten ihre Beute. Baron Knopp rief entzückt aus: «Zehn Goldstücke gäbe ich jetzt für einen Ausstopfer!» Kozsibrovszky versprach, dass er den Auerhahn werde ausstopfen lassen, wogegen wiederum Frau Wraditz Einspruch erhob, indem sie an die ihr versprochenen Federn erinnerte. Hanck stellte sich neben dem erlegten Rehbock in Positur, gleichsam erschüttert von seiner eigenen Geschicklichkeit, bis ein Hajduk mit einem Karren erschien. Auf dem Wagen hatte man ursprünglich die Speisen hergebracht, nun belud man ihn mit den zwei erlegten Tieren. Man hatte einen philosophischen Esel vor den Karren gespannt, der nun erbittert zu brüllen begann, als er merkte, dass seine Last immer schwerer wurde.

Die Form des Waldes glich eher einem Hut. Rundherum am Rande konnte man sich gut bewegen, die Erhöhung jedoch schien kaum begehbar. Tollkühne Holzfäller hätten wohl hinaufklettern können, denn man klettert ja heute selbst auf Turmspitzen, doch die gefällten Baumstämme konnte man bestenfalls herabgleiten lassen. Trotzdem oder gerade deswegen fehlte es aber nicht an schönen Stellen. Bergbäche stürzten wie Silberstreifen nieder und schnitten sich tiefe Bahnen in den rötlichgelben Lehm. Und blickte man in die Höhe zwischen den Bäumen, gegen das geheimnisvolle Dickicht, so verlor man sich beinahe in dieser wunderbaren Welt. Es gab da Plätze, wohin seit einigen Jahrhunderten kein Sonnenstrahl mehr gefallen war; hier wuchsen jene trotzigen Pflanzen, die sich von Gott losgesagt haben, die ganz nur Kinder der Erde sind und ohne Licht auskommen: Pilze, Knollen und allerlei Moose. An einer Stelle perlte aus einer Quelle unter einem Stein saures Wasser.

«Das aber ist Wasser, meine Herren», prahlte Kozsibrovszky. «So etwas trinkt selbst der deutsche Kaiser nicht. Belieben Sie, es zu versuchen.»

Der Hajduk hatte Gläser mitgebracht. Sie probierten es alle der Reihe nach. Der Baron trank gar zwei Gläser.

«Göttlicher Nektar!» meinte er zufrieden. «Welch ein Wasser!»

«Wer das trinkt, lebt hundert Jahre lang», ermunterte ihn noch der Besitzer. «Hierzulande nennt man das ‹Cevice›.»

«Kann man es transportieren?» fragte Frau Wraditz. «Wir selbst besitzen nur diesen minderwertigen ‹Apollinaris›.»

«Nein, das geht nicht. Wenn man es weit wegführt, verliert es seinen Geschmack und wird schal», antwortete Kozsibrovszky.

«Wie schade.»

«Wieso schade?» nahm Baron Knopp das Wort hastig auf. «Das gerade ist das Richtige. Was nützen mir denn solche Dinge, welche auch andere besitzen? Nur das hat Ansehen, was selten ist, was andere nur schwer oder gar nicht erwerben können.»

«Ein grosser Egoist, das bist du, Onkelchen.»

«Und du, meine kleine Cousine, du bist ein grosses Eselchen. Du sprichst ja gegen dich selbst. Was würde es dir beispielsweise nützen, wenn eine jede Frau schön wäre? Nicht wahr? Was? War das kein geistreicher Spruch, was? So sagen Sie es doch, Kozsibrovszky!»

«Nein, es ist nicht wahr», antwortete Kozsibrovszky, «denn Ihre Cousine wäre auch dann noch die geistvollste und die anmutigste aller Frauen.»

Da schlug Frau Wraditz mit einer grossen Farnpflanze wie mit einem Schwert auf Kozsibrovszkys Schulter. «So hören Sie doch! Sie sind ein unverbesserlicher Schmeichler!»

Trapp, trapp, es knisterte im Unterholz hier und dort; ein Hase sprang von einem Felsen herab, fiel beinahe auf den Hut von Frau Wraditz, der mit blühendem Flieder geschmückt war. Ein anderer Hase kollerte etwas weiter vom Abhang herunter, kaum einige Schritte entfernt. Das Glas fiel Herrn Hanck aus der Hand, zerbrach aber zum Glück nicht. Baron Knopp griff nervös nach seiner Büchse, bis ihm einfiel, dass die Hasen um diese Zeit mit Jagdverbot belegt waren. Eine sonderbare, beinahe lustige Szene entstand nun auf dem weichen Rasen, der sich um die Quelle erstreckte und auf welchem in grösserem Umkreis nur ein von summenden Bienen umschwärmter hohler Baum stand. Hasen liefen raschelnd von Osten, von Westen, von Süden herbei, in solcher Menge überall wie die Mäuse. Voller Furcht rannten sie über die Wiese dem Berg zu, vom Berg herunter, kreuzten ihre Bahnen, als tanzten sie Quadrille. Einige liefen gerade auf die Menschen zu, kehrten dann erschrocken um, änderten ihre Richtung nach allen Seiten.

«Was für Teufelsspuk ist denn das?» knurrte Herr Hanck. «Sind die wahnsinnig geworden?»

«Dieser Wald ist verzaubert», rief Baron Knopp hingerissen aus. «Das ist ausserordentlich. Was stellen Sie da an, lieber Graf?»

«Ich? Nichts», antwortete ihm Kozsibrovszky mit natürlicher Stimme. «Ich sehe nur etwas anderes, das ausserordentlich ist, nämlich eine Nymphe, die aber haben Sie mitgebracht.»

«Ja, diese Unmenge von Hasen, mein Herr, das ist furchtbar!»

Kozsibrovszky zuckte die Achseln. «Was kann ich dafür, dass sie sich so vermehrt haben? Ich tue ihnen nichts zuleid, und auch sie schonen mich. Wir vertragen uns gut auf dem Grundbesitz.»

«Du liebe Zeit, so etwas hätte ich nicht einmal geahnt.»

«Und wenn wir erst noch weiter in den Wald eindringen...»

Sie drangen dann weiter ein, sich stets an die flachen Teile haltend, und die Hasen kamen, kamen ständig wie Heuschrecken; die dürren Blätter prasselten, die Büsche säuselten, und überall blitzen Hasenaugen.

Vor Verwunderung und Begeisterung rann dem Baron der Schweiss von der Stirn herunter.

«Was verlangen Sie für Ihr Gut, Herr Kozsibrovszky?»

«Ach was, Sie haben es ja noch gar nicht gesehen.»

«Trotzdem, nennen Sie einen Preis!» drängte Baron Knopp ungeduldig.

«Wir wollen es zu Hause zwischen vier Wänden besprechen; Sie wissen schon, ich bin ein anspruchsloser Kerl, mit mir ist leicht handeln, aber zuerst sollen Sie sehen, was Sie kaufen. Lassen Sie uns nur weitergehen. Oder steigen wir vielleicht in den oberen Teil des Waldes hinauf, es wird dort noch anderes Wild geben.»

Der Baron blickte ihn an, er schien ihm unbedingt Glauben zu schenken. «An was für Wild denken Sie?»

«An allerlei Arten», sagte Kozsibrovszky mit der üblichen Rätselhaftigkeit.

«Sie meinen doch nicht, dass es auch Büffel gibt?»

«Wohl möglich», lächelte Kozsibrovszky.

Tatsächlich, stampfende Schritte wurden in der Stille plötzlich hörbar, als nahte ein grosses Tier aus der Ferne.

«Schscht! Was kann das sein?»

Sie hielten an und horchten. Dort, aus jener Richtung kommt's! Nein, von hierher. Doch, doch von dort! Schnell die Büchsen!

Da löste sich die Gestalt eines Reiters aus dem Dickicht; es war Stiriverszky, der kam; er galoppierte auf die Herrschaften zu, lüftete seinen Hut und meldete auf deutsch: «Seine Exzellenz der Landwirtschaftsminister erwartet den Herrn Grafen in einer dringenden Angelegenheit.»

Kozsibrovszky schlug sich heftig an die Stirn. «Donnerwetter, das habe ich vergessen. Er hat gestern telegraphiert, dass er kommt, und mir ist es aus dem Kopf, als hätte es irgendein böser Wind weggeblasen. Verzeihen Sie, lieber Herr Baron, aber ich habe als Gastgeber eine so schlimme Taktlosigkeit begangen, dass ich sofort nach Hause fahren muss.»

«Natürlich, zweifellos.»

«Wenn Sie also den Wald noch näher betrachten wollen, was ich Ihnen nicht warm genug empfehlen kann, so lasse ich Ihnen Baptiste da; er ist so eine Art Sekretär bei mir, er wird Ihnen alles zeigen. Apropos, Baptiste, wo sind die Kaleschen?»

«Ich glaube, es ist überflüssig», sagte Knopp zögernd.

«Am Waldrand, Herr Graf, bei den Birken», antwortete Stiriverszky.

«Gehen wir auch mit», meinte Frau Wraditz. «Die eine Buche ist wie die andere.»

«So gehen wir», willigte der Baron ein und setzte sich in Bewegung. «Du bist schon müde, Ninette, was? Ei, tausend Kruzifixe, schon wieder bin ich über ein Geweih gestolpert.» Er hob ein schönes Hirschgeweih auf, betrachtete es entzückt, dann legte er es auf den Karren, neben den Auerhahn und den Rehbock.

«Baptiste, geh voraus, weise uns den Weg.»

Stiriverszky ritt nun auf seinem Braunen im Schrittempo und bückte sich, wo das launische Geflecht der Äste dies erforderte. Die Gesellschaft folgte unter der Laubdecke gewaltiger Baumriesen, über malerisch schöne Stellen.

Mal bückte sich der eine, mal der andere. Der Wald verteilte seine Schätze wie ein lieber Grossvater, er hatte jedermann etwas zu schenken. Der Hajduk, der den Karren stiess, hatte Pilze gefunden, die bringt er nun heim für seine Frau. Knopp suchte nach Geweihen, und er fand auch etwa sechs Stück. Frau Wraditz sprang nach rubinroten Walderdbeeren herum, und sie zerriss dabei sogar ihren Rock, der so fein war wie eine Mohnblume. Hanck wiederum hatte Baumschwamm entdeckt und trug ihn nun triumphierend wie ein Kleinod.

In Stiriverszkys Fussstapfen fand man bald den Weg zu den zwei Kaleschen, vor welche je vier Pferde gespannt waren. Kozsibrovszky half Frau Wraditz mitsamt ihrem Onkel in die erste; er selbst setzte sich ihr gegenüber, und zwar so, dass seine Knie bei jedem Stoss die Knie der schönen Frau berührten, und es gab ja viele holprige Stellen auf dem von Furchen durchzogenen unebenen Acker. So etwas ist allerliebst, solche Reibereien kürzen den Weg ab, und die Knie erleiden dabei keinerlei Schaden. Hanck nahm im zweiten Wagen Platz und legte die Beute, Reh und Geweihe, neben sich.

Auf dem Ackerweg, auf den sie später hinausgelangt waren, gab eine Kurve mit einem Mal den Blick auf ein hübsches kleines Tal mit flachen Äckern frei. Kozsibrovszky sagte hier: «Das sind alles meine Äcker.»

Und der Kutscher fuhr schnell, wie vom Teufel gejagt.

Arbeiter bewegten sich geschäftig auf den Äckern; was sie taten, konnte man kaum erkennen; die Mädchen wuschen Kleider beim Bach und sangen irgendein melancholisches slowakisches Lied. Es war sehr schön, Frau Wraditz applaudierte und merkte gar nicht, dass der Fuss Kozsibrovszkys auf ihr Füsschen geglitten war und es ein wenig drückte; aber das Lied war ja gar zu schön. Alles auf dem ganzen Feld bewegte sich; hier grub man, dort trug man Dünger, mähte Luzerne, an einer anderen Stelle wiederum weideten Pferde. Die Pferde der geliehenen Kaleschen schienen zusammen wie ein Gestüt.

«Sind das alles Ihre Pferde?»

«Selbstverständlich.»

«Aber wozu so viele?»

«Nur so. Ich gehe eben nicht gern zu Fuss.»

«Was arbeitet man in dieser Jahreszeit?» wollte der Baron wissen.

«Alles mögliche. Die gute Erde», antwortete Kozsibrovszky, «ist wie eine gute Ehefrau. Man muss sich mit ihr immer befassen.»

«Ich dagegen habe gehört», sagte der Baron, «man solle die Erde auch ruhen lassen.»

«Oh!» lachte Kozsibrovszky, «ruht denn die Ehefrau nicht, wenn man die Fliegen aus ihrer Nähe forttreibt oder ihre Matratze, ihre Decke zurechtrückt?»

«Hm. Es scheint, Sie sind ein passionierter Grundbesitzer, ein grossartiger Landwirt, lieber Graf. Ich gratuliere Ihnen.»

Nun wurde plötzlich das bisher hinter Bäumen versteckte Schloss sichtbar, mit den zwei altertümlichen Türmen, den sonderbar vorspringenden Kanten, mit den von grünen Jalousien gezierten Fenstern.

«Ah! Wie nett, wie wunderschön.»

Baron Knopp war hingerissen, Frau Wraditz auch, und unter der Decke, die über ihre Beine gebreitet war, drückte nun sie schon mit ihrem kleinen Fuss Kozsibrovszkys grossen Stiefel.

«Schau nur, Ninette, schau doch nur! Aber du siehst ja aus wie eine Mohnblume, meine Liebe. Hast du nicht Fieber, mein Herzchen?»

«Nein, nein, Onkel, es ist nur der Wind.» Und sie drückte noch stärker Kozsibrovszkys Fuss.

Mit feierlich mittelalterlichem Ton erklang in diesem Augenblick eine Glocke in einem der Türme.

«Aha!» sagte Kozsibrovszky. «Das bedeutet, dass die Köchin jetzt beginnt, die Suppe zuzubereiten.»

«Ach, mein Gott, und ich muss noch meine Toilette in Ordnung bringen.»

«Nun, das wäre wahrhaftig überflüssig.»

«Aber Sie wissen doch, dass mein Rock einen Riss hat. Vielleicht waren Sie es sogar, der draufgetreten ist.»

«Ei, was tut das? Ist die Rose weniger schön, weil eines ihrer äussersten Blütenblätter einen kleinen Riss bekommen hat?»

Inzwischen waren sie im Hofe der Wirtschaftsgebäude angelangt, wo verschiedene Maschinen herumstanden. Kozsibrovszky war geschickt genug, auf seine gewandte Art die Konversation auf diesen Gegenstand zu lenken.

«Für die modernen Zeiten bin ich mit Maschinen recht anständig ausgestattet, uti figura docet, indessen habe ich auch die alten Zeiten nicht vergessen. Auch hierfür habe ich zwei bellende Hunde.» Und er zeigte auf die zwei Haubitzen, welche beim inneren Ausgang des Schlosses als Schmuck dienten. Anderswo trifft man gewöhnlich zwei Aloen beim Eingang an, hier gähnten zwei Geschütze.

«Sind Sie am Ende ein Raubritter?» erkundigte sich Frau Wraditz, die scherzhaft so tat, als wäre sie erschrocken.

«Tja, wäre ich das nur, Sie kämen hier nicht mehr heraus.»

«Was täten Sie denn mit mir, Sie Prahlhans?»

«Nun, ich behielte Sie für immer», sagte Kozsibrovszky pathetisch.

«Jawohl, wenn Sie das Schloss meinem Onkel nicht verkaufen würden. So aber käme ich wieder an ihn zurück.»

«Freilich, Sie haben auch hierin Glück.»

Unter dröhnendem Gestampfe der Pferde fuhren sie über die einstige Zugbrücke und hielten beim Vorplatz. Kozsibrovszky sprang hinunter, half Frau Wraditz beim Aussteigen; er umfasste sie, hob sie vom Wagen und stellte sie auf den Boden. Sie war leicht wie Federflaum, sie nahm keinen Schaden; nur Kozsibrovszkys Schnurrbart hatte während dieses mit uralter ungarischer Zeremonie ausgeführten Manövers irgendwie das kleine Ohr der Frau Wraditz berührt und es rot gerieben, als wäre es erfroren.

«Wir sind zu Hause, in meiner dörflichen Höhle.» Er reichte Frau Wraditz den Arm und geleitete sie so den von Säulen umgebenen Korridor entlang zur Türe, welche in den Salon führte.

«Was denken Sie denn von mir?» flüsterte die kleine Frau schmollend.

«Was weiss ich schon», keuchte er, «mir flimmert es vor den Augen, ich bin wie berauscht, bin ganz von Sinnen.»

«So denken Sie nichts Schlimmes?»

«Wenn ich doch noch denken könnte!»

Dabei dachte er gerade darüber nach, welch eine feine Sache das wäre, Schloss und Gut jetzt Baron Knopp zu einem hohen Preis zu verkaufen und sie dann durch die kleine Frau zurückzubekommen, zusammen mit weiteren Schlössern und Gütern. Verstohlen beobachtete er ihren schönen Wuchs, ihr vergnügtes, süsses Gesicht, die Glut ihrer von der Leidenschaft des Augenblicks aufgewühlten Augen. Und während er all dies geniesserisch betrachtete, trat aus einem anderen Fach seines Schädels sein zweiter Verstand hervor. Kozsibrovszky besass nämlich zwei Arten von Verstand, und der eine lag mit dem anderen ständig im Streit. Dieser andere Verstand herrschte jetzt den ersten an: Die kleine Frau ist sehr schön, nett auch, ohne Zweifel, lieb zum Auffressen, doch sie liebäugelt offensichtlich auch gern mit den Männern und fand schnell Gefallen am Spiel, die Füsse zu drücken, diesem gefährlichsten aller Spiele. Schlösser wird sie in der Zukunft vielleicht besitzen, doch was mag sie für bunte Katzen in ihrer Vergangenheit haben? Wer weiss, ob es dem armen Herrn Wraditz nicht auch so ergangen ist wie Kozsibrovszkys Hirschen, dass er nämlich auf den australischen Inseln zusammen mit seinem Leben auch seine Hörner verloren hat?

Als sie in den Salon eintraten, da fiel der dort wartende Herr Slamcik Kozsibrovszky kameradschaftlich um den Hals; er umarmte ihn und schüttelte seine Hand, als hätte er ihn seit hundert Jahren nicht mehr gesehen. «Grüss dich Gott, Bruder. Mein lieber, guter Freund!»

Kozsibrovszky beeilte sich, seine Gäste einander vorzustellen: «Baron Knopp und seine Nichte aus Preussen. Sekretär Hanck. Seine Exzellenz der Landwirtschaftsminister.»

Gegenseitige Verbeugungen folgten.

Slamcik, der Fiskalis, reichte seine Rechte der anmutigen Frau mit zuvorkommender Liebenswürdigkeit und schüttelte dann herzlich die grosse knochige Hand des Barons; Hanck hingegen hielt er herablassend nur zwei Finger hin.

«Wie ich höre, geruhen Sie sich hier aufzuhalten, da Sie ein Gut zu erwerben wünschen.»

«Ich gedenke ein kleines Jagdgebiet zu kaufen», sprach der Baron in süsslichem Ton.

«Und?» fragte Slamcik kalt und teilnahmslos. «Ist der Wald meines Freundes in dieser Hinsicht etwas wert?»

«Er ist sogar einer der hervorragendsten Wälder. Noch nie habe ich so viel Wild gesehen.»

«Was Sie nicht sagen! Allerdings ist mir Kozsibrovszky als ein hervorragender Gutsherr bekannt.» (Kozsibrovszky war taktvoll durch eine Seitentüre verschwunden, gleichsam um dafür zu sorgen, dass das Essen rechtzeitig auf den Tisch kommt.) «Das ist es ja, weswegen ich selbst gerade hier umherschleiche, warum ich auf der Reise nach meinem eigenen Landgut diesen Abstecher hierher gemacht habe - aber dies soll, bitte, zumindest bis zum Braten ein Geheimnis bleiben», Herr Slamcik schaute lächelnd auf Frau Wraditz, «ich bringe ihm von Seiner Majestät persönlich eine Auszeichnung für seine Verdienste um die Landwirtschaft; ich möchte den Kerl überraschen, der mein alter Freund ist. Oh, meine Herren, das ist ein tüchtiger Gutsherr, der versteht es, mit dem Boden umzugehen. Und die Erde gehorcht ihm und liefert alles beinahe wie auf Befehl. Ich verstehe nicht, wieso er jetzt dieses grossartige Gut verkaufen will. Mir hat er darüber kein Wort gesagt. Ich würde es auch gern kaufen, da bei uns jetzt», fügte er zur Erklärung hinzu, «die Aufteilung in Parzellen, die Zerstückelung der grösseren Grundbesitze als Modernismus sich durchzusetzen beginnt.»

«Oh, oh», jammerte Baron Knopp mit einem theatralischen Lächeln. «Exzellenz wollen mir doch nicht Konkurrenz machen?»

«Die Priorität gehört Ihnen», bemerkte Herr Slamcik mit Würde. «Ich glaube indessen, dass es hier kein Wild gibt, Hirsche allenfalls. Und schliesslich, wer mag schon Hirschfleisch? Es braucht hie und da einige Schnepfen, Krammetsvögel. Varietas delectat. Ja selbst auf Hasen bekommt man Appetit, wenn keine da sind. Und hier gibt es meines Wissens kaum welche.»

«Was? Hasen? Es gibt so viele, Exzellenz, dass es genügt, mit geschlossenen Augen einen Schuss abzufeuern. Irgendwo bleibt sicher einer liegen.»

«Nun, wenn es Hasen gibt», lachte der falsche Minister, «dann gibt es keine Füchse. Denn der Fuchs frisst die Hasen.»

«Aber da könnten sie doch herkommen», meinte Frau Wraditz, «wegen der guten Kost.»

«Sicherlich wissen sie nichts davon.»

«Ein guter Braten wird bald weit herum bekannt.»

Kozsibrovszky kehrte zurück, er nahm den Minister am Arm und zog ihn in eine Fensternische, wo sie sich leise unterhielten. Baron Knopp wiederum tat das gleiche mit seiner Nichte.

«Ninette», sagte er, «du könntest mir beim Handel behilflich sein. Mir scheint, du gefällst ihm.»

«Woher wissen Sie das, Onkel?» sprach sie errötend und mit gedämpfter Stimme.

«Bin ich denn blind oder was?»

«Blind sind Sie nicht, aber...» (Sie hatte sagen wollen: «Aber Sie sehen dennoch durch keine Decke hindurch.»)

«Ein einziges Mal könntest du mit deiner Schönheit auch etwas Gescheites tun, meine Nichte. Bisher hast du damit nur lauter Dummheiten angestellt. Beginn du mit ihm zu handeln und schraube den Preis hinunter. Ihr Frauen wisst ja, wie so etwas zu machen ist. Du zwinkerst einmal, da gehen zehntausend Forint vom Grundpreis weg; du zwinkerst zweimal, da sind es schon fünfzehntausend... Schaffe Geld mit deinem Zwinkern, Ninette!»

Frau Wraditz kräuselte ihre vollen Lippen. «Vielen Dank», sie schüttelte trotzig den Kopf, «zwinkern Sie, Onkelchen, wenn Sie Lust haben.»

«Ich würde sehr wohl zwinkern, du Dummköpfchen, aber das nützt nichts.»

«Und ich habe keine Augen dazu.»

«Oh, oh, das Unschuldslamm! Wie oft hast du es umsonst getan. Komm mir nicht mit solchen Ausreden.»

«Umsonst, das ist etwas anderes.»

«Nun denn, du bist ein Esel.»

In diesem Augenblick öffnete ein Diener die Flügeltüre weit und meldete, dass das Mahl serviert sei.

Kozsibrovszky tauchte sogleich frisch-fröhlich neben Frau Wraditz auf und reichte ihr den Arm.

«Lasst uns sehen, was die Meinigen da gebraut haben. Sind Sie schon hungrig?»

«Ich bin eher neugierig.»

Er führte sie durch einen Salon, dessen Möbel mit smaragdgrüner Seide bezogen waren, in das Esszimmer, wo man für fünf Personen gedeckt hatte, so elegant wie im Restaurant Maxim in Paris. Selbst die modischen Chrysanthemen fehlten nicht. Zu seiner Linken liess er den Minister sitzen, zur Rechten Frau Wraditz. Die Suppe war schon serviert und dampfte; die grauen Pilzringchen schwammen kokett auf der Oberfläche.

In diesem Augenblick setzten sich an die acht Geigenbogen in der benachbarten Diele in Bewegung, und eine Flöte, eine Klarinette, ein Zimbel meldeten sich dazwischen weich zu Wort.

«Was ist das?» schreckten die Berliner auf.

«Nun, das sind meine Hauszigeuner.»

Sie waren in merkwürdige Gewänder gekleidet, die König Mátyás' «Schwarzes Heer» einmal in Kassa bei einer Schauspielaufführung getragen hatte.

«Zum Teufel auch, mein lieber Graf! Sie leben hier ja wie ein Fürst.»

«Irgendein Amüsement muss ich doch haben», entschuldigte sich der Graf bescheiden. «Ich trinke nicht, spiele nicht, auch bin ich unverheiratet. Was soll ich tun? Ich würde mich zu Tode langweilen, könnte ich nicht wenigstens ein bisschen Musik hören.»

«Dabei singen doch die Nachtigallen im Wald entzückend, und die sind umsonst. Während dieses Orchester Sie eine Menge Geld kostet.»

Kozsibrovszky zuckte mit den Achseln und antwortete wie ein Apostel: «Sie essen auf, was die Erde hergibt, und lassen sogar für mich noch etwas übrig. Das ist schön genug von ihnen.»

Darauf kamen dann der Reihe nach die Speisen auf den Tisch, welche man für ihn übriggelassen hatte: eine Schüssel mit herrlichen Meerkrebsen und Austern, dazu ein wenig Chablis, hernach eine Schüssel mit Hammelrücken auf englische Art, dazu ein wenig roter Burgunder, dann Junggansbraten mit Gurkensalat, begleitet von Champagner.

Slamcik erhob sich feierlich beim Champagner, strich über seinen grossen Bart, hüstelte bedeutungsvoll und sprach folgendermassen: «Meine sehr geehrten Herren und meine entzückende Tischnachbarin! Ich gedenke, eine kleine Geschichte zu erzählen, bevor wir unsere Gläser leeren. Vor kurzer Zeit nahmen einige von uns zusammen mit Seiner Majestät an einer Auerhahnjagd teil. Der König und wir schritten an der Spitze der Gruppe durch einen Acker. Da blinkt plötzlich irgendein glänzender Gegenstand vor den Füssen Seiner Majestät unter den zur Seite geschobenen Schollen. Ich hebe ihn auf, siehe da, das Mittlere Kreuz des Leopold-Ordens. Wie es dorthin gelangt war, das kann man höchstens vermuten. Offenbar hatte es einmal einer der Gäste des Königs verloren. Ich wollte es Seiner Majestät überreichen, worauf er aber folgendes zu mir sagte: ‹Lassen Sie, es soll bei Ihnen bleiben. Es hat der Erde gehört, ich nehme es von ihr nicht zurück, das heisst, ich dekoriere damit erneut die Erde.› (Bei Gott, ein schöner und königlicher Gedanke in einem Agrarstaat.) ‹Ich zeichne die am besten verwaltete, die gehorsamste Erde, will heissen deren Besitzer, aus. Unterbreiten Sie mir sofort einen Vorschlag.› Nun, ich habe mit bestem Gewissen das Gut von Trimóc empfohlen als das ertragreichste Mustergut in unserem Land. Hierauf befahl mir der König, den hohen Orden persönlich unter Erwähnung der kleinen Geschichte dem hervorragenden Eigentümer zu übergeben, der, meine Herren, kein anderer ist als unser liebenswürdiger Gastgeber, Graf Kozsibrovszky, auf dessen Gesundheit ich mein Glas leere.»

Damit nahm er aus seiner Tasche das mit einem neuen Band geschmückte Kreuz hervor und hängte es um den Hals des Grafen, der kein bisschen gerührt zu sein schien.

«Nun weiss ich wirklich nicht», sprach er lächelnd, «ob ich der Träger des Mittleren Kreuzes des Leopold-Ordens bin oder das Gut von Trimóc.»

«Donnerwetter!» fiel ihm der staunende Baron Knopp, auf den der Auftritt grossen Eindruck gemacht hatte, lebhaft ins Wort. «Was wäre wohl geschehen, wenn ich dieses Gut zufällig vor einer Viertelstunde gekauft hätte?»

«Das kann ich wahrhaftig nicht sagen», antwortete der Minister salbungsvoll und kratzte sich an seinem eingefallenen Doppelkinn. «Eine schwere Frage.»

«Wieso? Meinen Exzellenz, dass die Auszeichnung mit dem Gut einhergeht?» fragte der Baron erschreckt und verwundert zugleich. Er schwitzte, seine grauen Haare klebten nass an seinem Scheitel.

«Wenn ich die Worte Seiner Majestät interpretiere, wonach er von der Erde nicht zurücknehme, was er in der Erde gefunden habe, dann gehört der Orden tatsächlich dem Gut von Trimóc. Da aber der Besitzer namentlich erwähnt wurde, ist die Angelegenheit zweifelhaft, und höchstens der Justizminister könnte sie entscheiden oder aber...»

«Oder aber?»

«Oder Seine Majestät, das heisst...»

«Lasst uns den trefflichen Gedankengang hören!» drängte der Baron, und er warf einen strengen Seitenblick auf Frau Wraditz, die über etwas anderes zu plaudern begonnen hatte.

«Das heisst, Seine Majestät könnte ihn von meinem Freund Kozsibrovszky nicht mehr zurücknehmen, denn was ich ihm einmal in seinem Namen um den Hals gehängt habe, das bleibt dort, si fractus illabatur orbis. Ob nun dem neuen Besitzer auch ein Orden gebührt, der durch eine fürstliche Laune der Erde verliehen worden ist, die Entscheidung hierüber hängt schon von einer zweiten fürstlichen Laune ab. Jetzt aber lasst uns anstossen, meine Herrschaften.»

Sie leerten ihre Gläser, und wegen der lauter gewordenen Musik (ein Stück aus «Bánk bán»* folgte) konnten sich nur die Tischnachbarn miteinander unterhalten.

«Sehen Sie, was alles auf einem schönen Gut ausser Erbsen und Bohnen noch wächst», sagte Frau Wraditz.

«Gefällt es Ihnen tatsächlich?»

«Ich habe mich in den Besitz nachgerade verliebt. Ich gäbe viel darum, er könnte mir gehören.»

«Das freut mich aufrichtig», sagte Kozsibrovszky.

«Es fragt sich nur, was das Gut kostet.»

«Lächerlich», meinte Kozsibrovszky. «Wenn Sie wollen, wird es Ihnen gehören.»

«Nur ist mein Onkel ein wenig geizig.»

«Auch dann. Es gibt sogar zwei Möglichkeiten, wie es Ihr Eigentum werden kann.»

«So?»

«Die eine, dass Ihr Onkel es kauft, und dann wird es eines Tages doch Ihnen gehören, nicht wahr?»

«Ja; aber die andere?»

«Beugen Sie sich näher zu mir, ich will es Ihnen ins Ohr flüstern.»

«Flüstern Sie aber ja nicht etwas Dummes.»

* Oper des ungarischen Komponisten Ferenc Erkel (Anm. d. Übers.)

Kozsibrovszky brachte seinen grossen Kopf nahe an ihr schönes Gesicht heran.

«Die andere Art», flüsterte er, und die kleinen, vom Kamm nicht erfassten Flaumhaare an ihrem weissen Hals flogen unter seinem heissen Atem hin und her, «sie besteht darin, dass Sie mir gehören werden, und dann haben Sie das Gut sofort.»

Frau Wraditz riss ihren Kopf erschreckt weg und errötete von neuem tief, als brannte der Rotlauf auf ihrem Gesicht. Sie wandte ihren Blick schmollend von ihm ab, sie rückte sogar ihren Stuhl weg zur Seite, damit sie Kozsibrovszky den Rücken kehren konnte.

«Sind Sie böse?» fragte er beschwichtigend.

«Lassen Sie mich in Frieden.»

«Aber ich habe ja nichts Schlimmes getan.»

«Sie haben mich beleidigt.»

«Womit?»

«Mit Ihren Worten.»

«Was habe ich denn gesagt? Der Käufer fragte, und der Verkäufer antwortete, ehrlich, so wie es gemeint ist.»

«Aber die Form», beteuerte da die Dame. «Pflegt man denn solche Dinge so zu sagen, bei solcher Gelegenheit, gleichsam während man sich in den Zähnen stochert?»

«Die streiten schon wieder», meinte der alte Baron.

«Verzeihen Sie, dass ich Sie durch die Missachtung der Form beleidigt habe», entschuldigte sich Kozsibrovszky, ohne auf die Bemerkung des Barons auch nur im geringsten zu achten, «dabei hätte eher ich Grund, den Beleidigten zu spielen. Sie haben mich in der Substanz der Frage beleidigt.»

«Womit denn, wenn ich es wissen darf?»

«Damit, dass Sie mir einen Korb gegeben haben.»

«Ich?» wunderte sich Frau Wraditz und zerrieb ein Stück Biskuit nervös zwischen ihren Fingern.

«Haben Sie also keinen Korb gegeben? Dann ist es gut.»

«Noch nicht.»

«Aber Sie sind dazu entschlossen?»

«Ich weiss es noch nicht.»

«Wollen Sie das Gut nicht mehr?»

«Das will ich nicht behaupten. Aber wenn ich durch meinen Onkel ohnehin in dessen Besitz komme...» Und sie lächelte schelmisch, denn Frauen lassen sich schnell besänftigen.

«Ich mache Sie darauf aufmerksam, dass es auf diese Weise länger dauert...», ermahnte sie Kozsibrovszky scherzend.

«Trotzdem. Das Zweite kann erst hernach folgen.»

«Dann hebe ich die erste Möglichkeit sofort auf.»

Frau Wraditz zuckte die Achseln. «Wenn Sie den Mut haben, meinem Onkel ins Gesicht zu sagen, Sie hätten ihn nur zum Jux von Berlin hierher reisen lassen.»

«Ihretwegen bin ich zu allem fähig.»

«Ich möchte das erleben.»

«Verfügen Sie über mich.»

«Zuallererst also», sprach sie leise flüsternd, «geben Sie drei Tage lang Ruhe. Ich meine, so viel Bedenkzeit pflegt man sich in den Romanen zu erbitten. Und das Gut, verkaufen Sie es nur ruhig meinem Onkel.»

«Wozu die drei Tage?»

«Der erste, damit ich über die Angelegenheit nachdenke, der zweite, damit ich mich entscheide, der dritte, damit ich den Onkel vorbereite.»

«Darf ich also hoffen?»

«Ich kann jetzt nichts sagen. Sie sehen, dass man uns zuhört.»

«Aber ein Zeichen, ein Zeichen zumindest», keuchte Kozsibrovszky wie trunken.

Es war gerade am Ende des Mahls. Frau Wraditz nahm beim Nachtisch eine riesige Erdbeere vom Teller, drehte sie im Puderzukker um und reichte sie dann Kozsibrovszky. «Beissen Sie die Hälfte ab!»

Hm, und Kozsibrovszky biss mit seinen vom Rauch schwarzen Zähnen die Hälfte weg.

Frau Wraditz nahm die andere Hälfte; ihre Augen schlossen sich matt, und die Erdbeere verschwand zwischen ihren schönen roten Lippen. Und damit war die Verbindung schon besiegelt. Kommt sie zwischen vornehmen Herrschaften zustande, kann sie aus allerlei solchen Dummheiten entstehen.

Auf dem Weg zurück in den Salon, nachdem die Tafel aufgehoben worden war, nahm Baron Knopp den Hausherrn beim Arm. «Nun also, was kostet das kleine Gut, mein lieber Graf?»

«Wird gefeilscht oder wird nicht gefeilscht?» fragte Kozsibrovszky.

«Nennen Sie nur gleich den letzten Preis. Was soll das viele Geschwätz unter Herren.»

«Zweihunderttausend Forint», sagte Kozsibrovszky.

«Und ich habe an hundertachtzigtausend gedacht», antwortete Knopp.

«Ich gehe nicht einen Groschen herunter; ja,

wenn Sie noch ein Wort sagen, Herr Baron, dann erhöhe ich den Preis.»

«Abgemacht!» sagte der Baron lebhaft und schlug in Kozsibrovszkys Hand ein. «Ist das Grundbuch vorhanden?»

Natürlich war das Grundbuch vorhanden; für den frühen Nachmittag hatte man sogar schon einen Anwalt aus Homonna bestellt, der alles in Ordnung brachte, das Inventar aufstellte, während welcher Zeit die Herrschaften auf dem Hofe sich am Csárdás-Tanz der herbeigerufenen Knechte und Mägde erfreuten. Frau Wraditz, die in einem purpurrot bezogenen Lehnstuhl sass, den man auf den Korridor hinausgetragen hatte, schaute wie vom Throne einer Königin dem Volksvergnügen zu, wie sie mit kleinen Schritten stampfen, wie der Bursche seine Tänzerin loslässt, sich von ihr langsam entfernt, sich beugt und wiegt, weder verschwindet noch sich einfangen lässt, ihr ausweicht, ihr gegenüber seine Sprünge macht, wie ein Schatten, bis er sie dann mit einem Satz wieder um die Taille fasst, sich nun an sie schmiegt, sie erneut dreht – die vielen kurzen Röcke knistern und lassen einen kühlen Luftzug rundherum entstehen.

Wie Frau Wraditz diesem schönen Schauspiel zuschaute, taucht plötzlich ein hübscher junger Mann vor ihr auf, mit Sporenstiefeln an den Füssen, in einer blauen Jacke mit Metallknöpfen; er trägt einen mit Marienflachs geschmückten Hut auf dem Kopf, verbeugt sich vor ihr und bittet um einen Tanz.

Sie schaute überrascht zu ihm auf – es ist der Schelm Kozsibrovszky. Nun, bei einem so netten Einfall darf man kein Spielverderber sein.

Frau Wraditz stellte sich munter in die Reihen und erlernte den Tanz in einer halben Stunde beinahe vollkommen. Als der Graf sie an ihren Platz zurückführte, war sie voller Glut.

«Das war wirklich sehr lieb von Ihnen, Kozsibrovszky.»

«Was für eine herrliche kleine Ungarin wird aus Ihnen werden!»

«Ich hoffe es auch. In drei Tagen schreibe ich Ihnen aus Wien, wo wir bei Verwandten drei Wochen verbringen wollen.»

«Soll ich dann hinreisen?»

«Selbstverständlich. Und zwar sofort. Aber auch ich habe eine Bitte, Kozsibrovszky.»

«Befehlen Sie.»

«Lassen Sie für mich eine solche Volkstracht schneidern, zu diesem Tanz.»

Kozsibrovszky lachte herzlich und zufrieden. Diese Bitte kam ja einem süssen Versprechen gleich.

«Sie sind die vollkommenste Frau der Welt», bemerkte er leise. «Noch sind Sie nicht verheiratet, und schon bereiten Sie Ihrem Mann Garderobe-Sorgen.»

Baron Knopp und sein Gefolge reisten mit dem Abendzug ab, nachdem Kozsibrovszky für das Gut einen Scheck empfangen hatte. Der Besitz sollte in einem Monat einem Verwalter übergeben werden, den Baron Knopp zu schicken gedachte. Als gründlicher Deutscher nahm er alles mögliche vom Gut mit: eine Handvoll Gras, eine Schachtel mit Erde (zwecks chemischer Analyse), eine Flasche Cevice-Wasser, und er liess auch die gefundenen Geweihe in eine seiner Reisekisten verpacken.

Er war glücklich, dass er ein so reiches Jagdgebiet hatte erwerben können. Im Eisenbahnwagen schmiedete er schon tausenderlei Pläne. Wie seine Berliner Bekannten sich wundern, welche Legenden in Berlin über die Jagden des Baron Knopp kreisen würden. Er sass wie auf Nadeln. Er seufzte und klagte, dass es bis zum Herbst noch so lange dauere. Er hätte schon jetzt jagen wollen. Mit einem Wort, er konnte sich an seinem Gut in Gedanken nicht sattsehen. Allerlei nebensächliche Ideen kamen ihm in den Sinn. Er werde einen Maler hinschicken, damit dieser von den schöneren Stellen des Waldes Bilder herstelle. Im nächsten Augenblick dachte er an die Hasen. Was, wenn sie bis zum Herbst auseinanderliefen? «Wäre es nicht gut, den Wald zu umzäunen? Was meinst du, Ninettchen? Du bist aber zerstreut, was fehlt dir? Und Sie, Hanck, was ist Ihre Meinung?»

Hancks Meinung besagte, dass man den Wald auf keinen Fall umzäunen sollte, denn wenn die Hasen ihn bis zum Herbst verliessen, so kämen an ihrer Stelle die Hirsche zurück. Aber die Hasen gehen nicht weg. Warum sollten sie? Sie lieben ja ihre Heimat. Die Hirsche hingegen waren diesmal tatsächlich nicht dort, zumindest nicht viele; die aber könnten nicht zurückkehren, wenn der Herr Baron den Wald umzäunen lassen sollte.

Nun, da konnte es keine Einwendungen geben, und der Baron liess sein Planungstalent in einer anderen Richtung los. Er bereitete die Liste der Gäste vor, die er zur Jagd einzuladen gedachte, und nahm auch den Namen Kozsibrovszky auf, der ein überaus braver Mann sei. «Wie hat er dir gefallen, Ninette?»

«Ich bin mir darüber noch nicht im klaren.»

«Dabei ist er sehr liebenswert.»

«Wir wollen das noch besprechen.»

«Ich fürchte, ich habe ihn übers Ohr gehauen. Manche Leute wissen nicht, was sie besitzen.»

«Wie das?»

«Ich habe einmal in Dresden ein sehr schönes Mädchen gesehen. Die goldblonden Haare reichten ihr bis zu den Absätzen, sie mochten einen Grundbesitz wert sein, und sie verkaufte sie doch einem Juden für einen Pappenstiel.»

«Gewiss war sie sehr arm.»

«Nun ja. Es war jene sprichwörtliche Figur, welche mit den paar Groschen für ihre kranke Mutter Medizin kauft.»

Der Schwager von Baron Knopp wohnte in Wien, ein gewisser Ritter von Korenski, ausserdem war seine zweite Cousine mit einem Baron Bleda hier verheiratet. Das Programm des Wiener Aufenthalts bestand aus dem Besuch dieser Verwandten, ferner aus Ausflügen nach einigen Orten, nach Schönbrunn, auf den Semmering, nach Kaltenleutgeben und Baden.

Baron Bleda zeigte grosses Interesse für das gekaufte Gut, war er doch selber Gutsbesitzer in der Tschechei. Der alte Herr legte ihm stolz die Erde vor; sie gefiel Baron Bleda gar nicht: rötlicher Lehm, es ist nicht geheuer, diese Erde. Dann kamen die Geweihe an die Reihe, diese wurden von Ritter von Korenski sorgfältig gemustert, bis er plötzlich aufschrie, als wäre er von einer Schlange gebissen worden: «Ei, eine feine Sache das!»

«Wo fehlt es?»

«Er tut mir leid, der arme Hirsch, Schwager.»

«Wieso?» wunderte sich Knopp.

«Stell dir mal vor, was dem widerfahren ist. Mitsamt dem Geweih hat er auch seine Stirnknochen im Wald verloren.»

«Was willst du damit sagen?» fragte der neue Gutsherr von Trimóc, und die Farbe wich aus seinem Gesicht.

«Nur so viel, dass dieses Geweih wohl schon durch die Hand des Drechslers gegangen ist, es mag auch als Kleiderhaken gedient haben.»

Der Baron erstarrte, dann stampfte er vor Wut, griff sich an die Schläfe; er begann die traurige Wahrheit zu ahnen, und wie sein Argwohn einmal erweckt war, rollte die Lawine nun allein immer weiter; nach und nach erriet er alle Betrügereien, ja er erdachte sich noch neue dazu; zuletzt glaubte er nicht einmal an das Cevice-Wasser mehr, vielleicht war auch das nur hingebracht worden.

Indessen, was hätte er bei allem Zorn tun können? Ritter von Korenski gab ihm folgenden Rat: «Wenn ein Gentleman von unserem Schlag eine Dummheit macht, dann lacht er und schweigt darüber.»

Baron Knopp schwieg also tief, denn von zwei Übeln, dass man etwas über seinen Wert bezahlt und auch noch zum Gespött werden sollte, wählt der kluge Mann lieber das eine Übel nur, nicht beide.

Kozsibrovszky jedoch vermochte sich über sein Geld nicht recht zu freuen, denn der alte Schmetterling war diesmal an der Stecknadel hangengeblieben. Er gehörte nun zur Sammlung der Frau Wraditz - er hatte sich ernsthaft in sie verliebt.

Kaum war die schöne Frau abgereist, erschien ihm ohne sie die ganze Welt schon leer, und er erwartete mit der Ungeduld eines Gymnasiasten, dass sie ihn nach drei Tagen zu sich rufe. Er hing Plänen nach, gab sich Träumereien hin, er schrieb Briefe. Er sorgte selbst schon für den Brautführer, indem er seinem Freund Pál Travecky, der sich in Krakau aufhielt, von seinem Glück berichtete. «Sie besitzt ungefähr drei Millionen, meine Braut, und zwei süss blickende Augen, die ich selbst für zehn Millionen nicht hergäbe - ich bin wirklich verliebt, lieber Pál. Der einstige Kozsibrovszky, der Lump, der gute Spassmacher, ihn gibt es nicht mehr. Fuit. Dies war mein letzter Streich. Fortan werde ich als seriöser Mann leben. Ich will mein angestammtes Gut, Strokovicka, wieder auslösen und die Flitterwochen in der dortigen Burg meiner Vorfahren verbringen, bei welcher Gelegenheit selbst die Hühner aus den Trögen zwei Wochen lang nur Champagner trinken werden.»

Dieser geplante Wohlstand der Hühner von Strokovicka beruhte indessen auf einem ziemlich einseitigen Programm, welches durch das einhellige Verhalten der Wiener Verwandtschaft ganz und gar verunmöglicht wurde.

Frau Wraditz hatte nämlich dem Onkel und der Verwandtschaft von der ehrlichen Absicht berichtet.

Der Onkel und die Verwandtschaft berichteten hierauf Frau Wraditz, zur Erwiderung, dass Kozsibrovszky kein ehrlicher Mann sei.

Damit allerdings gossen sie nur Wasser in ein Sieb, denn Frau Wraditz war eine hartnäckige Person, sie schrieb am dritten Tag dennoch an Kozsibrovszky; der Brief wurde jedoch abgefangen, und Kozsibrovszky erhielt ihn nicht in Trimóc.

Verzweifelt telegraphierte er ihr nach Wien, an die Adresse aller möglichen Verwandten, an Korenski, an Bleda; auch Kozsibrovszkys Telegramme wurden jedoch abgefangen, und Frau Wraditz erhielt ebenfalls keinerlei Nachricht.

Als Kozsibrovszky nach langer Zeit einsah, dass er vergebens wartete, brach er auf nach Wien, um dort persönlich alles ins Lot zu bringen. Die vereinigten Verwandtschaften hatten jedoch seine bevorstehende Ankunft erfahren, und sie veranlassten den Onkel, vorzeitig nach Berlin heimzureisen.

Kozsibrovszky löste den Scheck bei der Länderbank ein und folgte ihnen nach Berlin, denn er fühlte, dass er gewonnenes Spiel hätte, wenn er nur Frau Wraditz treffen und sie sprechen könnte. Aber das Treffen gelang nicht schnell genug, und gerade auf dieses «Schnell» kommt es an bei jungen und heissblütigen Frauen.

Als sie sich im Herbst in einer Gesellschaft bei dem Berliner Bankier Kosel wiedersehen konnten (Kozsibrovszky hatte sich eine Einladung zur familiären Soirée besorgt, da er wusste, dass seine Flamme anwesend sein werde), da machte schon ein Marineleutnant der schönen Witwe den Hof auf Leben und Tod.

Dennoch erzitterte sie und wurde bleich, als Kozsibrovszky den Saal betrat und sich der Gruppe näherte, wo sie unter einer Reihe von Herren und Damen sass, die sich einem der Gesellschaftsspiele widmeten, welche man bei intimen Berliner Einladungen zu veranstalten pflegte.

Der Marineleutnant sass gerade neben Frau Wraditz und lenkte mit einem grossen Pfau-feder-Fächer einen kühlen Luftzug auf ihr Gesicht, liess ihre goldfarbenen Haare flattern.

«Graf Kozsibrovszky», stellte die freundliche Hausfrau den Ankömmling vor.

Kozsibrovszky verbeugte sich stumm vor den Fremden; Frau Wraditz hingegen reichte er die Hand wie ein Bekannter.

Frau Wraditz geriet in Verlegenheit. Aber nur einen Augenblick lang. Doch Kozsibrovszky spürte, dass es in der kleinen Hand pochte, als wäre sie das Herz eines erschrockenen Vögelchens.

«Ach so, Sie kennen sich», sagte die Hausfrau, um etwas zu sagen. «Halten Sie mit uns, lieber Graf.»

«Was wird denn da gespielt?» fragte Kozsibrovszky heiter und schien die Antwort von Frau Wraditz zu erwarten.

Diese vermochte seinem Blick nicht standzuhalten und schlug die Augen nieder. «Das Spiel ‹Drei Lämmer›», antwortete sie.

«Wie geht das?»

«Man hat Pfänder zu geben.»

«Nun gut», erwiderte er mit seiner gewohnten Unbefangenheit. «Was die Pfandgegenstände angeht, mit denen bin ich ausgestattet.» Und er klimperte mit seiner Uhrkette, an welcher eine Reihe von Berlocken hingen. «Das übrige werde ich lernen.» Und damit setzte er sich an die Seite von Frau Wraditz, dorthin, wo noch kein Leutnant sass.

Frau Wraditz fühlte sich unbehaglich zwischen zwei Fronten; sie war verlegen und antwortete ungeschickt auf die beim Spiel üblichen Fragen, so dass sie ein Pfand nach dem anderen abgeben musste. «Weh mir, ich werde meine Schulden niemals los.» Alle ihre Ringe hatte sie schon abgeliefert, selbst zwei Armspangen befanden sich schon beim Betreibungsrichter (sie lagen im Zylinder eines rotbackigen Herrn). Schliesslich zwang man sie, selbst ihre Ohrgehänge abzunehmen.

In der Gesellschaft erweckte es grosses Aufsehen, dass gerade die geistreichste und zungenfertigste junge Dame vom Pech verfolgt war. Das musste einen Grund haben, und man verfolgte sie nun um so mehr mit Fragen.

Beim nächsten Fehler suchte sie in ihren Taschen, fand aber nichts. «Alles habe ich verloren», sprach sie lächelnd.

Kozsibrovszky schnallte von seiner Kette eines der Ziergehänge ab, einen in Silber gefassten Bärenzahn, und überreichte ihn höflich. «Damit kann ich Ihnen leihweise aushelfen.»

«Ach! Was ist das? Wie hässlich!»

«Ein Bärenzahn.»

«Danke. Aber warum bemühen Sie sich?» sprach sie gemessen, beinahe matt.

Kozsibrovszky benutzte diesen unverdächtigen Augenblick und fragte leise: «Könnten Sie mir nicht für eine Minute Audienz gewähren?»

«Unmöglich», antwortete sie. «Jedermann beargwöhnt mich hier. Was wollen Sie von mir?»

«Eine Erklärung.»

Sie dachte einen Augenblick lang nach, ihre Augen hefteten sich träumerisch auf die Wand gegenüber, wo ein Bild die Enthauptung des Johannes zeigte. Dann sprach sie dunkel und entschlossen: «Sie sollen sie haben.»

«Wo?»

«Beim Zahn», antwortete sie.

Kozsibrovszky verstand die Anspielung nicht, aber es war nun unmöglich, den Dialog fortzuführen. Bei der Befragung war wieder Frau Wraditz an die Reihe gekommen; man hatte also ruhig abzuwarten, bis die Unterhaltung erneut aufgenommen werden konnte.

Doch als die Hausfrau ihre Gäste darauf aufmerksam machte, dass das Nachtmahl bald serviert werde, musste man die Betreibung unterbrechen (so sind nun einmal die Deutschen, selbst ihr Spiel ist Betreibung), und nun folgte die Auslösung der Pfänder.

Der Betriebene hatte für sein Pfand etwas zu bieten, ein kleines Gedicht aufzusagen, sich als Statue hinzustellen, eine Verleumdung zu erfinden oder eine Grobheit zu sagen, wie das bei diesem unschuldigen Spiel eben Sitte ist. Man kann hierüber herzlich lachen, und wer lacht, unterhält sich gut. Gut und billig. Man liebt es in Deutschland, diese zwei Arten aufeinander abzustimmen.

Frau Wraditz bekam tüchtig Gelegenheit, ihre vielseitige Begabung zu zeigen. Sie sang, sie rezitierte, stellte Statuen dar, worauf ihre Juwelen nach und nach zu ihr zurückkehrten.

Auf einmal hielt dann der Richter den Zahn hoch. «Wem gehört der Zahn?»

«Einem Bären», antwortete Frau Wraditz. (Grosse Heiterkeit.)

«Wo ist der Bär? Er möge hierherkommen», befahl der Richter, auch lachend.

Das anmutigste Bärchen der Welt, die schöne Frau Wraditz, verbeugte sich.

«Was wollen Sie für das Pfand geben?»

«Ich erzähle dafür eine Geschichte.»

«Hört, hört!»

Kozsibrovszky beugte sich vor, um ja kein Wort zu verlieren. Er wusste, dass dies nun ihm galt. Sein Herz schlug heftig.

«Mark Anton», begann Frau Wraditz mit ihrer hellen, einschmeichelnden Stimme, «weilte einmal als Gast bei Königin Kleopatra. Sie veranstaltete grosse Feste zu seiner Ehre. Unter anderem ging man fischen ans Meer. Antonius und Kleopatra angelten; ihr Gefolge durfte nicht fischen, die Leute schauten nur zu und suchten vorauszusagen, welchen der beiden die Götter begünstigen würden. Nun, die Götter respektierten ausschliesslich Mark Anton. Kaum hatte er seine Angel gesenkt, gleich konnte er jedesmal einen Fisch aus dem Wasser ziehen. Kleopatra dagegen mochte stundenlang dasitzen, bis irgendein minderwertiges Exemplar an ihrer Angel hangenblieb. Der hoffärtige Mark Anton benahm sich wie ein übernatürliches Wesen und legte die Fische auf einen Haufen, während sich Kleopatra vor Zorn die Lippen zerbiss.»

«Hatte sie schöne Lippen?» fragte der rotbackige Flachkopf, in dessen Zylinder sich die Pfänder befanden.

«Das ist mir nicht bekannt», antwortete Frau Wraditz, «aber dafür weiss ich, dass Kleopatra das Spiel durchschaute, denn das Weib ist nicht dumm, mag es auch lange Haare haben.»

«Hört, hört!»

«Für den nächsten Tag setzte Kleopatra wiederum einen Fischer-Wettbewerb an, um den Kampf mit Mark Anton fortzusetzen. Antonius lächelte überlegen: ‹Dein Eifer ist vergeblich, schöne Königin. Die Götter halten zu mir.› Und damit liess er selbstbewusst seine Angel hinunter. Nach einer kurzen Minute spürte er schon, dass ein Fisch angebissen hatte, und zog ihn mit fürstlicher Gebärde aus dem Wasser. ‹Siehe da, Kleopatra, schöne Königin.› Kleopatra und die Hofleute, die alle Antonius priesen, blickten hin, und stellen Sie sich vor, was an der Angel war...»

«Was denn?» fragten die Herumstehenden mit angehaltenem Atem.

«Ein Hering.»

«Ach! Wie ist das möglich?»

«Nun, Antonius hatte den Tag zuvor Taucher in die Meerestiefe geschickt, damit sie bereits gefangene Fische an seine Angel steckten. Den Tag darauf kehrte Kleopatra den Spiess um. Sie hatte einen Taucher bestochen, damit er den Hering an die Schnur des Antonius hänge.»

«Ausgezeichnet!» applaudierten die Gäste Frau Wraditz.

«Und lehrreich», beendete die schöne Dame die Erzählung. «Denn Antonius wurde zum Gespött, hatte sich als Betrüger entpuppt und war dadurch der Verehrung und der Hand Kleopatras unwürdig geworden.»

«Es war sehr lieb», sagte der Richter höflich und übergab Frau Wraditz den Bärenzahn, die ihn ihrerseits Kozsibrovszky weiterreichte.

«Ich zahle Ihnen die Anleihe zurück, lieber Graf.»

«Ja, mir ist heimgezahlt worden», antwortete

Kozsibrovszky traurig, «und ich möchte nur noch eines wissen.»

Frau Wraditz blickte fragend auf ihn.

«Liebte Kleopatra Antonius noch, als sie ihm diese bittere Lektion erteilte?»

In diesem Augenblick trat der Hausherr zu ihnen und reichte Frau Wraditz den Arm, um sie zu Tisch zu führen.

Die kleine Frau wandte sich zurück zu Kozsibrovszky, lächelte schwach und zuckte geheimnisvoll und schelmisch die Achseln: «Wohl möglich.»

Géza Gárdonyi

Die Bitte um Rat

Gerade hatte ich die Kinder entlassen. Auf dem Hof reichen sie sich die Hände: jene, die in der gleichen Gegend wohnen, gehen zusammen.

«Gelobt sei Jesus Christus!»

Da sehe ich, dass in der kalten abendlichen Dämmerung ein Bauernpelz neben dem Tor steht. Im Pelz steckt natürlich auch ein Mann. Er wartet, dass die Kinder wegziehen, damit er dann hereinkommen kann.

Es war Imre Istenes im Pelz, der ältere Imre Istenes, dessen Kopf so sehr dem des zahmen schwarzen Hundes der Herrschaft gleicht. Auf dem Kopf trug er seinen Sonntagshut, an den Füssen die Sonntagsstiefel.

Irgendeine wichtige Angelegenheit musste ihn bewogen haben, herzukommen.

«Treten Sie ein.» Und ich führte ihn in die Schule hinein. «Wie geht's, wie steht's denn zu Hause?»

«Danke der Nachfrage, Herr Schulmeister, Gott sei Dank...»

Während ich eine Kerze anzündete, setzte er sich in die Ecke der ersten Bank, dorthin, wo sein Sohn seinen Platz hat. Die dicke Kuhlederjacke musste er freilich ein wenig zusammendrücken, um sie hineinzuzwängen, doch dann konnte er wie in einem Lehnstuhl sitzen:

einen Ellbogen auf der ersten, einen auf der zweiten Bank.

«Wir bekommen Regen», sagte er, «Regen oder Schnee, aber doch eher Regen.»

Seinen Hut legte er auf die erste Bank, wohin sein Sohn sein Heft zu legen pflegt. Seine in die Stirn hangenden schwarzen Haare schob er zur Seite. Und als er sah, dass ich mir die Pfeife anzündete, nahm auch er seine Pfeife hervor.

Ich stellte ihm einige Fragen. Wieviel er zur Herbstaussaat verbraucht habe? Ob seine Maisernte reichlich ausgefallen sei? Ob der neue Brunnen gutes Wasser gebe? Und dann schwieg ich. Ich gab damit zu erkennen, dass ich auf seine Beschwerde wartete.

Imre Istenes strich über seinen Schnurrbart und blinzelte auf seine Stiefel. «Und der Imre?» fragte er, während er den Kopf hob. «Wie benimmt er sich so in Sachen Lernen...»

«Nun: Sie wissen ja, dass er der Beste ist.»

Er hört das schon seit zwei Jahren, aber kann wohl irgend jemand zu viel Lob über seinen eigenen Sohn zu hören bekommen?

«Ja», spricht er heiter und drückt seine flache Hand gegen die Bank, «darum gerade bin ich gekommen.»

Da es sich aber nicht gehört, dass man mit wenigen Worten kurzen Prozess macht, zieht er schnell ein Zündholz hervor, entzündet es an der Innenseite des Pelzes und hält es über die erloschene Pfeife. Die Pfeife stösst erneut Rauch aus. Er drückt den Tabak mit seinem kleinen Finger fest, damit er besser brenne. Er brennt nun auch besser. Und jetzt spricht Imre Istenes.

«Denn wie ich letzte Nacht nicht schlafen

konnte, siehe da, da spricht mit einem Mal die Frau im Bett.» (Er schläft selbst nämlich nicht im Bett, sondern nur auf der Strohmatte, eingehüllt in seinen Pelz.) «Sie sagt: ‹Schlaft Ihr nicht?› Ich sage: ‹Nein.› ‹Na›, sagt sie, ‹warum nicht?› ‹Weil ich nicht kann›, sage ich. Darauf sagt sie: ‹Fehlt Euch vielleicht etwas, verhüte es Gott.› ‹Nein›, sage ich, ‹es fehlt mir nichts.› ‹Na›, sagt sie, ‹warum schlaft Ihr da nicht?› ‹Na›, sage ich, ‹darum, weil ich nicht kann...› Da schwiegen wir wieder ein wenig. Ich denke, sie sei schon eingeschlafen. Na, da beginnt die Frau plötzlich wieder, und sie sagt: ‹Denkt Ihr an das Mastschwein?› ‹Ich denke nicht daran›, sage ich.»

Imre Istenes merkte bei dieser Stelle, dass die Pfeife wieder erloschen war. Er zündete sie also an, während er fortfuhr: «Weil nämlich eines meiner Mastschweine seit zwei Tagen nicht mehr frisst, steht nur da und schweigt. Ich sage: ‹Was, zum Teufel, mag in diese Sau gefahren sein?› Ich holte den Schweinehirt, er solle mit ihr etwas anstellen. Er hat sie dann auch besprochen und auch den Stall ausgeräuchert. Ich habe ihm zehn Kreuzer gegeben. Da sagte er, das Schwein werde noch einen Tag so herumstehen, nachher aber fressen wie ein Wolf; oder es verende, wenn Gott es so wolle.»

Imre Istenes machte hier einen grossen Bogen in der Geschichte seines Mastschweins, fand aber den Weg zurück zu seiner Frau.

«Na», sprach er, «dass ich nicht an das Schwein dachte, das kam davon, dass ich an Imre dachte. ‹Hör zu›, sage ich zu der Frau, ‹mir geht Imre durch den Sinn.› ‹Imre, so?› sagt die Frau. ‹Er›, sage ich. ‹Und was wollt Ihr mit

Imre?› ‹Was ich will? Nichts›, sage ich, ‹ich dachte nur gerade daran, dass Gott uns mit ihm gesegnet hat.› ‹Jawohl›, sagt meine Frau, ‹Gott sei Lob.›»

Der Blick des Imre Istenes flog über die an den Wänden hangenden Abc-Tafeln hinweg und hielt dann bei der offenstehenden Türe des Ofens.

Er fuhr fort: «Weil wie wir am Mittwoch nach dem Heiligen Stephan den Weizen zum Markt gefahren haben - schau her, da legt der Jude ein Kilo auf die Waage, nicht einmal ein Kilo, sondern so ein birnenförmiges Gewicht für hundert Kilo, und legt daneben auch noch die kleineren Masse aus Kupfer. Er setzt sie nur hin und her. ‹Nun›, sage ich zu meinem Sohn, ‹mach jetzt deine Augen auf, Donnerkreuz!›»

Istenes zog inzwischen seinen Tabakbeutel hervor und stopfte sich eine neue Pfeife. Man sah ihm an, dass der Weizenverkauf für ihn in der Geschichte des Sommers eine grosse Sache gewesen war. Meine Aufmerksamkeit hatte Imre Istenes jedoch schon verlassen. Ich wusste bereits, was er wollte. In die Geschichte des Weizenverkaufs wird sich auch die des Kauftrunks mischen: was sie gegessen, was sie getrunken, was sie danach für das Geld gekauft, wie sie gefeilscht, wie sie den Dom angeschaut haben, was der Unterschied zwischen der dortigen und der hiesigen Orgel sei - all dies fügt sich ausführlich und mit trefflichen Worten aneinander, und das Kind Imre Istenes blitzt dabei hier und dort auf. Dann schlägt die Erzählung wiederum eine andere Bahn ein: er will damit nicht gleich auf sein richtiges Ziel lossteuern, er tastet mit seinen Worten nur ab und blickt dabei von Zeit zu Zeit prüfend in mein Gesicht. Denn der Mensch soll sprechen, so viel er will, nur Dummheiten soll er nicht sagen. Doch gerade vor einem Herrn widerfährt einem dergleichen leicht.

Wie gesagt, während er vom Weizenverkauf berichtete, begleitete ich Imre Istenes schon auf seinen künftigen Wegen. Ich sah, wie Gevatter Imre, der Landwirt, einen Ochsen verkauft und wie er mit seinem sonntägliche Bauernkleider tragenden Sohn langsam, gemessen ins «Dygnasium» geht. Zu Hause hatte jeder mit Freude den Rock des Kindes betrachtet; in der Stadt gibt es aber noch schönere Gewänder. Der kleine Imre steht mit einem Mal fremd und verlassen da. Die Herrensöhne drängen ihn zurück. Er ist ein geringschätzig betrachteter Zugereister. Mit verkrampftem Herzen macht er sich unscheinbar in der Bank unter all den hochmütigen Pfauen.

«Sieh da, der Bauer», sagen diese. «Wie lang er seine Haare trägt! Möchtest du sie vielleicht einflechten wie die Mädchen?»

Ein anderer sagt: «Ei, welch brave Stiefel du hast. Drücken sie dir nicht die Füsse?»

Und wieder ein anderer sagt noch: «Springst du jeweils vom Bett darein oder vom Stuhl?»

Das Kind Imre geht mit verfinstertem Gesicht nach Hause. Raben zehren an seinem kleinen schwachen Herzen. Er hasst seine Haare, er schämt sich ihretwegen.

Die Bauernstiefel brennen an seinen Füssen. Er sackt nieder auf seine kleine grüne Truhe, und ein Seufzer entringt sich hie und da seiner Brust: «Warum bin ich ein Bauer?»

Daheim war er der Diamant seines Vaters.

Immer wieder strich man über seine langen schwarzen Haare. Seine Stiefel waren ein Meisterwerk unseres Adam. Wer verdient sie, wenn nicht er? Er war der beste Schüler. Die Väter pflegten vor ihm zu ihren Söhnen zu sagen: «Werde wie Imre Istenes.»

In der Stadt ist er der Letzte. So oft er sich zu Wort meldet, lacht man ihn aus. Das «Magazin» heisst in seiner Aussprache «Bagasin», vom «Porzellan» spricht er als «Borselan». Sie halten ihn zum Narren. Sogar der kranke Schüler schickt ihn in die Apotheke, er solle ihm «Prudentia» holen. Und er geht gern. Er möchte so sehr jemanden lieben. Niemand hat ein warmes Wort für ihn. Selbst der Lehrer sagt zu ihm, als er eingeschüchtert keine Antwort weiss: «Eine Spitzhacke gehört dir in die Hände, du kleiner Esel!»

Armer, kleiner Märtyrer! Durch wie viele Feuerproben gehst du hindurch, bis du so hart wirst, dass deine Seele nicht nach jedem Kratzer blutet. Dein Vater weiss nichts von all dem. In einer glücklichen, träumerischen Stimmung denkt er stets an dich. Du wirst ein Herr werden, das ist das einzige, was er sieht; die Bauern werden dich grüssen, der Amtshauptmann wird dich «mein Freund» nennen.

Jemand fragt dann: «Hören Sie mal, wer ist dieser hübsche vornehme Herr?»

«Wer schon: mein Sohn!»

Ein Joch Boden nach dem anderen reist in die Stadt. Aus dem kleinen Imre wird ein immer grösserer Imre. Er wächst in allerlei fremde Wissenschaften, fremde Sitten hinein. Aber welch ein trauriger Anblick, dieser Jüngling mit dem alten Antlitz, den das Schicksal vom

Frieden der Felder weggeführt und in der steinigen Fremde allein gelassen hat. Er ist in den tosenden Lauf des Lebens hineingeraten und bemüht sich mit seinen schwachen Kräften, dass er nicht falle. Und er fällt nicht. Die Robbe war einst ein Hund gewesen, und doch wuchsen ihr Flossen. Der Stamm des Baumes, der auf einem Berg steht, härtet sich schon früh. Das Bauernbübchen lernt mit der Zeit auch, welche Krawatte zum Smoking gehört und wie man die Teetasse zu halten hat, wenn man stehend trinkt.

Der alte Bauer besucht manchmal seinen Sohn und ahnt nicht, dass dieser sich seiner schämt, wenn sie die Strasse entlang spazieren.

«Wie mein Vater schreitet, als ginge er ständig im Schmutz bis zum Knie!» denkt der Sohn. Und wie umständlich, schwerfällig er spricht. Lange Haare trägt er, als möchte er sie verkaufen. Beim Essen hält er ein Stück Brot in der linken Hand, wie wenn die Hand und das Brot zusammengewachsen wären. Kälte läuft ihm durch alle Glieder, wenn der Alte von «Bagasin» und «Borselan» spricht. Wenn jemand das gehört hätte!

Er schlägt sich durch den Frühling des Lebens. (Welch ein Frühling das, der keine Blüten kennt?) Irgendwo wird er Kaplan oder Arzt oder Beamter. Auch in seinem Gesicht liegt etwas, das an den alten schwarzen Hund erinnert, nur ist er jünger, und sein Blick ist scharf, seine Richtung bestimmt. Zu dieser Zeit erwachen schon in ihm die schlafenden Engel der menschlichen Seele: er sucht die Gelegenheit, um seinem Vater und seiner Mutter seine Verehrung bezeigen zu können. Der alte Istenes ist schon schwerfällig geworden, doch zu irgendeinem freudigen Fest seines Sohnes rappelt er sich auf und fährt hin. Imre Istenes der Jüngere setzt ihn bei Tisch an den Ehrenplatz und sagt zu seinen Freunden: «Schaut, dieser liebe alte Bauer, das ist mein Vater!»

O ja, der alte Bauer aber war inzwischen auf dem glitschigen Parkett schon einige Male der Länge nach hingefallen. Bei Tisch nahm er, als der Diener ihm vom Braten anbot, diesem die ganze Schüssel aus der Hand und stellte sie vor sich hin. Als man das Bodenrecht erwähnte, sprach er vom «rechten Boden». Als der Herr neben ihm Zigarren anbot, ergriff er alle vier Stück im Behälter und zog sie heraus, und als jener ihm seine eigene brennende Zigarre reichte, damit er die seine daran entzünde, da nahm sie der Alte glücklich lächelnd und rauchte sie selber weiter. Welche Anekdoten entstehen über sie beide! Welcher Graben hatte sich zwischen ihnen aufgetan!

Der Alte spürt nun, dass sein Sohn nicht mehr sein einstiger Sohn ist, sondern ein daraus entwachsener Fremder. Das glänzende herrschaftliche Zimmer stört seine Augen. Er versteht nur die Worte, nicht den Sinn der bei Tisch geführten Unterhaltung. Er denkt auf dem Ehrenplatz nach, erinnert sich, dass er einst einen kleinen schwarzhaarigen Sohn hatte, der in der Schule der beste Schüler war; wie der ihm beim Pflügen und beim Säen stets nachfolgte; wie oft hatte er gedacht: Wenn dieser Sohn einmal heranwächst, wird er pflügen und säen, und er selbst wird als weisshaariger Greis hinter ihm schreiten. Oder vielleicht sitzt er nur am Ende des Ackers mit seinen Enkelkindern, die aus roten Mohnblumen und Kettenblumen Kränze binden und immer wieder sagen: «Grossvater, lieber Grossvater!»

All das ist schön, und es lohnt sich auch, darüber nachzusinnen. Zwar ist das herrschaftliche Zimmer schön, aber das Feld ist schöner; schöner sind die Äcker, der Wald, der Himmel, die Stille, das einfache Leben.

Auch der Sohn wird nachdenklich am anderen Ende des Tisches.

Worüber denkt er nach?

Vielleicht über das gleiche wie sein Vater.

Das dem Ofen entströmende Licht beleuchtete den mit einem Pelz bekleideten schwarzen Mann; es beleuchtete sein heiteres und vertrauensvolles Gesicht. Er schmauchte mit Genuss an seiner Pfeife und liess seine Beine mit den neuen Stiefeln fröhlich baumeln.

«Jawohl, so ist es: darum bin ich gekommen, Herr Schulmeister, dass ich das Kind Imre, meinen Sohn... ich würde ihn... Er soll vom Frühling an in die Schule, in die städtische...»

István Tömörkény

In Sachen Landerweiterung

Sechs Joch Land, das ist das mindeste, auf dem man sein Leben noch fristen kann. Ein kleineres Stück erhält niemanden mehr; es ist zu klein, um darauf ein Gehöft aufzurichten. Man baut ja das Gehöft zumeist nicht, man schlägt es auf; nicht so, wie einst ein Zelt aufgeschlagen wurde, denn da brauchte man ja nur die Pflöcke in den Boden einzurammen. Beim Gehöft stampft und schlägt man dagegen die Erde, die man zwischen Brettern aufgeschichtet hat. Eine einfache Erfindung ist das, die uralteste Methode, um über dem Boden dort Mauern zu errichten, wo sich keine Steine finden. Aber in Amerika konstruiert man die Häuser von neuem auf diese Weise, nur füllt man den Zwischenraum nicht mit Erde, sondern mit Zement aus. Alles wiederholt sich in der Welt: das Alte verwandelt sich ins Neue, das Neue wird alt. Der Grossvater der von aussen regulierbaren Heizung stand als Backofen einst schon in den Heidehöfen, die im Laden feilgebotenen Teigwaren haben ihre Vorfahren in der Eiergraupe, und die in Blechbüchsen gepresste Fleischspeise lebte schon in den Leinensäcken, in welchen Hirten tagsüber das an der Sonne getrocknete Paprikafleisch aufzubewahren pflegten.

Jawohl. Das alles hilft aber nicht über die

Tatsache hinweg, dass man unter sechs Joch Land nur noch leben kann, wenn sowohl der Mann als auch die Frau sich als Tagelöhner verdingen und auf diese Weise ein wenig dazuverdienen. Dergleichen ist schwierig, es ist ein unsicheres Auskommen. Was man hat, ist wenig; mehr dagegen, was fehlt. Und selbst das wenige, das man besitzt, wie leicht greifen es Krankheit, Todesfall, Hagelschlag an. Dort, wo das Leben hindurchführt, lauern viele Wegelagerer: mal die Dürre, mal das schwellende Wasser. Mal der Frost, mal die Feuersbrunst.

Das Los solcher auf kleinen Besitzen lebender Leute ist denn auch nicht sehr dauerhaft. Wenn die Schulden einmal an einer Ecke des Gehöfts zu nagen beginnen, beissen sie bald auch auf der anderen Seite ein grosses Stück ab. Und das Land schwimmt nach und nach davon. Es bekommt Beine, es macht sich auf den Weg, niemand vermag es aufzuhalten.

«Aha», sagen die Leute, «unter den Nagys hat sich das Land in Bewegung gesetzt.»

Und sie beginnen in ihre Truhen zu schauen, um zu prüfen, wieviel Geld im Haus vorhanden ist. Dies, damit sie sich gleich einfinden können, wenn das Land endgültig davongeht, damit es nicht in fremde Hände kommt. Der Eifer, den man auf diesem Gebiet entwickelt, lässt sich sonst nirgends beobachten. Denn das Land, das ist das Land. Das ist das Leben, ist der Besitz. Alles andere Vermögen kann dahinfahren. Das Vieh könnte an einer Seuche verenden, Silber und Gold ein Dieb stehlen. Das in der Bank deponierte Geld könnte ja durch irgendeine Schlauheit der Herren verlorengehen... Das Land aber, das kann keine Macht nehmen;

selbst wenn es Krieg geben sollte, bliebe das Land doch Eigentum seines Besitzers. Selbst das Wasser, wenn es das Land einmal raubt, gibt es zuletzt doch zurück.

«So ist das», sagt Mihály Sós. «Schade nur, dass das zu viele wissen.»

Man darf auch sagen, dass es nicht viele, sondern alle wissen. Wer Geld besitzt, steht mit dem Gedanken auf und geht damit zu Bett, wo sich Land erwerben lasse. Er spart und legt alles zurück, damit ein möglichst grosses Stück aus dem Boden des Vaterlandes ihm einst gehöre. Wer Boden besitzt, dem ist auch das Heimatland. Mag auch die Nachricht erst unsicher in der Luft zittern, dass ein Stück Land irgendwo vermutlich zum Verkauf angeboten werde, schon flattert die Aufregung über der Gegend, die Menschen spähen misstrauisch und suchen zu ergründen, mit wie vielen sie es würden aufzunehmen haben, damit die Landerweiterung zustande kommen, damit das kleine Stück Land «geklebt» werden könne. So lautet die Bezeichung: «Land kleben». Es gilt, an das Bestehende Neues heranzukleben, und sei es noch so winzig; nur soll der Umfang breiter und mächtiger werden, damit die Söhne etwas zu erben haben. Denn nur das ist das Vermögen, worauf man fest steht, was unter den Füssen nicht wegläuft.

János Pál ist einer von den armen Leuten. Er arbeitet mit seinen Händen, auch besitzt er ein wenig Land. Auf dem kleinen Land steht ein kleines Haus - sie fristen ein hartes Dasein. Aber sie halten sich über Wasser, denn nur Frau und ein Kind machen seine Familie aus. Der ganze Besitz umfasst bloss einige Joch

Boden, der aber steht kühn zwischen den anderen, grösseren Gütern. Lässt die eigene Arbeit János Zeit, so verdingt er sich strebsam als Tagelöhner; und die Frau folgt ihm, seit das Kind so gross geworden, dass man es nicht mehr zu hüten braucht. Es gibt auch Reben in der Umgebung; dort benötigt man oft Arbeiter, auch Frauen, denn die Reben, die sind nun mal so, dass es dort ständig etwas zu tun gibt. So verdienen die beiden also, leben in aller Stille, und sie erblicken in ihrem eigenen Stück Land so etwas wie ein Heiligtum.

Dabei fehlte es nicht an Versuchungen. Die Nachbarn sind alle wohlhabend, und sie alle möchten ihr Land erweitern. Geld gäbe es überall, um einige Joch Land an das alte zu kleben. Voneinander gibt es nichts zu kaufen, das wissen sie sehr wohl; so nähren sie also alle die Hoffnung, dass diese Bettler da einmal aufgeben müssen. Nun, dann, dann…

Aber dieses Ende will sich nicht einstellen. János und seine Frau leben, verzehren das Brot der Armut, erhalten sich aus der Arbeit ihrer Hände, und ihr kleines Land steht unerschütterlich da, Joch neben Joch. Der Mann ist kein Spieler, kein Zecher, die Frau nicht putzsüchtig, sie spielen sich nicht auf, ja sie leisten sich nicht einmal einen Zaun vor dem Haus; was braucht es einen grossen Hof auf einem kleinen Platz: besser, es wächst auch dort Weizen.

Kurz, es wird schwerhalten, das Ende abzuwarten.

Im Kopfe des einen oder anderen taucht zwar der heimliche Gedanke auf, dass sie, sollten sie keine Arbeit mehr bekommen und daran verdienen, das Land mit der Zeit doch aufbrauchen würden. Aber das sind nur lose Gedanken, ohne Sinn, denn erstens sind sie gute Arbeiter, zweitens fehlt es ohnehin an Arbeitskräften; man muss froh sein, wenn man in der härtesten Jahreszeit genug Leute bekommt.

Denn solche Sorgen gibt es nun auch, ein neuartiges Übel ist das. Wie man sich im Verlaufe der Landerweiterungen vergrössert, vermag die Familie des Landwirts mit der Arbeit nicht mehr zu Rande zu kommen, besonders wenn nur wenige Kinder da sind; oder wenn es zwar manche gegeben hatte, sie aber seither erwachsen sind, geheiratet und den häuslichen Herd verlassen haben. Die Männer wiederum, aus deren ererbtem Land die Erweiterungen entstanden waren, bettelarm gewordene Leute, sie hatten den Wanderstab ergriffen und gingen weiter, in die Puszta hinein, um noch ungepflügte Weiden zu suchen und zu pachten. So nehmen also die Arbeitskräfte ab, während die Arbeit immer umfangreicher wird. Und so viele gefährliche Schädlinge und Krankheiten sind mit einem Mal da, welche die Reben und die Obstbäume bedrohen, dass diese zehnmal soviel Arbeit erfordern wie zuvor.

Man machte János Pál also solche Angebote, er solle sein Land zwar verkaufen, doch selber aus der Gegend nicht wegziehen.

«Dass ich etwa ein Häusler werden soll? Ohne Besitz?» fuhr János auf.

«Ja. Es findet sich ein Platz hier für dich. Und das Geld, das du für das Land bekommst, es bringt inzwischen Zinsen in der städtischen Bank. Hast keine Sorgen damit, zahlst danach auch keine Steuern.»

Dieses Häuslerdasein – es gibt das. Auf den

Landstücken, die an andere angeklebt worden sind, die sich unter den Füssen der einstigen Besitzer in Bewegung gesetzt haben, bleibt stets irgendein halb verfallenes schlechtes Gehöft mit seinen fahlen Mauern zurück – ein Haus, in welchem eben Leute zu wohnen pflegen, die sich ohnehin bald nach einer anderen Bleibe umsehen müssen. Solche Häuser sind ohne Nutzen; lässt man sie unbewohnt, so stürzen sie früher oder später endgültig ein, ohne gute Nacht zu sagen. Manchmal bricht ein Feuer in diesen Gebäuden aus, man weiss nicht wie; die aus Erde aufgeschütteten Mauerruinen ragen dann jahrelang empor in der traurigen Verlassenheit, bis der Regen sie verwischt und die Winterstürme sie dem Erdboden gleichmachen. Es lohnt sich also, für das verlassene Haus einen Bewohner einzufangen, wenn einer sich findet. Es kommt vor, dass die Armut einen dazu zwingt. Er wohnt dann in diesem Gebäude, hält es einigermassen in Ordnung; muss es tun, will er nicht, dass die Krankheit ihn daraus vertreibt. Und als Entgelt für die Wohnung verrichtet er diesen und jenen Dienst für den Bauern. Es ist eine Art Vasallendienst, Häuslerdasein genannt. Und der Häusler mag von seiner Vasallenburg aus, wenn er dazu Zeit findet, sich überall im Tagelohn verdingen.

Diese Stellung bot man auch János Pál an, doch lehnte er sie ab. Sollte er das Werkzeug eines anderen werden, wenn er doch in seinem Eigentum wohnen kann? Und sollte er sein geerbtes Land etwa verlassen? Damit seinem Kind nichts davon übrig bleibe, was einst da gewesen ist und von dem auch er noch ein wenig hat erben können? Das kann nicht sein.

Auch die Frau zu Hause lauschte erschrocken seinem Bericht, umklammerte den Kopf des Kindes und zog ihn ängstlich fest in ihren Schoss. Das Erbe unserer Väter sollen wir vergeuden und dann wie ein herrenloser Hund in die Welt hinauslaufen?

János lächelte nur, doch sprach er bestimmt: «Nein. Wir gehen nicht. Nur Gesundheit und Kraft soll Gott uns geben.»

Ja, das freilich haben wir alle nötig, denn ohne dies bleibt uns alles versagt.

Es ist Abend, die Sonne hat sich schon längst schlafen gelegt, und auch das irdische Leben bereitet sich auf die Ruhe vor. Dunkel ist die Welt, der Mond steht noch nicht oben, doch die Sterne sind von den himmlischen Hirten schon angezündet worden. Es mag acht Uhr sein. Arme Leute pflegen um diese Zeit zu Bett zu gehen - morgen ist auch noch ein Tag -, damit vom Lampenöl nicht zu viel verbraucht werde. Sie regen sich, nesteln, schlurfen hin und her, so wie man das jetzt eben auch bei den Páls tut. Sie legen sich zur Ruhe.

Dann macht etwas draussen im Hofe furchtbar laut «bumm!».

Ein Schuss. Man hatte auf die verriegelte Türe des Hauses geschossen.

János springt von der Bank auf, wo er auf seinem Pelz gelegen hat. «Was war das?»

Der Hund draussen bellt nicht. Kein Wunder, denn der Hofhund rennt gewöhnlich erschrocken weg, wenn er in der Nähe einen Schuss hört. Er fürchtet den Knall der Büchse sehr, vielleicht darum, weil er ihn selten vernimmt. Ist er angebunden, so pflegt er in seiner

Furcht selbst das Seil zu zerreissen, nur damit er entfliehen kann.

János will aus dem Zimmer eilen, hinaus zur Türe, doch die Frau ruft ihm aus dem Bett nach, wo sie mit dem Kind liegt: «Geh nicht ohne Kleider!»

Sie meint, er solle nicht in weisser Unterwäsche vor das Haus, da diese in der Nacht leuchtet. (Darum nennt man sie «Feldhüterlampe».)

János begreift; schnell schlüpft er in sein Gewand aus blauem Stoff und eilt so zur Türe.

Die Warnung der Frau kam rechtzeitig, denn wie er hinaus will, donnert es draussen wieder, und die Türe knackt erneut.

«Geh nicht hinaus!» schreit die Frau auf. «Sie werden wieder schiessen.»

«Der schiesst nimmer», beruhigt János sie, «denn das war ein Gewehrschuss.»

Der Revolver spricht nämlich anders als das Gewehr. Wären da Revolverschüsse gefallen, so gäbe es jetzt noch vier Kugeln in der Waffe; aber das Gewehr hat nur zwei Läufe, darin zwei Ladungen; wenn die verschossen sind, folgt nichts mehr.

János reisst die Türe auf, springt hinaus, und gleich mit einem Satz ist er schon hinter dem Stamm des alten Maulbeerbaumes.

Er will nicht kämpfen, sich schlagen, er hat ja auch nichts in der Hand. Er will nur wissen, welcher der guten Nachbarn es war, der zweimal in die Türe seines Hauses geschossen hat.

Doch die Nacht ist dunkel, selbst wenn die Sterne ein wenig leuchten. Er sieht nur eine Gestalt, die sich eilig ins Kornfeld verzieht. Das Gesicht erkennt er nicht, doch nach den Bewegungen zu urteilen, könnte es der Nachbar sein. Der reiche Nachbar. Auch die Frau, die nach ihrem Mann zur Türe gelaufen ist und ihren Kopf ängstlich herausstreckt, meint es, denn sie flüstert János entsetzt zu: «Was haben wir ihm getan?»

«Was getan?» spricht János. «Dass dieses bisschen Land noch unser ist, das haben wir ihm getan. Er will uns verjagen. Damit wir es ihm hingeben zu dem Preis, den er bietet. Ja, aber», die Bitterkeit bricht aus ihm hervor, er schüttelt die Fäuste gegen den Nachbarhof, «es gibt noch einen Gott im Himmel!»

«Oh», besänftigt ihn die Frau, «gib nur acht! Tu nur nicht etwas, woraus ein Unglück entstehen könnte. Arme Leute ziehen immer den kürzeren.»

«Ja, das ist schon wahr», meint János.

Die Bewohner des kleinen Hofes schlafen in dieser Nacht kaum eine Stunde. Sie sitzen in der Dunkelheit, sprechen wenig und leise, sie suchen das Kind zu beruhigen, das störrisch ist, Angst hat; die Schüsse haben es erschreckt. Sie selber lauern ängstlich darauf, ob es von neuem kracht. Denn am Ende könnten sie es doch nicht richtig gesehen haben. Vielleicht war es gar nicht der Nachbar. Vielleicht handelte es sich um den Angriff herumstreunender Zigeuner; sie wollten die Leute erschrecken, verlokken, man solle dem Schützen nachsetzen, damit das Haus dann für einen Einbrecher leerstehe. So legt denn der Mann das Beil und seinen schweren Stock neben sich; andere Waffen hat er keine – das Gewehr ist ein teures Ding, auch hat man dafür Steuern zu zahlen.

«Aber einen Revolver müssten wir uns doch halten», sagt die Frau.

«Das ist wahr», meint János. «Zwar ist auch der teuer, wenn er was taugt, aber ich kann damit kaum umgehen. Ich habe in der Armee nur das Schiessen mit dem Gewehr gelernt.»

«Du könntest es von jemand anderem erlernen.»

«Wenn sich einmal ein Revolver aus zweiter Hand finden sollte, kaufe ich ihn.»

«Ja doch», spricht ihm Rozál Mut zu, «da könntest du bei solcher Gelegenheit zumindest zurückschiessen, und er würde erfahren, dass er in dieser Gegend nicht der einzige Mächtige ist. Da würde er sich fürchten, wer es auch immer gewesen ist. Siehst du, die Kisguczis, die reuen die Patronen nicht. Dort schiessen sie jede Woche einige Male in die Luft, damit jedermann weiss, dass die dort eine Waffe im Hause haben.»

Der Mann denkt nach. Jawohl, das ist wahr. Aber anderseits... Hätte er jetzt jemanden getroffen, welche Beweise hätte er vor dem Gesetz, dass er es zur eigenen Verteidigung getan?

«Da haben wir ja die Türe», sagt Rozál. «Sie zeigt, dass sie durchschossen worden ist.»

Auch das ist wahr, aber es fragt sich doch, ob eine aus dem Leim gegangene Tannenholztüre vor Gericht als Zeuge sich eignet. Und kann die Türe erzählen, wer in sie hineingeschossen hat? Nein, sie kann das nicht erzählen.

Sie versuchen, ein wenig zu schlummern, aber es geht nicht.

Einmal fährt das Kind erschrocken auf: «Oh, sie kommen, Väterchen.»

Ein andermal sagt die Frau ängstlich: «Jemand geht draussen herum. Lausch nur... Hast du die Türe verriegelt?»

«Ja, ja, hab keine Angst. Fürchte dich nicht, schlaf ein wenig.»

Die Frau seufzt: «Man sollte aber auch können... O Gott, du mein lieber Gott, wie hast du in dieser Wüste deinen Blick von uns abgewendet... Hörst du, schon wieder geht da draussen jemand herum.»

Tatsächlich ist etwas zu vernehmen. János schaut durch die Türe hinaus und sieht, dass es der Hund ist. Seine Furcht hat nachgelassen, er ist nach Hause zurückgekehrt.

«Siehst du», sagt Rozál, «der rennt auch nur darum weg, weil er zu Hause nie einen Schuss hört. Hätte er sich auf den Schützen gestürzt, aus seinem Gewand ein Stückchen herausgerissen, wir wüssten jetzt gleich, wer es gewesen ist.»

«Ich weiss auch so, dass es der Nachbar getan hat. Gerade darum, weil er schweigt. Wäre ein Zigeuner der Schütze gewesen, so wäre er längst schon da mit seinem Gewehr, um uns zu helfen.»

Unter solchen Gesprächen vergeht die Zeit bis zur Morgendämmerung. Als es heller wird, macht sich János vom Gehöft auf den Weg hinaus, denn zwei Gendarmen pflegen hier um diese Zeit auf der Patrouille vorbeizuziehen. Es wird inzwischen ganz Morgen, die Sonne geht auf, und ihr Licht bricht sich an den Bajonetten der Gendarmen, wie sie zwischen den Saaten mal auftauchen, mal wieder verschwinden. Er wartet ab, bis sie herangekommen sind, und meldet den Soldaten den Fall: Schüsse sind gefallen.

Die zwei Gendarmen marschieren zum Gehöft, sie betrachten alles gründlich. Die Türe weist eine ganze Reihe von Löchern auf, die der Schrot geschlagen hat. Sie suchen nach Spuren, aber im Sand gibt es keine, sie verwischen sich dort leicht. Wenn es welche gab, so haben János und der Hund sie schon zertreten. Auch die Weizenähren neigen sich schon wieder aneinander, sie zeigen nicht mehr die Stelle, wo der nächtliche Angreifer ins Feld gelaufen ist. So stehen sie also ratlos da.

«Zigeuner waren es nicht», sagt einer der Gendarmen, «denn es sind jetzt keine in der Gegend. Aber haben Sie nicht irgendeinen Feind hier in der Umgebung?»

Nun, wäre es erlaubt, alles zu sagen, was man so bei sich denkt, so könnte János jetzt viel erzählen. Aber es ist nicht erlaubt. Denn es ist leicht anzuklagen, schwer jedoch, zu beweisen. Der alte Spruch: «Reden ist Silber, Schweigen ist Gold» gilt darum auch hier.

«Möglich, dass ich einen heimlichen Widersacher habe, aber ich weiss nichts davon. Es gibt keinen, der mir offen ins Gesicht gesagt hätte, er sei wirklich mein Feind.»

Der Gefreite blickt János forschend an und fragt dann erneut: «Bedrängt Sie nicht jemand, Sie sollen ihm dieses kleine Stück Land verkaufen?»

«Aber natürlich», fällt ihm die Frau ins Wort. «Und nicht nur einer, sondern alle Nachbarn. Sie alle möchten uns aus diesem kleinen Erbe vertreiben.»

Der Gefreite nickt eifrig, ja, das sei es eben. Alle, das ist niemand. Einer, das wäre jemand. Aber wer ist dieser eine?

Er betrachtet den Sand auf dem Hof, er sucht nach etwas. Dann bückt er sich plötzlich.

«Gefunden. Der eine.»

Es ist ein Papierpfropfen, der bei einem der Schüsse verwendet wurde. Der andere ist nicht da. Vielleicht ist er verbrannt, oder der Wind hat ihn in das Kornfeld fortgeweht. Aber dieser da ist geblieben. Es ist ein Stück zerknittertes Papier, das man bei der Vorderladerwaffe zwischen das Schiesspulver und den Schrot zu legen pflegt. Die Flamme des Pulvers hat es ein wenig versengt, an einigen Stellen ist es verbrannt, doch der grösste Teil ist erhalten.

Der Gendarm entfaltet es mit Vorsicht. Dann spricht er: «Gibt es ein Kind hier in der Nachbarschaft, das zur Schule geht?»

«Ja, es gibt einen Kleinen.»

«Aber er ist über die erste Klasse schon hinaus?»

«Ja, vermutlich», sagt János, «denn er ging im vergangenen Jahr schon zum Herrn Lehrer. Warum fragen Sie danach?»

«Nur deswegen», antwortet der Gendarm und zeigt ihm den Fetzen, «weil das Papier zu diesem Pfropfen aus einem Lesebuch herausgerissen worden ist. Können Sie lesen?»

«Ja.»

«Dann lesen Sie, was darauf steht.»

Und János Pál liest den Text auf dem zerknüllten, zerrissenen Papier des Lesebuchs: «... r lie-be Gott wohnt im Him-mel...»

Sie blicken einander an. Die Frau seufzt traurig: «Mein Gott, du wohnst dort oben. Doch bis dein Name je hierher nach unten kommt, da steckt er schon im Gewehrlauf.»

«Ja, das ist wirklich so», sagen die Gendarmen und gehen weiter, um das Gehöft zu suchen, wo im Lesebuch diese eine Seite fehlt.

Zoltán Thúry

Menschentod

Im Wald des Barons pflegten die Bauern seit Gott weiss wann schon immer Holz zu schlagen. Sie fällten keine Bäume, brachen nur von Jahr zu Jahr die Äste von den jahrhundertealten Stämmen, rafften sie zusammen und brachten sie nach Hause. So wie es anderswo Weinlese gibt, so pflückten hier die vielen armen Dörfler die Äste von den Bäumen. Rechtzeitig vereinbarten sie jeweils, wann sie zusammen in den Wald ziehen wollten. An solchen Tagen beluden sie schon bei der Morgendämmerung die vielen elenden Fuhrwerke; die Kinder und das Weibervolk nahmen darauf Platz, und mit der Bedächtigkeit der armen Leute setzte sich das ganze Dorf in langsamem Tempo in Bewegung, dem Walde zu. Tagsüber legten dann die Fuhrwerke mehrmals den Weg zwischen dem Wald und dem Dorf zurück. Einige, die Habgierigeren, sammelten so viel Äste, dass sie zur Weihnachtszeit, da selbst Bettler eine kleine Feier veranstalten, einige Fuhrwerke voll in der Stadt verkaufen konnten, und sie brachten dann dafür einen schönen grünen Tannenzweig nach Hause, viele kleine farbige Kerzen, auf Papier geklebte Herzen, Körbchen, Nüsse, wie es sich um diese Zeit eben gehört.

Der alte Baron kümmerte sich nicht sehr um sie. Er war irgendein grosser Politiker, Minister gar, wohnte in der Hauptstadt, und es fiel ihm nicht ein, sich wegen des Waldes von Tarberek Sorgen zu machen. Die Briefe seines Gutsverwalters lagen Jahr für Jahr auf seinem Tisch, ohne dass er sie richtig gelesen hätte. Statt dessen hielt er grosse Reden, welche die Besitzer kleiner Güter um sein Gut herum zu Hause mit dem Ausdruck zur Kenntnis nahmen, der Baron habe sich «schon wieder geprügelt». Ei, hat er die Opposition verdroschen! Als der alte Baron starb, folgte sein Sohn im Grundbesitz. Dieser war ein Gutsherr, und der duldete die Raubwirtschaft im Walde von Tarberek keinen Augenblick länger. Er sagte, er könne sein Holz selber einbringen, er brauche keine Hilfe, und an einem bitterkalten Novembermorgen, als sich am Waldrand die vielen Fuhrwerke wieder versammelten, empfingen mit Gewehren bewaffnete herrschaftliche Hajduken die Bauern.

«Wer Holz braucht, soll in den Gutshof. Der Herr Verwalter gibt Zettel aus. Ein Fuhrwerk Holz kostet einen Pengö.»

Die vielen Bauern blickten einander verwundert an. Sie vermochten die Sache durchaus nicht zu fassen. In kleinen Gruppen zusammengerottet, steckten sie bestürzt die Köpfe zusammen: «Einen Pengö für das Holz...» Dann formten sich Männer und Frauen wieder zu einem Knäuel. Die vielen Kinder klagten rundherum auf den Fuhrwerken, sie froren; manch eines legte sich vor das Pferd, damit der warme Hauch des Tieres sein Gesicht wärme. Und niemand von den vielen Leuten rührte sich von der Stelle.

Gegen Mittag kam der Dorfschultheiss herbei und sagte, sie seien im Recht. Sie sollten nicht nachgeben. Wenn der Wald dem Baron gehöre, gehöre er eben ihm, er möge damit machen, was er wolle. Aber das Kleinholz und die trockenen Äste gehörten dem Dorf. Seit dreissig Jahren schon holzten sie hier. Am Nachmittag jedoch kamen Gendarmen und nahmen den Schultheissen mit. Sie pressten seine Handknöchel mit einer Kette und einem Schloss zusammen und trieben ihn so vor sich her wie ein Pferd, stiessen ihn hie und da mit dem Gewehrkolben. Die Bauern liefen jammernd hinter ihm her, doch der Gefreite hielt ihnen sein Bajonett entgegen und drohte, er werde es in jemanden hineinrammen. Die Frauen stellten sich vor die Männer, und eine von Gemurmel erfüllte, gespannte Stille entstand, wie ein schrecklicher Fluch, der nur im Inneren des Menschen aufbricht.

Nach Hause wollte niemand. Sie hatten die Sache zur Genüge erörtert, nun schwiegen sie. Die vielen grossen Stiefel stampften auf dem reifbeschlagenen, gefrorenen Gras. Sie blickten einander an, die Wut der Erbitterung wühlte innerlich in allen. Ihr hungriger Blick verschlang den Wald, nun auch die Stämme schon, das Holz, alles. In schleichender, zögernder Ohnmacht starrten sie auf diesen unermesslichen Wald einige Schritte vor ihnen, und sie hatten immer noch nicht ganz entschieden, was zu tun sei.

Der eine murmelte dem anderen zu: «Man schämt sich vor den Frauen. Wir haben sie vergebens hergebracht, und jetzt stehen wir wie Diebe da.»

Die Stimmung wurde von Minute zu Minute düsterer, unheilschwangerer. Sie steckten ihre

Köpfe eng zusammen, jeder wollte etwas sagen. Dabei war das Ganze noch erst ein verlegenes Rätseln; jeder suchte herauszubekommen, was der andere dachte. Die Wut keuchte schon in manchem, und mit einem Mal stürzten sie sich auf den Wald. Einige wild gewordene Männer gingen voran, hoben die Äxte wie Fahnen hoch, und die anderen folgten ihnen. Die bisher zurückgehaltenen Schreie brachen nun im Gebrüll los; die Bauern rannten zwischen den Bäumen vorwärts, und der Wald gehörte wieder ihnen. Die Schläge der Äxte und der laute, wirre Lärm liessen sich bis weit ausserhalb des Waldes vernehmen, die Geräusche, mit denen sie sich auf den herrschaftlichen Besitz stürzten. Das war nicht mehr das leise Rätseln, sondern die Wut ausgehungerter Menschen, Verwüstung, Krieg gegen das fremde Eigentum. Die Frauen begannen zu jammern, als die Dinge so ausarteten.

«Die Gendarmen haben den Schultheissen mitgenommen. Hau zu mit der Axt, es ist dein Eigentum!»

«Das nimmt kein gutes Ende...»

Die Hajduken kehrten im Laufschritt ins Dorf zurück. Der Baron sandte verschiedene Telegramme aus, er bat um Gendarmen, um Militär. Wir, Journalisten aus der Hauptstadt, reisten hin, als die Bauern im Wald schon seit drei Tagen gewütet und gerufen hatten: «Alles gehört uns!» Zuerst hatten sie sich mit dem Ruf nur ermuntert, später wiederholten sie ihn so oft, dass sie zuletzt überzeugt daran glaubten.

«Mein Vater hat hier auch Holz geschlagen, und auch mein Grossvater!»

Mit unserem Zug war zugleich eine halbe

Hundertschaft Soldaten unter einem Oberleutnant angekommen, und die vielen städtischen Herren und das stille Militär marschierten gemeinsam in den Wald.

Die Bauern liefen zusammen, als der Offizier sich unter sie mischte. Verwirrt schrien sie durcheinander, und nun lärmten schon die Frauen am lautesten.

«Was wollen Sie? Es gehört uns, alles gehört uns... Lassen Sie die armen Leute in Ruhe, wenn sie arbeiten...»

Die Frauen gingen selbst auf die Soldaten los, die in langen Reihen sich auf ihre Gewehre stützten, einander zahm anblickten und nicht recht wussten, worum es da ging.

«Geht da weg, lasst uns in Frieden!»

Ein blonder, hochgeschossener Junge sprach leise mit leicht zitternder Stimme auf eine starke, dicke Frau ein, die ihm das Gewehr zu entreissen suchte: «Gehen Sie weiter, gute Frau, gehen Sie weiter, halten Sie Frieden...» Und dann, als vermutete er schon, wie alles ausgehen sollte, begann er sie zu bitten: «Gehen Sie nach Hause, gehen Sie alle nach Hause.»

Ein Gefreiter, der vorbeikam, jagte die Frau mit groben Stössen weg.

Indessen hatte sich der Oberleutnant Gehör verschafft: «Leute, ich spreche in Ihrem Interesse. Gehen Sie heim, sonst nimmt das ein böses Ende. Wir sind hergekommen, um Sie aus dem Wald zu vertreiben, denn der Wald gehört der Herrschaft. Das ist schriftlich bezeugt. Lassen Sie sich nicht auf gütlichem Wege überzeugen und gehen Sie nicht, so werde ich anders sprechen. Denn Soldaten scherzen nicht. Schauen Sie, wie viele da sind.»

«Auch wir sind nicht wenige.»

«Die dort stechen, schiessen.»

«Wir haben die Axt.»

Das war ein einzelner Mann, der dies sagte; doch wie seine Stimme dumpf in der Stille ertönte, begannen plötzlich alle zu schreien: «Wir gehen nicht weg! Alles gehört uns!»

Die Frauen umgaben sie, und sie riefen nun schon durcheinander und bleich vor Zorn: «Wir gehen nicht weg! Gehen doch Sie, was haben Sie hier verloren?»

Ein Kind warf einen Erdklumpen in die Menge. Der harte Brocken zerfiel vor den Füssen des Offiziers. Der Lärm steigerte sich; heiseres, wildes Geschrei erfüllte den klaren kalten Morgen. Der Offizier wartete. Als sie sahen, dass er den Kopf nicht verlor, wurden sie stiller, und nur die hinten Stehenden, welche die Wendung bisher noch nicht bemerkt hatten, schrien weiter und verstummten dann nach und nach, als sie erfassten, dass ihnen immer weniger zur Seite standen.

Der Offizier kam endlich wieder zu Wort. Er blickte sich um, suchte ein intelligentes Gesicht, und als er es fand, winkte er den ältlichen, ernst dreinschauenden Bauern zu sich.

«Erklären Sie Ihren Freunden, was ich sage. Ich warte, von jetzt an gerechnet, zwei Stunden. In dieser Frist können Sie sich aus dem Wald hinausscheren. Wenn es danach hier noch einen Menschen gibt, werden wir anders diskutieren. Haben Sie verstanden?»

«Jawohl, Herr Offizier, aber wir gehen doch nicht... Zuerst soll man den Schultheissen zurückbringen.»

«Das ist Sache der Gendarmen.» Bevor der

Oberleutnant wegging, drehte er sich nochmals um. «Leute, warum sollte ich Ihnen etwas anderes sagen als das, was wahr ist. Glauben Sie mir, es geht schlecht aus, wenn Sie nicht nachgeben. Wir sind keine Gendarmen, die den oder jenen abführen, sondern wer es mit uns zu tun bekommt, der bleibt im Gras liegen.»

Die Bauern begannen zu schreien.

«Nun, nun, nicht so laut vielleicht.»

«Es wird noch lauter zugehen, wenn die Gewehre sprechen.»

Ein Unteroffizier legte sich vor der Reihe der Soldaten auf seinen ausgebreiteten Mantel. Er war bleich und sprach aufgeregt ins Ohr des Oberleutnants, leise allerdings, damit die Soldaten ihn nicht hören konnten: «Hier braucht es keine Soldaten. Ist das ein Krieg? Uns gegen solches Gesindel auszuschicken.»

Der Offizier wies ihn zurecht: «Schweig.»

Drüben begann das andere Lager sich zu organisieren. Die Stimmen wurden immer drohender, und die Zahl der Leute nahm nicht ab, sondern vielmehr zu; der Menschenhaufen wurde immer dichter, immer mehr waren es, von denen es dort wimmelte. Und der Zeiger lief auf der grossen silbernen Uhr, die der Oberleutnant vor sich auf den Mantel gelegt hatte. Eine Stunde war schon verstrichen, als er sich erneut zu den Bauern begab. Auch der Unteroffizier ging diesmal mit ihm; er wollte diese Menschen aus der Nähe sehen und sagte dann etwas auf deutsch, das niemand verstand. Als er sah, dass er umsonst gesprochen hatte, fuchtelte er nervös herum, zeigte seinen Degen und seinen Revolver und winkte gegen den Himmel. Die Bauern wandten sich düster von ihm ab.

Der Oberleutnant suchte sich wieder seinen Mann heraus. «Waren Sie Soldat?»

«Ja.»

«Verstehen Sie Deutsch?»

«Nein.»

«Wer versteht es?»

«Niemand.»

Er nahm hierauf ein Schriftstück aus seiner Tasche und schlug wiederholt mit der Hand auf das ausgebreitete Blatt; auch er hatte nun schon seine Ruhe verloren.

«Sie sind verrückt, Sie sind toll. Schauen Sie das an. Hier steht es im Befehl, dass wir schiessen müssen, wenn Sie nicht aus freien Stücken gehen.» Er zückte seinen Degen und begann den Bauern, der ihm am nächsten stand, wegzudrängen. «Gehen Sie nicht? Scheren Sie sich weg! Ich will nicht Ihr Verderben... Verrückte!»

«Wir gehen nicht. Der Wald gehört uns. Sie, Herr, haben hier nicht zu befehlen. Der Wald gehört mir und diesen da...»

«Der König befiehlt überall.»

«Hier hat selbst der nichts zu sagen. Das da gehört alles dem Bauern. Mein Vater, mein Grossvater haben hier schon geholzt.»

Der Oberleutnant verstummte und winkte dem Unteroffizier. «Komm.»

Sie gingen zurück und legten sich wieder auf ihre Mäntel. Die Soldaten begannen sich zu rühren, sie ordneten ihre Riemen, manch einer zog sein Bajonett aus der Scheide, stiess es wieder zurück, prüfte, ob es sich munter bewegte; sie suchten durch die ziellose Bewegung ihre Befangenheit zu vertuschen, und sie blickten immer wieder verstohlen in Richtung der beiden Offiziere auf den Mänteln, wo die grosse silberne Uhr sich weiss abhob. Der Zeiger raste zwischen den Ziffern vorwärts. Vorne zählten die Unteroffiziere die Minuten und spürten bei jeder grösseren Zahl, welche der kleine zeitmessende Mechanismus hinter sich liess, wie die Kälte sie durchlief.

Drüben machten sich die Bauern indessen ans Werk. Sie ergriffen die Äxte von neuem und stürzten sich auf die Bäume. Ihre Arbeit war so, als wollten sie mit dem Tode ringen. Sie badeten im Schweiss; die alten Männer warfen ihre Jacken ab und schrien: «Drauf, hei! Hau zu!» Die Schwächeren fanden Kraft durch den Fanatismus der anderen und ermunterten sich, indem sie laut riefen: «Hei! Fürchte dich nicht, Freund!»

Sie lösten sich in eine lange dünne Linie auf, und die vielen grossen, morschen Stämme dröhnten unter ihren Äxten, wie sie auf sie losschlugen. Hier und dort zitterte einer, blickte gegen die Fuhrwerke auf der Lichtung, wäre gern rasch auf eines gestiegen und weggerast, doch hatte keiner mehr die Kraft, dem Fieber zu widerstehen. Duckmäuserisch und ängstlich blickten sie auf die flüsternden Offiziere und sprachen sich Mut zu: «Hab keine Angst, der schiesst nicht. Er wagt es nicht.»

Der Oberleutnant begab sich erneut zu ihnen. Er war bleich, sprach stockend, schluckte immer wieder, wie er die Worte aneinanderreihte: «Gehen – Sie – nicht?»

«Nein. In seinem eigenen Wald ist selbst der Bauer ein Herr.»

Einer hob die Axt und schwenkte sie gegen den Oberleutnant. «Ich schlage Sie nieder, Herr, wenn Sie nicht weggehen.»

Der Oberleutnant zog seinen Degen und holte zu einem Hieb aus; er traf den Mann im Gesicht. Die Menge war noch nicht zu sich gekommen, da stand er schon bei den Leuten. Heiser schrie er: «Werden Sie den Wald verlassen oder nicht?»

«Nein, auch nicht, wenn der Herrgott es sagt. Hier stehen, hier sterben wir...»

Der Unteroffizier stand hinter einem Baum und lehnte sich mit dem Rücken an den dicken Stamm. Er zitterte, um ein Haar wäre er wie ein Stück Holz umgefallen.

«Wer will, gehe, solange er kann.»

Der Oberleutnant ging zum Kadetten, der sich an den Baum lehnte, er wollte ihm etwas sagen; doch als er sah, in welchem Zustand sich dieser befand, liess er ihn ohne ein Wort stehen. Er begab sich wieder zu den Bauern und brüllte, vor Wut zitternd: «Idioten, Rindviecher! Weg von da!»

Die Bauern begannen plötzlich Steine, Klumpen und Klötze gegen ihn zu schleudern. Ein harter Brocken traf ihn an der Stirne und stiess ihm die Mütze auf den Scheitel. Das Blut rann ihm als breites rotes Band von der Stirne über das Gesicht auf seinen Waffenrock herab. Die Bauern schrien wie toll, kamen näher, und die vielen Steine und das gefrorene Geröll trommelten nun schon gegen die Köpfe der Soldaten. «Auf, zu! Schlag ihn tot! Hau den Hund!» schrien sie von der anderen Seite.

Der Oberleutnant wischte sich mit seinem Taschentuch das Blut vom Auge, um sehen zu können. Als er auf die Mannschaft zurückblickte, sah er, dass auch die Soldaten bluteten; zwei hatte man auf Gewehre gelegt, einige andere waren dabei, sie nach hinten zu schleppen. Er keuchte, schnappte nach Luft und rief noch einmal zu den Bauern hinüber: «Hinaus aus dem Wald! Hinaus!»

Als erneut ein Hagel von Steinen an seinem Kopf vorbeiflog, sprang er vor seinen Soldaten zur Seite und kommandierte: «Feuer!»

Alle Gewehre krachten nun gleichzeitig, und dann breitete sich eine grosse Stille aus. Grässlicher Rauch bedeckte die Welt, er schwebte nicht höher als das menschliche Auge, und dann hörte man, wie die Erde unter den vielen stampfenden Stiefeln erdröhnte, wie die Bauern auf der anderen Seite wegliefen. Die Pferde wieherten vor den Fuhrwerken und rannten dann alle nacheinander, ineinander verwickelt und verstrickt, dem Feld entlang; die Pferde rissen die herrenlosen Wagen in entfesseltem Lauf mit sich. Zwischen den Bäumen hier lagen Tote und Verwundete reihum, stöhnend, wehklagend; wer sich über sie beugte, vernahm den letzten Seufzer von manch einem.

Und ein alter Bauer, der sich auf die Ellbogen stützte, jammerte laut, bis seine Stimme schwächer und schwächer wurde: «Weil man sich für den Winter ein bisschen Holz geholt hat, für die wenigen Späne, die wir gesammelt...»

Jenö Heltai

Der Tod und der Arzt

In einer Märznacht hielt eine sonderbare und geheimnisvolle Droschke im Stadtwäldchen vor dem Sanatorium des Doktor Morbidus. Der livrierte Diener, der bisher mit verschränkten Armen stumm neben dem Kutscher gesessen hatte, sprang vom Bock herab. Heftig und gewaltsam drückte er die elektrische Klingel am Schmiedeisentor. Der scharfe Klang der Glocke drang rücksichtslos ins stille und isolierte Sanatorium ein, wo alle Kranken wach lagen. Nur die Gesunden schliefen: der Hauswart, die Krankenschwestern, die Ärzte und vor allem Doktor Morbidus, Direktor dieses Sanatoriums, der weltbekannte Gelehrte und Universitätsprofessor, Grossmeister der Milz- und Gallenoperationen.

Der Lakai klingelte nochmals, noch heftiger, noch gebieterischer. Der Hauswart rappelte sich schläfrig und missmutig auf, um die Türe zu öffnen. Als er den livrierten Diener erblickte, liess seine schlechte Laune im Vorgefühl des Trinkgelds ein wenig nach.

«Schnell, schnell!» sagte der Lakai aufgeregt. «Wecken Sie sofort den Herrn Professor! Der gnädige Herr liegt im Sterben...»

Der Hauswart wusste sehr wohl, dass jemand, der Doktor Morbidus um diese Zeit zu wecken wagt, zumindest ein mehrfacher Millionär sein muss. Ohne Zögern lief er hinauf ins Schlafzimmer des Professors und begann dort am Nachthemd des Grossmeisters der Milz- und Gallenoperationen zu zupfen. Professor Morbidus erwachte schliesslich; zuerst wetterte er ein wenig, doch als er erfuhr, dass es um irgendeinen gnädigen Herrn ging, da machte er sich froh und flink ans Ankleiden.

Zehn Minuten später ging er schon, eingehüllt in seinen gewaltigen Pelzmantel, der für mehrere Personen ausgereicht hätte, die mit Teppichen bedeckten Treppen des Sanatoriums hinunter. Der Diener lüftete ehrerbietig seinen Zylinder und öffnete die hintere Türe der Droschke.

«Zu wem fahren wir?» fragte der Professor, während er in der Kutsche Platz nahm.

«Zum gnädigen Herrn», sagte der Diener.

«Schon gut», meinte der Professor ungeduldig, «aber sein Name? Wie heisst er?»

«Der Tod», antwortete der Diener leise.

Dann schlug er die Türe zu. Im nächsten Augenblick setzte sich die Kutsche in Bewegung. Als Doktor Morbidus diesen wohlbekannten und ziemlich furchterregenden Namen hörte, lachte er gequält auf: «Ich träume, ich träume ja!»

Er holte aus seiner Tasche das silberne Streichholzschächtelchen und steckte nun ein Zündholz in Brand. Das aufflammende Licht überflutete das Innere der Droschke. Doktor Morbidus bemerkte entsetzt, dass ein auffallend bleiches und aufgewühltes Gesicht ihn anstarrte: sein eigenes Gesicht, das ein gegenüber dem Sitz aufgehängter Spiegel ihm zeigte.

«Hm. Vielleicht träume ich doch nicht.»

Die Droschke war innen mit schwarzem Stoff bezogen. Der Professor fühlte sich immer unbequemer. Er hörte weder das Rasseln der Räder noch das Gestampfe der Pferdehufe; der Wagen rollte lautlos dahin. Wenn er überhaupt rollte. Der Professor hatte eher das Gefühl, er stehe unbeweglich still.

Er schaute hinaus durch das Fenster. Und dann sagte er beruhigt: «Ich träume also dennoch. Dies ist keine Wirklichkeit...»

Er hatte das Sanatorium kaum vor fünf Minuten verlassen. Nun aber fuhren sie auf einer steilen Bergstrasse zwischen schwarzen Felsen aufwärts, bodenlose Tiefen taten sich zu beiden Seiten neben ihnen auf. Am Fusse der Felsen zeigte sich plötzlich hier und dort eine bläulichweiss glühende Erscheinung, und sie verschwand dann ebenso schnell, löste sich ins Nichts auf.

«Dies ist keine Wirklichkeit», wiederholte der Professor, doch diesmal schon weniger überzeugt. «Was aber dann? Wirklichkeit oder Traum, was kann mir geschehen? Nichts. Seit der Schöpfung der Welt ist dies meines Wissens das erste Mal, dass der Tod für jemanden seinen eigenen Wagen schickt. Bisher pflegte er die Menschen persönlich und zu Fuss zu besuchen. Das ist eine grosse, eine erstklassige Ehre.»

Er zündete sich eine Zigarre an und erwartete nun schon eher mit einer angenehmen Spannung, was mit ihm geschehen würde. Im Grunde erschrak er auch vor der Möglichkeit nicht sehr, dass er vielleicht sterben müsse. Aber er fand diesen Gedanken nicht wahrscheinlich. Er hätte auch daheim in seinem Bett sterben können; deswegen wäre es nicht nötig gewesen, in diese phantastische, unbekannte Gegend zu fahren.

«Es handelt sich um etwas anderes», sagte er zu sich.

Die Türe der Droschke öffnete sich in diesem Augenblick. Der Lakai stand dort mit dem Zylinder in der Hand. Höflich verbeugte er sich: «Geruhen Sie auszusteigen.»

Der Professor verliess die Kutsche und sah sich um. Er befand sich in einem engen, dunklen Hof, der nur durch eine schlechte, flakkernde Öllampe schwach beleuchtet war. In den Höfen von Kasernen und Gefängnissen herrschen oft in der Nacht solche Stille und solche Traurigkeit.

Der Diener eilte auf einer schmalen Wendeltreppe voraus, der Professor folgte ihm.

«Was wollen Sie eigentlich von mir?»

Der Lakai antwortete nicht. Er legte einen Finger vor seinen Mund, wie es in alten romantischen Trauerspielen die Schauspieler tun, die Geheimnisse zu hüten haben. Der Professor schritt lustlos hinter dem Diener her. Sie hielten am Ende eines langen, engen Korridors vor einer Türe. Der Diener klopfte an.

«Wer ist da?» fragte drinnen eine Stimme.

«Der Herr Professor ist angekommen», meldete der Lakai demütig.

Die beiden Flügel der Türe sprangen auf, blendende Helligkeit erfüllte den engen Korridor.

Für einen Augenblick bedeckte Doktor Morbidus sein Gesicht mit den Händen. Doch schon ging er ins Zimmer hinein. Eine unbekannte, mächtige Kraft zog ihn.

Zuerst schien ihm das Zimmer leer.

«Setzen Sie sich, bitte», sagte der Diener. «Der gnädige Herr kommt sogleich.»

Doktor Morbidus setzte sich und musterte nervös seine Umgebung. Seine Schläfen pochten, sein Herz schlug schrecklich. Mochte er ein noch so ruhiger und zynischer Mann sein, er fühlte, dass da etwas Grosses und Fürchterliches vor sich ging.

Im nächsten Augenblick erschien der Tod vor ihm. Müde sprach er: «Ich liess Sie rufen, Herr Professor. Verzeihen Sie, dass ich Sie in dieser späten Stunde herbemüht habe.»

Doktor Morbidus war aufgestanden, er verbeugte sich tief. Er war ruhig, sogar fröhlich. Er lachte beinahe. Nein, er hatte sich den unverbesserlichen Mörder nicht so vorgestellt. Zwar hatte er nicht erwartet, das traditionelle Gerippe zu erblicken mit der Sense und dem weissen über die Schultern gehängten Laken; aber er hatte gehofft, er werde etwas Jenseitiges, etwas Imponierendes und Verblüffendes oder vielleicht etwas sehr Mildes zu sehen bekommen. Aber dieser Tod... Das war ein kleines, zusammengeschrumpftes und dünnes Greischen, es reichte dem Arzt nicht einmal bis zur Hüfte. Auf seinem Gesicht gab es tausend Fältchen, seine Hände und Füsse waren die eines Kindes. Ein riesiger Bazillus, das war der gnädige Herr. Nur sein schwerer Purpurmantel verriet sein königliches Wesen.

Auf einen Wink des Todes setzte sich der Professor wieder. Klagend begann der Tod das Gespräch: «Grosses Übel ist mir widerfahren. Ich bin schwer erkrankt. Ich fürchte, ich könnte sterben.»

Doktor Morbidus starrte ihn verständnislos und dümmlich an. Verlegen stotterte er: «Ich habe Sie nicht richtig verstanden, gnädiger Herr. Wie beliebten Sie sich auszudrücken?»

«Sie haben mich sehr wohl verstanden», sprach der Tod mit einem traurigen Lächeln. «Nur tönt es etwas sonderbar, was ich gesagt habe. Und nur deswegen, weil ich es gesagt habe. Wenn ein anderer so spricht... Kurz, ich habe Angst, dass ich sterben werde.»

«Sie scherzen, gnädiger Herr.»

«Das fällt mir gar nicht ein. Wäre es ein Scherz, hätte ich Sie nicht rufen lassen. Ich kenne die Ärzte. Wenn jemand sie kennt, so kenne ich sie. Und Sie sind der einzige, zu dem ich Vertrauen habe.»

«Gnädiger Herr, ich weiss wahrhaftig nicht, wie ich mich für Ihr Vertrauen, das mich so hoch ehrt, dankbar erweisen kann, aber...»

«Widersprechen Sie mir nicht. Ich bin krank, Sie werden das auch feststellen können, sobald Sie mich untersucht haben. Wie das gekommen ist, ich weiss es nicht. Ich war ein Leben lang stets kerngesund. Ob ich alt werde, schwach werde, der Teufel mag es wissen. Fest steht jedenfalls, dass ich nicht mehr der gleiche bin. Meine Milz schmerzt, meine Leber schmerzt, alles in mir schmerzt. Ich bin am Verrecken. Wenn Sie mich nicht heilen, ist es aus mit mir.»

Der Tod fiel während dieses Gesprächs immer mehr in sich zusammen, während der Professor immer runder, immer dicker wurde. Hätte ein neutraler Dritter diesen Auftritt beobachtet, so hätte er bestimmt den Professor für das mächtigere und fürchterlichere Wesen gehalten.

Der Professor war wieder guter Laune. Er bewegte sich flink, er war angenehm aufgeregt. Zum Teufel auch, das ist kein Spass... Der Tod ist krank! Was für eine merkwürdige und giftige Krankheit mag es sein, die in den Körper dieses seit Millionen von Jahren mordenden kleinen Greises siegreich eingedrungen ist? Welche unglaubliche und phantastische Affäre wäre es, wenn der Tod stürbe! Und welch ein sensationelles und welterschütterndes Ereignis müsste es sein, wenn er den Tod heilen sollte!

Doktor Morbidus war nun ganz ausser sich. Fröhlich rieb er sich die Hände. «Geduld, gnädiger Herr, Geduld! Wir wollen nicht verzweifeln. Gleich schauen wir nach, wo es fehlt.»

Der Tod blickte verzagt mit starrem Blick vor sich hin. Der Professor winkte. Der Diener umklammerte den alten gnädigen Herrn und entkleidete ihn wie eine Puppe. Das verdorrte kleine Männchen sah nackt noch komischer aus als im Purpurmantel.

Doktor Morbidus ging eifrig ans Werk. Er betrachtete den Tod von allen Seiten, schnupperte rundherum, schaute überall hin, wo er nur konnte. Sein Gesicht nahm währenddessen einen immer freundlicheren Ausdruck an; innerlich aber wurde er immer finsterer.

«Nichts, nichts Schlimmes. Eine kleine, unbedeutende Operation ist fällig. In einer Stunde ist der gnädige Herr wieder auf dem Damm.»

Für sich aber dachte er: «Er ist am Ende. Wenn ich ihn retten will, muss ich ihm seine Milz, seine Galle und seine Leber herausoperieren. Selbst dann ist das Ergebnis noch zweifelhaft...»

Der Tod blickte auf den Professor; in seinen

Augen leuchtete neue Hoffnung. Doch dieser mied den Blick des Todes. Er packte seine chirurgischen Instrumente aus seiner grossen Handtasche und liess den Diener schnell Wasser und ein Handtuch holen.

Der Tod war besorgt: «Werde ich die Operation aushalten?»

«Das ist doch ein Kinderspiel. Dreissigtausend solche Operationen sind mir schon gelungen. Ich vollziehe sie mit geschlossenen Augen. Mit der linken Hand. Meine Patienten nennen mich ‹Die samtene Hand›.»

«Die samtene Hand», wiederholte der Tod. «Dieser Name gefällt mir. Ein guter Name.»

«Aber ich verdiene ihn auch. Sie werden es sehen, gnädiger Herr. Ich will Sie auf alle Fälle ein wenig einschläfern.»

«Halte ich jedoch die Narkose aus? Werde ich nachher erwachen?»

«Aber, aber, gnädiger Herr...»

Der Tod schämte sich selber, dass er so feige war. Er fand sich damit ab, dass Doktor Morbidus ihn narkotisiere. Er schlief ein.

Der Professor betrachtete eine Zeitlang den ruhig schlafenden Tod. «Du bist in meiner Hand, du Schurke. Wenn ich es will, bist du erledigt. Ich brauche mich nur um Haaresbreite zu irren, und ich erlöse die Welt von deinen Verheerungen. Und warum sollte ich mich nicht irren? Ich wäre ein Gauner, erwiese ich nicht der Menschheit diesen Dienst.»

Doch dann überlegte er es sich anders: «Vielleicht gehört es sich doch nicht. Der Arme ist krank. Krank. Er hat sein Leben mir anvertraut. Ich kann nicht sein Richter, sein Henker sein. Ich muss ihn so behandeln wie jeden anderen vornehmen Patienten, der mich gut bezahlt. Ich will ihn retten.»

Er hob das Skalpell. Aber er schnitt noch nicht. Er war sehr aufgeregt.

«Es wäre Wahnsinn», sprach er zu sich selbst, während das Blut in sein Gesicht schoss und es in seinem Kopf zu brausen begann, «Wahnsinn wäre das. Ich werde nie wieder eine ähnliche Gelegenheit haben. Soll ich dieses Schwein retten? Damit er morgen zu mir kommt und mir den Garaus macht? Lächerlich! Wir werden leben, wir alle werden ewig leben, sobald er stirbt. Und er wird sterben.»

Mit starker und sicherer Hand machte er zwei Schnitte in den Körper des Todes. Dann beugte er sich über ihn und beobachtete den Tod. Der Tod bewegte sich nicht mehr. Er war gestorben.

Der Professor wusch sich ruhig die Hände.

«Ich bedauere, die Sache ist nicht gelungen», sagte er zum Diener, der in steifer Haltung beim Bett stand, «der gnädige Herr ist gestorben. Seine Galle... Aber das verstehen Sie ja ohnehin nicht. Es tut mir leid, dass es so gekommen ist. Vielleicht, wenn man mich früher benachrichtigt hätte...»

Er sprach in teilnahmslosem, ruhigem Ton. Innerlich jauchzte er vor Glück. Er kam sich nicht einen Augenblick lang als ein Mörder vor. Er hatte das Gefühl, dass er keine Sünde, sondern eine grossartige gute Tat begangen hatte, welche die Völker in alle Ewigkeiten preisen würden. Er hörte das Jauchzen der ganzen lebensfrohen Welt; er sah sich selbst, verewigt auf Bildern, in Plastiken, bei Interviews und in wissenschaftlichen Werken. Er sah sich als den grössten Menschen aller Zeiten, wie Millionen ihn feiern; er sah, wie Könige und Päpste zu ihm kommen, um ihm die Hand zu küssen.

Es schien, dass die Sache dem Diener recht gleichgültig war. Demütig half er Doktor Morbidus in den Pelzmantel, der für mehrere Personen ausgereicht hätte; er begleitete ihn durch den Korridor und die Wendeltreppe hinunter zur Droschke, die schwarz und unbeweglich im Hof wartete. Der Professor nahm Platz im Wagen, der sich lautlos in Bewegung setzte, die stille Bergstrasse hinunter.

Zufrieden nach der wohlverrichteten Arbeit zündete sich Doktor Morbidus eine Zigarre an; er lächelte. Ruhm, Reichtum, Unsterblichkeit... das alles bringt er von diesem nächtlichen Ausflug heim.

Plötzlich stiess jemand laut in ein Horn. Die Droschke hielt.

Doktor Morbidus schaute unruhig durch das Fenster hinaus.

Ein gewaltiger Riese stand neben der Droschke. Seine Schattengestalt glühte in bläulichweissem Licht, in seiner Rechten flammte ein blutiges Schwert. Finster sprach er: «Verzeihung, Herr Professor. Sie haben das Honorar vergessen.»

Er überreichte einen grossen versiegelten Umschlag, den Doktor Morbidus aufgeregt und neugierig aufbrach. Er enthielt fünfundzwanzigtausend Kronen.

«Sehr lieb», sagte der Professor gerührt, «danke.»

«Ich danke für Ihre Bemühungen, Herr Professor», erwiderte der Riese höflich. «Es ist traurig genug, dass sie von keinem Erfolg gekrönt waren...»

«Ja, ja, der alte gnädige Herr hat die Sache ein wenig vernachlässigt. Man hätte früher...»

«Auch ich habe es Papa immer gesagt...»

Doktor Morbidus erstarrte. «Was? Wie bitte? Sie...?»

«Ja», sagte der Riese einfach, «ich bin sein Sohn. Jetzt übernehme ich das Geschäft.»

Und damit verschwand er zwischen den Felsen. Doktor Morbidus aber fuhr mit der Droschke nach Hause, ins Sanatorium im Stadtwäldchen.

Zsigmond Móricz

—

Himmelsvogel

Zwei Tagelöhner, ein junger und ein alter, schleppten Säcke aus dem Speicher des Grossbauern hinaus.

Es herrschte wundervolles Frühlingswetter, ein mildes, nachlassendes Wetter; die gelben Sonnenstrahlen streuten glänzendes Gold in die Pfützen, das Gras schoss am Fusse des Zauns üppig auf. Auch das Huhn trieb sich dort herum und rief mit endlosem Gackern seine Küken, welche winzige Flecken waren und mit lieblichem schwachem Gepiepse hinter dem Huhn herliefen.

«Frisch-fröhlich, was soll das, wo bleiben wir!» Der Bauer war vor dem Speicher stehengeblieben. «Schone deine Hände nicht. Verlange eine andere Hand von deinem Vater, wenn sie bricht.»

«Aha.»

«Sie spielen aber gut auf», lachten die beiden Männer ein wenig und machten sich mit neuer Kraft ans Schleppen.

«Nun, wenn ihr die Aussaat im grossen Feld bis zum Abend beendet, dann sollt ihr auf dem Ball heute abend...»

«... einen guten Schlusstrunk kriegen.»

«Da kannst du auf dem Ball heute abend zum Juden gehen und ihm sagen: ‹Ein Fass Bier!› Ich befehl' es.»

«Das lässt sich hören.»

«Ein ganzes Fass Bier kannst du verlangen.»

«Lässt sich hören.»

«Besteh darauf, dass ich ein Fass Bier verlange. Bring es ihm mit Gewalt bei, sage: ich sei es, der es befehle!»

Die Männer hielten inne, sie verstanden endlich, dass es ein Scherz war; der Alte schüttelte missbilligend den Kopf. «Aha, so stehen wir.»

Auch der Jüngere blickte von der Türe her unter dem schweren Sack zurück, der auf seinem Nacken lastete. «Sie halten uns nur zum Narren.»

«Hahaha», lachte der Bauer, dass selbst sein Hals rot wurde.

Er fühlt sich wohl, stolziert auf dem Hof wie ein Truthahn mit schwellendem Hals breit herum. Der Frühling ist wundervoll, die Aussaat geht gut voran, der Besitz ist gross, die Frau schön...

Er macht noch einmal die Runde im Hof, und die Männer schleppen und schleppen unterdessen die Säcke.

Die junge Frau blickt durch die offene Küchentüre, sie schüttet Wasser aus. Die Frau ist hübsch, farbig angezogen, ihre schwarzen Augen blitzen; nach einem Augenblick verschwindet sie wieder im geräumigen Grossbauern-Haus.

«Haben Sie sie gesehen?»

Der alte Tagelöhner zuckt mit den Achseln.

«Die lebt hier in Saus und Braus», brummt der jüngere.

«Soll sie, sie ist ja jung.»

«Ja, ja. Eine junge Frau neben einem alten Mann.»

«Komm. Lass uns die Säcke tragen.»

Drinnen im Speicher spricht der junge Tagelöhner von neuem: «Ei, selbst Gott weiss nicht mehr, was er tut... Diesem alten Gauner gibt er so viel, dass man selbst an Saatkorn nicht alles aufs Feld tragen kann. Und mir gibt er, wenn es so gegen den Frühling geht, nicht einmal so viel, wie ich auf dem Rücken in die Mühle schleppen könnte.»

Auch der alte Tagelöhner blieb stehen, nahm seinen Hut ab und wischte sich über die Stirn. «Sorge du dich nicht um Gott. Der weiss, was er tut, mein Freund.»

«Ei, hat denn dieser Schuft selbst diese junge Frau kriegen müssen... Armer Miska... Sie werden sehen, der traut sich nicht einmal mehr nach Hause zu kommen in sein Dorf... Da nimmt man sogar schon die armen Mädchen den armen Burschen weg.»

Der Alte sprach leise: «Daraus siehst du nun wieder, dass man sich um Gott keine Sorgen machen soll. Oben im Himmel haben sie etwas bemerkt, dass nämlich hier das Geld sich sehr angehäuft hat. Ei, da muss man also etwas tun, damit es sich verflüchtigt. Dieser Geizhals hat den Armen nie etwas gegeben. So aber muss er zusammen mit der Panni eine ganze Familie erhalten, die sonst nur von der Arbeit lebt, die sie mit der Spitzhacke selbst verrichtet...»

Der schmucke Kutscher war wegen irgendeinem Zaumzeug hereingekommen und rief zu ihnen herüber, wie sie in der Dunkelheit der Kornkammer herumstanden: «Na, predigen Sie nur nicht, sonst sagt noch die Bäuerin etwas, nicht nur der Bauer.»

«Was will sie sagen!» rief der alte Mann mit

einer Grimasse. «Der Herr Onkel, der bin ich für sie. Habe mit ihrem Vater immer zusammen gearbeitet.»

«Mit dem alten Galgenstrick», lachte der junge Mann.

«Die will mich nicht mehr kennen.»

Tante Kati steckte ihren Kopf zur Kammertür herein. «Wo ist der Henkelkorb?... Kannst du nicht Ruhe geben; was belästigst du die Henne, du! Warum suchst du dir nicht etwas zu tun, du...», fuhr sie noch draussen den Hirtenjungen an, der dort herumstand und mit einer Rute die Henne reizte.

«Da kommt mein Schatz, Tante Kati!» sagte der Kutscher lachend und sprang gutgelaunt zur Türe hinaus, damit Tante Kati ihm nicht etwas an den Kopf werfen könne.

Tante Kati blickte ihm mit mörderischen Augen nach. «Geh du mir, muss man die Alten so behandeln...»

Dann wandte sie sich an den alten Tagelöhner; sie lispelte, sie schimpfte wegen der jungen Frau: «Lieber, der Vater ihres Vaters und mein eigener Vater waren Brüder, die waren beide gleich dreckig; aber diese da, Lieber, die wollen von der Verwandtschaft schon nimmer hören. Eine Dienstmagd bin ich da, aber ohne Bezahlung, und dann tut niemand etwas, wenn diese Halunken mich plagen...»

Sie wischte sich die Nase, die Augen; die beiden Tagelöhner blickten mit neugierigen Augen träge auf sie, warteten auf ihre Worte.

«Besonders der Alte, mein Vetter! Pah! Der erst verleugnet richtig sein Blut. Will seine kleine Base nimmermehr kennen... So muss ich mich quälen, ich arme Waise...»

Die Stimme der jungen Frau ertönte draussen: «Tante Kati!»

«Ja, komme schon», rief die alte Frau und griff ungeschickt und erschrocken um sich. «Ach, wo ist schon wieder diese... Ach, heiliger Gott, was zum Teufel... Oh, habe ich einen blöden Kopf...»

«Dort steht der Henkelkorb, da!» sagte der junge Tagelöhner lachend.

«Ja, natürlich, der Henkelkorb. Du siehst, wie ich bin.» Und damit lief sie fort, brach sich beinahe die Beine vor Eifer.

Die beiden Tagelöhner verstummten, blickten sinnend vor sich hin, trugen die Säcke wortlos hinaus.

Der Bauer rief vom Hof herüber: «So, das genügt auf dieses Fuhrwerk; das Ross will auch leben. Es ist kein Mensch, dass man es schinden könnte.»

«Ei, wie gut gesagt», meinte der alte Tagelöhner; er hob spähend seine Augen und kratzte sich den Kopf unter dem Hut.

Der Bauer rief nach diesem bitteren Spass in die Küche hinein: «Panni!»

«Nu?»

«Ich fahre ins Dorf. Zum Schultheissen.»

«Gut.»

«Also soll ich die Steuer des Alten bezahlen?»

Die Frau zuckte mit den Achseln. Man wollte die Hütte ihrer Eltern versteigern.

«Das alles ist nicht den Preis wert», sagte sie leise, «den man dafür erlegen müsste.»

Der Bauer lachte mit geschwelltem Hals, wie es seine Gewohnheit war, und verschlang dann mit gierigen Augen seine junge Frau, die sich vor ihm errötend hinein ins Haus verzog.

Die Kammer neben der Küche war mit Zwiebelgeruch und dem rohen, grünen, beissenden Duft der Körner erfüllt, in denen es frühlingshaft zu gären begonnen hatte.

«Tante Kati!»

Die alte Frau schaute aus der Küche herein. «Nu?»

«Springen Sie mal, bringen Sie mir einen Tontopf.»

«Ja.»

«Den dort, den schwarzgestreiften.»

«Ja, ja.»

Panni arbeitete ernst und ruhig weiter. Noch im Herbst muss es gewesen sein; Gott weiss, wie man diese Körner eingelagert hat, nichts ist hier in Ordnung. Einzeln muss man alles aussondern, alle Arten sind da durcheinandergebracht worden.

Noch im Herbst... Etwas schoss ihr durch den Kopf in diesem Augenblick. Im Herbst, wo war sie denn damals?... Im Herbst pflegte sie noch als Tagelöhnerin in den Komáromi-Hof zu kommen...

«Tante Kati!»

Tante Kati klatschte inzwischen schon wieder draussen mit den Tagelöhnern; jetzt reisst sie erschrocken den ersten besten gelben Tontopf herunter und läuft damit herein.

«Ist das der schwarzgestreifte?»

Tante Kati eilt wieder hinaus und versetzt dabei dem Hirtenjungen, der sich damit vergnügt, die Tauben zu erschrecken, einen kräftigen Stoss. «Hier haben alle so viel zu tun», schimpft sie, «dass sie fast draufgehen; nur der da hat nie etwas zu tun.»

Panni vermag ihre Rückkehr wiederum nicht

abzuwarten, sie geht selbst. Sie friert ja auch drinnen; sie geht hinaus an den Sonnenschein, bringt die Körner mit und setzt ihre Arbeit auf dem grossen Mühlsteintisch vor dem Haus fort.

Es ist schön, sich hier zu sonnen. Aufgeblasene Tauben mit weissen Streifen um ihren Kropfhals umfliegen sie, warten auf Körner, die sie ihnen auf den staubig-trockenen Boden hinschütten soll; und sie tut es auch. Aber es gibt hier auf dem Hof irgendeine Stille, irgendeine traurige Mattheit; die junge Frau fühlt sich so einsam im grossen Hof.

Der schmucke Kutscher räumt keck pfeifend etwas aus dem Stall mit der Mistgabel und wirft immer wieder einen Blick in ihre Richtung; er möchte seine Herrin irgendwie ins Gespräch verwickeln, herausfordern.

«Tante Kati!» ruft er schroff herüber.

«Nun, was ist?»

«Tanzen wir also zusammen heute abend auf dem Ball?»

«Oh, geh mir, du Dummkopf!»

Selbst Panni musste lächeln. «Und du, Laci, wirst du tanzen?» fragte sie den Hirtenjungen, der ernst dort herumstand.

«Ich? Ich werde die Mädchen schon in die Runde führen.»

«Oder sie dich?»

«Mit welchem deiner Schätze wirst du tanzen, Laci?»

Der Kutscher blieb auf die Stimme der Frau hin bei der Türe des Stalls stehen.

«Ich will schon wählen», sprach das Kind, den Erwachsenen mimend.

«Ja, wie viele hast du denn, du Dreikäsehoch?» sagte Panni, die den grossen Standesunterschied noch immer wieder vergisst und sich unter diesen Leuten wie zu Hause fühlt.

«Habe so um die sechs», sagte der kleine dicke Junge.

«Oh, der Teufel soll dich holen, und du betrügst sie alle?»

«Die betrügen mich schon genug.»

Für einen Augenblick trat Stille ein; alle spürten den stechenden Spott im Wort des Flegels. Im Hause des Gehängten soll man nicht vom Strick sprechen.

Um die Unannehmlichkeit wegzuscheuchen, sagte Pista hänselnd: «Und Sie, Tante Kati, wie viele haben Sie?»

«Geh mir, du Dummkopf, du, frotzle deine Freunde, nicht mich.»

«Sehen Sie, auch ich habe einige.»

«Es wäre besser, du triebest mir eine Dienstmagd auf», sagte Panni zu ihm.

«Wie viele soll ich für morgen früh hierher beordern?»

«Eine wird's tun, nur kommen soll sie.»

«Die Zsuzsi Kánya, ist sie recht?»

Die Frau verzog ihren Mund und lachte. «Die kommt nicht zu mir.»

«Kommt nicht?... Die kommt schon, wenn ich es ihr sage... Haben Sie denn mein Lieblingslied noch nie gehört?»

Und possenreisserisch begann er zu singen:

«Pista Kovács' breite Hosen
Blieben an dem Pfosten hangen.
Wie er da beim Tore stand,
Fest hielt sie dort Zsuzsis Hand.»

«Ei, was bist du für ein Schelm», lachte die junge Frau, und Pista ging in den Stall hinein.

«Tante Kati», sagte dann Panni, «springen Sie doch schnell mal zurück; bringen Sie die Saatzwiebeln, ich habe sie vergessen.»

«Ja», sagte Tante Kati und ging hinein.

Als Pista den Hof überquerte, warf er wieder ein Wort hin, vertraut tuend, jedoch anständig: «Ich tanze die Nacht nicht mit ihr, wenn sie nicht kommt.»

Panni sagte nichts darauf, sie blickte nur vor sich hin. Sie hat keine Magd, keine. Sie lebt einsam. Niemand nimmt den Dienst bei ihr an, und sie steht da mitten in der Arbeit, sie rackert sich ab; so viel hat sie zu tun, weil sie alles auf sich genommen hat... Weisse Wolken standen am Himmel und eine Bläue, eine wunderbare Bläue... So war auch ihr Leben, es war immer noch blau und glänzend, auf seinem Boden droht eine schwarze Schwärze, doch an seiner Oberfläche trieben schäumend weisse Scheelsucht, die kleinen Blasen weisser Schadenfreuden.

«Ich finde diesen Mohn nicht», kam Tante Kati heraus.

«Mohn?»

«Hast du mich nicht darum geschickt? Um Mohn.»

«Zwiebeln! Zwiebeln, Tante Kati! Saatzwiebeln.»

Halb ärgerlich, halb lachend blickte sie auf die alte Frau, die aufs Alter hin so zerstreut geworden war, dass sie einem keinerlei Nutzen mehr brachte. Als Verwandte will sie nicht arbeiten. Die Herrin spielen, das möchte sie.

Gegen Mittag sah Panni von weitem schon, dass ihre Schwägerin nahte. Aufregung durchlief sie. Sie fürchtete diese hoffärtige, hässliche Frau mit der bösen Zunge. Die Schwägerin sah durch sie hindurch und wusste sie am besten spüren zu lassen, dass die ganze grossbäuerliche Verwandtschaft sie für einen Eindringling hielt, der sich in das Komáromi-Vermögen gesetzt hatte. Sie wich ihr aus, verzog sich in den Speicher.

Im Augenblick, da sie eintrat, waren der alte Tagelöhner und der Kutscher damit beschäftigt, den Weizen in Säcke zu schaufeln. Es schien, als ob sie wieder einmal schlimme Reden führten, denn sie fuhren zusammen, als die junge Frau hereinkam.

Der Alte trug den Sack weiter und stöhnte: «Zerreissen soll er, ach, wie schwer.»

Der Kutscher sprang aus dem Kornkasten heraus und flüsterte ihm zu: «Bleiben Sie stehen, bleiben Sie stehen, schimpfen Sie nicht, Ihr Fluch wirkt ja... Alter tauber Kerl, hören Sie nicht, dass der Sack gerissen ist?»

«So stecke doch irgendeinen Strunk hinein, na», lispelte der alte Mann.

Der Kutscher kauerte nieder und suchte den Schaden zu beheben. «Ich weiss nicht», sagte er, «was mit diesem Sack los ist. Je mehr ich ihn flicke, desto mehr reisst er.»

Er blickte verstohlen auf die junge Frau, vor der sie aber tun konnten, was sie wollten; sie bemerkte sie nicht.

Der alte Tagelöhner schaute eine Weile verdutzt zu, wie der Weizen auf dem Boden des Speichers ausfloss; dann seufzte er leise: «Nun, zumindest ruht man sich so ein wenig aus.»

Panni blickte mit verschleierten Augen hin; Nebel lag auf ihrer Seele, sie sah nichts. Sie rechnete sich aus, wann die Gefahr, die Schwägerin, anlangen würde.

«Schweigen Sie», sagte der Kutscher.

Der Tagelöhner schwieg und stützte sich schwer auf den Sack, der unter seinem Gewicht langsam zu bersten begann. «Dieser Sack», sagte er brummend, «ist so ein Sack. Der ist schon verfault...»

«Geben Sie acht, sonst bekommen Sie es mit ihr zu tun.»

«Ich habe den Sack nicht zerschnitten... Ihr Vater hätte sogar das getan... Das war ein feiner armer Mann. Wenn der sich die Pfeife ansteckte, das musste man sehen. Einmal ohrfeigten sie sich sogar, der alte Kerekszeghy und er, wegen der Pfeife... Dabei ist der arme Mensch ohne Pfeife nun einmal... Solche mit einem Mädchenmaul wie ich, nicht wahr, die nur Tabak kauen und sich dann in die Hände spucken und dann weiterarbeiten...»

«Was gibt es dort?» sprach Panni.

«Nichts», antwortete der Kutscher.

«Dieser schlechte Sack ist kaputtgegangen», sagte herausfordernd und geringschätzig der Tagelöhner.

«Dieser gute Sack? Das ist doch ein neuer Sack! Gerade jetzt habe ich ihn geflickt...»

Wut schnürte ihren Hals zusammen, wie die Frau auf die andere blickte; der schöne rotgoldene Weizen quoll heraus auf den staubbedeckten Holzboden des Speichers.

«Tante Kati!»

Aber Tante Kati hörte nicht. Laut erklärte sie gerade der Schwägerin, die Gesuchte sei drinnen im Speicher.

Man vernahm die Stimme der Schwägerin:

«Im Speicher. Hm. Hm. Ei, wie die junge Frau arbeitsam ist.»

Panni wurde feuerrot wegen dieses spöttischen Tons, und die leise Bemerkung entfuhr ihr: «Ist natürlich schön, wenn jemand immer Zeit hat, Fasching zu feiern.»

«Grossbäuerin!» sagte der alte Tagelöhner.

«Sie schweigen besser», und das Auge der jungen Frau blitzte ihn an, «ich lasse Sie mit dem Bauern abrechnen!» Und sie schaute auf den Kutscher.

«Ich habe es nicht getan», beeilte sich der, den Vorwurf abzuwehren. «Dieser alte Spiessgeselle hat es getan.»

«Warst etwa nicht du hinten? Was weiss ich, was du dort hinten angestellt hast!»

«Gleich zertrete ich Sie; wie wagen Sie, es auf mich zu schieben? War ich vielleicht nicht im Kornkasten?»

«Du hast es auf mich geschoben! Ein Gauner bist du! Hast den Sack mit dem Taschenmesser zerschnitten.»

«Die Seele will ich aus Ihnen mit dem Taschenmesser herausschneiden, wenn ich Sie einmal an der Kehle packe.»

Panni wandte sich empört den beiden zu, dass sie es wagten, vor ihr einen solchen Streit vom Zaun zu brechen. Ihr Gesicht brannte vor Scham. Die Schwägerin konnte jeden Augenblick eintreten und würde sie in einer Lage finden, in der sie ihre Autorität nicht zu wahren vermag...

«Genug jetzt!» schrie sie die beiden an. «Tante Kati, Tante Kati!»

Die Schwägerin steckte ihren Kopf herein. «Was ist da los?»

«Nichts.» Aber sie konnte sich nicht beherrschen. Sie wollte ihre Leute und auch ihre Gäste fühlen lassen, wer sie ist.

«Man hat mir schon wieder in einen guten Sack ein Loch gemacht», sagte sie.

«Heiliger Herrgott», schlug die Schwägerin ihre Hände mit herausforderndem Spott zusammen, «das ist ja nicht nichts! Das ist doch furchtbar!... Ein Glück, dass es hier noch genug andere gibt... Tante Kati!»

Tante Kati stürzte herein. «Nun, was, was ist?»

«Bringen Sie Nadel und Faden, um diesen Sack zu nähen.»

Die Schwägerin verzog den Mund, sie lachte höhnisch. «Den schwarzen Faden von der Nähmaschine, Tante Kati.»

Panni mass sie mit den Blicken. «Sie weiss das selbst. Der Faden ist in der kleinen Kammer...»

«Dieser schöne Weizen, dieser wundervolle Weizen! Dieser teure Weizen!» lärmte die Schwägerin spöttisch und streitsüchtig mit vollem Mund. «Man hätte ihn in die Mühle bringen können, und jetzt vermischt er sich so mit dem Staub.»

«Ja wirklich, schade für den Tagelohn», sagte Panni beiläufig.

«Das ist schon wahr; du, Panni, was wird aus dieser Welt, nie haben wir so viel an Tagelohn bezahlt... Wie könnt ihr das? Ihr treibt ihn in die Höhe!»

Panni wurde flammendrot, aber sie erwiderte nichts.

«Es ist erst Frühling, und der Tagelohn ist schon ein Forint.»

«Tante Kati, Sie sind trotzdem immer noch

da?» schrie Panni die alte Frau an, die mit offenem Mund gaffte.

Die Schwägerin blickte der übertrieben hastend davonlaufenden Alten nach.

Sie stand dort in der Türe des Speichers wie ein Gendarm, sie rollte nur ihre Augen.

«Arme Tante Kati! Schade um eine Verwandte, dass sie so viel laufen muss!... Warum dingst du keine Magd, Panni?»

Pannis Gesicht entbrannte von neuem, dann wurde sie bleich. All ihr Blut strömte ihr ins Herz herab, sie starrte nur auf die Frau; so niederträchtig, so offen bösartig hatte die andere sie noch nie getroffen.

«Dabei könntest du leichter welche dingen als wir. Du weisst, wer sich eignet, wer nicht. Warum sagst du nicht einer, du wollest sie dingen?»

«Lassen Sie sich anstellen. Sie dinge ich!»

Die Augen der Schwägerin erstarrten. Sie stierte nur wie jemand, der nicht richtig hört, sie fand keine Worte.

Panni jedoch fühlte sich beinahe befreit. Sie hatte einst als junges Mädchen wohl zu zetern verstanden, und jetzt bekam sie es heraus, wie man mit der anderen da umgehen musste.

«Ihr Gut ist ohnehin ziemlich am Ende. Es wäre Zeit, sich nach einer guten Stelle umzusehen.»

«Ach, du Freche!» rief die Schwägerin.

«Was halten Sie mir denn ständig meinen Vater und meine Mutter vor? Dass ich bei Ihnen Tagelöhnerin war... Sie werden es noch bei mir werden!... Wenn ich gearbeitet habe, das steht fest, da habe ich einen Forint gekriegt und für zwei Forint geschuftet.»

Auf das schwarze, eingetrocknete Gesicht der anderen Frau kam eine Art Selbstbeherrschung; sie hielt sich mit einem Mal zurück, wie jemand, der immer noch obenauf ist, dem ein solches Geschimpfe nichts ausmacht, weil er einen härteren Prügel in der Hand hält. «Hast viel gearbeitet», sagte sie böse, «das ist wahr...»

«Und nicht so wie...», begann Panni und stockte; sie fühlte, dass eine jähe Gefahr drohte, und sie hielt den neuen Hieb zurück, sprach das «wie Sie alle» nicht aus.

«Nicht wie jetzt, da du Grossbäuerin geworden bist», vollendete die Schwägerin den Satz höhnisch.

«So, jetzt genügt's», fuhr Panni heftig auf, «denn hören Sie, noch habe ich meinem Mann nichts gesagt! Aber jetzt will ich ihm alles erzählen.»

«Leg noch etwas hinzu, wenn es zu wenig ist!» setzte die Frau ihre Rede von oben herab, in einem hetzenden Ton voller Verachtung fort.

«Was da ist, genügt. Ist schon zu viel... Gehen Sie mir aus dem Weg!» fuhr sie den alten Tagelöhner an, der jetzt wieder in den Speicher eingetreten war. «Solche Leute muss ich dingen, damit sie mir Ärger bringen.»

Jetzt aber hatte sie mit ihresgleichen angebändelt. Der Alte fauchte sie zornig an, doch ohne besondere Absicht, sie zu beleidigen, nur mit jenem bösen Scherz, mit dem arme Leute den «Trumpf» allen, denen sie können, doppelt heimzahlen, genauso, wie zuvor Panni ihre Schwägerin gemeistert hatte. «Warum dingst du nicht jemanden, der zum Tagelohn dir auch noch gute Laune macht?»

«Ach, wie gut gesagt! Also, der hat es gesagt!» lachte die Schwägerin gekünstelt auf. «Also, Alter, Sie haben mir das Wort aus dem Mund genommen... Hei, da ist heute jemand gekommen, der es kaum mehr erwarten kann, dass man ihn endlich herbeipfeift.»

Wie ein streitsüchtiges Perlhuhn reckte sich Panni vor der anderen auf den Absätzen. Sie musterte sie mehrmals von oben bis unten. So blickte sie ihr ins Auge, bereit zu hauen, zu stechen, mit blitzenden Augen und empörtem Herzen.

«Sprechen Sie es aus, sprechen Sie es aus! Sprechen Sie es aus, damit ich sehe, wieviel Niedertracht denn in Ihrem Herzen wohnt!»

«Wozu soll ich es sagen», die Frau zuckte roh mit den Achseln, «du weisst ohnehin schon, wer heute in der Zigeunergasse angekommen ist! Wie heisst er gleich... den Namen weiss ich nicht... irgendein Miska!»

«Wie haben Sie das vor mir auszusprechen gewagt? Wie haben Sie das vor mir auszusprechen gewagt?»

«Wie hast du es auszusprechen gewagt, du wollest mich als Magd dingen?»

«Ich habe es eben gewagt!... Pfui, unter was für Drecksleute bin ich geraten!»

«Warum bist du nicht bei deiner eigenen vornehmen Art geblieben?»

«Ach, wie das weh tut... Das tut weh, was? Dass ich unter den Grossbäuerinnen die Erste geworden bin.»

«Geh du nur auf den Misthaufen mit deinem Miska, dort gehört ihr hin!»

«Schweigen Sie mir nicht sofort?... Hier bin ich die Herrin! Hier kommt nur der herein, den ich rufe.»

«Nun, da wird Miska gleich da sein.»

«Wenn er kommt, dann geht er auch weg! Wer nicht nach meinem Willen kommt, geht nach dem Willen meines Mannes!»

«Ich weiss, dass du ihn gern auf mich hetzen würdest, aber auf Miska...»

«Mein Mann jagt Miska mit der Axt davon, Ihresgleichen aber mit der Peitsche.»

Das war nun wirklich zu viel... Die Schwägerin konnte nur noch nach Luft schnappen...

«Mit der Peitsche?» sagte sie. «Mich?... vom Hofe meines Schwagers... Du Hergelaufene, du Dreckfink!»

Panni geriet immer mehr in Wut. «Haben Sie noch nicht gehört, Sie sollen schweigen, wenn ich spreche? Wie lange will denn diese da noch... Was hat die da verloren? Was hat die für eine Haut auf ihrer Visage? Lackleder, ist immer gleich schön! Ballschuhe soll man daraus machen, dazu ist sie gut... Jetzt fällt mir ein, wieviel ich noch zu tun habe. Habe die Ehre! Bin nicht in unterhaltsamer Laune... Gott befohlen, junge Dame!»

Und sie bahnte sich mit dem Korb den Weg zur Türe, und mit stolzen Schritten und erschütterter, aufgewühlter Seele ging sie ins Haus.

«Junge Dame! Was bin ich! Junge Dame?... Hört zu, die geht ihrem Miska nach auf den Miststock.»

Panni blieb noch bei der Türe stehen. «Ich bin keine geborene Grossbäuerin. Durch mein Fenster wird kein Kutscher und kein Knecht einsteigen, noch beide zusammen, wie an manchem Ort!» Damit verschwand sie in der Küche und zeigte sich nicht mehr.

Die Schwägerin appellierte an die Stehengebliebenen auf der Strasse, an die Nachbarinnen, die zum Zaun gelaufen waren. «Habt ihr gehört, was die über mich verbreitet? Haben Sie es auch gehört? Also das wird einen Prozess geben... Da muss das Gesetz vor! Alle haben es gehört... Sie am besten!»

Das rief sie dem alten Tagelöhner zu, der mit schweren Schritten aus der Kammer kam, doch der ging brummend weiter. «Der Teufel achtet darauf, was Weiber unter sich reden.»

Stumm, aber in betont stolzer Haltung eilte die Schwägerin zum Hof hinaus. Eine junge Frau beim Zaun sagte: «Ach, das war wunderschön...»

«Nein, ich will nicht. Ich habe meine Stelle; Panni geriet in immer grössere Aufregung. Jetzt, da sie erfahren hatte, Miska sei zu Hause, fürchtete sie sich davor, wie ihr Mann die Nachricht aufnehmen würde. Doch der Bauer blieb immer noch aus. Es hätte schon Mittagszeit sein können, und er kam noch nicht. Gewiss hat man ihm den Kopf vollgeredet.

Doch die Ferkel quietschten im Stall, denen muss man das Fressen bringen, sonst werfen sie die Bretter auseinander.

Sie brachte also das Futter und goss es in den Trog hinein. Während sie frassen, blieb sie bei ihnen stehen und schaute dann den Tauben zu, die ziellos um sie herumflogen.

«Gruh, gruh, gruh... Wenn ich Flügel hätte... damit ich von hier wegfliegen könnte... Ein solches Leben zu führen mit meinem jungen Leben... Es hat sich gelohnt... Es hat sich...»

Ihre Mutter kam den Hof herauf.

Eine kleine, gedrungene alte Frau, still, lächelnd; sie schaute mit dem Alten zusammen zur Mittagszeit für einen Augenblick herein, wie es ihre Gewohnheit war. Betont liebenswürdig sagte sie: «Der Alte ist hinein, um von den Zigarren seines Schwiegersohns zu naschen. Er nascht furchtbar gern von den Zigarren.»

Panni wandte sich ab.

«Was fehlt dir?»

«Nichts.»

«Nichts... Ist etwas los?»

«Nichts ist los.»

«Was fehlt dann?»

Panni zuckte die Achseln, schlug die Türe des Schweinestalls zu und setzte sich auf den Hackklotz. Hier war sie vor der Welt versteckt, hierher konnte weder von der Strasse noch vom Nachbarhof her jemand hineinsehen...

«Mit deinem Mann?» fragte verzagt und erschrocken die alte Frau.

«Eh!»

«Also dann...»

Doch sie verstummte, da sie sah, wie bitter es ihrer Tochter zumute war. Sie schwieg feige, voller Angst, die Frau des Grossbauern irgendwie zu beleidigen.

«Das kommt schon vor... manchmal...», sagte sie dann. «Die Empfindlichkeit nimmt einen her... Besonders bei Regenwetter...»

Panni seufzte.

«Nur dein Vater soll es nicht merken...», flüsterte, mummelte ihre Mutter, «und dein Mann. Die Mannsleute sehen es nicht gern, wenn die Frauen trübselig sind... Die wollen, dass die Weiber kein bisschen Herz haben sollen. Egal, was geschieht, die sollen immer nur guter Laune sein... Von mir hiess es ja immer, ich habe ein goldenes Gemüt, aber nur der liebe Gott könnte sagen, wieviel nächtliches Weinen es kostet, dass das Auge am Tage ständig lacht.»

Panni hörte nur zu, hörte die leisen, geflüsterten Worte ihrer Mutter, Kindheitserinnerungen stiegen in ihr auf; sie sah ihre Mutter, als sie noch volle Formen hatte und helle Kleider trug, als sie vor langer Zeit zusammen auf der Wiese lachten, ach, vor langer Zeit.

«Es gibt ja keine solche Frau», sagte sie gerührt, «wie Sie, Frau Mutter, es waren.»

«Aber doch, mein Kind. Jedermann ist so, der so sein will... Also was fehlt dir, na?»

«Nichts...»

«Ei, wo ist der Besen? Gleich verhaue ich dich...» Und dann, als sie selbst spürte, dass der Scherz ein wenig unpassend war, fuhr sie leise fort: «Also, was ist dir widerfahren, mein liebes Kind?»

«Weiss ich das... Die Welt ist nicht so, wie sie von draussen scheint.»

«Ist schon wahr... Von draussen, da ist sie schön, aber alles Weisse hat seine gescheckte Kehrseite...»

«Nie mehr werde ich so glücklich sein, wie ich es zu Hause war...»

Die Alte verstummte. Sie hatte das Stehen satt. Sie kauerte neben ihrer Tochter nieder, nahm einen kleinen Zweig in die Hand und begann damit, auf dem Boden Striche zu zeichnen.

«Mir schien bisher, dein Mann sei gut zu dir.»

Panni zuckte mit den Achseln und beugte sich noch tiefer über ihre Schürze.

«Fehlt dir etwas, mein Kind?»

«Ja.»

«Was?»

«Das Glück.»

Die alte Frau blickte schnell, verstohlen auf ihre Tochter, auf deren gesenktes, brennendes Gesicht. Dann schwiegen sie lange. Zuletzt sprach sie leise: «Er war auch bei mir. Heute.»

Panni verstand sie nicht, wartete lange und fragte dann: «Wer?»

«Er.»

Panni hob den Kopf, ihr Gesicht glühte, und sie blickte beinahe erstarrt ihre Mutter an. «Er?» keuchte sie.

«Aha.»

Sie schwiegen von neuem.

«Er ist nach Haus gekommen?»

«Aha.»

Die Frau biss sich auf ihre Lippen.

«Heute.»

«Ja.»

Panni mit aufflackernden Augen: «Und was hat er bei Ihnen gewollt?»

«Ja, mein Kind...»

«Hat er dort hinzugehen gewagt?» schäumte Panni immer mehr.

«Der arme Junge...»

«Also das ist doch eine Frechheit!» Sie schnappte nach Luft. «Das hätte ich nicht geglaubt, dass er es wagen würde, da hinzugehen.»

Ihre Mutter schwieg und sagte dann, als wollte sie eine ganz einfache Sache mitteilen: «Er will auch hierher kommen.»

«Gleich lasse ich den Kettenhund los, aber gleich!» Panni sprang von ihrem Sitz auf, erschrocken über den Gedanken, er könnte jetzt schon da sein. «Ich lasse meinen Mann rufen!»

«Ach, mein Gott...», stammelte die alte Frau. «Nur eine Minute will er mit dir...»

«Er geht mich nichts an...» Panni stand verzweifelt da, fast bereit, wegzufliegen.

«Ich schreie, rufe die Nachbarn herbei, lasse das ganze Dorf hier zusammenlaufen.» Und sie begann zu weinen.

«Dass ich mich nicht einmal in meinem Hause mehr sicher fühlen kann.»

«Mein liebes Kind, fürchte dich nicht, er wird dich schon nicht belästigen... Und dann werde ich auch da sein, darum habe ich ja deinen Vater mitgebracht.»

«Sie sind also mit ihm im Bunde?»

«Verhüte es Gott.»

Panni wandte sich ab, lehnte sich an die verputzte Wand des Speichers und blickte ohne Hoffnung vor sich hin.

«Immer nur gegen mich, immer nur gegen mich... Auch damals... Ist es mir denn je in den Sinn gekommen, Grossbäuerin zu werden? Wer hat immer gesagt: ‹Arme Frau - Lumpen, reiche Frau - Seide...›?»

Die alte Frau nickte mehrmals. «Ach, ach», seufzte sie und dachte feindselig an ihren Mann, wie er gesagt hatte: «Gehst nicht gleich? Herrgott nochmal! Ich zerreisse dich!»

Panni begann ihre Tränen abzuwischen, doch nach einer kleinen Weile brach es aus ihrem Mund wieder hervor: «Jetzt wäre ich glücklich, nun werde ich es nie mehr. Der Fusslappen eines anderen, das bin ich, alle putzen ihre dreckigen Stiefel an mir ab... Grossbäuerin! Jeder ist neidisch... Es gibt auch was, worauf sie neidisch sein können... Nicht einmal eine Magd habe ich, nur Arbeit... krepieren kann ich dabei... Und dann, ich habe nicht gelernt, wie man so etwas... Was weiss ich schon, nichts verstehe ich von den Grossbauer-Dingen; ich kann nur mit der Spitzhacke umgehen, nicht die Aussaat-Arbeiten leiten, und niemand ist da, der mir wohlgesinnt wäre...»

«Ach, ach», seufzte die Alte unten im Staub, am Fusse der Speichermauer, wo der Boden schon trocken war, und zeichnete mit der Rute in den Staub. Die Sonne schien auf sie, die feine, warme Frühlingssonne; sie hätte wohl nicht gedacht, welche herbstlichen Sorgen in den Seelen ihre Ringe zogen.

«Schlimm ist es so, schlimm wäre es auch so. Eine arme Frau zu sein, auch das ist nicht so gut; sehne dich nur nicht allzu sehr danach...»

Da ihre Tochter nichts entgegnete, fuhr sie eifriger, mutiger fort: «Nein, hol's der Teufel... es gibt Besseres... aber kaum Schlimmeres... Was habe ich für ein Schicksal gehabt, Gott soll es verrecken lassen, wenn das auch noch gut ist... Sich mit einem schlimmen Menschen herumzuschlagen ein Leben lang! Selbst jetzt lässt er mich noch nicht in Frieden. Früher konnte unsereiner nicht oft aussprechen, was er dachte. Er fordert selbst dann, wenn man keinen roten Heller mehr in der Tasche hat: ‹Verrecke, Hund... verende, Hund!›»

«Wenn Sie halt nicht den heirateten, den Sie liebten.»

«Ja, wen in aller Hölle sonst?... Lieben? Weiss denn das Tagelöhnervolk, was das ist, die Liebe. Hat halt keinen anderen Narren mehr bekommen, da sagte er, er liebe mich.

Mich zu schlagen, das liebte er... Was war ich für ein Mädchen, was für eine junge Frau... Solche wie du reichten an mich gar nicht heran... Wenn zu Bikfalvy Herren kamen, aus dem ganzen Komitat, sie riefen immer mich; ich musste ihnen das Lied ‹Zittert der Pappelbaum› vorsingen... Aber ich konnte es auch gut. Wie eine Pfeife, eine solche Stimme hatte ich. Sie hätten mir die Schürze mit Goldmünzen gefüllt, wenn ich es zugelassen hätte... Aber um Mitternacht ging ich immer heim, trotzdem, der alte Schurke brachte mich fast um... ‹Metze›, ‹feine Dame› – ich bekam es genug zu hören... Aber die Halbpacht war willkommen... Bis er sich dann übernahm und sie ihm den Laufpass gaben...»

Panni schwieg bestürzt. Hatte sie bisher die rohen Worte, die gehässigen Streitereien gehört, so hatte sie sie nicht verstanden, aus ihrem eigenen Leben heraus nicht verstanden. Jetzt begriff sie und war entsetzt...

Schweigend standen sie da, der schwache Sonnenschein begann sie zu erwärmen.

Von oben ertönte der Ruf des Alten: «He... Frau... Wo bist du?»

«Na, schon kann er nicht für sich bleiben. Nicht eine Minute kann er von mir weg sein.»

Sie erhob sich und trottete schwerfällig nach vorn. Alle ihre Knochen taten ihr weg; ach, wie schwer ist der Körper einer alten Frau, die zehn Kinder zur Welt gebracht hat.

Sie zeigte sich dem Alten, der durch den Hof watschelte und zu ihnen herunterkam.

Panni blickte ihn nicht einmal an, wie er sie mit mürrischer Verstellung fragte: «Wo ist mein Schwiegersohn, meine Tochter?»

«Er ist nicht zu Hause», sagte die alte Frau.

«Ich habe gefragt, wo er sei», kläffte der Alte aus dem zahnlosen Mund seine Frau an, als wollte er ihre Stimme gar nicht hören.

«Er ist gegangen, Ihre Steuern bezahlen», sagte Panni spitz.

Der Alte verstummte. «Gut, ja, gut.»

Er dachte, die Tochter sei neidisch, dass ihr Mann seine Schulden bezahlt, und er wagte nun nicht mehr, sich vor ihr so sehr aufzuspielen.

«Was willst du mit deinem Schwiegersohn?» fragte die alte Frau.

«Nichts», murrte der Alte und drehte sich um.

Dann blieb er stehen und redete nach hinten. Neckisch sprach er; er konnte es nicht für sich behalten, musste es aussprechen, doch der Witz gelang ihm nicht mehr so gut, wie er ihn für sich vorbereitet hatte. «Ich will ihm sagen, er soll auf seine Frau achtgeben. Miska ist wieder da!»

«Der Teufel hole seine dummen Sprüche», fauchte ihn seine Frau an, «der ist zu jedem solchen Stumpfsinn fähig... Bleib lieber in deiner Hütte hocken, und danke schön, dass man dir deine Steuern bezahlt.»

«Was bezahlt er mir meine Steuern!» fuhr der Alte auf. «Was kümmert mich das. Er zahlt an den Eintreiber, mir zahlt er nicht!... Nicht einmal ein Glas Bier trinke ich davon.»

«Dein Haus bleibt dir erhalten.»

«Einstürzen soll es!» Und der Alte begann furchtbar zu fluchen. Der Unflat spritzte nur so aus seinem zahnlosen Mund. «Versteckt ihr jetzt schon selbst die Zigarren vor mir?» fuhr er seine Tochter an.

Panni zuckte die Achseln. «Sie sind dort am alten Ort», sagte sie dann.

«Der ist schon blind, sieht nimmer», sprach die alte Frau. «Warum hast du der Kati nicht was gesagt?»

«Was für Kati?» schrie ihr Mann sie an.

«Ihr doch. Deiner Verwandten.»

«Verwandte von Hunden ist sie», lärmte der Greis heiser. «Habe meine Verwandten nicht aus dem Dreck aufgelesen... Einen Grossbauern habe ich zum Schwiegersohn, ich pfeife auf die lausige Verwandtschaft.» Und er schlurfte auf seinen gichtigen Beinen weiter.

Seine Frau befürchtete, er werde drinnen etwas Ungebührliches anstellen, und eilte ihm nach.

Panni hasste das Haus so sehr, sie vermochte nicht, ihren Eltern hinein zu folgen; sie wandte sich ab gegen den Garten.

Und sie blieb erstarrt stehen. Miska kam von unten.

«Grüss Gott», sagte der Bursche leise. Als wäre er nur von unten heraufgekommen und nicht nach dreieinhalb Jahren Abwesenheit vom Militär.

Panni konnte nicht sprechen, sie schaute nur, schaute ihn in furchtsamem Erstarren an.

«Erkennst du mich?»

Auf diese Stimme hin, in der ein wenig Munterkeit lag, wandte sich die Frau ab.

«Was suchen Sie da?» fragte sie fremd.

«Dich.»

«Mich.»

«Deinen Mann sicher nicht.»

«Mutig!»

«Jawohl.»

«Was wollen Sie?»

«Nun, bin halt hergekommen... Habe dich lange nicht mehr gesehen... Habe dich bei dem kleinen Tor lange nicht mehr umarmt...»

«Aber geh da weg!» rief die Frau; sie stiess die Worte zwischen den Zähnen hervor.

«Hä...», sagte Miska, «das nicht... Bin nicht darum gekommen.»

«Sondern?»

«Sondern darum, dass...», und seine Augen funkelten, und seine Zunge blieb mitten in der Beleidigung doch stehen...

«Nun?» sagte Panni stolz, da sie ihre Überlegenheit spürte.

«Darum, dass du meine Geliebte werden sollst.»

Panni starrte ihn nur an. Lange blickte sie erschrocken, rein, jungfräulich unschuldig auf den jungen Mann, und dann begannen aus ihren Augen Tränen zu rollen.

Nach langer Zeit erst fragte sie; sie zog die Tränen in die Nase hoch. «Und was sonst noch?»

«Also... sonst kommt mir jetzt nichts in den Sinn.»

Panni musterte ihn. Wie eine Waise, so einsam war der junge Mann, so klein, so linkisch.

«Ach was», sagte sie geringschätzig zu ihm, «du hast ja Platz im Mantelärmel meines Mannes.»

Miska sah sie nicht an, sagte nichts. Sondern er blickte irgendwohin in die Ferne, langsam gegen die Wolken hinauf, und warf dann leise dies ein: «Ich wäre dir aber trotzdem recht gewesen.»

Das Wort traf Panni ins Mark. Es glitt über das Hirn, zerriss das Herz.

Sie erzitterte und wandte sich ab.

«Geh weg», sagte sie dann, indem sie ihren ersten Gedanken aufnahm, «sonst hetze ich den Kettenhund auf dich.»

Miska verstand, grollte nicht, stand still.

Panni sagte später mit leiser Stimme: «Gehen Sie weg, Miska... wir haben nichts mehr miteinander zu besprechen.»

«Hä, du lieber Herrgott, natürlich haben wir... ja.»

«Ich bin die Frau eines anderen... Sie, Gott weiss, wie viele Geliebte Sie seither hatten...»

Miska hob den Kopf, sah sie lange an und sprach dann: «Wenn du es wissen willst, ich hatte keine.»

«Ich habe davon gehört... Auch damals...»

«Ich hätte? Die Haut soll an dem vertrocknen, der das gesagt hat.»

«Die Köchin...»

Miska zog seine Augenbrauen hoch, sie verschwanden unter seinem Hut; an dem Hut merkte man auch, dass er viele Jahre in der Schublade gelegen hatte.

«Köchinnen...», und er zuckte die Achseln, «eine Köchin ist nötig... sie ist gut im Haushalt...» Er schwieg; plötzlich sprach er dann lebhafter, zornig polternd: «Und ich habe dir ja geschrieben, du sollst nach Budapest, ich weiss eine gute Stelle; die hatten mich dort schon gern, denn das Stubenmädchen - sie ist weggegangen, da war sie eben weg, ich aber blieb dennoch... Sie hatten mich gern, das Fräulein bereitete mir meine Portion eigenhändig vor für das Kohlenschleppen aus dem Keller... Da gab es eine tüchtig grosse Kiste in der Küche, die habe seit etwa zwei Jahren immer ich gefüllt, voll jeden Samstag...», und er blickte ernst drein, «selbst jetzt noch, da ich mich verabschiedete... Also da hättest du einen feinen Platz gekriegt, hättest viel Geld verdient... es hätte gereicht für die Hochzeit... Aber da war die Pest schon in dich gefahren. Hattest mit deinem krummen Verstand schon ausgeheckt, dass du Grossbäuerin wirst; soll dich doch der Schlag treffen...»

Panni fuhr wütend auf: «Scher dich fort aus meinen Augen! Wagst du mit der Frau des ersten Bauern so zu sprechen? Du zerlumpter Hund!»

«Oho! Bist du fein geworden... Natürlich, 's ist ja zum ersten Mal, dass ich die Liebe meines Herzens zu dir bekenne.»

«Das war etwas anderes. Damals war auch ich anders.»

«Ist wahr. Damals warst du ein anständiges Mädchen... So im Frühling hast du damals deine Stiefel noch auf dem Rücken getragen, nicht wahr... hattest keine Schuhe an, selbst werktags... Schlimm genug für mich, dass die Sonne über euch so aufgegangen ist, über dir und deinem Vater!... Wie ihr es könnt... Ei, ei, wie der gemeine Soldat sich gefreut hat; ist der Strohsack hart, der Busen seiner Geliebten wird weich sein, wohin er seinen traurigen Kopf legen kann... Wird dann die schweren Märsche, die Einzelhaft, die Knebelungen vergessen, und wie man im Bach die Hosen waschen musste ohne Seife...»

Von seinen gewohnten leisen Scherzen wechselte er nun in einen ernsten Flüsterton über:

«Und siehst du, wie gut wir es jetzt hätten. Jetzt können die armen Leute heiraten. Es ist eine gute Zeit. Einen Forint bekomme ich, wenn ich arbeiten gehe, dabei gibt es erst Frühlingsarbeit... Auch du bekämst sechzig Kreuzer. Achtzig sogar, denn du schaffst hart... Wir müssten den Winter nicht fürchten... könnten selbst etwas erwerben... ein kleines Ferkel, ein kleines Kälbchen... Wie wir uns freuen würden, wenn wir sie sähen...»

Panni sprach leise: «Warum heiraten Sie also nicht?»

Miska schwieg. «Hol dich der Teufel», murmelte er dann, «du Dreckvieh, du sagst das zu mir?»

Der Ausbruch des Mannes traf Panni unerwartet. Ihr Gesicht flammte auf. «Halt aber das Maul...»

«Was wird denn aus mir, was hast du mir zugedacht?»

«Wieso?»

«Die Frau eines Greises! Wie hast du dir das vorgestellt?»

Panni richtete sich auf. «Hinaus aus meinem Hof!» rief sie ihm zu.

«Schämst du dich vor mir nicht in Grund und Boden? Hast dich für Geld verkaufen können... du Dirne... Bedanke dich, wenn ein anständiger Bursche dich als seine Geliebte annimmt...»

Panni stand mit flammendrotem Gesicht da, blickte stumm auf den Mann, so dass dieser beinahe seinen Zorn verlor.

«Antworte, so antworte doch», sprach er ihr böse zu.

«Mein Mann wird schon antworten.»

«Der?»

«Jawohl! Gerade der!»

Miska spuckte aus. «Ein solcher Mensch ist dein Mann... Du weisst ja, was er antwortet: ‹Gut, schon gut, nur treibt es nicht auf der Strasse.›»

Panni kreischte mit erstickender Stimme: «Du wirst schon sehen, was er antwortet. Er wird dich an der Kehle packen...»

«Der?...» Und Miska spuckte erneut aus. «Wir werden es am Abend auf dem Ball sehen.»

Damit drehte er sich um und ging weg in der Richtung, aus der er gekommen war.

Panni blickte ihm nach, wie er den Garten hinunterging, durch das kleine Gartentor hinaus, hinunter zum Wasser; sie wusste nicht, was sie hätte tun wollen: ihn erwürgen und ins Wasser werfen oder ihm nachfliegen...

Als sie sich umdrehte, dem Hause zu, sah sie dort ihre Eltern, die sie beide bestürzt beobachtet hatten...

Ihr Mann kam an. Er war vom Dorf her mit finsterem Gesicht gekommen; der Alte nahm die Zigarre sogleich aus dem Mund und versteckte sie in der Tasche, brach nur zuvor die Asche mit dem Finger ab.

«Wer war da?» fragte der Bauer, als er in den Hof trat.

«Wer hätte da sein sollen?» verstellte sich die alte Frau.

Der Bauer blickte sie misstrauisch an, er spürte an ihnen den Geruch der Lüge.

«Ich habe niemanden gesehen, allerdings bin ich gerade jetzt erst gekommen», sagte der Alte.

Panni kam darauf von hinten herbei. «Er war da», warf sie ihrem Mann das Wort hin.

Dieser blickte sie mit düster aufflammenden Augen an. «Ich mag es nicht, wenn viele hier ein und aus gehen», sagte er, «wenn ich nicht zu Hause bin.» Er hob sein Doppelkinn und schaute weg.

«Wer mit mir was zu erledigen hat, soll zu Zeiten kommen, wenn ich da bin.»

Panni blickte ihn von der Seite mit ihren scharf blitzenden Augen an, als sie in die Küche ging, und ihre Stimme erschallte: «Zur Geliebten will er mich haben...»

Ein jeder erstarrte nach diesen Worten wie versteinert. Der Bauer, der Greis und die Alte glotzten mit angehaltenem Atem die junge Frau an, deren Gesicht wie von Feuer bedeckt war; auch irgendein hoffärtiger Stolz glühte auf ihrem Antlitz.

«Was schreist du so?» sprach der Alte auf seine Tochter ein.

«Und was hat die junge Frau zu ihm gesagt?» presste der Bauer aus der Kehle.

«Das», knallte die Stimme der Frau, «dass er mich von meinem Mann erbitten soll... Ich bin sein! Mit ihm soll er markten...»

Der Mann lächelte. «Hat es ihm gesagt... Gut so...»

Der Alte drehte sich um und machte einige Schritte. Er wusste nun nicht mehr, ob er die Zigarre aus der Tasche herausnehmen dürfe.

«Lumpenknecht!» schrie die junge Frau, und ihr Gesicht zuckte, ihre Stimme überschlug sich. «Mein Mann wird ihm schon antworten! Wird antworten!»

«Nun, mach nicht solchen Lärm», sagte der

Bauer besänftigend. «Ein Mückenstich bringt das Vieh noch nicht um.»

Wie von der Schlange gebissen, drehte sich die junge Frau um und starrte ihren Mann an.

Dieser blickte nicht mehr auf sie, er sprach zum Alten: «Also, ich habe über Ihre Steuern gesprochen...»

Die alten Leute zogen sich zusammen wie Zieselmäuse, die man mit Wasser aus ihrem Loch vertrieben hat.

«Seit zweiundzwanzig Jahren haben Sie nun nichts bezahlt...»

«Ja, mein Gott, man freut sich, dass man überhaupt lebt...»

«Seit Panni lebt», und der Bauer grinste, sein Hals wurde dabei ganz rot, «haben Sie offenbar gewittert, dass es jemanden geben wird, der alles bezahlt.»

Damit liess er sie im Hof stehen und ging ins Haus hinein.

Seine Stimme konnte man noch draussen vernehmen: «Gibt es etwas zum Mittagessen?»

Der Alte nahm die Zigarre aus dem Mund und zündete sie nicht an, sondern steckte sie wieder in seine Tasche.

«Und du, was stehst du hier herum?» fuhr er seine Frau an. «Für nichts...»

«Also gehen wir nach Hause, wenn es dir nur dort recht ist», sagte die alte Frau und machte sich sofort auf den Weg, auf das Tor zu.

Der Alte wartete noch, nahm die Zigarre wieder hervor, und da niemand ihn ansprach, humpelte er zum Tor hinaus. Draussen in der Mitte der Strasse zündete er die Zigarre an und blies den Rauch kräftig gegen das Dach des Turmes hinauf.

Der Bauer erhob sich, als er das Mittagessen beendet hatte. Zuvor hatte er kein Wort gesprochen, doch jetzt sagte er: «Der Schlag soll ihn treffen, das betrunkene Schwein... Was wird aus dem bis zum Abend... Und am Abend ist dann auch der Ball... Werde mit dem Schultheissen sprechen, der lässt ihn einsperren.»

Panni stand sprungbereit da und musterte ihren Mann misstrauisch.

«Dort wird er seinen Rausch ausschlafen.»

«Der ist nicht betrunken.»

«Nüchtern sagt niemand solche Dinge.»

Panni ging hinaus in die Küche und sprach dort neben dem Herd, doch so, dass man es drinnen hören konnte: «Es gibt solche, die tun es.»

Der Bauer sagte brummend: «Da hat es auch schon Schlimmeres gegeben auf der Welt.»

Darauf sagte Panni nur noch leise zu sich selbst: «Schlimmeres als das sicher nicht.»

Plötzlich sprach der Mann lebhaft: «Was hat es da gegeben... wer war noch da? Wie wenn ich deine Schwägerin hier gesehen hätte... Warum ist die hergekommen?»

«Um mit mir anzubändeln!» rief Panni.

«Mit dir!»

«Um mir die Laune zu verderben! Damit ich heute nicht zum Ball gehe... darum... unter die Grossbauern...»

«Zum Teufel... Das hat sie gesagt?»

«Nicht gesagt... getan... Ich habe sie durchschaut...»

Und plötzlich brachen die Tränen aus ihr hervor. «Sie hat mich zum Weinen gebracht!»

«Was denn? Wieso?»

«Sie warf mir meinen Vater und meine Mutter vor und dass ich noch das letzte Jahr bei Ihnen Tagelöhnerin gewesen sei...»

Der Mann schüttelte den Kopf, bewegte sich ein wenig, ging im Zimmer auf und ab. «Der Schlag soll sie treffen... Warum hast du sie nicht zum Schweigen gebracht?»

«Ich habe ihr schon zurückgegeben.»

«Was?»

«Dass ich sie noch dingen werde als Magd!»

Der Mann stand mit dem Rücken zur Türe; er stiess einen leisen Pfiff aus. «Das hast du aber gut gesagt!»

Panni stand in der Küche, auch sie mit dem Rücken zu ihm, doch ihre scharfe, klare Stimme erschallte gut vernehmlich: «Ich habe auch noch ganz andere Dinge gesagt... Dass durch mein Fenster Tagelöhner und Kutscher nicht zu zweit einsteigen werden... Und dass ich sie durch meinen Mann mit der Peitsche wegjagen lasse, wenn sie noch einmal wagt, meinen Hof zu betreten...»

Der Mann blickte mit düsterem Gesicht drein, doch zeigte er im übrigen nicht, ob ihn all das ärgerte oder ob es ihm gleichgültig war.

Er setzte seinen Hut auf und kramte in seinem Tabakbeutel. «Hat der Schuster deine Schuhe gebracht?» fragte er.

«Nein.»

«Also warum schickst du nicht jemanden zu diesem Mistkerl? Verrecken soll er; ich habe ihm doch gesagt, er soll zur Mittagszeit da sein... Nun, dem zeige ich es...» Und in schrecklicher Wut machte er sich auf den Weg.

Panni blickte ihm düster nach. Ihr Mann hatte ihr diesmal nichts zugerufen wie sonst, wenn er das Haus verliess und sie in der Nähe war...

«Es arbeitet in seinem Kopf», dachte sie bei sich. «Aber ich werde es sein, die da Ordnung schafft...» Und sie dachte an den Ball am Abend.

Die Jugend steht im Hof des grossen Wirtshauses herum. Leise unterhalten sie sich; es ist recht kühl, dieser Schulball findet zu spät statt, um ein winterlicher Ball zu sein, und als sommerlicher wiederum zu früh. Frierend ziehen sie sich in den schweren Mänteln zusammen; die Frauen in den Schafpelzen und die Mädchen mit den grossen Kopftüchern, denen die Kälte nichts anhaben kann, kommen in dichten Reihen.

Der alte Gemeindekassier sitzt bei der Kasse, mit geizigen Händen zählt er das Geld, die Kronen; alle nehmen es murrend und widerwillig auf, dass das Eintrittsgeld eine Krone beträgt, bisher pflegte es im Dorf nur dreissig Kreuzer zu sein.

«Man soll das Tor schliessen», sagt der Kassier zornig, «es ist schon dunkel, und der Pöbel kommt jetzt, und man stiehlt sich da hinein, wie man will...»

Komáromi sitzt dort unter den anderen und spielt den ersten Mann.

«Jetzt kommen die Herrschaften», spricht er hoffärtig mit halb geschlossenem Mund, «nicht wahr, Mari, jetzt kommen die Fräuleins. Die Grossbäuerinnen sind schon da, und du kommst jetzt.»

«Ach was, vier Kühe muss ich melken, wir haben zu tun», sagt das Mädchen und wirft die Krone hin.

«Du bist beim Juden?»

«Ja.»
«Warum kommst du nicht zu mir?»
Das Mädchen stolziert weiter. «Ich habe meine Stelle!» sagt sie.
Komáromi wird ärgerlich. «Deine Stelle?» spricht er. «Komm, komm nur zurück, komm.»
«Wozu?»
«Du musst noch zehn Kreuzer zahlen.»
«Ich habe schon eine Krone gegeben.»
«Es braucht noch zehn Kreuzer! Es ist ja zugunsten der Schule. Bist du etwa nicht in die Schule gegangen? Heraus mit den zehn Kreuzern.»
Das Mädchen versteht nicht ganz und sagt eingeschüchtert: «Aber ich habe es nicht. Ich habe nur fünf Kreuzer, auch die konnte ich aus Mütterchen kaum herauslocken.»
«Dann gib die fünf Kreuzer her.»
Das Mädchen sucht im Zipfel seines Tuches nach dem Geld. Komáromi spricht vertraulich zu ihr: «Du. Willst du nicht bei mir Dienst annehmen?... Wenn ja, dann lege ich die fünf Kreuzer für dich aus.»
«Nein, ich will nicht. Ich habe meine Stelle; da ist das Geld», sagt das Mädchen und geht zornig weiter, hinein in den Saal. «Soll ich vielleicht die Magd der Panni sein, während sie auf dem Seidenbett herumliegt? Letztes Jahr arbeiteten wir noch auf den Äckern zusammen mit der Spitzhacke», sagt sie zu ihren Freundinnen.
Die Grossbauern schauten dem Hin und Her zu.
«Nun, Schwager, du verstehst es wirklich.»
Der Hilfsnotar, der mit einer Zigarette dort stand und die herumgehenden Frauen muster-

te, sagte als Witz: «Das ist schon wahr, Sie würden selbst aus dem Kalb die Kuh herauslocken.»

«Und erst recht, wenn wir die Kehlen schmieren könnten... Herr Lehrer, lassen Sie doch ein wenig Bier holen. Das ist ja Ihre Ernte heute.»

Der Lehrer sitzt mit saurer Miene unter den Bauern, kratzt sich am Kopf und sagt nichts.

«Oder du», wendet sich Komáromi an den Kassier.

«Behüte Gott», sagt der Kassier grosstuerisch, «das Geld gehört nicht mir.»

«Gerade darum, verdient haben sowieso wir es.»

Der Lehrer steht auf, damit er am Ende nicht Zeuge irgendeiner ihm unangenehmen Machenschaft werde.

Der Bauer ruft ihm nach: «Herr Lehrer, Sie haben das Eintrittsgeld noch nicht bezahlt.»

«Ich?... Der Lehrer wird doch beim Schulball nicht zahlen», sagt dieser mit verstimmter Miene; doch damit keiner eine Bemerkung mache, sucht er die Krone hervor, legt sie auf den Tisch.

«Nun, noch eine daneben, Herr Lehrer», neckt ihn der Bauer mit ernstem Gesicht. «Wer soll für die Schule etwas geben, wenn der Lehrer es nicht tut? Das Ganze wird ohnehin Ihnen gehören.»

Der Lehrer zieht seine Brauen zusammen; diese schmutzigen, hetzerischen Bauernreden sind ihm tief zuwider. Er gibt lieber auch die zweite Krone hin.

«Und zwar abgezählt», sagt der Kassier. «Abgezählt bekommen Sie es morgen, Herr Lehrer...»

Der Lehrer lässt sie stehen; er ist ein ordnungsliebender, fleissiger Mann, aber die Sprache der Bauern beherrscht er nicht.

«Aha, da kommen meine Frau und meine Schwiegermutter», sagt Komáromi und tut so, als sähe er sie nicht. «Schwager», ruft er zu einem kraushaarigen Mann hinüber, der, in seinen Mantel gehüllt, den ganzen Abend lang mit prahlerischem Gesicht unter der Tafel «Rauchen verboten» an seiner Pfeife schmaucht. «Man sollte deiner Frau was sagen...» Und seine Augen blitzten dabei kalt auf.

Der Schwager erhob sich und ging in den Tanzsaal, aus dem schon Qualm, Lärm und Musiktöne herausdrangen.

Panni langte in diesem Augenblick beim Tisch an.

«Aber ich werde am Ende nicht auch zahlen müssen!» sagte Komáromi zum Kassier.

«Na», gab dieser zurück; er kümmerte sich überhaupt nicht um ihn.

Man brachte ein paar Flaschen Bier aus dem Wirtshaus; er gab auf diese acht und zeigte den Platz, wohin man sie stellen sollte.

«Nun, Herr Gehilfe, ein Glas auch für Sie.»

Der Hilfsnotar nahm den grössten Krug in die Hand und tat, als hätte er diese auf krummem Wege erfolgte Bierbestellung nicht bemerkt, die mit Sicherheit zu Lasten der Einnahmen gegangen war.

«Guten Abend, mein Lieber», sprach die alte Frau, höflich grüssend.

«Den haben wir», gab der Kassier zurück, mit einem Glas Bier in der Hand. «Wir wärmen uns da neben dem Geld.»

«Ja... das ist recht...»

Der Alte dort hinten sagte nichts; er schaute nur, wer ihm Bier anbieten werde.

In diesem Augenblick kam die Schwägerin heraus, und wie sie Panni erblickte, sprach sie, als wäre am Vormittag nichts vorgefallen, mit ihrer gewohnten gallig lärmenden Stimme: «Ach, mein Schatz, ihr seid auch da?... Ach, wie spät. Hast viel zu tun gehabt, was?»

«Meine Frau hat nie was zu tun», sagte Komáromi hochmütig.

«Ja, natürlich», erwiderte die Schwägerin honigsüss, «wenn Sie so fein sind, Schwager, dass Sie alles durch die Mägde erledigen lassen, da bleibt für die kleine Frau nichts mehr übrig.»

Eine kurze Stille entstand, die Gemüter spürten gespannt die Vorzeichen des Sturmes.

«Dabei schadet es nicht, wenn man viel zu tun hat», fuhr die Schwägerin fort, «denn dann denkt man an nichts Böses.»

Mit jenem unschuldigen Lächeln, mit dem nur das junge Volk das Gift zu zuckern versteht, sagte Panni hierauf munter: «Man sieht, dass Sie nie etwas zu tun hatten.»

Hierauf begann dann jeder aus vollem Hals zu lachen.

«Nun, wozu stehen wir da herum?» rief die Schwägerin, um das Gelächter zu übertönen. «Hinein mit uns, tanzen! Siehe da, jetzt fällt es mir ein, deinen Tänzer habe ich bisher noch nicht gesehen...»

«Ich habe keinen Tänzer mehr», sagte Panni. «Wer sollte eine so alte Frau zum Tanz führen?»

«Da bin ich doch noch, Schwägerin», und der Schwager warf seinen Mantel keck auf die

Schulter. Er wollte die Taktlosigkeit seiner Frau ein wenig mildern. «Selbst mit Mütterchen will ich noch herumhopsen!»

Die alte Frau schlug ihre Hände lachend zusammen. «Ach, das aber nicht», sagte sie. «Mich werden Sie nicht mehr zum Tanzen bringen, ich bitte sehr.»

Panni tat die Unterwürfigkeit ihrer Mutter weh, doch auch dem Alten, der langsam ärgerlich wurde, weil er kein Bier bekommen hatte.

«Himmelsakrament, mit mir wirst du noch tanzen müssen», und er versetzte seiner Frau einen groben Stoss.

Grosses Gelächter folgte auf diese Worte des Alten. Wie der alte Kerl nach und nach den vermögenden Mann zu spielen beginnt!

Komáromi flüsterte dem Kassier zu: «Du, lass den Alten Eintrittsgeld zahlen.»

In Gruppen zogen die Jungen in den Ballsaal, in welchem starkes Licht brannte und wo viele Papierkränze und aus dem herrschaftlichen Gut gestohlene Tannenzweige hingen...

«Hören Sie mal», sagte der Kassier, «Gevatter, Sie haben noch nicht bezahlt.»

«Was soll ich bezahlen?»

«Die Eintrittskarte.»

«Ich bin doch kein Rindvieh, dass man für meinen Standplatz bezahlen müsste.»

«Anders gehen Sie aber nun einmal nicht hinein. Eine Krone.»

«Eine ganze Krone?» entsetzte sich der Alte. «Dann bleibe ich da... Ich bin doch selber nicht mehr eine Krone wert!» Und unter grossem Gelächter wandte er sich um.

«Halt nur», sagte er dann, «ich werde eine Krone vertrinken, so wird das enden.»

«Trinken Sie, Alter, trinken Sie», meinte da Komáromi; um ein Haar hätte er ausgesprochen, dass es ohnehin aus der Kasse bezahlt wurde.

Gegen Mitternacht stellte sich dann Miska doch ein.

Panni hatte ihn den ganzen Abend besorgt erwartet. Sie war zerstreut, ihr Blick glitt immer wieder zur Türe. Sie war ein klein wenig zufrieden, dass ihr Mann ihr Genugtuung verschafft hatte, indem er die Schwägerin zu ihr hinauskommen liess und ihr befahl, Frieden zu halten. Irgendwie spürte sie, welche Macht ihr Mann darstellte. Sie war auf dem Ball mit der Schwägerin erschienen; da das ganze Dorf ohnehin mit Genuss über den heutigen Streit und die Gerüchte um Miska klatschte, wäre es für sie anders wirklich sehr schwer gewesen, allein das Feld zu behaupten... So war alles in Ordnung. Sie liess die Schwägerin mit all ihrer Schlechtigkeit und kaum verhüllten Boshaftigkeit bald stehen, und dann musste sie den ganzen Abend tanzen.

Sie war erhitzt, sie schwitzte, es wurde ihr bereits schwindlig; doch sie sprach kaum mit jemandem ein Wort, sie tanzte nur, als täte sie es im Tagelohn, wie die anderen, ihre Kleider waren schon ganz durchnässt.

Ihr Mann aber tanzte während des ganzen Abends kein einziges Mal mit ihr. Freilich auch mit anderen nicht. Auch jetzt stand er in seinem dicken Mantel gemütlich, ein wenig nachlässig da, seine fette rote Visage schwoll vor herrischem Hochmut; Panni blickte gerade auf ihn, als sie bemerkte, dass er in Verwirrung geriet und voller Entsetzen ausrief: «Haltet ihn, haltet ihn!... Er hat ein Messer bei sich!»

Die Zigeuner unterbrachen die Musik, die Tänzer blieben stehen, jeder schaute in jene Richtung, und Pannis Gesicht wurde flammendrot; sie glaubte, all ihr Blut schiesse ihr in den Kopf und sie müsse nun gleich sterben.

Die Burschen ergriffen Miska, der allerdings nichts anderes getan hatte, als durch sein Erscheinen Komáromi zu erschrecken.

«Er ist auf mich losgegangen, der Schurke!» Komáromi wischte sich über die Stirne.

«Der Teufel ist auf Sie losgegangen», schrie Miska. «Lasst mich los, nichts habe ich bei mir.»

«Schweinehund», brüllte Komáromi. «Wer weiss, was er vorhatte!»

«Allerdings, wer weiss, was da geplant war», sagte die Schwägerin spitz.

Man schleppte Miska hernach aus dem Ballsaal in das Vorzimmer, die Zigeuner mussten von neuem zum Tanz aufspielen; die Hauptsorge eines jeden galt freilich der Besprechung des herrlichen Vorfalls.

«Da höre ich dem wunderschönen Lied zu, schaue auf die Tänzer», erzählte Komáromi draussen, «auf einmal vernehme ich irgendein Flüstern und Murmeln hinter mir, ich blicke hin, da geht der auf mich los. Habt ihr ihn schon durchsucht?»

Der Dorfbüttel sagte: «Wir finden nichts bei ihm.»

«Durchsucht ihn besser.»

«Miska, was hast du gewollt?» schrie ihn der Schultheiss an.

«Nichts, Herr Schultheiss.»

Die alte Frau stand schon da bei ihnen, sie rang die Hände, wagte weder sich zu nähern noch etwas zu sagen und wusste dennoch, dass Miska völlig unschuldig war. Wie jemand, der nichts zu sagen hat, schaute sie nur von draussen zu, welche Fortsetzung die Angelegenheit der Männer nehmen werde.

«Schon am Vormittag war er betrunken», meinte Komáromi, «sternhagelvoll war er!... Kamerad, lass den Schurken nur einsperren, damit er seinen Rausch ausschläft.»

«Und überhaupt, was will hier einer, der den Eintritt nicht bezahlt?»

«Wenn doch niemand mehr bei der Kasse sass.»

«Diese Lügen kennen wir schon.»

«Ich lüge nicht, Herr Kassier!»

«Du lügst!»

«Ich lüge?... Sie alle lügen!»

Komáromi brüllte ihn an, seine Lunge platzte fast dabei: «Lüge auch ich?»

«Sie lügen zuallererst.»

«Ich, dass Gott deine Mutter... Haltet ihn nur...» Und er stürzte sich mit hochgekrempelten Ärmeln und geballter Faust auf ihn.

In diesem Augenblick erschien Panni bei der Türe. Sie brach sich eine Bahn durch die Tanzenden, die ihr neugierig nachblickten, und nun rief sie schrill: «Halt!»

Jeder schaute hin.

«Halt den Mund!» schrie ihr Mann ausser sich.

Der Dorfbüttel rief aus: «Im Stiefelschaft, da hat er ein Messer!»

«Nicht wahr, nicht wahr!» echote Komáromi. «Im Stiefelschaft hat er es.»

«Ei, dort hat ein jeder eines», sagte Miska keck.

«Ich, ich zum Beispiel habe keines», lärmte Komáromi, der seine Selbstbeherrschung völlig verloren hatte. «Den Gendarmen soll man den Schurken übergeben... Du Schuft, du wirst mir büssen dafür, was du meiner Frau gesagt hast, du Schuft!»

«Ach, was hat er wohl gesagt?» liess sich die kreischende Stimme der Schwägerin vernehmen.

«Er hat gesagt, ich solle seine Geliebte werden!» rief Panni kräftig aus.

Für einen Augenblick trat Stille ein. Dann schlug die Frau des Schulzen ihre Hände zusammen.

«Seine Geliebte? Ohne das wolltest du vielleicht gar nicht?»

«Ich bin nicht Sie!» schleuderte ihr Panni das Wort ins Gesicht.

«Schweigt!» brüllte nun Komáromi. «Streitet hier nicht, sonst schlage ich euch tot, alle miteinander... Warum führt ihr diesen Kerl nicht ab? Warte, du Halunke, bis Szeged gibt es keinen Halt für dich, dort wirst du auf dem Gefängnisstroh verfaulen.»

«Da sind Sie ein zu kleiner Mann, um das zu bewerkstelligen», sagte Miska herausfordernd.

«Haltet den Schurken, damit ich ihn in Stücke schlagen kann!» kreischte Komáromi.

«Halt!» Panni sprang nach vorn. «Lasst ihn los!»

«Schweig!»

«Lasst ihn los!»

«Halt den Mund!»

«Hört ihr nicht, dass ihr ihn freilassen sollt?!»

«Was ist nur in diese Frau gefahren», tobte Komáromi, «ich kann es nicht begreifen.»

«Was gibt es da zu begreifen? Habe ich Ihnen etwa nicht am ersten Tag schon gesagt, als Sie mir nachstellten, ich hätte einen Geliebten, mit dem müssten Sie rechnen? Damals lachten Sie nur.»

«Was geht mich das an?»

«So viel, dass es mich etwas angeht.»

Die Schwägerin rief erstaunt: «Habt ihr so was schon gehört? Na, der muss sie wohl manches Mal umarmt haben, dass sie ihn nicht vergessen kann.»

Panni fasste sie ins Auge.

«Das Anständige, das kann man nicht vergessen, nur das Schmutzige; Sie haben genug zu vergessen, ich aber nichts.» Und sie wandte sich zu ihrem Mann: «Also das ist Ihre Antwort?»

«Überlass du die nur mir.»

«Nun, ich sehe jedenfalls, was ich für einen Mann habe!»

«Der erste Bauer bin ich im Dorf.»

«Für mich sollen Sie der erste Mann sein. Was Sie für ein Bauer sind, darüber habe ich schon genug gehört; jetzt will ich sehen, was in Ihnen steckt!»

Hinten rief jemand: «Nanu!»

Ihr Mann wusste in seiner Verlegenheit nicht, was er antworten sollte; endlich war es ihm bewusst geworden, in was für eine Geschichte er sich da eingelassen hatte.

«Du willst, dass ich mich mit ihm schlage? Wie die Zigeuner? Mach lieber keinen Skandal...» Und er bückte sich nach seinem Mantel. «Benimm dich, wie es sich gehört!»

«Benehmen Sie sich, wie es sich gehört! Wie es sich für einen Mann gehört. Dieser Bursche hat mir heute am hellichten Tag in meinem eigenen Haus gesagt, ich sei eine Dirne...»

Der Bauer machte ein verzweifeltes Gesicht, doch seine Frau rief um so heftiger: «Dass ich mich verkauft habe, dass ich mich bedanken solle, wenn ein anständiger junger Mann mich als seine Geliebte annimmt. Stehen Sie ihm Antwort, stehen Sie ihm Antwort hier vor dem ganzen Dorf.»

«Sorge dich nur nicht», krächzte der Mann, «der wird noch den Tag seiner Geburt verfluchen.»

«Ich brauche keine Gemeinheiten. Stellen Sie sich ihm! Mit dem Messer! Nicht ihn durch die Kumpane ins Gefängnis bringen, sondern ihn freilassen und dann Mann gegen Mann! Habe ich mich verkauft, so habe ich eben. Blut habe ich für Blut gegeben. Zahlen Sie Blut dafür, Menschenblut!»

Komáromi wurde langsam nüchtern, und sein Gesicht gewann den gewohnten spöttischen, zurückhaltenden Ausdruck wieder. «Du hast auch getrunken!»

«Zahlen Sie oder nicht?»

«Kreische nicht da, du Habicht... Bringen Sie Ihr Kind nach Hause!» fuhr er die Alte an, die erschrocken, mit zitternden Beinen neben ihrer Tochter stand.

«Habicht?» rief Panni. «Der Hahn hat eine Henne zur Frau. Keinen Habicht. Wozu haben Sie einen Habicht geheiratet? Der ist ein reiner Vogel, ein Himmelsvogel! Der Hahn braucht nicht den, sondern ein Huhn; da mögen sie sich beschmutzen, sie leben dennoch!»

«Befiehl ihr endlich zu schweigen, Schwager», warf der Verwandte ein, der seinen Mantel übergehängt hatte, um seinen Schweissausbruch nach dem Tanz zu lindern.

«Der hat was zu sagen?» rief Panni, «der die Liebhaber seiner Frau gar nicht zählt, damit er wenigstens weiss, wie viele es waren, wenn man ihn fragt!»

«Binden soll man die!» schrie die Schwägerin.

«Will auch sehen, wer an mich Hand anlegen würde... Selbst ein zehnjähriges Mädchen in diesem Dorf soll mich nicht anrühren, denn keines ist rein! Und mein Mann steht da, und statt den totzutrampeln, der seine Frau beleidigt, steht er nur...»

«Was soll ich tun, du Gute, kann dir den Mund nicht stopfen!»

«Schimpf und Schande!»

«Mein liebes Kind, trag mit Geduld...»

Panni blickte auf ihre Mutter, und ihr Herz erweichte sich mit einem Mal.

Sie musterte nochmals ihre Feinde, die alle mit verwundertem Gesicht sie anstarrten, fasste dann ihre Mutter bei der Hand und sagte mit einem plötzlich ausbrechenden Weinen: «Gehen wir fort von hier, Mutter...»

Jemand lachte hinten auf, da erboste sich die Arme nochmals. «Ihr sollt wissen in diesem Dorf», wandte sie sich erneut heftig zu ihnen, «dass selbst, wenn ich hundert Jahre lebe, hier dennoch niemand etwas Verwerfliches in mir finden wird. Ihr werdet nicht über mich klatschen, und wenn ihr platzt!» Damit ging sie, hinaus in den Hof.

Ihre Mutter eilte ihr mit ihren Kleidern nach.

Der Alte trieb sich noch dort herum, er war sehr aufgebracht, um ihn hatte sich den ganzen Abend lang niemand gekümmert; hatte ihm jemand etwas gesagt, so nur, um ihn zu verspotten.

«Gott zum Gruss!» sagte er keck und machte sich auf den Weg, seiner Familie nach.

«Der Teufel hole doch den alten Schelm!» brummte Komáromi, der sich daran gewöhnt hatte, dass der Alte alles zu schlucken bereit war, sofern ihm ein Vorteil winkte.

«Was?» schrie der Greis auf. «Alter Schelm? Ei, wie können wir angeben! Wie wenn jemand im Tuchmantel auf diese Welt gekommen wäre... Nun, wenn das die Grossbauern waren, so war ich ein Tagelöhner mit der Spitzhacke. Gott verdamm' es, das ist doch das erste Handwerk.»

Damit verzog er sich und liess die Gesellschaft im allgemeinen Gelächter zurück.

«Tanzen!» rief der Bauer und zog den Mantel an; er setzte sich zusammen mit den anderen zum Trinken in eine Ecke.

Dann nahmen sie die Karten hervor.

Miska blieb einsam stehen, niemand kümmerte sich um ihn; mit einem Mal war er wieder der kleine Bursche geworden, den niemand fürchtet und der niemanden etwas angeht. Er ging aus dem Wirthaus und machte sich auf den Weg, unter den Sternen hinaus auf die Felder...

«Willst du nicht lieber nach Hause, die Kuh kratzen?» fragte der Kassier höhnisch, als Komáromi fortwährend verlor.

Komáromi kramte in seiner Börse und entnahm ihr neues Geld, Hundertkronenscheine.

«Habe keine Zeit», sagte er und gab wieder aus. «Ich warte bis zum morgendlichen Melken.»

Sie lachten grölend über seinen Spruch.

Das Wetter war viel milder geworden. Am Abend war es noch kalt gewesen, alles Stein und Bein gefroren; jetzt war die Nacht auf wunderbare Weise beinahe sommerlich warm.

Panni hielt es in ihrem Haus, in ihrem Hof nicht aus, sie ging in den Garten hinunter und setzte sich hinter das Bienenhaus. Der umgepflügte schwarze Boden des Gartens dampfte; gegen unten, in der Richtung des Wassers, hoben sich langsam Nebel, doch die Sterne leuchteten noch hell, und der Mond ging am Himmel gerade auf.

«Oh, mein Kind, warum bist du da draussen?» lispelte die Alte, die ihr heimlich gefolgt war.

«Weil ich drinnen ersticken muss...»

«Dein Vater schickt mich, ich solle dich suchen. Wir glaubten schon, etwas Schlimmes sei dir passiert...»

«Ach, was kann mir schon passieren.»

«Ja, mein Gott!» Und sie wagte nicht, es auszusprechen, behielt es für sich, dass das Wasser in der Nähe sei.

Lange verharrten sie still, vom Dorf tönte die aufregende Tanzmusik deutlich herüber.

«Was wird aus dir, mein Kind?»

«Was schon? Nichts.»

«Ach, ach, noch haben wir den morgigen Sonnenaufgang nicht erlebt.»

Panni sagte später: «Gehen Sie hinein, frieren Sie nicht meinetwegen.»

«Komm du mit.»

«Ich komme später, dann lege ich mich hin und schlafe mich aus. Und dann wird alles gut sein, wie es war...»

Lange schwiegen sie. Vom Wasser her strich ein Windhauch durch die Weidenbüsche.

«Was hast du dir nur gedacht, mein liebes Kind... du quälst dich sehr... Sag es mir, mein Kind, sag es mir...»

«Ach wozu, Sie verstehen ja doch nichts davon.»

«Ja, ich bin ein Esel, das ist wahr, denn man hat aus mir einen Esel gemacht», sagte die Alte und trocknete sich die Augen. Sie war bitter beleidigt. Keines ihrer Kinder zog sie mehr ins Vertrauen, sie durfte sie nur noch betrachten, doch gab es niemanden, mit dem sie sprechen konnte... Sie selbst hatte, als ihre Kinder noch klein waren, sogar ihre grössten Sorgen mit ihnen stets besprochen, und jetzt blickten sie auf sie herab, wechselten nie ein Wort mit ihr... Selbst diese da schon.

«Ihr seid nun einmal die Klugen. In meiner Jugend, wie anders war es damals... Wenn uns etwas fehlte, suchten wir gleich die Eltern: ‹Schauen Sie, so und so, was soll ich tun...› Die haben uns alles so schön erklärt... Nur wir sind so unglücklich geworden, dass wir nie etwas wissen. Solange wir jung waren, wussten immer die Alten alles an unserer Stelle, und seit wir alt sind, wurde die Jugend vor uns weise. Ja, wozu habe ich denn sechzig Jahre gelebt?»

Panni fühlte sich leicht gerührt, sie verstand ihre Mutter.

«Wozu habe ich zwanzig Jahre gelebt? Auch Sie können nicht sagen, was geschieht...»

Die alte Frau schwieg tief.

Panni sagte nach einer Weile: «So sagen Sie mir, was soll ich tun, damit die Grossbäuerinnen mich wie ihresgleichen behandeln?»

Die alte Frau zog die Tränen in die Nase hoch.

Lange schwiegen sie. Sie sassen dort nebeneinander auf einem gefällten Baumstamm.

«Oh, mein Kind, das kann ich dir nicht sagen... Ich war eine arme Frau ein Leben lang; ich weiss, wie eine arme Frau sich benehmen muss, damit trotz ihrer Armut ein jeder sie anständig behandle.»

«Aber ich brauche das nicht!» rief Panni. «Ich will, wenn ich schon da und die Frau des ersten Bauern bin, dass sie mir in diesem Dorf wie einer Königin huldigen!... Denn hier bin ich die Erste! Die Beste bin ich hier! Mit mir sollen sie sich nicht einmal vergleichen, keine von jenen Grossbäuerinnen, die über meine Mutter so sprechen, dass ich vor Scham fast vergehe... Ich will, dass sie mir nachlaufen, dass sie mir fast die Hände küssen, dass sie sich alle freuen, wenn ich mich mit ihnen auf ein Gespräch einlasse. Stolz sollen sie sein, wenn ich mich zu der Frau des Schultheissen oder des Kurators herablasse...»

«Ach, mein Kind, was bist du für ein Mädchen... Bist du denn mein Kind? Du bist ja vielleicht mit Drachenmilch gesäugt worden!»

Nach einem langen Schweigen sagte sie dann treuherzig: «Sei demütig, mein liebes Kind, da wird ein jeder gütig sein zu dir.»

«Aber ich will nicht demütig sein! Hochmütig will ich sein! Ich wünsche, dass sie mich selbst in meinem Hochmut noch anbeten! Sagen Sie mir, wie kann das sein?»

Die alte Frau seufzte und zog sich kauernd so zusammen wie eine alte schwarze Katze.

«Ach, mein Kind, meine liebe Kleine», sagte sie flennend, schluchzend, «frag mich nicht so schwierige Dinge.»

Panni sass lange da. Wie wenn dort im Osten die Wolken sich schon zu erhellen begännen.

«Dann sagen Sie mir, wie ich mich betragen soll, damit ich meinem Mann gegenüber meine Pflicht tue und auch gegenüber Miska; damit auch der glücklich wird...»

«Oh, mein Kind, welche Fragen... Das könnte dir selbst unser Herrgott nicht sagen.»

«Aber wenn ich doch beide an mich gefesselt habe, da muss ich sie doch auch danach behandeln.»

Die Alte antwortete nicht, sie zitterte.

«Geht es nicht mit beiden? Muss ich wählen? Welchen?»

«Ach, mein Kind, frage du mich lieber nichts mehr. Wie soll ich denn das verantworten?»

«Soll ich denn nicht einmal glücklich werden dürfen? Ich habe ja vor dem Angesicht Gottes geschworen, dass ich eine treue Frau meines Mannes sein werde, obwohl Er dort oben weiss, dass ich nur den anderen liebte und ausser ihm nie jemanden lieb haben werde, bis man das Brett des Sarges über mir zunagelt.»

«Oh, mein liebes Kind...», stöhnte die Alte wie in schwerer Fieberkrankheit.

«Hei! Wo seid ihr denn, Donnerkreuz!» schrie der Alte unten.

Die alte Frau sprang gleich auf und lief hin.

Panni blieb dort, als hätte sie nichts gehört; sie waren ihr schon gleichgültig, die beiden.

Sie blickte vor sich hin auf die braune Erde,

in die graue neblige Ferne und auf den sich erhellenden Himmel.

Miska war durch die Felder gestreift und hatte nicht vermocht, weit zu gehen; immer wieder kehrte er in diese Gegend zurück. Dem Ufer der Theiss entlang machte er sich auf den Weg gegen die Stadt, doch drehte er sich wieder um. Jetzt blieb er lauschend beim Garten stehen.

Er hörte die lauten, knarrenden Worte des Alten: «Über dich verfüge ich. Du bist meine Frau. Ich werde nicht hier wachen wie bei einem Toten! Bei einer Grossbäuerin!»

Das Gespräch entfernte sich immer mehr. Er lehnte sich mit dem Ellbogen zwischen das Laub der Büsche, die sich über den Zaun legten, und starrte selbstvergessen in den Garten.

Plötzlich vernahm er vor sich Schritte, die näher kamen.

Sein Herz schlug heftig, er riss die Augen auf.

«Sie wollen es mir sagen, gerade sie, was ich tun soll! Ach, ewiger Gott... Ach, lieber Herrgott... mein heiliger Schöpfer... jetzt einmal, tue ein Wunder», flüsterte Panni in einem verworrenen Gebet.

«Panni», sagte Miska leise.

Und in diesem Augenblick stand der Bursche vor ihr. Er stand dort, und der Wind von der Theiss her rauschte milde, kräuselnd.

Die Seele der Frau bog sich im Wind wie ein frierender Busch voller Blumen; Tränen stürzten aus ihren Augen wie der Tau vom Blumenblatt.

Die Frau blieb stehen, erstarrt in gespenstischer Furcht.

«Pannichen…»

Die Tränen der Frau erfroren, versiegten.

Sie schleppte sich zum Zaun, lehnte sich mit den Ellbogen an, sie fiel auf die Hecke.

Sie war so fremd, wirkte so kühl, dass Miska es nicht wagte, ihr wehzutun. Er hatte erst nach langer Zeit den Mut, sie anzusprechen: «Hast du gebetet?»

«Ja», seufzte Panni nach einer Pause.

«Du gute Seele… für mich?»

«Nein.»

Miska schwieg verzagt.

«Für mich selbst», sagte Panni.

«Ja, gutes Mädchen… du kannst… du hast schon Ursache, dein Los zu beklagen…»

Die Frau antwortete leise; man konnte ihre Stimme kaum vernehmen: «Ein jeder kann sein Los beklagen, der dafür einen Grund hat.»

«Du hast einen.»

«Nun habe ich keinen mehr.»

«Keinen?»

«Ich weiss nun schon, was ich zu tun habe.»

«Woher weisst du es?»

«Der liebe Gott hat es mich gelehrt.»

«Und was hat er dich gelehrt?»

Panni schwieg. Ihre grossen schwarzen Augen glänzten im Lichte der Dämmerung, Tränen schwammen darin.

«Dass wer etwas geschworen hat, es auch halten muss…»

«Was meinst du für einen Schwur?»

«Den grossen.»

«Den grossen?»

«Den grossen, den in der Kirche.»

«Das hat Er dich gelehrt?»

«Ja.»

«Der liebe Gott?»

«Der liebe Gott.»

«Nun also», brach es aus Miska hervor, und er zog sich den Hut tiefer über die Augen, «der hätte auch Gescheiteres tun können, als die arme dumme Weibsperson solche Dinge zu lehren...»

Panni liess ihren Kopf in die Hände fallen. «Lästern Sie nicht, Miska... Sie haben zur Trauer mehr Grund.»

«Warum? Ich bin doch stets ein Mann... Worüber soll ich trauern?»

«Ist wahr.»

Miska sagte mit einem Anflug von Angeberei in der Stimme: «Ich fliege aus diesem Dorf, aus dieser Welt nur so hinaus...»

Panni dachte ernst nach. «Natürlich. Sie können ja in ein anderes Dorf ziehen.»

Der Bursche murmelte: «Ich gehe in kein Dorf. Wenn schon, dann gehe ich in die Stadt. Nach Budapest will ich. Ich kriege jetzt Arbeit überall.»

«Was für Arbeit?»

«Jede Art... Wo man mit dem Spaten die Strasse aufreisst... oder wo man baut... Aber das möchte ich trotzdem nicht... Strassenbahnschaffner, das möchte ich sehr gern werden.»

«Was ist das?»

«Ein Herr! Einer meiner Kameraden beim Militär hatte einen Bruder. Als der nach Budapest kam, war er ein gestiefelter Bauer wie ein jeder. Und als sie ihn dann anstellten, wurde er gleich ein Herr. Der Herr Schaffner... Seine Frau trägt einen Hut... wie hier die Frau des Notars...»

Panni dachte hierüber nach. «Einen Hut trägt sie?»

«Wie gesagt, wie die Frau des Notars...»

«Ihre Frau wird halt einen Hut tragen», sagte sie leise.

«Ja, das wird sie.»

«Die trifft es gut.»

«Die schon.»

Lange schwiegen sie. Es dämmerte stark, sie sahen das Gesicht des anderen immer besser. Panni lehnte mit dem Ellbogen von innen auf die Hecke, Miska stand draussen.

«Aber auch ich habe es gut getroffen», sagte die Frau müde.

Miska blickte in eine andere Richtung. «Ich werde dir aber doch noch in den Sinn kommen.»

Panni sprach nach kurzem Zögern: «Ich werde Sie vergessen...»

«Ja... aber bis dahin wirst du noch viel weinen.»

«In der Nacht darf man.»

«Dein Mann wird es hören...»

«Warum sollte er... Der müde Körper schläft schnell ein...»

«Die weinende Liebe schläft nie ein...»

Dann sagte die Frau: «Es ist ja Frühling... Zu tun gibt es genug... Im Sommer hat man nicht einmal Zeit zum Sterben... Und bis es Winter wird...»

«Du vergisst das auch bis zum Winter nicht, Panni.»

«Ich vergesse es, bis ich alt werde...»

«Bis dann, ja...»

Miska rührte sich nach dem langen Herumstehen. «Kommst du also?»

Panni blickte ihn erschrocken an. «Ich?»
«Du, ja du!... Na, komm schon!...»
«So?»
«Ja.»
Von neuem schwiegen sie.
Die Lerche begann oben im Himmel zu rufen. Frisch und fröhlich zwitschernd.
Der junge Mann blickte hinauf zum Vogel.
«Auch der Vogel fliegt von dort weg, wo er nichts zu suchen hat...» Und er schaute, schaute nur hinauf, folgte mit dem Blick der kleinen Lerche, die geradeaus hinauf in den Himmel flog.
«Nicht wahr, mein kleiner Freund!»
Mit munteren Augen blickte er dem Himmelsvogel nach... dieser liess sich wieder zu ihnen herab... dann flog er weiter... Sein Zwitschern tönte immer mehr aus der Ferne.
Auch die Frau sah dem Himmelsvogel nach und brach dann in bitteres Weinen aus.
«Pannichen...», sagte der Bursche, «mein kleiner Vogel... mein kleiner Himmelsvogel... Steige doch über den Zaun...»
Die Frau schwieg, sie erzitterte.
«Mein kleiner Schatz... ein wilder Vogel bist du hier.»
«Ja», schluchzte die Frau.
«Dieser Hühnerstall ist nichts für dich...»
In diesem Augenblick ertönte von neuem das Zwitschern der Lerche im Himmel.
«Mein kleines Täubchen, mein Käferchen, mein duftender Rosmarin, mach doch nur einen Schritt; der Vogel ruft, er zeigt den Weg...»
Panni schluchzte herzzerbrechend.
«Dort, dorthin sollst du den Fuss setzen...»
Panni trat auf den Zaun und stieg in Miskas

starken Armen auf den Fusspfad herunter, der sich im Gras wand.

Sie gingen hintereinander. Zuerst der kleine Mann, dann die Magd... Er mied das Gras, denn es war vom Tau noch stark benetzt.

Dann blieb die ausgelassene, ordinäre Musik hinter ihnen zurück, und überall riefen die vielen kleinen Himmelsvögel.

Ferenc Móra

Kalzinierte Soda

Jedermann bekommt einmal vom Schicksal ein Jugend-Abenteuer geschenkt, an das er selbst im späten Alter noch mit Herzklopfen zurückdenkt. Das unvergessliche Abenteuer meiner Jugend bestand darin, dass ich während eines Jahres in einer Schule für Lehrlinge unterrichtete. Im Traum kommt es manchmal vor, dass ich immer noch Lehrer bin, und das kleine Kissen unter meinem Kopf wird in solchen Fällen immer vom Schweiss nass.

Ich war damals ein junger Journalist, und man bezahlte mich ziemlich anständig: ich erhielt hundert Kronen im Monat. Das war zwar viel mehr als das, was ich als alter Journalist nun verdiene, aber man konnte selbst das ausgeben. Eine Nebenanstellung war da willkommen. Eine, die wenigstens so viel an Einkommen brachte, dass ich auf Ratenzahlung die «Reihe klassischer Romane» hätte bestellen können. (Fünf Kronen monatlich.)

Stets war ich ein Günstling des Schicksals gewesen, und als ein solider Jüngling mit gutem Ruf verfügte ich auch über vornehme Protektoren. So kam ich durch deren Fürsprache als Lehrer mit Monatsgehalt in eine Schule für Lehrlinge. Ich gab eine Wochenstunde, jeden Dienstag von sechs bis sieben, und bekam dafür aus der Stadtkasse zehn Kronen im Monat.

«Sie werden allgemeine Kenntnisse unterrichten», sagte der Rektor, nachdem ich mich vorgestellt hatte, und er übergab mir auch das Buch, das für das Fach vorgeschrieben war. Es war ein sehr interessantes Buch, es fanden sich darin: Sternenhimmel, Handelslehre, Gemeinde-Autonomie, atmosphärische Erscheinungen, Titus Dugovics*, Viehheilung und der nordamerikanische Unabhängigkeitskrieg. Als ich es durchblätterte, sah ich gleich, dass sein Autor ein grosser Gelehrter sein musste, der freilich nie in einer ländlichen Schule für Lehrlinge unterrichtet hatte. Ich vermutete richtig: das höchste Tier des gewerblichen Unterrichtswesens hatte das Buch verfasst.

«Nun ja, nicht das Buch ist die Hauptsache in einer Schule für Lehrlinge, sondern die Disziplin, die Disziplin!» Mit diesen Worten erteilte mir der Rektor die Gebrauchsanweisung, ein alter, verdienter Pädagoge im übrigen, mit dem mich bis heute eine aufrichtige und gute Freundschaft verbindet.

«Disziplinieren, disziplinieren: das ist das Wichtigste!» Alle anderen Kollegen sagten das gleiche. Es waren etwa zwanzig, Volksschullehrer und Gymnasialprofessoren, alles abgehärtete Helden des Lehrlingsunterrichts. Es gab solche, die besorgt den Kopf schüttelten; sie hatten meinen Arm betastet und ihn zu dünn befunden. Es gab solche, deren Erfahrungen dafür sprachen, dass man auch mit dem Spazierstock Erfolg haben könne; doch jene, die mir mit dem grössten Wohlwollen begegneten, empfahlen die Elle. Das heisst, ich sollte

* Historische Gestalt aus dem 15. Jahrhundert, aus der Zeit der Türkenkriege (Anm. d. Übers.)

gleich beim Eintritt ins Klassenzimmer die Elle aufs Geratewohl zwischen die Lehrlinge sausen lassen, dann werde Ruhe einkehren.

Zurückblickend aus der Distanz von zwanzig Jahren, muss ich die Palme des praktischen Verhaltens den Anhängern der Elle schenken. Ich aber war schon vor zwanzig Jahren kein praktischer Mensch. Ich wollte lehren, nicht disziplinieren. Ich glaubte, man zahle mir aus dem Geld der Allgemeinheit darum monatlich zehn Kronen, damit ich helfe, aus dieser Horde, genannt Schüler der Lehrlingsschule, für Gott Menschen zu formen.

Ich weiss nicht, was Daniel in der Löwengrube hat empfinden mögen, aber es musste etwas Ähnliches sein, was mir die Kehle zusammenschnürte, als ich zum ersten Mal unter die Lehrlinge trat. Brüllen, Wiehern, Meckern, Krähen, Miauen empfingen mich, und unter allen schlechten Gerüchen der infernalischste Menschengestank. Ich hatte vierzig Lehrlinge aus allen möglichen Gewerben, eine solche Armee des Schmutzes, der körperlichen und seelischen Verwahrlosung, der angeborenen und angenommenen Grobschlächtigkeit, dass ich schon ein sehr tollkühner junger Herr gewesen sein muss, hielt ich es doch unter ihnen ein Jahr lang aus.

Ich hielt es indessen aus, und zwar so, dass weder ich ihnen einen Schaden zufügte, noch sie mir etwas antaten. Und es bedurfte dazu keiner Elle; nur eines war nötig, dass wir nämlich die «Allgemeinen Kenntnisse» nicht berührten, denn dann hätten wir alle unser Seelenheil verloren.

Einmal schlug ich das Buch blindlings an

einer Stelle auf. Ich traf das mit «Soda» betitelte Lesestück. Und dann zeigte ich aufs Geratewohl auf einen Lehrling, dessen Gesicht dem einer Maus glich: «Nun, lies das!»

Das Kind las bis zur Stelle, wo es hiess, die feinste Sodasorte sei die «kalzinierte Soda». Dieses Wort las er dann als «kanziliert» und als «kassiert», und der Arme zerbrach sich nur darum die Zunge nicht, weil mich der Zorn packte.

«Was für ein Lehrling bist du, mein Junge?»

«Schneider.»

Also dass tausend Teufel die ganze vertrackte königliche ungarische Fachwissenschaft von der gewerblichen Lehrlingsbildung holen mögen! Ich habe an der Universität Naturgeschichte, Sprachwissenschaft, Sternkunde, Kulturgeschichte, Ästhetik und Politologie gelernt, bin aber dem Namen «kalzinierte Soda» in diesem Leben noch nie begegnet. Wozu also braucht ein armseliger Schneidergeselle das zu kennen, was die gesamte ungarische Abgeordnetenkammer und das Oberhaus zusammen auch nicht wissen!

Ein andermal machte ich einen Versuch mit der Verfassungslehre. Unser Lesestück begann mit dem Satz: «Der erste Ungar ist der König.» Wie wir die Lektüre beenden, lege ich die Hand auf die Schulter eines grossköpfigen Lümmels. Seine schmutzige weisse Schürze und ein Schleifstahl, der an einer Schnur von seiner Hüfte herabhangt, zeigen, dass er mit einem blutigen Gewerbe verlobt ist. Kurz, er ist ein Metzgerlehrling.

«Worüber haben wir soeben gelesen, mein Sohn?»

«Über den König.»

«Was haben wir über ihn gelesen?»

«Weiss nicht.»

«Natürlich weisst du es. Was für ein Mann ist der König?»

«Der König? Der König ist der König. Der ist kein Mensch.»

«Nein? Ja was dann?»

«Der König? Der König ist nur ein Soldat.»

Soll ich demnach ihm nun sagen: «Du bist ein Esel»? Aber dann löge ich, und ich würde mich deswegen schämen in einer Schule. Lieber verzichte ich auf die Verfassungslehre. Man wird sie dem Grossköpfigen in der Armee schon beibringen.

Auch über die «Pragmatische Sanktion»* hatten wir ein schönes Lesestück, denn die bildet ebenfalls einen Teil der allgemeinen Kenntnisse eines Lehrlings. Das Stück war offensichtlich aus dem Werk eines Akademikers herausgeschnitten worden, denn es wirkte ein klein wenig unverständlich. (Aber gerade nur so viel, wie es der Ernst der Wissenschaft verlangt.) Ich versuchte, das bekannte und kostspielige Gesetz meinen Kindern in deren Sprache zu erklären. Wer nicht schlief oder sich damit befasste, Fliegen zu fangen, hörte geduldig zu.

«Nun, mein Junge», und strich eine Woche später das Haar aus dem entzündeten Auge eines mageren Kindes, «weisst du noch, wovon ich das letzte Mal erzählt habe?»

Es war ein mild dreinblickendes, stilles, nettes Kind, es schlief immer während der ganzen

* Das von Kaiser Karl VI. verkündete Gesetz sicherte in Ungarn von 1722 an das Erbfolgerecht des Hauses Habsburg auch auf der weiblichen Linie. (Anm. d. Übers.)

Stunde. Auch jetzt gähnte es die Hälfte der Antwort weg, während es ins Buch schielte.

«Von der... Nische.»

«Sprich keine Dummheiten, du. Was ist das, die Nische?»

«Oder vom Ding... vom Tisch.»

«Was für eine Lehre machst du?» Und ich hob sein Kinn hoch.

«Ich bin Bäcker.»

«Um welche Zeit bist du letzte Nacht ins Bett?»

«Um drei.»

«Wann bist du aufgestanden?»

«Um halb sieben.»

«Wann gehst du heute ins Bett?»

«Wieder um drei.»

«Nun gut, mein Junge, leg dich schön auf deinen Arm und schlafe bis sieben Uhr.»

Selbst heute glaube ich noch, dass der liebe Gott mir für diese Sünde dereinst im Fegefeuer hundert Jahre erlassen wird. Dagegen würde ich ein Sonderbad in Pech verdienen, hätte ich es über mich gebracht, ein elfjähriges Kind, das täglich an die vier Stunden schläft, mit dem «Pragma-Tisch» weiter zu plagen. Und ich mache mir auch heute noch keine Vorwürfe, dass ich den Lehrlingsunterricht eigenmächtig einer Reform unterwarf, die «Allgemeinen Kenntnisse» aus dem Lehrplan strich und vierzig Lehrlingen in der wöchentlichen Stunde die «Tausendundeine Nacht» vortrug. Auch das war so viel wert wie die Elle. Während in den anderen Klassenzimmern die Menschenzähmung das ganze Jahr hindurch unter Knallen, Krach, Geheul und Wehgeschrei vor sich ging, herrschte bei uns solche Stille, wie es sie nur in einer kirgisischen Jurte geben mag, wenn ein Zelt voller Kinder um einen Märchenerzähler in der Runde sitzen.

Jawohl, nur gibt es in der Jurte keine Prüfung, in der Lehrlingsschule dageben gibt es sie. Das Gesetz will es so, dass bei dieser Gelegenheit ein Mitbürger, dessen Herz für das Kleingewerbe schlägt, oben auf dem Katheder Platz nimmt, damit der Lehrer vor ihm darüber Rechenschaft ablegt, was er während zehn Monaten für zehnmal zehn Kronen an Unterricht erteilt hat.

Mein Prüfungsexperte war ein überaus ansehnlicher Herr. Er besass einen stattlichen Bauch, eine goldene Uhrkette, an der sich wohl der Querbalken eines Ziehbrunnens hätte aufhängen lassen, ferner drei Häuser in der Innenstadt, erbaut aus den zu Ziegelsteinen gewordenen Träumen kleiner Lehrlinge, die mit entzündeten Augen in die Welt blinzelten. Ausserdem steckte er damals in irgendeiner Affäre wegen Steuerhinterziehung, und die hatten Journalisten ausgegraben, denn alles Schlimme wurde damals schon von diesen begangen. Kurz, es war ganz in Ordnung, dass der Prüfungsexperte bös auf mich blickte und mich, indem er meine Lehrlinge beschimpfte, einen Esel nannte.

Freilich, es möge unter uns bleiben, wir verdienten diese Bezeichnung. Hätte ich über Ali Baba und die vierzig Räuber oder über Aladin und das Schloss der Xaxa-Höhle Fragen stellen können, dann wäre ja alles gut gegangen. So aber stammelten und stotterten nicht nur die Kinder, sondern auch mir brannten beide Ohren.

Die unerwartete Wendung wurde durch eine Provokation des Experten selbst herbeigeführt, der sich nach der Gewohnheit der grossen Männer durch die Macht hatte berauschen lassen. Ich liess irgendeinen meiner Schusterlehrlinge eine Rechnung an die Tafel schreiben. Zu meiner grössten Überraschung löste er die Aufgabe ganz ordentlich. Ich vermutete zwar, dass er das nicht von mir gelernt hatte, aber das geht Seine Gnaden mit dem grossen Bauch nichts an.

«Du bist ein braver Junge», und ich strich über das klebrige Gesicht des Kindes.

«Ein Esel bist du!» brauste es von der Autorität auf dem Katheder auf uns herab. «Warum hast du ‹Mai› mit kleinem ‹m› geschrieben? Weisst du nicht einmal so viel, dass man die Eigennamen gross schreibt?»

Bisher hatte der Teufel in mir drinnen nur quer gelegen, doch jetzt sprang er auf. Willst du mir imponieren, du goldbeschlagener Maisknödel? Warte nur, ich werde dir so imponieren, dass du davon platzt.

Ich winkte mir einen pfiffigen Barbierlehrling heran. «Nicht wahr, du weisst, was die kalzinierte Soda ist?» - und ich sah ihm ins Gesicht.

Das Kind starrte mich an, doch als ich mit einem Auge ihm zublinzelte, antwortete er tapfer: «Ich weiss es. Das ist starke Soda.»

«Jawohl», nickte ich. «Also was stellt man aus dieser starken Soda her?»

Ich selber war recht neugierig, zu erfahren, was für Kraut und Rüben man auf diese Frage antworten könne. Ich war entschlossen, alles gelten zu lassen, was er auch immer erfinden würde.

«Spiritus.»

«Bravo!» Damit beugte sich der grosse Mann auf dem Katheder weit nach vorne. Er wollte mir zu verstehen geben, dass auch er das wohl wisse.

Darauf packte mich der Übermut vollends: «Nun, lasst uns die chemische Formel des Spiritus an die Tafel schreiben. C 2... schreib das ‹Zwei› mit einer Zahl, du Bengel.»

Der Junge schrieb das «C 2», dann blickte er auf mich.

«Ja, weiter, der Reihe nach!»

«D...»

«Auch die Zahl daneben, der Reihe nach.»

«D 3, E 4, F 5, I 6...»

«Es genügt, du kannst an deinen Platz gehen», fiel ich ihm ins Wort, da ich fürchtete, es werde sich herausstellen, dass der Gelehrte der kalzinierten Soda im Alphabet nicht ganz bewandert ist.

Ich hatte die Schlacht gewonnen. Der grosse Mann stieg vom Katheder herunter, und soweit sein Bauch und seine kurzen Arme es zuliessen, umarmte er mich vor den Augen meiner Lehrlinge.

«Herr Professor, erlauben Sie mir, meiner Hingerissenheit Ausdruck zu geben. Seit zwanzig Jahren schon besuche ich Prüfungen in Lehrlingsschulen, aber, auf mein Wort, einen solchen Grad der Bildung habe ich noch nirgends angetroffen.»

Ich verbeugte mich bescheiden und erklärte, das Lob gebühre meinen Lehrlingen allein. Mit einem so ausgezeichneten Material fällt der Erfolg leicht.

«Nein, nein, bitte sehr», protestierte mein

Prüfungsexperte, «glauben Sie mir, nur das Talent schafft es.»

Ich konnte wahrhaftig nichts dafür, dass er mit dem Ruf meines Talents die Fachkreise volltrompetete und dass er schon am nächsten Tag, nachdem ich mein Abschiedsgesuch eingereicht hatte, eine Delegation zu mir führte, um mich zur Änderung meiner Absicht zu bewegen. Da ich mich aber unnachgiebig zeigte, gaben sie mir wenigstens ein Ehrendiplom, welches bestätigt, dass die Sache des Lehrlingsunterrichts in mir ihre Hauptstütze verloren hat.

Das Diplom bewahre ich heute noch auf, da ich wenig Aussicht habe, meinen Erben irgendein anderes Zeichen der öffentlichen Anerkennung hinterlassen zu können.

Dezsö Kosztolányi

Der Kuss

Als Kornél Esti 1903 das Abitur mit dem Prädikat «praeclare maturus» bestand, stellte ihn sein Vater vor die Wahl: entweder kauft er für ihn das wundervolle Fahrrad, nach welchem er sich schon lange gesehnt hat, oder er zählt ihm das Geld in die Hand, hundertzwanzig Kronen, und er kann damit reisen, wohin es ihn gelüstet.

Er entschied sich für den zweiten Vorschlag. Doch dies nach keinem geringen Zögern und seelischem Kampf.

Es fiel ihm schwer, sich aus der Nähe der Mutter zu entfernen. Er war in Sárszeg unter Büchern und Medizinflaschen aufgewachsen. Abends, bevor er sich schlafen legte, musste er sich stets vergewissern, ob seine Mutter, sein Vater, seine kleinen Geschwister, Bruder und Schwester, in ihren Betten lagen, am gewohnten Ort - hernach nur konnte er beim Ticken der Wanduhr einschlafen. Hatte der eine oder andere einmal einen Ausflug zu den Gehöften unternommen und übernachtete er nicht zu Hause, dann durchwachte er lieber die Nacht, erwartete die Wendung, die alles von neuem in das alte, glückliche Gleichgewicht rücken würde. In allem, was er fürchtete, bedeutete die Familie für ihn Zuflucht. Sie umgab ihn wie ein warmer, dämmriger, klebrig-verschmutzter Taubenschlag.

Andererseits sehnte er sich von hier weg. Noch war er nie hinausgekommen aus diesem Nest im Tiefland, wo es weder einen Fluss noch einen Berg gibt, die Menschen sich alle gleichen und die Tage, ja selbst die Jahre wenig Veränderung bringen. Es gab hier stickige, staubige Nachmittage und dann lange, dunkle Abende. In die Schaufenster der Bücherläden legte man hier Hefte und Kalender. Schon regte sich sein Geist, sein Geschmack entwickelte sich, doch im Theater spielte man schwache Stücke, und er sah sie sich in der Not von seinem Schülerplatz auf der Galerie an. Er hätte die Welt sehen wollen. Vor allen Dingen hätte er das Meer gern gesehen. Er hatte schon in der Elementarschule davon geträumt, als er auf der Wandkarte zum ersten Mal diese glatte, endlose Bläue erblickte. So nahm er sich – in einem heldenmütigen Entschluss – vor, er wolle, was auch geschehen möge, allein nach Italien reisen.

Er brach an einem fahlen, aufgeregten Julitag auf. Morgens um drei war das ganze Haus schon wach. Man brachte vom Dachboden seinen abgenutzten, schiefen Reisekorb herunter und suchte – ohne Erfolg – dessen Schloss zu reparieren. Lächelnd und mit verkrampftem Herzen nahm er Abschied. Er glaubte nicht, dass er hierher noch einmal zurückkehren könnte. Alle begleiteten ihn zum Pester Personenzug. Seine Mutter wandte ihr Gesicht ab und weinte.

Nach fünf Stunden Rütteln kam er «glücklich» in Budapest an. Dies teilte er seinen Eltern auf einer Postkarte auch gleich mit. In irgendeinem drittrangigen Hotel in der Nähe des Bahnhofs nahm er sich ein Zimmer. Er verbrachte hier nur einen Tag.

Diesen Tag benutzte er dazu, Pest kennenzulernen. Glücklich, elektrisiert machte er sich daran, die Stadt zu erforschen, «dieses moderne Babylon», wie er seinen Eltern auf einer zweiten Postkarte schrieb. Sein Selbstbewusstsein wuchs, da er allein herumwandelte. Im Nationalmuseum besichtigte er die Antiquitätensammlung, den Treppenabsatz, wo Petőfi deklamiert hatte*, und die ausgestopften Tiere. Später verirrte er sich auf der Andrássy-Strasse. Ein Polizist wies ihm gern den Weg. Mit der «Karte der Residenzstadt Budapest» in der Hand fand er die Donau und den Blocksberg. Die Donau war gross, der Blocksberg hoch. Beides war wunderbar. Pest war überhaupt wunderbar.

Am meisten interessierten ihn die Budapester. Jeder, der auf der Strasse ging, im Café oder in der Strassenbahn sass, im Laden einkaufte, war ein «Budapester». Er bemerkte einzig, dass sie sich von den Sárszeger Leuten grundlegend unterschieden und in ihren Manieren, ihrem Benehmen einander so sehr glichen wie die Mitglieder einer Familie. Ein Richter des Obersten Gerichtshofs, ein Rosstäuscher, die Gemahlin eines Hochadligen und ein Kindermädchen – die waren demnach für ihn alle nur Budapester. Es gab an dieser

* Bei den Demonstrationen auf den Strassen der Hauptstadt am 15. März 1848, dem Tag des Beginns der nationalen Erhebung gegen die Habsburger, deklamierte der Lyriker Sándor Petőfi (1823–1849) sein Gedicht «Auf, Ungar!» an der beschriebenen Stelle für Tausende von Zuhörern. (Anm. d. Übers.)

Feststellung - von höherem Standpunkt aus - nichts auszusetzen.

Der Budapester hatte es eilig und kümmerte sich nicht um ihn. Gleich nach seiner Ankunft schon hatte er dies erfahren. Der Lohndiener, der sein Gepäck in den dritten Stock des Hotels hinaufschleppte, gehörte auch zu den Budapestern. Wie sehr er es auch erwartete, er sprach doch kein Wort mit ihm, sondern legte den Korb lustlos auf einen Schemel, und schon machte er sich auf und davon. Dieses Benehmen schmerzte ihn, erfüllte ihn aber auch mit massloser Bewunderung. Die Zurückhaltung und die Überlegenheit der Budapester erschienen ihm vornehm. Er schrieb denn auch an seine Eltern - auf einer dritten Postkarte -, dass «die hiesigen Menschen nicht roh, ja in gewisser Hinsicht feiner und aufmerksamer sind als die Leute von Sárszeg». Manchmal indessen kamen sie ihm kalt, sogar unfreundlich vor. Niemand fragte ihn beispielsweise das, was ihn daheim, angefangen beim Obergespan, bis zu Menschen, die ihn nur oberflächlich kannten, jedermann gefragt hätte: «Nun, mein Freund Kornél, nicht wahr, Budapest ist doch wunderbar?» «Nicht wahr, die Donau ist gross?» «Nicht wahr, der Blocksberg ist hoch?» Und man blickte auch nicht in sein offenes, sich nach Liebe sehnendes Gesicht, das er zuerst - in den ersten Stunden - mit solch grenzenlosem Vertrauen jedermann darbot, dass einige unwillkürlich zu lächeln begannen und hinter seinem Rücken ob so viel Jugend und so wenig Erfahrung einander lachend anblickten - doch dies nur so lange, bis er nach einigen Stunden gelernt hatte, dass jemand, der nicht lächerlich werden will, sein Gesicht verschliessen müsse. Hier hörte jene breite, gemütliche Welt, jenes gezuckerte Puppenleben und Kinderspiel auf, die er vom Lande her gewohnt war. Etwas ganz anderes begann hier. Mehr und weniger.

Gehetzt von all diesem Neuen, erniedrigt in jeder Lage, immer wieder bis aufs Blut beleidigt, so schlenderte er hin und her, und wie jemand, dessen Haut man abgezogen hat und an dessen rohem Fleisch die Gegenstände haften bleiben und die heilenden Narben schmerzlich von neuem aufreissen, so wurde er für jeden Eindruck krankhaft empfänglich; alle seine Sinne schärften und verfeinerten sich, und ein Wort, das er vernommen, der Gestank einer Fabrik, ein ungewöhnlich geformtes Glas - ein «Budapester Glas» - im ärmlichen, auf den Hof gehenden Zimmer des Hotels, all das wurde zum Symbol, zur unvergesslichen Erinnerung; als er, betäubt vom Herumlaufen den Tag über, sich endlich zu Bett legte - ins «Budapester Bett», auf «Budapester Kissen» -, da quoll aus seinem Herzen das Heimweh nach den alten Gegenständen und Menschen, und er sehnte sich verzweifelt nach seinem Elternhaus. Er fand denn auch keinen Schlaf. Über seinem Kopfkissen stützte er sich auf die Ellbogen, und er grübelte.

Am Nachmittag des folgenden Tages bestieg er den Schnellzug nach Fiume. Er bekam sofort Platz. Es gab nur wenig Reisende. Im Zweitklassabteil, das er als erstes betrat, sassen nur zwei Leute: eine Bürgersfrau und ihre Tochter.

Er grüsste sie. Die Dame antwortete mit einem stummen Kopfnicken, gutmütig, aber gemessen, gleichsam zur Mitteilung, sie wolle sich auf den Standpunkt der wohlwollenden Neutralität stellen. Er zwängte seinen Korb in das Gepäcknetz und liess sich auf den Sitz neben dem Fenster nieder. Ihm gegenüber sass die Frau, neben der Frau das Mädchen, ihm schräg gegenüber.

Esti fächelte sich. Eine afrikanische Schwüle herrschte. Die durchglühten, den ganzen Tag in der Hitze der Sonnenstrahlen gepökelten Wagen gaben die aufgesogene Glut nun von sich; sie rauchten vor Wärme und Staub, die Bezüge der Sitze schwitzten irgendeinen tierischen Ledergestank. Die dunklen Flecken der Kissen tanzten in dieser gelben, panoptikumartigen Beleuchtung trunken vor seinen Augen.

Er betrachtete kaum seine Reisegefährten. Auch er wünschte keine Bekanntschaften zu machen. Durch die bitteren Lektionen belehrt, spielte er den Gleichgültigen. Er wusste sich nun schon besser zu verstellen als Leute, die sich in dieser Kunst ein Leben lang geübt haben. Er öffnete sein Buch, Edmondo de Amicis' «Cuore». Es amüsierte ihn, dass er es trotz seinen lückenhaften Italienischkenntnissen vollkommen verstand, es auf Grund des brüderlichen Lateins beinahe flüssig lesen konnte.

Der Zug rollte aus dem Glaskäfig des Bahnhofs hinaus. Die Frau bekreuzigte sich. Das überraschte ihn. Bei ihnen zu Hause war das nicht üblich. Aber es rührte ihn auch. Wie schön, wie weiblich diese Demut. «Wir alle sind in Gottes Hand.» Tatsächlich, das Reisen verschlechtert die Statistik unserer Lebenserwartung. Es ist keine tödliche Gefahr, nur soviel wie eine Mandelentzündung, aus der –

möglicherweise - eine allgemeine Blutvergiftung oder eine Herzmuskellähmung sich entwickeln kann. Diese Reise ist ohnehin keine Kleinigkeit. Zwölf Stunden dauert sie ohne Unterbruch. Ein Teil vom Nachmittag und dann die ganze Nacht bis morgen früh um acht Uhr. In der Stunde, da sie ankommen, scheint die Sonne erneut, so wie jetzt. Wer weiss, was inzwischen alles geschieht?

Der Zug durchlief rasselnd die Weichenstrasse und bewegte sich schon jenseits von Budapest zwischen Äckern vorwärts. Die klebrige Wärme gab nach, wurde dünner. Ein feiner Windzug wehte. Esti empfand das Gefühl der Befreiung; es schien ihm, dass auch er nun vieles hinter sich gelassen habe, dass vieles ihn nicht mehr binde wie früher und dass der junge Mann, der mit dem italienischen Buch in der Hand dasass, eigentlich nicht er und doch er selbst war, jedermann sein konnte, den er sich nur wünschte, da er mit dem ständigen Ortswechsel zur unbeschränkten Möglichkeit der Situationen gelangt, in eine Art seelischen Maskenball eingetreten war.

Die Frau strich ihre aschblonden Haare zurecht, hantierte mit ihren Nadeln hinten am Haarknoten. Sie hatte ein ruhiges Gesicht und eine einfache, reine Stirn. Esti entdeckte jetzt zum ersten Mal, welch ein wohltuend geistvoller Ort ein Eisenbahnabteil ist. Das Leben fremder Menschen erscheint hier gleichsam im Querschnitt vor uns - gleichzeitig und verdichtet -, wie in einem Roman, den wir aufs Geratewohl irgendwo in der Mitte aufschlagen. Unsere Neugier, die wir sonst mit falscher Schamhaftigkeit verbergen, kann sich ausleben als Folge des Zwangs, dass wir mit den anderen in einem sich bewegenden Zimmer zusammen eingeschlossen sind; wir können da heimlich in sie blicken und raten, was am Anfang dieses Romans gestanden haben mag und wie sein Ende ausfallen wird. Er hatte im Selbstbildungsverein des Gymnasiums als Dichter und Romanschriftsteller schon eine nicht unerhebliche Tätigkeit entfaltet. Auch jetzt übte er sich in diesem Handwerk. So unbeholfen er auch sonst war, so konnte er sich bei fein-schlauer Verschleierung der Absicht doch völlig der schöpferischen Aufdringlichkeit widmen, und sein Blick glitt von den kindlichen Sätzen des «Cuore» immer häufiger auf die Frau.

Sie mochte achtunddreissig, vierzig Jahre alt sein, so alt wie seine Mutter. Gleich im ersten Augenblick hatte er sie ausserordentlich sympathisch gefunden. Sie hatte efeugrüne Augen. Die Frau jedoch sah weder Esti noch ihre Tochter an. Sie schaute vor sich hin, müde, traurig, vielleicht ein wenig gleichgültig. Sie blickte in sich selbst. Sie liess es nicht zu, dass jemand anders auch in sie hineinblicke.

Sie strahlte matte Milde aus und auch Traulichkeit wie eine Taube. Sie war nicht dick, überhaupt nicht dick, aber sie war prall wie eine Taube. Als einzigen Schmuck trug sie einen goldenen Ehering am Finger. Und diese ihre Hand - die weisse Mutterhand - ruhte zumeist auf ihrem Schoss, in der lieben, geheimnisvollen Weichheit des Mutterschosses.

Sie hatte zwei Schweinslederkoffer mit sich gebracht, die mit einem kaffeebraunen Leinenbezug versehen waren und vollgeklebt mit den kolibribunten Vignetten ausländischer Hotels.

Von ihrem Griff hingen in Leder eingerahmte Adresskärtchen herab und schaukelten bei der Fahrt des Zuges. Neben ihr auf dem Sitz lag eine hübsche Handtasche aus Eselsleder.

Mass und Geschmack bekundeten sich in jeder Bewegung der Frau. Sie rührte sich übrigens kaum. Es war ein klein bisschen auch sonderbar, diese grosse Ruhe. Sie grübelte und tat nichts. Esti glaubte manchmal, dass sie dann, wenn sie niesen oder sich schneuzen würde, plötzlich ernüchternd auf ihn wirken könnte. Aber er täuschte sich. Jede der kleinen Überraschungen, die später folgten, bestärkte ihn nur in seiner schnellen Sympathie. Selbst die Untätigkeit der Frau wurde auf die Dauer nicht langweilig. Alles, was sie tat oder nicht tat, war gut, war schön und angenehm und war nur so gut, so schön und angenehm, wie sie es tat oder nicht tat.

Eine so tiefe Liebe erwachte in ihm zu ihr, wie wenn er seine eigene Mutter in ihr sähe. Es tat ihm wohl, sie anzusehen, tat wohl, zu wissen, dass diese Frau auf der Welt war und sich so nahe bei ihm befand.

Die Zeit verflog inzwischen so schnell, dass er es kaum merkte.

Natürlich sammelte er diese Beobachtungen nur langsam, nach und nach, etwas in jeder Minute, denn er durfte nicht zudringlich sein, durfte sie nur eine Weile betrachten, wie zufällig; dann flog er mit dem wertvollen geraubten Blütenstaub zurück und verarbeitete ihn im summenden Bienenstock seiner Phantasie zu Honig.

Einmal, als er sich gerade in sein Versteck auf die Lauer hinter das «Cuore» zurückgezogen hatte und, die Augenbrauen streng zusammengezogen, sehr wichtigtuerisch las, fiel ihm auf, dass das Mädchen ihrer Mutter etwas zuflüsterte.

Dieses Flüstern - wenn man es überhaupt so nennen kann -, dieses Wispeln-Pispeln hatte er vom Augenblick an schon gehört, als er hier eingestiegen war. Er hatte sich aber nicht sehr darum gekümmert und sich nach einer Weile so daran gewöhnt wie an das Brummen einer Fliege in einem Zimmer an einem Sommernachmittag.

Das Mädchen klammerte sich an den Arm der Mutter und flüsterte ihr so ins Ohr. Hie und da formte sie aus ihrer Hand einen Trichter und wisperte. Unablässig flüsterte sie ihr etwas zu. Was es war, konnte man nicht hören. Mal achtete die Mutter auf sie, mal auch nicht. Sie nickte, sie schüttelte verneinend den Kopf. Wenn das Flüstern - oder eher Hauchen - in Pispeln und Kichern ausartete, beruhigte sie sie. Mechanisch, mit halben Worten, suchte sie das Mädchen zu beschwichtigen: «Still, meine Tochter.» «Nein, nein, meine Tochter.» Aber das war alles.

Esti verstand die Sachlage nicht. Die Angelegenheit machte ihn ein wenig nervös. Die Unruhe des Mädchens beunruhigte ihn. Vielleicht noch mehr beunruhigte ihn die Ruhe der Mutter. Jetzt blinzelte er also nicht aus seinem Versteck hinter seinem Buch hervor, um über die liebe unbekannte Bekannte neue Angaben zu besorgen, sondern er lauschte.

Es war ein fiebriges, eiliges Flüstern, ein zusammenhängender Wortstrom - unartikuliert, unverständlich und so schnell, als hätte man aus einem Buch vorgelesen.

Bisher hatte er das Mädchen gar nicht beachtet, hatte doch die Mutter sein ganzes Interesse gefesselt. Beim Hereinkommen war ihm aber nicht unbemerkt geblieben, dass es sich um ein halbwüchsiges Mädchen handelte, dreizehn, höchstens fünfzehn Jahre alt. Er hatte auch gesehen, dass sie nicht hübsch war. Vermutlich hatte er deswegen sie instinktiv mit den Augen gemieden.

Nun warf er an Edmondo de Amicis vorbei einen verstohlenen Blick auf sie.

Es war eines von jenen mageren Geschöpfen, unbedeutend, ohne jede Würze, schmächtig, mit dünnen Gliedern wie eine Meise, mit Meisenbeinen und einer fadendünnen Stimme. Sie trug ein mit teuren Schweizer Spitzen geschmücktes, getüpfeltes weisses Batistkleid und nagelneue prächtige Lackschuhe. In ihren trockenen, weisslichblonden Haaren leuchtete eine riesige, aus himbeerfarbenen Bändern geflochtene Schleife, die ihr Gesicht noch bleicher erscheinen liess. Aus dem gleichen Stoff trug sie ein Band am Hals, sehr breit, damit es ihren langen Meisenhals verdecke.

Man hatte sie so reich gekleidet, wie wenn sie gar nicht auf diese sommerliche Reise mitgenommen worden wäre, sondern an irgendeinen Ball, an einen ganz unwahrscheinlichen und gar nicht zu ihr passenden Kinderball.

Ihr winziges Köpfchen, ihre flache Brust, ihre kraftlosen Achseln, auch die beiden Vertiefungen über dem Brustbein, die aus dem leicht ausgeschnittenen Kleid hie und da auftauchten, ihre Hand, ihr Ohr, alles erweckte Mitleid zuerst, doch gleich hinterher auch Widerwillen. Es war nicht nur hässlich, dieses

Geschöpf; es war befremdend, war entschieden widerwärtig.

«Die Arme», dachte Esti. Er vermochte nicht, sie lange anzuschauen. Er blickte zum Fenster hinaus.

Langsam dämmerte es. Das Mädchen verschwand im Zwielicht, schmolz mit ihrer Mutter zusammen. Nur ihr Flüstern war zu vernehmen, ihr nicht endenwollendes, ärgerliches Flüstern, das in der Dunkelheit immer aufgeregter, immer schneller wurde. Sie beugte sich dicht an das Ohr ihrer Mutter und flüsterte so. Unverständlich, dass sie während der vielen Stunden nicht schon müde geworden war und dass die Mutter es nicht satt bekommen hatte, ihr zuzuhören. Was lispelt die da so viel? Warum wird sie nicht heiser, warum geht ihr nicht endlich der Atem aus? All dies war tief unverständlich.

Der Zug hatte die Station von Gyékényes schon längst verlassen und eilte mit voller Geschwindigkeit in die von keinem Stern erhellte Sommernacht hinein. Man zündete oben an der Decke die Gaslichter an. Esti flüchtete sich zu seinem Buch. Er nahm alle seine Kräfte zusammen, um sich auf den Text zu konzentrieren. Kaum aber hatte er vier bis fünf Seiten gelesen, da bemerkte er etwas, das ihn endgültig aus der Fassung brachte.

Er sah, dass das Mädchen immer wieder mit dem Finger auf ihn zeigte. Sie klammerte sich am Arm ihrer Mutter fest, flüsterte wie bisher und zeigte auf ihn. Was zuviel ist, ist doch zuviel.

Da empörte sogar er sich. Er geriet in solche Aufregung, dass seine Empörung sich abkühlte.

Er versuchte, nüchtern zu denken. Die Zeigerei gilt also ihm. Aber in diesem Falle hatte ja dieser einseitige Dialog von Anfang an ihm gegolten, und er war in den Mittelpunkt eines Interesses geraten, dessen Ursprung und Ziel ihm unbekannt waren.

Was, zum Teufel, mochte dieses Mädchen von ihm wollen? Er musste voraussetzen, dass sie ihn wegen etwas verspottete. Vielleicht wegen seiner Kleidung? Er hatte für diese Reise seinen schönsten Anzug gewählt, den dunkelblauen, den er diesen Frühling bekommen hatte. Er kleidete sich individualistisch. Er trug einen hohen, bis zum Kinn reichenden Kragen und eine dünne weisse Krawatte, die ihn gleichzeitig einem international bekannten Tenor und einem Provinzmatador ähnlich werden liess; er aber war mit all dem äusserst zufrieden und glaubte, dass nichts sein Bohème-Wesen, seine gegen das Grenzenlose seufzende, launische Dichterseele treffender ausdrücken könnte. Sollte also dieses kleine Ding da ihn vielleicht für lächerlich oder hässlich halten? Er wusste von sich selber, dass dem nicht so war. Er war ein gutgewachsener, schlanker Jüngling, seine gescheitelten kastanienbraunen Haare fielen dicht auf seine Stirn herab. Seine grauen Augen brannten im Lichte eines schmerzlichen Flehens, einer unentschlossenen Neugierde - damals noch viel reiner und feuriger als später, da die Enttäuschung und der ständige Zweifel an allem den Glanz der Augen vernebelten, bleifarben und so trunken getrübt machten, als wäre er fortwährend im Branntweinrausch.

Er zögerte nicht lange. Er wartete ab, bis das

Mädchen wieder auf ihn zeigte, und als sie dann mit dem Finger vor seinem Gesicht fuchtelte, liess er das Buch jäh in seinen Schoss fallen und wandte sich ihr zu, eine Erklärung fordernd.

Das Mädchen stutzte wie jemand, den man auf frischer Tat ertappt. Ihr dünner Finger erstarrte, wurde zum Eiszapfen. So stand er in der Luft. Langsam zog sie ihn zurück.

Ihre Mutter sagte auch jetzt nichts. Sie ergriff die Hand des Mädchens – die schuldige kleine Hand, die immer wieder auf ihn gezeigt hatte –, legte sie zwischen ihre flachen Hände, schloss die Hand des Mädchens ein und begann sie sanft und mit unendlicher Geduld zu streicheln, als spielte sie: «Das ist der Daumen... der schüttelt Pflaumen...»

Eine Art Waffenstillstand hatte sich nun etabliert. Das Flüstern wurde seltener oder so leise, dass es kaum mehr zu vernehmen war. Es ging auf Mitternacht zu. Die Frau öffnete ihre Handtasche. Sie entnahm ihr ein Messer, ein scharfes, spitziges, goldenes Messer mit einer dünnen Klinge. Dann holte sie noch etwas heraus, das in Watte eingepackt war. Aus dem Watteknäuel kam ein wundervoller buttergelber Kalvill-Apfel zum Vorschein. Geschickt und sorgfältig schälte sie ihn, schnitt ihn in Stücke und hob diese, an die Spitze des goldenen Messers gesteckt, einzeln zum Mund des Mädchens.

Das Mädchen ass. Sie ass nicht schön. Sie schmatzte.

Weisser, klebriger Speichel bildete sich, als sie die Stücke zwischen ihre ein wenig dicken Lippen nahm, wie auf dem Schnabel der jungen Schwalben, ein fester Schaum, der durch irgendeine innere Hitze entsteht. Gierig tat sie den Schnabel nach den Bissen auf. Dabei enthüllte sie ihr blutarmes Zahnfleisch, ihre undicht stehenden schlechten Zähnchen, die drinnen in ihrem Munde schwärzlich glänzten. «Möchtest du noch, meine Tochter?» fragte die Mutter gelegentlich. Das Mädchen nickte.

So verspeiste sie beinahe den ganzen Apfel. Das letzte Stück nur war noch übrig.

Plötzlich sprang sie hoch, riss die Türe auf und rannte hinaus in den Korridor. Die Mutter setzte ihr erschrocken nach.

Was war schon wieder geschehen? Was ist mit dem Apfel und mit der Mutter? Was ist mit diesem Mädchen? Auch Esti sprang auf. Er blickte im leeren Abteil um sich.

Er war allein geblieben. Endlich war er allein geblieben. Er atmete auf, wie von einem Alpdruck befreit. Jetzt erst wagte er sich aufrichtig zu gestehen, dass er sich fürchte. Er verstand seine Reisegefährten immer weniger. Wer sind diese Leute? Was sind sie? Wer ist dieses ungezogene Mädchen, das fortwährend flüstert, mit dem Finger herumzeigt und dann hinausrennt, gefolgt von ihrer Mutter, die ihr wie ein Gendarm nachjagt? Was für ein Auftritt beginnt jetzt dort draussen, und was für ein Auftritt hat hier soeben geendet, da, als sie sich in der plötzlich eingetretenen Stille, deren Schluss man nicht hatte ahnen können, friedlich mit ihrem Apfel abgaben? Wer ist diese Mutter, die von ihrer Tochter alles erduldet, ihr nie widerspricht, sie kein einziges Mal zurechtweist, ja sogar so weich – oder so dumm – ist, dass sie ihr Kind wegen dessen Bösartigkeit mit einer affenartigen Liebe verzärtelt? Er ärgerte sich eher über sie, nicht über das Mädchen. Er begann, dieser aussergewöhnlich sympathischen Frau, die er so liebgewonnen hatte, böse zu werden. Sie sollte entschiedener, strenger auftreten. Oder vermag sie das Mädchen nicht zu zügeln? Klar, natürlich. Sie hatte es verwöhnt, falsch erzogen.

Er hätte ihre Namen leicht erfahren können. Er hätte nur einen Blick auf die in Lederrahmen gefassten Visitenkarten werfen brauchen, die über seinem Kopf schaukelten. Aber dergleichen hielt er für unziemlich. Was sollte es ihm überhaupt nützen, wenn er ihre Namen erführe? Seine Neugier drängte nach grösserer Tiefe, nicht nach Namen - denn was bedeutet schon ein Name? -, er wollte in die Menschen eindringen, in ihr Leben, in diese zwei Leben, die vermutlich sehr geheimnisvoll sind.

Geheimnisvoll oder nicht, hier konnte er jedenfalls nicht bleiben. Es ist unmöglich, die ganze lange Nacht mit denen da unter dem gleichen Dach zu verbringen. Er musste fliehen. Durch den raschen Abgang der Reisegefährten hatte ihm das Schicksal ohnehin eine kleine Fluchtmöglichkeit verschafft; er konnte sich ohne grösseres Aufsehen davonmachen, sein Gepäck in ein anderes Abteil hinübertragen, wohin auch immer. Sie waren noch nicht zurückgekehrt. Und jetzt dachte er mit Bangen daran, dass sie jeden Moment wiederkommen könnten. Er eilte hinaus, um einen Augenschein zu nehmen.

Auf dem engen, kaum beleuchteten Korridor hielt sich niemand mehr auf. Weder die Mutter noch die Tochter waren dort. Wohin mochten sie verschwunden sein? Die Frage liess ihm keine Ruhe. Er forschte überall. Er öffnete selbst die Türen der beiden Toiletten und fand sie leer. Sie waren nirgends, waren wie vom Erdboden verschluckt.

Waren sie in einen anderen Wagen umgestiegen? Das erschien unwahrscheinlich. Die Durchgangstüren, die zu den nächsten Wagen führten, waren geschlossen. Also sind sie aus dem Zug gesprungen und liegen jetzt sterbend, mit gebrochenem und langsam ausrinnendem Schädel auf den Kieselsteinen des Bahnkörpers, oder sie setzen, eingeklemmt zwischen den Rädern, als verstümmelte Leichen die Reise fort, begleiten sie. Das wäre grauenhaft.

Er öffnete die Türe bei jedem Abteil des Wagens, teils um den Aufenthaltsort von Mutter und Tochter aufzuklären, teils um sich für diese Nacht wenigstens einen Sitzplatz zu suchen.

In den meisten Abteilen war es dunkel. Die Reisenden schnarchten hinter herabgelassenen Vorhängen und feindselig geschlossenen Türen. Die bekannte Schlafzimmer-Idylle empfing ihn: schlafende Kinder und halbe Orangen, von Koffern umstellte Plätze wie von Fuhrwerken abgegrenzte Kriegslager, Männer in Hemdsärmeln und in grünen Wasserflaschen glucksende Milch; Tanten, die ihre schnaufenden Köpfe auf ihre dicken Brüste hatten sinken lassen, Käserinden, Blumen und Schuhanzieher auf dem Boden, all das zerstreut in fürchterlicher Unordnung wie nach einem wilden Gefecht; auf den Sitzen in glühenden Strümpfen dampfende Füsse, heftig rauchend und gleichzeitig unschuldig schlummernd auf den patriotischen Phrasen der Leitartikel der gestrigen Zeitungen, die als Decke dort ausgebreitet lagen. Überall schon war jene sich schnell zusammenrottende hässlich-familiäre Passagiergeselligkeit entstanden, jenes ganz zufällig und durch Zwang rekrutierte geschlossene Zugkumpanentum, die Gemeinschaft von lauter Fremden, die einen anderen, ihnen völlig ähnlichen Fremden, der sich so spät und unerwartet einstellt, nicht viel freundlicher begrüsst als einen maskierten Räuber, der eine Chloroformflasche in den Händen hält.

Esti suchte nichts mit Gewalt zu erzwingen. Nachdem er sich überzeugt hatte, dass Mutter und Tochter tatsächlich nirgends zu finden waren und dass es für ihn keinen Platz gab, zog er sich bescheiden zurück und bat jedermann inständig um Verzeihung.

Er stand auf dem Korridor herum und freute sich über die fliegenden Funken der Lokomotive, welche die Nacht alle Augenblicke von neuem mit Feuerblumen schmückte. Millionen von Funken schwangen sich in mächtigem Bogen hinweg und verglühten dann in einem Graben wie ein schnell verlöschender fallender Stern. Aber ein Funke flog ihm ins Auge. Er ging in sein Abteil zurück.

Das Abteil war immer noch leer, die Erinnerung an zwei Leben schwebte in seiner Luft. Esti setzte sich an seinen Platz. Nun nahm auch er mit Sicherheit an, dass er hier bleiben werde. Er bereute es und bereute es auch nicht.

Bekäme er zufällig irgendwo einen Platz – und er könnte ja, der Zug ist nicht überfüllt, man müsste nur den Schaffner fragen –, selbst dann wäre es höchst fraglich, ob er in ein anderes Abteil hinüberzöge, ob sein merkwürdig empfindliches Gewissen es auf sich nehmen könnte, mit seiner heimlichen, erschreckten Flucht möglicherweise seine Weggenossen zu beleidigen, diese zwei Menschen, die er im Leben zum ersten und vielleicht zum letzten Mal sah. Wahrscheinlich, höchst wahrscheinlich hätte er es sich auch dann anders überlegt und entschieden, dazubleiben, wie er es jetzt tat.

Aber die Angelegenheit interessierte ihn, das stand fest. So sehr er davor Angst hatte, er war doch auf die Fortsetzung neugierig. Er wollte deutlicher sehen, mit wem er bisher zusammen gereist war, hätte das eine oder andere gern ergründet.

Damit allein ist sein Benehmen allerdings nicht zu erklären. Auch damit nicht, dass er ein «guterzogener Junge» war. Auch damit nicht, dass seine Ängstlichkeit, seine lebhafte Phantasie ihn unentschlossen machten und er oft, wenn er vor einer Gefahr floh, gerade durch diese Eigenschaften in die Gefahr rannte. Auch damit nicht, dass er - im alltäglichen Sinne des Worts - eine allzu fromme Seele gewesen wäre. Viel Grausamkeit wohnte in ihm, viel blutdürstiger, böser Instinkt. Nur er wusste, was er als kleiner Schüler in der Folterkammer, die er in der Waschküche heimlich eingerichtet, mit den armen Fliegen und Fröschen alles angestellt hatte. Er und sein jüngerer Vetter sezierten hier mit Küchenmessern die Frösche und auch Grossmutters Katzen, in deren Schädel sie Löcher schnitten und deren Augen sie herausnahmen - kurz, sie führten eine regelrechte Vivisektion durch, «auf rein wissenschaftlicher Grundlage», und ihre Grossmutter, eine laute, ungestüm-ungeschickte, kurzsichtige Frau, ärgerte sich ständig: so sehr sie auch acht gebe, verschwänden ihre Katzen dennoch, zehn bis zwanzig Stück im Jahr. Gegebenenfalls hätte er wohl auch einen Mord begehen können, so wie jedermann. Doch er fürchtete sich mehr davor, jemanden zu beleidigen, als jemanden zu töten.

Er empfand stets Abscheu davor, zu einem Menschen - der ihm ja völlig gleicht, also schwach ist und sich nach Glück sehnt, und der schliesslich unter allen Umständen elend zugrunde geht - roh zu sein, schonungs- und taktlos, ihn zu erniedrigen, selbst mit einem Gedanken nur zu beleidigen; oft - so zumindest glaubte er es selbst - wäre er lieber gestorben, statt den Glauben zu erwecken, jemand auf dieser Welt sei überflüssig, damit niemand sich von ihm beschämt zurückziehen und errötend sagen solle: «Es scheint, ich bin ihm zur Last gefallen... es scheint, ich langweile ihn... es scheint, er behandelt mich geringschätzig...»

Diese Moralauffassung, die Kornél Esti in seinen Werken später ausführlicher entwickeln sollte, keimte damals schon in seiner Kinderseele. Er wusste, dass wir einander wenig zu helfen vermögen, dass wir im Interesse unseres Glücks gezwungen sind, anderen zu schaden, manchmal selbst auf eine tödliche Art, dass in den grossen Dingen die Erbarmungslosigkeit fast immer unvermeidlich ist; doch bekannte er sich gerade deswegen zur Überzeugung, dass unsere Menschlichkeit, unsere Apostel-Tätigkeit - auf ehrliche und aufrichtige Weise - sich einzig in den Kleinigkeiten äussern könnten und dass die Achtung des Mitmenschen und die auf Nachsicht und Verzeihung beruhende gegenseitige Schonung, der Takt das Grösste, das Höchste auf dieser Erde darstellen.

Zuletzt langte er bei der Verfolgung dieses Gedankengangs bei der öden, ja geradezu heidnisch anmutenden Folgerung an, wir sollten, da wir richtig gut ohnehin nicht sein könnten, uns wenigstens höflich benehmen. Und diese Höflichkeit war kein Höflichtun, sie erschöpfte sich nicht in Komplimenten, in leerem Geschwätz. Oft bestand sie nur gerade darin, dass er im richtigen Augenblick unbemerkt ein scheinbar gleichgültiges Wort anbrachte, das jemand von ihm in Verzweiflung erwartet hatte wie eine Bestätigung seines Lebens. Dies hielt er für die vornehmste Tugend. Viel vornehmer jedenfalls als die sogenannte Güte. Die Güte hält ständig Predigten, will die Menschheit erlösen, tut fromm, will von heute auf morgen Wunder bewirken, brüstet sich mit ihrem Inhalt, will an das Wesentliche rühren – in Wahrheit aber hallt sie meistens vor Leere, ist inhaltslos und rein formell. Wenn die Höflichkeit dagegen rein formell erscheint, so ist sie doch Inhalt, ist das Wesentliche selbst. Das nette, bisher unverwirklichte Wort schliesst noch alle keuschen Möglichkeiten ein und leistet mehr als die gute Tat, deren Ausgang zweifelhaft, deren Wirkung umstritten ist. Das Wort ist im allgemeinen immer mehr als die Tat.

Gespannt wartete er auf die Rückkehr seiner Reisegefährten. Diese kamen und kamen nicht. Er blickte auf seine Taschenuhr. Es war Viertel vor eins. Genau vor einer Dreiviertelstunde waren sie verschwunden.

Um ein Uhr hörte er Schritte im Korridor.

Der Schaffner ging am Abteil vorbei, mit der Lampe in der Hand - der neue kroatische Schaffner, ein freundlicher Mann mit Schnurrbart; er kam zu ihm herein, und in einem tadellosen Deutsch und mit österreichischer Vertraulichkeit fragte er ihn, wohin er fahre und warum er nicht schlafe. Darüber, wo die Frau und ihre Tochter seien, konnte auch er keine Auskunft geben. Eine Weile unterhielt sich der Schaffner mit ihm. Dann sagte er in seinem tadellosen Deutsch und mit seiner österreichischen Vertraulichkeit: «Ich wünsch' Ihnen eine scheene, gute Nacht»*, er salutierte, und als er hinausging, zog er hinter sich die Abteiltüre zu.

Nach einigen Minuten öffnete sich die Türe rasselnd. Esti glaubte, der Schaffner sei zurückgekommen, um noch ein wenig zu plauschen, auf ein slawisch-vetterliches Plauderstündchen, auf Trinkgeld hoffend, denn das Leben sei schwer, viele Kinder und so weiter. Aber niemand trat ein. Im Korridor herrschte Stille. Wie wenn sich die Türe von selbst, vom Rütteln des dahinfahrenden Zuges geöffnet hätte. Vom Platz aus, wo er sass, konnte man niemanden wahrnehmen. Dies mochte zehn bis fünfzehn - sehr lange - Sekunden gedauert haben.

Dann vernahm man eine Stimme. «Geh hinein, meine Tochter. Geh schön hinein, meine Tochter.» Es war die Frau. Sie waren es.

Minuten vergingen. Von neuem kein Laut, keine Bewegung. Das Mädchen trat ein.

Hinter ihr - dicht auf den Fersen - ihre Mutter. Sie schloss die Türe und setzte sich neben das Fenster, Esti gegenüber.

* Deutsch im Original (Anm. d. Übers.)

Das Mädchen setzte sich nicht. Sie stand nur aufgeregt, mürrisch, gereizt. Aber das sind nur Worte, tastende Worte, die ihren verkrampften Trotz umschreiben sollten. Sie schien auch ein wenig erhitzt, wie wenn sie draussen in heissem Wasser gebadet und ihr immer noch sehr bleiches Gesicht ein klein wenig angestrichen hätte. Esti warf einen fragenden Blick auf die Mutter, sachte forschend, wo sie gewesen seien. Das Gesicht der Mutter war unverändert und abweisend.

Blitzartig, wie nach dem Knopfdruck eines Federmechanismus, kniete das Mädchen plötzlich in die entgegengesetzte Ecke des Sitzes gegenüber Esti, neben das Korridorfenster hin, mit dem Gesicht zur Wand, und sie drehte allem und jedem den Rücken. Sie kniete und rührte sich nicht. Starr kniete sie. Starr und störrisch kniete sie. Die Haut an ihrem Scheitel spannte sich. Ihr Rücken wurde so gerade wie ein Bügelbrett. Ihre langen Arme, ihre langen rachitischen Arme hingen herab. Sie zeigte ihre langen rachitischen Beine, welche die Kniestrümpfe halb nackt liessen, ihre Meisenbeine und die beinahe ungebrauchten Sohlen ihrer Lackschuhe. Das Ganze hatte etwas Heiteres. Es glich auch jenem Augenblick des Spiels «Ich bin dir bös», da jemand bei der Pfandauslösung zur Strafe sich als Statue hinstellt und die Gesellschaft mit dem Betreffenden - zu dessen Verspottung - das vollführen darf, was sie will. Nur in der Ausdauer, in der Beharrlichkeit des Mädchens gab es etwas sehr Ernstes und Erstaunliches.

Was soll nun das wieder? Esti warf einen fragenden Blick auf die Mutter. Einige Worte schwebten ihm schon auf den Lippen; er wollte flehen, nun sei es Zeit, sie solle sich endlich einmischen, da dies einigermassen unerträglich zu werden beginne. Die Frau liess jedoch nicht einmal seinen Blick an sich heran. Esti verschluckte wieder die Worte.

Er wunderte sich denn auch nicht mehr über das Mädchen. Er wunderte sich, dass die Frau sich nicht wunderte. Sie sass nur da und starrte ins Nichts. Offenbar war sie es gewohnt. Hatte sie dergleichen und noch mehr Sonderbares schon gesehen? Offenbar konnte sie nicht anders handeln. Sie nahm vom Ganzen keine Notiz. Und dies war das Fürchterlichste.

Der Zug ratterte. Esti riss alle fünf Minuten seine Uhr aus der Tasche. Es wurde halb zwei. Es wurde zwei Uhr. Das Mädchen bekam das Spiel immer noch nicht satt. Sie näherten sich Zagreb.

Die Mutter erhob sich nun, und wie jemand, der gegen seine Grundsätze und Überzeugung handelt, begab sie sich zum Mädchen. Sie war jetzt wieder so sympathisch wie am Anfang der Reise. Sie kniete neben das Mädchen hin, presste ihr Gesicht an dessen Wange und begann zu sprechen. Sie sprach leise, nett und klug; Wange an Wange gepresst, sprach sie ihr ins Gesicht, ins Ohr, ins Auge, in die Stirn, in ihren ganzen Körper; sie sprach und sprach, nimmer müde werdend, mit dem Schwung eines Sturzbaches, und es war unverständlich – auch das war unverständlich – wie das Flüstern des Mädchens zuvor, unverständlich, was man so lange reden konnte, welche alten Worte, Ratschläge, Mahnungen, welche erst schmerzenden, aber heute nicht mehr empfundenen, auswendig gelernten, tödlich langweiligen Phrasen sie wiederholen mochte, die sie einst wohl tausend und tausend Mal vergebens gebraucht hatte und die seither nutzlos in einer Rumpelkammer gestanden und unbenutzt staubig geworden waren.

Die weibliche Hauptrolle eines fünfaktigen Dramas konnte nicht so lang sein, auch kein Gebet, nicht alle Gebete eines ganzen Rosenkranzes, die irgendein Gläubiger seinem unbekannten und unsichtbaren Gott eines nach dem anderen aufsagt. Das Mädchen beachtete sie nicht im geringsten. Sie war nicht willens, ihre Lage zu verändern.

Da umklammerte die Mutter den Hals des Mädchens, presste sie hart an sich, hob sie mit grosser Kraft empor und setzte sie neben sich.

Sie streichelte ihre Haare. Ihre Stirn trocknete sie mit einem nach Kölnischwasser duftenden Taschentuch. Sie lächelte ihr einmal zu, ein einziges Mal, mit einem Lächeln, einem matten, unpersönlichen Lächeln, das der Überrest, die Ruine jenes Lächelns sein musste, mit dem sie einst diesem Mädchen zugelächelt, als es noch in den Windeln gelegen, in der Wiege gelallt, seine Klapper geschüttelt hatte. Es war ein fahl gewordenes, fast blindes Lächeln. Aber wie in einem blind gewordenen Spiegel blitzte dabei doch noch auf, was ihr dieses Mädchen einmal bedeutet haben mochte.

Sie hielt einen Silberlöffel in der Hand. Sie füllte ihn mit irgendeiner farblosen Flüssigkeit, die Esti, der Nachfahre von Apothekern, nach ihrem sich rasch verbreitenden durchdringenden Geruch gleich als Paraldechyl erkannte. Sie wollte das Mädchen bewegen, es einzunehmen, darum lächelte sie. «Jetzt wirst du schön still einschlafen, meine Tochter», sagte sie, während sie sich mit dem Löffel dem Mund des Mädchens näherte. Das Mädchen schlurfte das Medikament. «Schlaf, meine Tochter, schlaf ruhig.»

Sie kamen in Zagreb an.

Das schläfrige Leben des Zuges geriet in Bewegung. Es wurde rangiert, gepfiffen. Man liess mit Hammerschlägen die durchglühten Räder erklingen, und das Geräusch lief in melodischen Wellen durch die nächtliche Station. Die Lokomotive nahm Wasser auf. Man hängte eine weitere Lokomotive davor, damit deren zwei die Wagen in die fürchterliche Höhe des Karstgebirges hinaufzögen. Der freundliche kroatische Schaffner erschien wieder mit seiner Lampe. Nur einige Passagiere stiegen zu. Die drei im Abteil wurden nicht behelligt.

Die Frau zog dem Mädchen einen Pullover an, zog ihr den Rock zum Knie hinunter, band von neuem, noch hübscher, die erdbeerfarbene Schleife. Sie zog sie für die Nacht an, statt sie zu entkleiden. Auf ihre Knie legte sie eine weiche gelbe Decke. Das Mädchen schloss die Augen. Sie atmete tief, gleichmässig.

Nun rüstete sich auch die Mutter zur Ruhe. Um ihre aschblonden Haare band sie einen leichten schwarzen Schleier.

Als sie Zagreb verliessen, blickte sie auf die Lampe. Esti verstand den Wink. Er stand auf und zog den runden Schirm um die Glasschale zusammen.

Mit offenen Augen, die Hände im Schoss, erwartete die Frau den Schlaf. Die Szenen, die sie soeben durchlebt hatte, konnten sie nicht besonders aufgeregt haben, denn sie schlief schnell ein. Sie seufzte nur einmal und schlief schon fest. Ihre Augendeckel schlossen sich schwer. Sie mochte müde sein, todmüde. Ihr Gesicht war bewegungslos. Sie schlief ohne Atemzüge. Auch der tiefe und gleichmässige Atem des Mädchens wurde leiser. Man konnte ihn schon nicht mehr vernehmen.

Stille herrschte im Abteil, vollkommene Stille. Das Gaslicht verbreitete einen grünen Nebel, eine Art opal- oder milchfarbenes Dämmern, wie man es in den Schlössern der Fische, auf Unterwasserbildern, die von Tauchern aufgenommen wurden, sehen kann.

Esti empfand wieder die gleiche Erleichterung wie kurz zuvor, als sie hinausgegangen waren. Auch das war eine gewisse Einsamkeit. Die Mitreisenden sassen, ihre Köpfe an die Sitzlehne gepresst, erstarrt und bewusstlos da. Während der Zug in einer bestimmten Richtung dahinraste, streiften ihre Seelen anderswo umher, wer weiss, auf was für Wegen, wer weiss, auf was für Schienen. Er blickte mal auf die Mutter, mal auf die Tochter. Welche Leiden und welche Leidenschaften mögen sie schütteln. «Die Armen», dachte er.

Die zwei Lokomotiven erklommen stöhnend die kahlen Felsen, und sie husteten, keuchten schwer, sie strengten sich immer mehr an. Schon fuhren sie zwischen den grossen Bergen. Eine fremde, unvertraute Welt war das. Dunkle Wälder rauschten oben, weit oben mit ihren unergründlichen Geheimnissen. Gewässer plätscherten hier und dort, Bergrinnsale und Bäche; manchmal flossen sie in erschreckender Nähe beim Fenster vorbei. Feuer brannten auf irgendeinem Gipfel. Ein Eisenhammer glühte blutrot mit seinem einzigen wachenden Zyklop-Auge. Später blinkte auch der Spiegel eines Flusses auf. Sein dunkelgrünes, eiskaltes Wasser trieb dahin, stolperte von Fels zu Fels. Er folgte lange dem Zug, trabte ihm nach, lief mit ihm um die Wette, bis er zuletzt müde wurde. Die Luft hatte sich plötzlich abgekühlt.

Esti fror. Er klappte den Kragen seines Mantels hoch und starrte hinaus in diese abenteuerliche Nacht.

Nun tauchten unbekannte kleine Stationen aus dem Dunkel auf, fliessend vor dem gelben Licht der Lampen; ein geschlossener Warteraum mit seinen grob gezimmerten Stühlen und dem Tisch, ein Gemüsegarten mit Salaten und Kohlköpfen, Blumenbeete mit den Lieblingspetunien und Reseden der Frau des Stationsvorstehers. Auf Gartenpflöcken blähten sich Glaskugeln. Eine schwarze Katze sprang in einem aufblitzenden Lichtstrahl über die Hecke. Der Stationsvorsteher salutierte in dieser späten Stunde mit an das Mützenschild gehobener Hand. Zu seinen Füssen spitzte sein kluger Hund treu die Ohren. Eine Pergola lief aus dem Zwielicht hervor, mit dem längst verklungenen Lachen sonnenbeschienener Familien-Kaffeejausen, und zwischen dem Laub der wilden Trauben zitterte ganz unzeitgemäss eine tödlich erschrockene Windenblume, berusst von der Nacht, dunkelviolett vor Furcht. Und diese Gegenstände, diese Menschen und Tiere, die Esti jetzt belauscht hatte, sie eröffneten sich ihm - wie jemand, der seine Decke abstreift und im Schlafe spricht - beinahe schamlos; sie duldeten, dass ein so junger hergelaufener Dichter ihr bisher streng behütetes, sorgsam verstecktes Leben bestahl und es mit sich nahm - für immer.

Seit er sich auf diese seine «erste italienische Reise» vor mehr als zwei Tagen auf den Weg gemacht, hatte er nicht mehr geschlafen. Die vielen Erlebnisse hatten ihn erschöpft. Sein Ohr brannte, sein Rückgrat schmerzte. Er schloss die Augen, um ihnen ein wenig Ruhe zu gönnen.

Wie er so schlummerte, irrend zwischen Wachen und Traum, hörte er das leise Knistern eines Kleids. Jemand stand neben ihm, so nahe bei ihm, dass dessen Hand über seiner Hand schwebte. Es war das Mädchen. Esti rührte sich. Das Mädchen huschte daraufhin zurück zu ihrem Platz.

Dieses Mädchen schlief nicht. Selbst jetzt war sie nicht erwacht, sondern war schon lange wach gewesen. Sie war auch nach Zagreb mit dem Schlafmittel nicht eingeschlafen, sie hatte sowohl ihn als auch ihre Mutter getäuscht. Sie erwartete etwas, sie bereitete sich auf etwas vor. In diesem Augenblick lag sie mit nach hinten zurückgeknicktem Kopf da und atmete tief und gleichmässig. Sie täuschte wie bisher Schlaf vor. Esti beobachtete sie forschend durch seine Wimpern. Auch die Augen des Mädchens waren nicht ganz geschlossen. Sie beobachtete ihn ebenso durch ihre Wimpern. Esti öffnete die Augen. Auch das Mädchen öffnete die Augen.

Sie lachte ihm zu. Sie lachte und wieherte so sonderbar, dass Esti beinahe den Schüttelfrost bekam. Sie legte ihre Beinchen übereinander. Ihr Spitzenunterrock schob sich leicht nach oben, ihr Knie und ihr Oberschenkel wurden sichtbar, ein nacktes Stückchen ihres kleinen Meisenoberschenkels. Sie wieherte abermals. Dämlich und mit unmissverständlicher Koketterie wieherte sie.

Ach, wie grässlich war das. Dieses Mädchen war in ihn verliebt. In ihn war verliebt dieser Wurm, dieses Huhn. Verliebt war in ihn dieses Bein, dieses Auge und auch dieser Mund, dieser schreckliche Mund. Mit ihm, mit ihm wollte sie tanzen an dem gemeinen Kinderball, mit ihrem Häubchen und ihren erdbeerfarbenen Bändern - diese kleine Maskerade-Figur, dieses kleine Ball-Schreckgespenst. Ach, wie grässlich.

Was tun? Er wollte keinen Skandal provozieren. Das verabscheute er am allermeisten. Er hätte die Frau wecken können, die ihm gegenüber schlief. Aber sie tat ihm leid.

Der Schweiss trat ihm auf die Stirne.

Seine Kampfmethode bestand darin, das Mädchen einerseits in Schranken zu halten, sie aber anderseits zu verlocken und zu überführen. Er gab darum in regelmässigen Zeitabständen zu erkennen, dass er nicht schlafe, und er hustete oder kratzte sich am Ohr bei diesen Gelegenheiten; doch stellte er sich in ebenso regelmässigen Abständen auch schlafend, da er wissen wollte, was das Mädchen eigentlich beabsichtige. Diese beiden Methoden wechselte er konsequent und achtete sehr darauf, keine länger anzuwenden als die andere.

Der Kampf dauerte lange. Der Zug bewegte sich inzwischen seinem Bestimmungsort zu. Manchmal schien es, als halte er sich auf einer Station auf, obwohl er in voller Fahrt dahinratterte; manchmal schien er zu rasen, obwohl er auf einer Station stand und die merkwürdig wachen Stimmen der Gleiswächter zu vernehmen waren oder auf dem Kiesweg gerade ein Maschinist vorbeischlurfte in Richtung des Kohlen-Lagerhauses. Bewegten sie sich rückwärts oder vorwärts? War eine halbe Stunde vergangen? Oder nur eine halbe Minute? Die Fäden des Raumes und der Zeit verwirrten sich in seinem Kopf.

Es war schrecklich ermüdend, dieses Bemühen. Esti hätte sich aus der Falle gern befreit, wünschte in Fiume anzukommen oder zu Hause zu sein in Sárszeg, im alten Bett im Schlafzimmer, wo beim Ticken der Wanduhr seine Brüder schlafen. Aber er wagte nicht einzuschlummern, und er wollte auch nicht. Zähneknirschend kämpfte er. Wenn der Schlaf ihn zu überwältigen drohte, nahm er zu verschiedenen Kniffen Zuflucht. Zumeist malte er sich zum eigenen Schrecken aus, dass dieser Frosch seinen Schlaf benutzen, zu ihm kommen und mit seinem kalten Mund, der an Abscheulichkeit und Widerwärtigkeit wohl alles übertraf, ihn küssen könnte.

Es mochte ungefähr drei Uhr sein, als Esti, der sich stets mit diesen irrlichtartigen Gedanken abmühte und ständig darauf achtete, was zu tun sei - jetzt Wachen markieren, jetzt Schlaf vortäuschen -, seine Augen zu öffnen und zu erwachen versuchte, jedoch vergebens. Er bekam keine Luft. Etwas lag auf seinem Mund. Es war irgendeine kalte Grässlichkeit, irgendein schwerer, triefnasser Abwaschlappen, und der legte sich auf seinen Mund, saugte sich fest, wurde dicker und starr wie ein Blutegel, er wollte sich nicht von ihm lösen. Er liess ihn nicht einmal atmen.

Er stöhnte schmerzlich, schlug mit den Armen lange hin und her. Dann entrang sich ein kurzer Schrei seiner Kehle. «Nein», röchelte er, «au!»

Die Frau war schon aufgesprungen. Sie verstand nicht, wo sie sich befand. Sie wusste nicht, was geschehen war. Sie sah nichts. Vollkommene Dunkelheit herrschte im Abteil. Jemand hatte inzwischen selbst die Gasflamme ausgeblasen. Dichter Rauch wallte durch das Fenster herein. Jemand rief erneut um Hilfe. Sie glaubte, ein Eisenbahnunglück habe sich ereignet.

Eilig zündete sie die Lampe an. Ihre Tochter stand Esti gegenüber. Sie drückte den Zeigefinger scherzhaft auf ihre Lippen, sie bat ihn – «schscht!» –, darüber soll man schweigen. Esti stand empört, an allen Gliedern zitternd, totenbleich vor dem Mädchen. Er wischte sich den Mund ab und spuckte mehrmals in sein Taschentuch.

«Oh», sagte die Frau matt, «ich bitte um Verzeihung. Aber Sie sehen ja...» Sie sagte nur so viel und auch das so wie jemand, der sich entschuldigt, weil sein Hund an der Hand eines Mitreisenden geleckt hat.

Dann wandte sie sich, ohne Esti anzublicken, zu ihrer Tochter. «Editchen», rief sie, «Editchen, Editchen», mehrmals nacheinander, vielleicht nur, um den Namen zu hören. Sie zerrte sie hin und her. Als hätte sie ihre bewundernswerte Selbstbeherrschung für einen Augenblick verloren. Doch sie bereute es sogleich. Sie umarmte das Mädchen und begann sie zu küssen. Wild küsste sie sie immer wieder, wo sie ihrer habhaft werden konnte, auch auf den Mund.

Esti, der sich von der Abscheulichkeit des Kusses vorhin noch nicht erholt hatte und sich vor Ekel hätte übergeben mögen, betrachtete diese Szene keuchend. Er spürte das Rätsel des Kusses. Wenn die Menschen vor Verzweiflung und Begierde ohnmächtig sind und die Rede schon wertlos ist, vermögen sie sich einander nur so mitzuteilen, indem sie ihren Atem vermischen. So suchen sie ineinander zu dringen, in die Tiefe, wo sie vielleicht für alles einen Sinn und eine Erklärung finden könnten.

Ein grosses Rätsel ist er, der Kuss. Er hatte ihn noch nicht gekannt. Er kannte nur die Liebe. Er kannte nur die Träumerei. In seiner Seele war er jungfräulich geblieben, wie die meisten achtzehnjährigen Jungen. Dies war sein erster Kuss. Den ersten richtigen Kuss hatte er von diesem Mädchen bekommen.

Editchen hockte neben ihrer Mutter. Sie zuckte jetzt immer wieder mit der Schulter. In jeder zehnten Sekunde, stets genau nach zehn Sekunden, hob sie kaum merklich ihre linke Schulter hoch. Sie trotzte nicht. Sie wandte sich weder an ihre Mutter noch an Esti. Sie gab Signale. Wem sie diese Signale gab, wusste niemand, sogar sie selbst nicht. Vielleicht wusste es nur jener, der zu seinem eigenen Vergnügen die Erde und die Menschen erschaffen hatte.

Die Frau, die unter Selbstanklagen leiden mochte, dass sie sich vorhin nicht beherrscht hatte, drückte nun fest beide Hände des Mädchens. Sie trug zur Schau, dass sie jetzt und immer auf ihrer Seite stehe.

Sie schwiegen. Sie schwiegen alle drei. Lange schwiegen sie.

Die Frau sprach dann unerwartet. «Der Tag bricht an», sagte sie vor sich hin, «bald bricht der Tag an.» Warum war dies so traurig bis zur Besinnungslosigkeit? Darum, weil es soviel bedeutete wie: «Der Tag bricht nicht an, der Tag wird niemals anbrechen.»

Esti lief hinaus auf den Korridor. Er hatte es eilig. Kaum war er draussen, begann er zu weinen. Die Tränen liefen ihm über das Gesicht.

Aber es dämmerte, der Tag brach wirklich an. Ein matter Lichtstreifen leuchtete am östlichen Himmel.

Jetzt erst dachte er darüber nach, was geschehen war. Was sich da begeben hatte, war tragisch und interessant. Es schmeichelte sogar ein wenig seinem Stolz, dass er - durch irgendeinen Zufall - gleich nach der Schulbank an den dunkelsten Punkt des Lebens geraten war. Er hatte hieraus mehr gelernt als aus allen Büchern.

Letztes Jahr hatte er andere Kämpfe ausgetragen. Im Literaturkreis in der Schule hatte er von einem Gedicht behauptet, es sei eine Ballade. Der den Kreis leitende Lehrer stellte die Frage zur Diskussion und entschied, nachdem er sich die Meinung der Mitglieder angehört hatte, dass das betreffende Gedicht nicht als Ballade, sondern nur als Romanze anzusehen sei. Er «zog hieraus sogleich die Konsequenzen» und dankte als Sekretär ab, welches Amt das ehrende Vertrauen seiner Kollegen ihm übertragen hatte.

Wie sehr hatte ihn das damals gekränkt. Jetzt sah er, dass dies gar nicht so wichtig war.

Nicht die Ballade und nicht die Romanze ist wichtig. Das Leben ist wichtig, nur das ist wichtig. Auch dieser Kuss war dem Reichtum des Lebens entsprungen, machte ihn reicher. Erzählen, was geschehen war, kann man niemandem, nicht einmal seinem jüngeren Bruder, denn jedermann würde ihn nur höhnisch auslachen. Doch vor sich selbst schämte er sich nicht mehr.

«Homo sum», zitierte er Terenz, «humani nihil a me alienum puto», und er dachte erschauernd zurück an diesen kalten Kuss. Vielleicht hätte er sich darüber auch freuen können, wäre er ein wenig kühner gewesen, hätte er im Erlebnis ganz aufzugehen vermocht, denn die Lust - so vermutete er - dürfte vom Ekel nicht weit entfernt wohnen. Man braucht sich auch deswegen nicht zu schämen. «Epicurus non erubescens omnes voluptates nominatim persequitur.» Wer hat das schon wieder gesagt? Es steht irgendwo in der Mitte der Grammatik, oben auf der Seite, etwas gegen links, ein Beispiel für die Verwendung des Participium praesens mit Verneinung. Man darf nicht erröten. Man braucht sich wegen nichts zu schämen. Stern und Dreck sind unser Schicksal.

Mehrere Leute standen schon um ihn herum, Frühaufsteher mit Schnurrbartbinden, Reisemützen. Sie lauerten auf den Sonnenaufgang. Sie schoben das Fenster herunter, sogen die morgendliche Luft ein. Esti folgte ihrem Beispiel.

Man löschte die Lampen aus. Der Zug raste dahin, er floh vor der Nacht, den Irrlichtern, der Sonne zu. Der erste Strahl vergoldete einen Bergrücken mit feenhafter Schnelligkeit.

Eine kleine Kirche mit hölzernem Turm stand dort oben und erwartete ihre Gläubigen. Sie stand so hoch, dass seine Einbildungskraft, bis sie hinaufgelangte, erschlaffte, zusammenschrumpfte und ihre Seele gerade auf der Schwelle jener Kirche aushauchte; unten in einer schrecklichen Schlucht grünte ein Talkessel, so sehr in der Tiefe, dass seine Einbildungskraft kopfüber herabfiel und auf einem Felsen zu Tode stürzte. Eine unfruchtbare, eine öde Gegend war dies. Steinmauern zogen sich den Bergflanken entlang, Wälle; die Hiesigen schützten damit ihre kleine Ernte, ihre Kartoffeln und Haferchen, gegen den Zorn der Elemente. Einen erbitterten Nahkampf galt es hier gegen die Natur auszutragen. Orkane kreischen, entwurzeln die Bäume, werfen die Furchen übereinander und schleudern die Samen für den Teufel in die Luft. Selbst die Adler fürchten sich hierzulande. Selbst die Kühe schauen hier vernünftig drein, weil sie mager und gemütskrank sind. Im Winter fällt der Schnee, und er bedeckt alles. Wolfsrudel gehen, langsam weiterschreitend, mit buschigen Schwänzen in der unendlichen Weisse. In einer Bretterbude spielt man auf der Gusla und weint dazu. Er hätte hier leben wollen. Er malte sich aus, dass er sofort aussteigt, sich in dieser Steinhölle niederlässt, Förster oder vielleicht eher Steinbrucharbeiter wird, ein apfelgesichtiges, bleiches kroatisches Mädchen heiratet, die ein schwarzes Tuch, einen weissen Rock und ein schwarzes Buch besitzt, dann mit ihr zusammen alt wird, ohne dass er je von sich Nachricht gibt, und man begräbt ihn, den Unbekannten, im Tal. Er stellte sich aber auch vor, dass er der Herr dieser Berge und Wälder sei, reich, mächtig, jedermann bekannt und von jedem bewundert, grösser vielleicht als selbst der König. Er hing allerlei Träumereien nach. Er spielte mit dem Leben, denn es lag ja noch vor ihm.

Um sechs Uhr stieg ein Armeearzt ein - wie Esti später seinem jüngeren Bruder gegenüber prahlte: «Ein Regimentsarzt in hohem Rang.» Er kam ohne Gepäck, frisch, ausgeschlafen. Die goldenen Sterne funkelten fröhlich auf seinem samtenen Kragenspiegel. Er wohnte in der Nähe und wollte zum Baden nach Fiume.

Zufällig stellte er sich an Estis Fenster, der ihm mit seiner bekannten Zuvorkommenheit sofort Platz machte. Der Oberst lehnte sich an neben ihm und begann, trotz dem Altersunterschied und seinem hohen Rang, mit ihm ein Gespräch.

Es war ein äusserst gebildeter und weitgereister Herr. Aus einer dünnen farbigen Zigarrenspitze rauchte er honigsüssen Tabak. Seine gepflegten Fingernägel liess er lang wachsen und krümmte sie nach innen, gegen seine Fingerbeeren. Es war ein sehr interessanter Mann. Er hatte auch das Meer schon mehrmals gesehen.

Esti bestürmte ihn mit den kühnsten Fragen, insbesondere was das Meer betraf. Der Oberst antwortete hierauf nach Möglichkeit. Manchmal länger, manchmal nur kürzer, mit Ja und Nein.

Bei Plase machte er ihn um halb sieben darauf aufmerksam, dass die Bucht von Buccari bald auftauchen werde. Das Zittern der Laubbäume zeigte an, dass das Meer nicht mehr weit war. Salziger Duft flog in der Luft.

Es konnte jeden Augenblick da sein. Es blieb aber immer noch aus. Esti meinte schon, dass der Regimentsarzt sich geirrt oder gescherzt haben müsse. Denn das Meer kommt nicht, es kommt nie, es ist nicht willens, sich ihm zu offenbaren. Er stampfte hin und her, um den Lauf des Zuges auch damit zu beschleunigen. In seiner Nervosität verfertigte er eine Dithyrambe, feiernde Zeilen, um damit das Meer zu begrüssen. Die Worte gefroren ihm langsam auf den Lippen. Das Meer liess auf sich warten.

Den ganzen Wagen entlang stand man Spalier. Alte Beamte, Hochzeitsreisende, Frauen und Kinder, selbst Ammen mit Säuglingen auf dem Arm, selbst die Kranken, die an Lungenschwindsucht Leidenden, die Unheilbaren, die aufgebrochen waren, um Heilung zu suchen, sie alle stellten sich nebeneinander und hintereinander auf die Fussspitzen, streckten den Hals, damit sie im richtigen Augenblick mit emporgehobenem Herzen und einem sich losreissenden glücklichen Seufzer das Meer begrüssen könnten. Das Meer hatte ein volles Haus. Es erschien aber trotz allem nicht. Wie eine Primadonna liess es sich bitten, steigerte die Neugier. Es bedurfte des Crescendos, der Steigerung, einer noch mächtigeren Kulisse.

Die zwei voreinandergespannten Lokomotiven kletterten höher und höher auf der steilen Bergstrecke. Auch sie waren schon ungeduldig, dursteten nach dem befreienden, erlösenden Wasser. Sie steigerten ihre Geschwindigkeit, sie rasten entfesselt. Ihre Begierde war so glühend, dass es ihnen vielleicht auch gleichgültig war, sollten sie entgleisen, auf die Kalksteine hinunterpurzeln und in Stücke zerbrechen. Sie mussten ankommen. Ihre Räder drehten sich mit blendender Geschwindigkeit, sie schienen fast stillzustehen. Immer wieder rannten sie in Tunnels hinein. Zuerst pfiffen sie erschrocken, dann bohrten sie sich zwischen die durchglühten schwarzen Felsen, sie rasselten und schnarchten, und als sie hinausgelangten, johlten sie fragend. Sie suchten das Meer, doch fanden sie es noch nicht. Ihre Kolben bewegten sich glänzend in den öligen Zylindern. Unermüdlich rollten sie weiter. Erneut knatterten sie in einem Tunnel.

Esti hatte schon jede Hoffnung aufgegeben. Als sie aus dem Tunnel herauskurvten, streckte der Regimentsarzt jedoch seinen mit einem Karneol geschmückten Zeigefinger in den Sonnenschein und sprach: «Da ist es.»

Wo ist es? Es liegt unter ihm, vor ihm, es war wirklich dort; es war das Meer, das Meer selbst, flach und blau, wie er es auf der Wandkarte der Elementarschule gesehen hatte. Es war eine Spitze nur, die Bucht von Buccari, ein Stückchen des Quarnero. Mit offenem Mund starrte er es an. Aber er vermochte sich nicht vom Erstaunen zu erholen, da verschwand es schon wieder. Das Meer spielte ein Versteckspiel mit ihm.

Später erst breitete es sich für längere Zeit in seiner ruhigen Majestät vor ihm aus.

Er hatte es sich nicht schöner und nicht grösser vorgestellt. Es war schöner und grösser als alles, was er sich je vorgestellt hatte. Eine flache, blaue Unendlichkeit, darauf Nachen, schartige halbe Nussschalen und Segel, weisse, orange, schwarze Segel, schräg über die Schiffchen gekippt, wie Schmetterlingsflügel, erschöpfte Schmetterlinge, die sich zum Trinken auf dem Wasserspiegel niedergelassen haben. Ein Panorama nur aus der Ferne, Bild aus einem Bilderbuch, leise, beinahe unbeweglich. Auch das Rauschen der Wellen war oben bei ihm nicht zu vernehmen. Man sah auch die Schaumkronen nicht. Selbst die Schiffe bewegten sich nicht schneller als sein einstiges Wasserspielzeug, das er damals mit Kinderhand im Waschbecken hin- und hergezogen hatte. All dies war dennoch festlich, gewaltig, das einzige Gewaltige im uralten Lichterkranz von Jahrtausenden.

Da erschallte aus ihm das gedichtähnliche Gebilde, das er vorhin schon geprobt, jene Dithyrambe, die er in den bedrängten Stunden der Nacht konzipiert hatte, und die tobenden Soldaten Xenophons, die zerschlagene Armee der Anabasis, jene hungernden, sich nach Hause sehnenden Tausende; zehntausend Kehlen konnten es nicht so laut gerufen haben wie er allein: «Thalatta, thalatta. Du dich nicht änderndes ewiges Einziges, ganz du, in den Domen von Bergketten, zwischen den Kirchsäulen der Gipfel, du Weihwasser der Erde in der Weihwasserschale ausgehöhlter Felsen, Taufbrunnen aller Grösse, die auf dieser Erde je gelebt, du Milch der Mutter Erde. Säuge du mich, erlöse mich, entferne die Schreckgespenster von mir. Mach mich dazu, wozu ich geboren bin.» Er badete im Duft des Meeres, wusch sich im voraus in seinem Hauch. Und seine beiden Arme streckte er in seiner Richtung aus, um ihm näher zu sein.

Später tauchten die düsteren Ruinen der alten Seeräuberburg Scoglio di San Marco vor ihm auf. Nach dem Crescendo folgte das Decrescendo. Der Zug liess sich hinunter auf den steilen Stufen der Felsen. Das erste italienische Haus tauchte auf. Es ist nicht so ordentlich wie die Häuser daheim und auch nicht so komfortabel und sauber. Es ist schlank und luftig anmutig. Farbige Lumpen, Hemden flatterten aus dem Fenster mit dem aufrichtigen Schmutz des Lebens, den man hier nicht verbirgt. Auf hohen Stangen liess der Wind triumphierend rotweiss-grüne Flaggen flattern, sie meldeten den ungarischen Seehafen. Er musste hinein, um sein Gepäck zu holen.

Die Mutter und die Tochter sassen immer noch zusammen. Er war beinahe bestürzt bei ihrem Anblick. Er hatte sie in der Zwischenzeit vergessen. Seit mehreren Stunden waren sie ihm nicht einmal mehr in den Sinn gekommen. Durch diese Vergesslichkeit hindurch spürte er, wie viel diese beiden stets zusammen gewesen sind und wie viel sie noch zusammen sein würden. Er fühlte jetzt, was dieses Schicksal bedeutete.

Auch sie rüsteten sich zum Aufbruch. Die Mutter setzte einen breitrandigen Florentinerhut auf den Kopf des Mädchens und legte das Gummiband um dessen mageres Kinn. Auch sie selbst hatte schon ihren Hut auf. Sie trug einen nestartigen Strohhut, der mit zwei weissen Rosen geschmückt war. Esti half, die Koffer herunterzunehmen.

Langsam wurde es Zeit für den Abschied. Er hatte beschlossen, ihr wortwörtlich das Folgende zu sagen: «Meine Dame, ich hege eine unaussprechliche Verehrung und fühle ein tiefes Mitleid für Sie. Ich habe Sie gleich im ersten

Augenblick äusserst sympathisch gefunden. An ihrer Stirn bemerkte ich gleichsam ein Mal, einen Schmerz, den ich noch nie gesehen hatte. In der Gegend von Zagreb banden Sie einen schwarzen Schleier um Ihr Haar. Bei der Morgendämmerung, als ich plötzlich - und auf eine taktlose Art - aus diesem Abteil gelaufen bin, da war es mir auf einmal, als würde die ganze Welt von diesem Schleier schwarz werden. Sie sind eine Märtyrer-Mutter, Sie sind eine Heilige Mutter mit sieben Dolchen im Herzen. Ich bemitleide Sie sehr. Auch Ihre Tochter bemitleide ich sehr. Ein sonderbares Mädchen. Geben Sie ihr vielleicht Bromkalium, in der Lösung, abends mit dem Kaffeelöffel, und baden Sie sie in kaltem Wasser. Auch mir hat das genützt. Was wiederum jene - wie soll ich mich ausdrücken - Sache betrifft, ich nahm sie nicht übel. Ein wenig habe ich mich gefürchtet. Aber nun fürchte ich mich nicht mehr. Ich habe es auch schon vergessen. Nur eines beunruhigt mich noch, wohin Sie nämlich nach Mitternacht verschwunden sind. Ich habe überall nach Ihnen geforscht, Sie jedoch nicht gefunden. Auch jetzt verstehe ich nicht, wo Sie sich so lange haben aufhalten können. Mir kam da der Gedanke, dass Sie, meine Dame, um Ihrer Tochter willen, die Sie so sehr lieben und die nicht in dieser Welt lebt, in ein Reich des Phantastischen gezogen und dort zusammen unsichtbar geworden sind. Es ist dies keine befriedigende Erklärung, ich gebe es zu. Aber es ist ein tiefer, poetischer Gedanke. Darum erlaube ich mir, ihn Ihnen mitzuteilen. Ich gedenke Schriftsteller zu werden. Wenn ich einmal dieses schwierige Handwerk erlernt haben werde – denn geruhen Sie zu glauben, man muss es auch lernen: stets die Nächte durchwachen, leiden, uns selbst und andere verstehen, zu uns selbst und zu anderen grausam sein –, dann also werde ich hierüber vielleicht auch schreiben. Ein sehr schweres Thema. Aber dergleichen interessiert mich. Ich will ein solcher Schriftsteller werden, der an den Toren des Seins pocht und das Unmögliche versucht. Was sich unter dem befindet, darauf schaue ich herab – verzeihen Sie bitte meine Unbescheidenheit, ich bin ja noch niemand und nichts –, dennoch schaue ich darauf herab, verachte es zutiefst. Was ich hier durchlebt habe, werde ich nie vergessen. Ich werde es unter meinen Erinnerungen bewahren und drücke damit meine nie endende Trauer aus. Ich glaube nun schon an nichts mehr. Hieran jedoch glaube ich. Und jetzt, meine Dame, gestatten Sie mir, dass ich, bevor ich mich endgültig zurückziehe, zum Zeichen meines Mitgefühls und mit der Ehrerbietung eines Sohnes Ihre Hand küsse.» Das hatte er sagen wollen, sagte es aber nicht. Ein achtzehnjähriger Junge vermag vorerst nur zu fühlen. Er versteht es nicht, solche Sätze zu bilden und sie vorzutragen. Darum verbeugte er sich nur. Tiefer, als er geplant hatte. Er beugte sich beinahe bis zur Erde.

Die Frau wunderte sich hierüber. Sie blickte auf den Boden; sie verbarg immer noch ihre Augen, in denen es einmal Licht gegeben haben mag, in denen aber jetzt nur noch Angst und Besorgnis hausten. Sie wiederum dachte dies: «Armer Junge, armer Junge. Welch eine schreckliche Nacht hast du wohl durchlebt. Als du da zu uns eingestiegen bist, kam mir in den

Sinn, dass ich dich irgendwie entfernen sollte. Ich merkte, dass du zittertest. Manchmal warst du auch ein klein wenig lächerlich. Ich wollte dich aufklären. Allein, ich darf mich um derartiges nicht mehr kümmern. Täte ich es, so müsste ich ständig sprechen, zu jedermann, hier im Zug, zu den Nachbarn daheim, im Ausland, und überall erzählen, was bei uns geschehen ist. Das ist unmöglich. So schweige ich also lieber. Und ehrlich gesagt, ich bin gegenüber den Menschen ein wenig abgestumpft. Um Mitternacht, als ich mit meiner Tochter dieses Abteil verliess und - irgend anderswo - sich eine solche Szene abspielte, dass du ewig dankbar sein kannst, weil dir ihr Anblick erspart geblieben ist, da hoffte ich, du würdest es dir doch noch anders überlegen und dir einen anderen Platz suchen. Du hast es nicht getan. Aus Taktgefühl. Du wolltest mir nicht zu verstehen geben, dass du so ungefähr weisst, was du weisst. Du hast dich grossartig benommen. Du hast dich so benommen, wie es sich für einen wohlerzogenen Jungen aus guter Familie ziemt. Danke. Du bist noch ein Kind. Natürlich, du könntest mein Sohn sein. Mein Schwiegersohn könntest du sein. Ja, das könntest du sein: mein Schwiegersohn. Siehst du, was einer Mutter nicht alles in den Sinn kommt. Selbst einer solchen Mutter. Selbst der Mutter einer solchen Tochter. Aber du kannst ja nicht mein Schwiegersohn werden. Niemand kann mein Schwiegersohn werden. Du kennst das Leben noch nicht. Auch die Diagnosen der Ärzte kennst du nicht. Die schweizerischen und die deutschen Professoren haben mir wenig Aufmunterndes zu sagen. Wir sind gegen ihren Rat abgereist. Hier in der Nähe gibt es eine kleine Insel. Sansego heisst sie. Fischer wohnen dort, einfache Leute. Sie pflegen ihre Olivenbäume und fangen Sardinen. Diese Menschen bemerken nichts. Ich bringe sie dorthin, um sie zu verstecken. Diesen Sommer noch will ich mit ihr zusammen sein. Vielleicht ist das unser letzter Sommer. Dann, so scheint es, muss ich sie doch irgendwo ‹unterbringen›. Seit Jahren schon empfehlen das die Fachautoritäten, die einheimischen wie die ausländischen. Es gibt verlässliche ‹Institute›. Dort bekommt sie ihr eigenes Zimmer, man achtet auf ihr leibliches Wohl. Man kann sie auch besuchen, so oft ich es wünsche. Du kennst das noch nicht. Lerne es auch nie kennen. Gott sei mit dir. Ich glaube an Gott. Ich muss an ihn glauben, da ich sonst meine Pflicht nicht erfüllen könnte. Geh, mein Sohn. Vergiss das Ganze. Werde glücklich, mein Sohn.» Das war es, was sie dachte. Aber auch sie sprach es nicht aus. Wer leidet, pflegt nicht gesprächig zu sein. Sie warf nur den Kopf zurück, bot ihr zerquältes Gesicht dar, sah Kornél Esti nun zum ersten Mal an und erlaubte ihm zur Belohnung, dass auch er lange in ihre efeugrünen Augen blicke.

Der Zug lief schon auf einer Strasse von Fiume zwischen geschlossenen Barrieren, und dann stürmten Gepäckträger die Wagen. Esti schleppte seinen Koffer selbst und gab ihn im Lager des Bahnhofs ab; er gedachte in Fiume nämlich kein Zimmer zu bestellen – aus Sparsamkeit –, er blieb hier ja nur acht Stunden; sein Schiff, die «Ernö Daniel», läuft dann in Richtung Venedig aus. «O navis, referent in mare te novi fluctus...»

Ein privates Gespann wartete vor dem Bahnhof unter all den Mietdroschken. Die Mutter und ihre Tochter nahmen darin Platz. Esti blickte ihnen nach. Er schaute so lange, bis sie in der träumerischen Platanenallee des Viale Francesco Deák verschwunden waren.

Auch er ging nun auf dieser schattigen, von Sonnenschein betupften Hauptstrasse, leicht, mit umgehängtem Regenmantel. «Latte, vino, frutta», sprachen ihn die Ladenschilder an. «Buon giorno», sagten sich die Passanten. «Annibale», rief eine Mutter ihrem Sohn nach, und eine Hökerin, die an der Strassenecke Feigen feilbot, schimpfte mit ihrer kleinen Tochter: «Francesca, vergognati!» Jedermann zwitscherte in dieser schönen Sprache, in dieser Sprache, die so schön ist, dass sie nicht für den Werktag erschaffen erscheint, in dieser ihm nicht unbekannten Sprache, die er beim Büffeln und bei den Qualen der Gymnasiasten-Ängste in sein Herz geschlossen hatte. Lärm und ein Brausen lagen hier ständig in der Luft, ein glückliches Getöse, die grosse und freie Fröhlichkeit der Strasse. Die Menschen lärmen, solange sie leben, später können sie ja doch nicht lärmen. Auf einem Schubkarren transportierte man Fische, grosse Tiefseefische und Krebse. Konditoreien hauchten Vanilleduft aus. Er sah Lorbeerbäume und Austern. Vor den fransig hangenden Glasperlenvorhängen des Barbierladens stand der Parrucchiere, herrlich aufgeputzt wie ein göttlicher Histrione, ein empfehlendes Beispiel für seine Kunden, mit einem in seine hochgeschichteten und mit Pomade vollgetränkten schwarzen Haare geklebten weissen Kamm. Seine Toilettenseife: italianissimo. Alles eine Übertreibung, der höchste Grad, ein Ausser-sich-Sein.

Esti liess sich im Garten eines Cafés nieder. Seit dem vergangenen Nachmittag hatte er weder gegessen noch getrunken. Aber mehr als nach Speise und Trank sehnte er sich danach, zum ersten Mal im Leben mit einem richtigen Italiener italienisch zu sprechen. Er bereitete sich hierauf mit einem gewissen Lampenfieber vor. Sehr langsam kam der Kellner herbei, ein alter Italiener mit spitzem weissem Bart.

Dieser wusste, dass der Schnellzug aus Budapest soeben angekommen war, und sprach darum seinen Gast in einem beinahe würzig-bodenständigen Ungarisch an: «Belieben zu frühstücken?» Esti antwortete nicht, er wartete eine Weile und sagte dann: «Sí, una tazza di caffè.» Der Kellner ging gern auf seine Muttersprache über. «Benissimo, signore.» Und schon ging er. Erfreut, dass die erste Prüfung so gut ausgefallen war, und um mit ihm noch weiter Konversation treiben zu können, rief ihm Esti nach: «Cameriere, portatemi anche pane, acqua fresca e giornali. Giornali italiani», fügte er nachlässig wie eine Selbstverständlichkeit hinzu. «Sissignore, subito», antwortete der Kellner und eilte weg mit all seinen unbeschreiblich liebenswürdigen S-Lauten.

Esti war glücklich. Er war glücklich, dass man ihn für jemand anders gehalten hatte, als er war, womöglich sogar für einen Italiener; jedenfalls aber für einen anderen, einen Fremden, einen Mann, und er konnte seine Rolle weiter spielen, befreit aus dem Gefängnis, in welches man ihn von seiner Geburt an gesperrt hatte. In schnellen Zügen trank er den schwarzen Kaffee, den der Kellner ihm aus einer grossen Aluminiumkanne in ein Glas eingeschenkt hatte; er verschlang sechs Hörnchen sowie vier Semmeln, und dann, als hätte er es zeit seines Lebens so gehalten, vergrub er sich in die breiten, leintuchartigen Seiten des «Corriere della Sera».

Wie er da so las, rief ihm auf einmal eine Stimme zu: «Pane.» Ein in Lumpen gehüllter, schmutziger Gassenbub stand nun vor seinem Tisch, ein vierjähriger kleiner Kerl, barfuss, und er zeigte sehr bestimmt auf den Korb mit dem Gebäck. Esti gab ihm eine Semmel. Aber das Bübchen ging nicht weg. «Un altro», rief er von neuem. «Che cosa?» fragte Esti. «Un altro pane», sagte der Bub, «due», und er zeigte mit in die Höhe gehobenen Fingern, wie das hierzulande Sitte ist, dass er nicht um eines bitte, sondern um zwei, «per la mamma», und er zeigte auch dies, seine Mutter, die einige Schritte entfernt von ihm auf der Fahrbahn stand, wie auf einer Bühne, anschaulich und wirksam, wie in einem kitschigen, rührseligen Stück, aber dennoch erhaben. Es war ein junges, vom Leben geprüftes Mütterchen, barfuss auch sie, im Hemd, nur ein schmutziger Rock hing von ihr herab; sie war zerzaust, ihre Hautfarbe erschien grünlich, wie man sie in den Abruzzen sieht. Ihre Augen glühten wie dunkle Fackeln. Sie und ihr Sprössling beobachteten, ohne sich zu beugen oder zu krümmen, was der «straniero» nun unternehmen werde. Esti überreichte dem Bübchen eine zweite Semmel. Der Kleine ging langsam weiter mit seiner Mutter, mit der «mamma», die man so sehr lieben kann.

Keiner der beiden dankte ihm für seine Liebenswürdigkeit.

Und dies wiederum gefiel und tat Esti unaussprechlich wohl. «Siehe da», dachte er, «sie betteln hier nicht, sie fordern. Ein altes, freies Volk, ruhmvoll selbst im Elend. Von jeher hat es beim Tisch des Lebens gesessen. Es weiss, dass das Leben und auch das Brot ihm gehören. Lange Zeit müsste ich hier leben. Diese Sinnlichkeit, diese Aufrichtigkeit, dieser alles durchleuchtende Sonnenschein, diese leichte Form, hinter der ein ungeahnter Inhalt sich verbergen kann, all dies interessiert, reizt mich. Blutsverwandtschaft kann nicht so stark sein wie meine Hingezogenheit zu ihnen. Nur sie können mich von meiner verwirrten Empfindlichkeit heilen.»

Bei der Begleichung der Rechnung kam es zu Meinungsverschiedenheiten, da Esti einige italienische Zahlen nicht verstand; und der Kellner, der an Estis Aussprache gleich gemerkt hatte, dass er kein Italiener war, begann mit der Offenheit, die man sich gegenüber einem solchen halben Erwachsenen erlauben kann, ihn auszufragen, welcher Nationalität er sei. Er zählte sehr viele Völker auf. «Austriaco? Tedesco? Croato? Inglese?» Esti schüttelte nur den Kopf. Der Kellner wollte da wissen, wo er sonst wohne, aus welcher Stadt er hergereist sei, woher er stamme. Esti antwortete hierauf überhaupt nicht. Mit einer strengen Geste schickte er den Alten weg, der sich unweit vom Tisch hinter eine Säule verzog und diesen unverständlichen Jungen von dort einzuschätzen suchte.

«Woher ich stamme?» deklamierte Esti für

sich, vom Kaffee und von der Schlaflosigkeit berauscht. «Nun, von dorther, woher ein jeder Mensch kommt. Aus der purpurnen Höhle eines Mutterschosses. Auch ich bin von dort auf eine ungewisse Reise aufgebrochen, die kein Ziel hat und deren letzte Station im Pass nicht vermerkt steht. Eine Vergnügungsreise? Ich hoffe, sie wird es werden, denn ich liebe es sehr, alles zu geniessen. Oder eine Studienreise? Könnte ich nur alles wissen, was man bisher gewusst hat. Oder nur eine ‹affaire familiale›? Auch das täte mir nicht leid, denn ich schwärme für Kinder. Kurz, ich bin ein Wurm der Erde, ein Mensch wie du, lieber alter Italiener, gut und auch schlecht. Vor allem aber empfindsam und neugierig. Alles und alle interessieren mich. Alles und alle liebe ich, jedes Volk und jede Gegend. Ich bin jedermann und niemand. Ein Wandervogel, ein sich verwandelnder Künstler, Zauberer, ein Aal, der immer entwischt. Unfassbar und unumfassbar.»

Auf dem Adamich-Wellenbrecher sah er das Meer aus der Nähe. Obstabfälle, schlechte Schuhe, Fischgräten schwammen auf seiner von Ölflecken bedeckten Oberfläche. Er empörte sich, dass man den majestätischen Ozean auch zu etwas gebraucht, nicht nur ohne Unterlass anbetet. Ein Dampfer fuhr ab nach Brasilien. Nach Rio de Janeiro. In der Luft kreischten Möwen, Möwen des Meers, die Könige des Sturms.

Es wäre jetzt Zeit gewesen, für seine besorgte Mutter zu Hause eine neue Postkarte zu schreiben. Das aber verschob er auf später. Für die vielen Abenteuer, die er durchlebt, hätte eine Postkarte ohnehin nicht gereicht. So viele

Menschen hatte er kennengelernt, so viele neue Menschen und auch zwei andere Mütter. Seine Familie hatte sich vergrössert.

Er ging baden, um das nächtliche Kopfweh und Herzklopfen, den Schulstaub und alles von sich abzuwaschen.

Lange sass er in der Badehose auf einem Felsen. Er hörte dem Donnern des Wassers zu, das jeden Augenblick knallend eine neue Champagnerflasche öffnete. Später stieg er zu ihm hinunter, suchte seine Freundschaft, liebkoste es. Als er sah, dass es ihm nicht weh tat, gab er ihm eine Ohrfeige, mit beiden Händen, mit der respektlosen Keckheit der Jugend, so kühn, als ohrfeigte ein Säugling einen königlichen Tiger. Er tauchte im Meer unter. Niesend und keuchend kam er wieder herauf, und er lachte. Er schaukelte auf der zerbrechlichen, glasigen Oberfläche. Er sang und brüllte. Er spülte seine Kehle mit diesem salzigen Mundwasser, nachher spuckte er hinein, denn das Meer ist auch ein Spucknapf, der Spucknapf der Götter und der übermütigen Jugend.

Dann liess er seinen Körper mit ausgebreiteten Armen in diese perlende Bläue fallen, um sich mit ihr endgültig zu vereinen. Er fürchtete nun nichts mehr. Er wusste, dass ihm nach all dem nichts Schlimmeres mehr widerfahren könne. Der Kuss und diese Reise, sie hatten ihn zu irgend etwas geweiht.

Er schwamm weit über das Verbot markierende Seil hinaus, wo er schon Gefahren vermutete – Haifische, Leichen, verrostete Anker und Wracks –, damit alles, was schön und hässlich, was sichtbar und unsichtbar ist, ihm gehören möge.

Er schwamm mit den Wellen und dem morgendlichen Wind vorwärts in jene Richtung, wo er im Goldnebel das goldene Venedig vermutete, die Erde, die er noch nicht kannte, doch als unbekannte schon liebte, und wie seine Schultern aus dem Wasser immer wieder emportauchten, hob er sein Antlitz schwärmerisch gegen das andere lateinische Ufer: gegen Italien, das heilige und angebetete Italien.

Tibor Déry

Zirkus

Die vielen Kinder langweilten sich. Es war Sonntagnachmittag; würgende, staubige Hitze. In dem grossen Mühlenhof, der rechts an das Wohnhaus, links an die Mühle grenzte, versanken die nackten Füsse der Kinder bis an die Knöchel im Staub. Sogar ihre Augenbrauen waren grau, und wenn sie ausspuckten, knirschte der Sand zwischen ihren Zähnen.

«Was spielen wir?» fragte Manci. Sie sass auf der Eingangstreppe und starrte aus ihren grossen grauen Augen vor sich hin. Die anderen Kinder lungerten müssig um sie herum, traten von einem Fuss auf den andern und schwiegen. Kalman, der Sohn des Uhrmachers, wischte sich den Staub mit einem grossen Nussblatt von der Brille.

An diesem Tag gehörte das Haus ihnen. Der Obermüller war nach Budapest gefahren, seine Frau draussen in den Einödhof, zu Besuch bei der schwerkranken Grossmutter. Die Mühle stand still. Auf der Strasse herrschte sonntägliche Ruhe, nicht einmal Hundegebell war zu hören. Seit gegen Mittag der katholische Pfarrer an dem Haus vorbeigezogen war und die Glocke des vor ihm herschreitenden Ministranten erst lauter und lauter, dann immer leiser werdend die zähflüssige Stille des Dorfes für einen Augenblick zum Klingen gebracht hatte, ruhte der Strassenverkehr; wäre jemand noch so lautlos die Strasse entlang gegangen, die aus seinen Spuren aufsteigende, bis über den Lattenzaun qualmende Staubwolke hätte ihn verraten. In der ganzen Zeile blickten die Häuser mit geschlossenen Jalousien blind in die sengenden Sonnenstrahlen, die jeden in die Stube fliehen liessen. Nur der Mühlenhof wimmelte von Kindern und Hunden.

«Was spielen wir?» fragte Manci.

Sie waren allein im Haus, Manci, die vierzehnjährige Tochter des Obermüllers, ihr Zwillingsbruder Gyula und acht bis zehn kleinere oder grössere Kinder aus der Nachbarschaft; sie hätten es kurz und klein schlagen oder in Brand stecken können, wenn ihnen der Sinn danach gestanden hätte. Bis zum Abend, der Rückkehr der Mutter, würde niemand etwas gemerkt haben, selbst wenn sie die ganze Einrichtung zerhackt und den Hühnerhof überschwemmt hätten. Noch aber sassen oder standen sie friedlich im Staub herum und musterten sich gegenseitig.

«Was spielen wir?» fragte Manci. «Jetzt können wir ja spielen, was wir wollen.»

Sie hatte grosse graue Augen, die so gelangweilt und kalt die Menschen messen konnten, dass auch Erwachsene verlegen wurden, wenn sie ihren träge forschenden Blick auf sie heftete. Selbst ihre Mutter hatte sie kaum weinen gesehen, es sei denn, vor ohnmächtiger Wut. Strafen liess sie wortlos über sich ergehen, nur einmal, vor vier Jahren, hatte eine spöttische Bemerkung ihres Vaters sie derart aus der Fassung gebracht, dass sie ein auf dem Tisch liegendes Küchenmesser ergriffen und es mit voller Wucht sich in die Hand gestossen hatte; die Narbe war immer noch zu sehen. Seit diesem Sommer aber geschah es zuweilen an mondhellen Abenden, dass sie sich allein in den Hof unter den Maulbeerbaum setzte und mit ihren schläfrigen, kühlen Augen so lange reglos den im Mondlicht badenden Hof betrachtete, bis ihre Mutter sie schliesslich ins Bett jagte.

«Was spielen wir?»

Die Kinder schwiegen.

«Denn heute können wir spielen, was wir wollen.»

«Spielen wir Olympiade!» sagte Pista Deli, der Sohn des Bauern vom Nachbarhof, ein rotbackiger, stiernackiger, cholerischer Junge, der dadurch bekannt war, dass er auch viel ältere Buben grün und blau prügelte, wenn sie ihn an seine zu kurz geratene Statur mit despektierlichen Worten oder auch nur mit Blicken zu erinnern wagten. Mit Gyula, dem gleichaltrigen Sohn des Obermüllers, hatte er sich noch nie gemessen.

«Olympiade?» fragte eine dünne Mädchenstimme.

«Dazu ist es zu warm.»

«In Rom ist es auch warm.»

«Olympiade mag ich nicht», sagte Dezsö Trenka, der Sohn des Maurers. «Das hängt mir schon zum Hals raus.»

Pista Deli blickte Manci an, die auf der Eingangstreppe sass. Sie richtete den kühl-verträumten Blick auf ihn, betrachtete ihn eine Zeitlang und schüttelte dann kaum merklich den Kopf.

«Spielen wir ‹Arzt und Kranke›!» schlug eine andere Mädchenstimme vor.

«Das geht schon eher. Der Kranke soll sterben.»

«Und wir begraben ihn.»

«Wo?»

Abermals richteten sich die Blicke auf Manci. Dem schneeweissen Hals des Mädchens konnte die Sonne nichts anhaben, nur das Gesicht unter dem glattgekämmten, dichten rotbraunen Haar hatte sich leicht gerötet. Kalman, der schmächtige Sohn des Dorfuhrmachers, der hinter dem Rücken des Mädchens am Türpfosten lehnte, betrachtete versunken ihren flaumigen Nacken, plötzlich aber wurde er blass und wandte den Blick von ihm ab. Das Mädchen hatte wieder abgewinkt, wie an ihrem Rücken zu erkennen war.

«Spielen wir Kaufladen!» riet jemand.

«Völkerball!»

«Spielen wir Tarzan!»

Manci schwieg.

«Ja, spielen wir Tarzan», wiederholte eine Knabenstimme.

Das Mädchen schüttelte den Kopf. «Heute können wir doch spielen, was wir wollen», sagte sie ungeduldig. «Auch etwas Besonderes.»

«Stecken wir die Bruthenne in den Brunnen!»

«Gehen wir auf den Speicher!»

Eine Stille trat ein. Mit leerem, verzagtem Blick starrten jetzt die Kinder vor sich hin. Im Schatten unter dem Maulbeerbaum lagen, dicht aneinandergeschmiegt, drei buntschekkige Hunde; der eine erhob sich müde, umkreiste langsam die beiden anderen und liess sich mit heraushängender Zunge wieder auf die Seite fallen.

Der kleine bebrillte Kalman kam die Treppe

herab und holte tief Atem. «Setzen wir die Mühle in Gang», sagte er mit niedergeschlagenen Augen.

Manci wandte den Kopf um. «Wozu?»

«Wenn es uns gelingt, sie in Gang zu setzen», sagte Kalman, «könnten wir bis am Abend zwanzig Säcke schaffen.»

«Wozu das?»

Kalman wurde rot, er schwieg.

Das Mädchen liess den verächtlichen Blick über die stumme Kinderschar gleiten. «Ihr seid dumm», murmelte sie leise vor sich hin in den Staub. «Euch fällt nichts ein.»

«Scher dich zum Teufel», sagte Pista Deli. «Was hast du da zu kommandieren?»

Manci erhob sich gemächlich und reckte sich in aller Ruhe. Sie lächelte sogar ein wenig und zuckte kaum merklich mit den Achseln.

«Wo gehst du hin?» fragte Piri Trenka erschrocken. «Warte, ich komme mit.»

«Bleib nur», rief Manci zurück. Ihre Beine, die das kurze Perkalröckchen nur bis zum Knie bedeckte, waren schon mädchenhaft voll und ebenso weiss wie Arme und Hals. «Ich geh' rein, will lesen.»

Obwohl er mit dem Rücken zum Hauseingang lag, riss Busán, der grösste der drei Hunde, den Kopf hoch und blickte ihr nach; einen Augenblick zögerte er, dann stand er auf und trabte schwanzwedelnd hinter dem Mädchen her.

In diesem Augenblick ertönte, scharf wie ein Schuss, ein harter Peitschenknall. «Du bleibst da!» rief Gyula, der Sohn des Obermüllers, und liess die kurzstielige Lederpeitsche noch ein zweites Mal knallen; ob dieser Befehl seiner

Schwester oder dem Hund galt, war nicht zu erkennen. Beide blieben stehen. «Ihr seid doch Schafsköpfe!» sagte der Bub und wandte sein bleiches Gesicht unter dem feuerroten Haarschopf den Kindern zu. «Schafsköpfe.»

«Wer ist hier der Schafskopf?» fragte Pista Deli.

«Auch du.»

Der untersetzte, stiernackige Bub streckte den Kopf vor, seine Stirn lief rot an. «Und warum bin ich ein Schafskopf?» fragte er nach einer Weile mit heiserer Stimme.

«Frag deinen Vater!» versetzte Gyula höhnisch und kehrte das schmale, sommersprossige Gesicht blinzelnd gegen die Sonne. «Die Manci hat recht. Ohne mich wisst ihr überhaupt nichts mit euch anzufangen.»

«Ich schon», sagte Pista Deli. Er machte auf dem Absatz kehrt und ging auf das Tor zu. Mit seinem unverhältnismässig breiten Rücken und den kurzen Gliedmassen wirkte er kleiner, als er in Wirklichkeit war.

Gyula wartete, bis er das Tor erreicht hatte. «Wart mal, du Depp!» rief er ihm dann mit seiner dünnen, etwas rauhen Stimme nach. «Komm zurück, ich brauche dich!»

Pista Deli blieb stehen, drehte sich aber nicht um. Die übrigen Kinder schwiegen, keines rührte sich. Manci stand mit dem Rücken zu den anderen in der Haustür, nur den Kopf wandte sie um.

«Komm zurück!» sagte Gyula. «Ich hab' eine Idee.»

Bei dem Zirkus, dem neuen Spiel, das ausprobiert werden sollte, war kein einziger zu entbehren. Die brütende Hitze schien mit einem

Mal nachzulassen, über die Rücken der nun fröhlichen Kinder rann der Schweiss unbemerkt hinab.

Moses Beck, der Sohn des Geflügelaufkäufers, lief von zwei anderen begleitet nach Hause, um für die Menagerie Käfige zu holen.

«He, Moses, bring auch deinen Bruder mit!» rief ihm Gyula nach. «Den jüngeren!»

«Wozu?» fragte Moses Beck, «der pinkelt noch in die Windeln.»

«Bring ihn nur mit.»

«Wozu?»

«Er soll den Affen machen.»

Handwägelchen mussten auch her, mindestens zwei, um die Menagerie befördern zu können. Dezsö Trenka wollte einen Schubkarren von zu Hause mitbringen und benötigte zum Transport Hilfskräfte. Pista Deli erbot sich, von den Ställen seines Vaters einige Kaninchen samt Käfig mitgehen zu heissen; sollte es mit dem Käfig nicht klappen, wollte er die Tiere ohne Behausung, unter seiner Jacke versteckt, vom Hof schmuggeln und sie in einem Beckschen Hühnerkäfig unterbringen. Hunde, Katzen und Tauben gab es auch im Mühlenhof genug, dennoch konnte es nicht schaden, ihre Zahl zu vergrössern. Der Mühlenhof, der eben noch lustlos dahingedöst hatte, war mit einem Schlag aus dem verstaubten Sommerschlaf erwacht; wie Elektronen kreisten Kinder und Tiere um Gyula, den Mittelpunkt. Das erregte Stimmengewirr der ersten Minute wich schon bald der gespannten Stille schöpferischer Arbeit, die nur von dem freudigen Gekläff der aufgeregt hin und her rennenden Hunde unterbrochen wurde.

Der schmächtige kleine Kalman putzte, an das Treppengeländer gelehnt, seine Brille.

«Und was bringst du mit?»

«Nichts», antwortete Kalman. In dem Haushalt eines verwitweten Dorfuhrmachers finden sich selten Dinge, die ein Zirkus braucht.

Gyula musterte mit abschätzigem Blick, beide Hände in den Hosentaschen, den mageren, schmalschultrigen Jungen. «Dann hilfst du Pista Deli!»

«Ich nicht», sagte Kalman.

Gyula wandte das schmale Gesicht mit den vielen Sommersprossen der Sonne zu. «Sprich lauter! Ich versteh' dich nicht.»

«Ich will nicht», wiederholte Kalman.

«Du willst nicht?» fragte Gyula ungläubig, in singendem Tonfall. «Du willst nicht? Wieso willst du nicht? Das versteh' ich nicht. Geh, und hilf Pista Deli, hab' ich gesagt.» Er hob die Peitsche und knallte mit voller Wucht einen knappen Zentimeter vor Kalmans nackten Zehen in den Staub. Eine kleine, rundliche Staubwolke wirbelte empor. Der Junge mit der Brille wich unwillkürlich zurück. «Nur keine Zicken», sagte Gyula. «Was sind das für Zicken? Ich sagte, du sollst dem Pista Deli helfen.»

Bleich starrte der Junge durch seine Brille in den kleinen Staubwirbel vor seinen Füssen.

«Worauf wartest du noch?» fragte Gyula, und in seinen Zügen stand immer noch Verwunderung.

«Er bleibt da!» sagte in diesem Augenblick Manci hinter seinem Rücken. «Den Kalman brauche ich.»

«Zu was?»

Statt zu antworten, lachte das Mädchen leise.

Ihr Lachen war so schattenlos klar und klangvoll; bei jeder neuen Kaskade ertönte im Zimmer die schwere, geschliffene Kristallvase, die ihr Vater während des Krieges aus der Wohnung eines getürmten Pfeilkreuzlers mitgebracht hatte, und setzte das Lachen mit ihrer gläsernen Stimme fort.

Gyula blickte seine Schwester an und verzog das Gesicht. «Du brauchst ihn?»

«Jawohl.»

Eine Weile stand Gyula noch schweigend da, dann machte er kehrt und ging weiter.

«Kommst du?»

«Ja», sagte Kalman mit glühenden Ohren. Das Mädchen hatte sich bereits umgedreht und sah nicht den verlegenen, schwärmerischen Blick, den der Junge ihr hinter seiner Brille nachsandte.

«Das wird was!»

«Ja», sagte Kalman, der ihr auf den Fersen folgte.

«Und hinterher essen wir Melonen.»

«Ja.»

«Im Brunnen sind zwei Melonen kühlgelegt, die essen wir auf.»

«Ja», sagte Kalman. «Zu was brauchst du mich?»

«Fein wird das!» rief das Mädchen. «Wir werden uns vollessen mit kalten, süssen Melonen!»

Kalman beschleunigte seine Schritte. «Zu was brauchst du mich?»

Das Mädchen lachte. «Nur so», sagte sie. «Zu allerlei. Willst du nicht mitkommen?»

«Doch.»

«Was fragst du dann so viel?» Plötzlich rannte sie vor; der Staub, den ihre Füsse aufwirbelten, schwebte hinter ihrer zarten Gestalt wie eine lange, leichte Schleppe her. Als sie die Treppe erreichte, drehte sie sich um und wartete, bis der gemächlich, mit mannhafter Würde herbeischlendernde Bub sie einholte. «Oder willst du doch nicht mit?» fragte sie und heftete den trägen, kalt-verträumten Blick auf das Gesicht des Jungen.

«Was machen wir?» fragte dieser.

In der dämmrigen Stube hinter den herabgelassenen Jalousien kniete Piri Trenka vor dem untersten Schubfach der grossen Kommode, dem sie mit behutsamen Händen Stapel schwerer, kühler Bettwäsche entnahm. Der Bretterfussboden des Zimmers war mit Linoleum bedeckt, oben auf dem Schrank standen zwei Reihen Weckgläser mit alter, eingetrockneter Marmelade. Die kühle, modrig riechende Luft liess die Kinder erschauern. Kalman war noch nie in diesem Zimmer gewesen.

«Da brauchst du nicht zu suchen», sagte Manci. «Da ist nichts.»

Auch im Halbdunkel des Zimmers war zu erkennen, dass ihr Gesicht vor Aufregung glühte. Piri Trenka wühlte mit zitternden Händen weiter in der Schublade, das struppige schwarze Haar fiel ihr immer wieder in die schweissbedeckte Stirn.

«Ich sag' ja, da ist nichts.»

«Wo denn sonst?»

«Im Schrank. Und vielleicht auch im obersten Schubfach.»

«Soll ich euch helfen?» fragte Kalman, sichtlich erleichtert durch Piri Trenkas Anwesenheit. «Was soll ich raussuchen?»

«Ich bin nämlich die Braut», sagte Manci,

während sie den Schrank öffnete. «In jedem Zirkus gibt es eine Braut, sie reitet auf einem grossen schwarzen Pferd an der Spitze des Zuges. Und hinterher kommt der Bräutigam, auch zu Pferd oder zu Fuss. Und dann kommen die Tiere und die Clowns.»

Kalman schluckte vernehmlich. «Und was werde ich sein?» fragte er nach einer Weile.

«Das weiss ich noch nicht. Willst du den Clown machen?»

«Nein», erwiderte Kalman entschieden.

«Willst du etwa der Bräutigam sein?» Das Mädchen lachte leise. Ihre Augen funkelten im Dunkeln, auch Piri Trenka kicherte. «Mal sehen», sagte Manci. «Komm her, reich mir Papas Leinenanzug herunter. Der ist für Gyula. Ein Zirkusdirektor muss nämlich weiss gehen.»

Auch während Manci sich umzog, durfte Kalman im Zimmer bleiben, aber er musste sich umdrehen. Es war kein weisses Kleid unter den Sachen der Mutter, und so musste die Braut sich mit grauer Seide und dem weissen Spitzenkragen, den sie im obersten Schubfach der Kommode gefunden hatte, begnügen. Piri Trenka steckte den Saum mit Stecknadeln kürzer, da das Kleid sich als zu lang erwies. Und während Kalman die Sommersprossen an der weissgetünchten Wand betrachtete, tuschelten die beiden Mädchen pausenlos hinter seinem Rücken; hin und wieder fuhr aus der Wolke des Getuschels ein unterdrücktes Gelächter gegen seinen Nacken und jagte ihm einen kleinen Schauer über den Rücken. Er hörte, wie ein Schuh zu Boden fiel. In der Schublade waren ein Paar weisse Strümpfe sowie altmodische schwarze Lackschuhe mit hohen Stöckelabsätzen zum Vorschein gekommen, die – nach gründlicher Fusswäsche – die weissen Füsse der Braut zieren sollten.

«Nicht, dass du dich umdrehst!» schrie Piri Trenka.

Die Fahndung nach einem Brautschleier aber blieb erfolglos, umsonst wurde das ganze Haus von oben bis unten durchsucht, und so musste ein verstaubter Tüllvorhang herhalten, den Piri Trenka mit Hilfe einiger Haarnadeln in Mancis rotbraunem Schopf feststeckte. Als jedoch die Braut in ihrem grauen Seidenkleid mit dem langen, bis an ihre Hüften herabwallenden schmutzigen Vorhang und den hart klappernden Lackschuhen, die ihr unentwegt von den Füssen rutschen wollten, strahlenden Blickes aus der Haustür trat, herrschte auf dem Hof bereits ein derartiges Durcheinander, dass niemand mehr Augen für die feenhafte Erscheinung hatte, und noch weniger für den breitkrempigen schwarzen Hut, der Kalman als Bräutigam auswies und ihm, obwohl er den Innenrand mit Stroh ausgestopft hatte, immer wieder bis an die Ohren herabrutschte.

Jetzt rannten schon fünfzehn bis zwanzig Kinder, aus Leibeskräften schreiend, mit geröteten, vor Schweiss glänzenden Gesichtern in der sengenden Hitze des Hofes hin und her. Neben der Mühle, vor einem an die Wand gelehnten verrosteten Schwungrad, warteten schon die Wagen: drei Handwägelchen, und hinter ihnen, als viertes, der Schubkarren, den Dezsö Trenka still und heimlich im väterlichen Hause ausgeliehen hatte. In einer Ecke des Hofes, dort, wo drei oder vier alte Mühlsteine im gelben, verdorrten Gras lagen, sammelten sich die Hühnerkäfige, Körbe, Vogelbauer und die grösseren Versandbehälter für Gänse, welche Moses Beck und seine Gehilfen unermüdlich von dem Hof des Geflügelaufkäufers herüberschleppten; auf dem Mühlstein daneben stapelten sich die übrigen unerlässlichen Requisiten: Seile, Ketten, eine Büchse roter Farbe, eine Waschschüssel, Töpfe, Deckel, Kochlöffel, ein Wurststopfer und eine wie Gold glänzende Messingtrompete, die ein Mitglied der freiwilligen Feuerwehr - ohne es zu wissen - der Zirkusausrüstung beigesteuert hatte.

Gyula leitete die strategischen Operationen in weissem Leinenanzug, die Peitsche in der Hand, vom Brunnenrande aus. Schon waren je zwei Hunde vor die Wägelchen gespannt, auch die Menagerie hatte sich zum grössten Teil eingefunden. In einem der Käfige duckte sich eine grosse gelbe Katze, über ihr hing an einem Gitterstab eine Tafel: «Achtung! Bissiger Löwe!»

In einem anderen Käfig gähnte ein Tiger. Zwei grosse, weisse, unruhig schnuppernde Kaninchen kauerten als Eisbären unter einem Drahtsieb. Auch Raubvögel aller Art, Adler, Geier, Habichte, gab es in Hülle und Fülle, ebenso viele, wie der Mühlenhof Hühner, Gänse und Enten hatte liefern können. Über dem Haupte des Tigers kreischte ein Papagei. Der Stolz der Menagerie, der Menschenaffe, trat, von Moses Beck geführt, genau in dem Augenblick vor den Zirkusdirektor, da Manci, Kalman und Piri erschienen.

«Zieht ihn aus!» befahl Gyula und musterte mit fachkundigen Augen die Attraktion seines Etablissements.

«Er hat so schon nur ein Höschen an», protestierte Moses.

«Zieht ihn aus!»

Moses Beck sah mit krausgezogener Stirn sorgenvoll vor sich hin. «Was habt ihr mit ihm vor?»

«Nichts», sagte Gyula. «Wir sperren ihn in einen Käfig, und die Leute werden ihn besichtigen.»

«Das wird nicht gutgehen.»

Pista Deli hielt sich die Seiten vor Lachen. «Warum sollte es nicht gutgehen?»

«Er wird weinen», sagte Moses Beck.

«Na und?»

«Warum soll ausgerechnet mein Bruder der Affe sein?» fragte Moses Beck. «Es gibt genug Lutschkinder in der Nachbarschaft. Ich habe dem Zirkus schon zehn Käfige geliefert.»

Gyula knallte ungeduldig mit seiner Peitsche. «Feilsche nicht!» sagte er verächtlich. «Jeder bringt, was er hat. Wenn es dir nicht passt, scher dich zum Teufel.»

Pista Deli grölte aus voller Kehle, sogar sein Hals rötete sich.

«Was hast du zu grölen?» fuhr Gyula ihn an. «Da gibt's gar nichts zum Lachen. Los, zieht ihn aus! Tut ihn in diesen Käfig hier.»

Für den Affen war der grösste, aus Weidenzweigen geflochtene Transportkorb reserviert. Pista Deli zerrte ihm die kleine Turnhose über die Beine, packte ihn unter den Armen und liess ihn vorsichtig durch die enge Öffnung in den Käfig gleiten. Alle Artisten und Hilfskräfte rannten herbei, um die Neuerwerbung zu bestaunen, und verfolgten das Geschehen unter ohrenbetäubendem Geschrei. Der Affe stand reglos im Käfig, in dem er nur bis zu den Achseln steckte, klammerte sich mit den winzigen Händen an den Klappdeckel und liess den erschrocken staunenden Blick über die wild brüllende Schar wandern. Sein kleines bleiches Gesicht verzerrte sich vor Angst, aber er weinte nicht.

«Du lieber Himmel, der geht da gar nicht rein!»

«Freilich geht er rein. Er muss nur den Kopf einziehen.»

Manci fingerte an ihrem Brautschleier herum, der ihr immer wieder vom Kopf rutschte. Auf ihren Zügen lag ein stilles, selbstvergessenes Lächeln, ihre Augen strahlten.

«Sitzen kann er drin nicht», sagte eine Knabenstimme. «Er muss sich auf die Seite legen und die Knie hochziehen.»

Kalman stand hinter Mancis Rücken. «Das darf man doch nicht mit ihm machen», sagte er entrüstet.

Das Mädchen starrte auf den Käfig.

«Hörst du, Manci?»

«Sei bloss still», sagte das Mädchen über die Schulter hinweg. «Sei still.»

Indessen bemühte sich Pista Deli, den Affen, dessen Oberkörper immer noch aus der Öffnung ragte, an den Schultern in den Käfig zu stopfen. «Setz dich!» schrie er ihm ins Ohr, als wäre er taub. «Hock dich hin, hörst du! Zum Kuckuck nochmal, setz dich endlich!»

«Hau ihm eine runter», kreischte eine Stimme, «dann wird er sich schon setzen.»

Die allgemeine Erregung übertrug sich auch auf die Hunde. Busán stiess ein tiefes, langgezogenes Wolfsgeheul aus; ein kleiner Hund namens Didujka, dem es nicht gelingen wollte, das Geschirr abzuschütteln, wälzte sich, unter nervenzerreissendem Gekläff, wie ein Epileptiker auf dem Boden. Auch die beiden Köter, die vor den zweiten Wagen gespannt waren, knurrten und bellten erschrocken. Die Adler und Geier in den Käfigen schnatterten, als ginge es um ihr Leben. Der Löwe glotzte mit gesträubtem Fell aus runden grünen Augen in den Staub.

Die Sonne hatte die Himmelsmitte bereits überschritten, als der Zug sich in Bewegung setzte. Schon im Hof bot er einen überwältigenden Anblick; seine volle Pracht aber entfaltete er erst auf der Strasse, als er, in eine dichte Staubwolke gehüllt, endlich seine ganze Länge zeigen konnte. An der Spitze schritt Andris Kiss, der Herold - mit seinem nackten Oberkörper, der vom Hals bis zum Nabel zinnoberrot bemalt war, mit der funkelnden Messingtrompete und dem Feuerwehrhelm seines Vaters schien er ein vom Himmel herabgestiegener Erzengel zu sein. Rechts und links neben ihm, doch einen halben Schritt zurück, marschierten die beiden Tamboure, die, mit ihren Kochlöffeln auf einem Topfboden hämmernd, die Fanfarenklänge mit Trommelwirbel begleiteten, zugleich aber auch ihre Stimmbänder nicht schonten; vor der Heroldsbotschaft taten sich, so lang die Strasse war, die Haustore auf und entliessen die Kinder, die sich von beiden Seiten dem Zug anschlossen. In blendendem Weiss, mit seiner Peitsche knallend, stolzierte der Zirkusdirektor hinter den Herolden her, seine Hände steckten in weissen Damenhandschuhen, auf dem Kopf trug er den Strohhut der Müllersfrau mit der lang herabhängenden roten Seidenschleife. Ihm folgte, in gebührendem Abstand, die Braut, ebenfalls allein und – da ihr stolzer Rappe sich bedauerlicherweise den Knöchel verstaucht hatte – zu Fuss. Wie es sich für eine Braut geziemt, trippelte sie mit gesenktem Blick im Staub dahin und sah weder nach rechts noch nach links. Hinter ihr schritt Kalman, der Bräutigam, mit heldenhaft blitzender Brille unter dem riesigen schwarzen Hut; ausser seinem stolzen Gang und den triumphierenden Blicken liess leider kein äusseres, allgemeinverständliches Zeichen erkennen, dass er der Bräutigam war.

In den Spuren der Vorhut rollten die Wagen heran, jeder von einem Artisten geführt. Sie waren in die dichteste Staubwolke gehüllt; hier herrschte der allergrösste Lärm: die Zughunde bellten, die Raubvögel gackerten und krähten, die Wächter der Raubtiere, des Löwen, des Tigers und der Eisbären, schrien aus Leibeskräften. Eröffnet wurde die Wagenkolonne von dem kleinen zweirädrigen Schiebekarren; in ihm stand, mit beiden Händen die Rungen umklammernd, Eszti Bodor, die Wahrsagerin; ihre Kleidung bestand aus einem Getreidesack, der um die Brust herum mit einer dicken Kordel zusammengehalten war; ein grosses schwarzes Seidentuch bedeckte ihr Haupt. Der schwere Wagen wurde von vier stämmigen Hilfskräften geschoben.

«Was ist denn das schon wieder?» fragten die Zuschauer.

«Das ist Robinson, die weltberühmte Wahrsagerin!» verkündete ein Herold, der eine rot-weiss-grüne Fahne über dem Kopf schwenkte.

«Sie sieht Tag und Nacht hell und sagt für zehn Fillér jedermann die Zukunft voraus. Eine Woche vorher weiss sie schon den Ausgang der Fussballspiele, Ungarn gegen England sechs zu drei, und sieht jedes Hochwasser voraus! Das ist Robinson, die grosse Wahrsagerin!»

Die Kunde vom Nahen des Zuges eilte dem Zirkus weit voraus; die alten Weiber stellten sich vor die Tore und schüttelten missbilligend den Kopf, die Kleinen wurden in die Häuser zurückgejagt, die jungen Mädchen liefen auf die Strasse hinaus und bestaunten kichernd die in der Strassenmitte dahinziehende, immer erhitzter schreiende Kinderschar.

«Schon wieder der Sohn des Obermüllers!» sagte eine Frau. «Erschlagen müsste man den Schlingel!»

«Das Mädchen ist der böse Geist», sagte eine andere Frau. «Die macht alle verrückt.»

«Und wie!»

«Eine grosse Hure wird die», sagte die erste Frau und sah dem Mädchen im weissen Schleier nach.

Die Spitze des Zuges bog in die Rákóczi-Strasse ein, das Trompetengeschmetter wurde leiser. Der Karren der Grossen Wahrsagerin fuhr mit dem einen Rad in ein Loch und blieb mit einem heftigen Ruck stehen; die Pythia wankte. Die Gänse in den Käfigen schmorten verzweifelt schnatternd in der Hitze.

«Der Obermüller ist nach Pest gefahren, ich hab' ihn heute früh an der Bahn gesehen», sagte ein Mann. «Und die Frau ist im Einödhof bei ihrer kranken Mutter.»

Hinter dem Wagen der Wahrsagerin kam Pista Deli, der Kraftprotz, die Brust herausgestreckt, den nackten Oberkörper wie ein Boxer hin- und herwiegend, und zeigte mit angewinkelten Armen seine Muskeln. Um seinen Hals hing eine verrostete Brunnenzugkette, und niemand konnte auch nur einen Augenblick daran zweifeln, dass er sie mühelos zerreissen würde. Leider wurde das furchterweckende Klirren der Kette von dem Gebrüll der Raubtiere völlig übertönt. Hinter Pista Deli aber nahte ein von zwei Hunden gezogener Wagen mit der Hauptattraktion des Zirkus, dem Menschenaffen. Die kleine braune Gestalt lag, das Gesicht hinter den Armen versteckt, die Knie an die Brust hochgezogen, reglos in ihrem Käfig.

«He, Laci!» rief ein halbwüchsiges Bürschchen vor einem der Tore. «Was habt ihr denn dort drin?»

«Einen Affen.»

«Wie heisst er?»

«Affe.»

«Aber mit seinem richtigen Namen?»

«Einen richtigen Namen hat er nicht.»

Das Bürschchen lachte. «Ja gibt es denn das auch? Seit wann schieben die Kutscher die Pferde?»

Die Kinder im Zug blickten einander an. Die Hunde dachten in der Tat nicht daran, die Wagen zu ziehen, im Gegenteil: sie mussten gezogen und geschoben werden, damit die Kolonne irgendwie vorwärtskam. Aber das war nur in der Wirklichkeit so, und die Wirklichkeit zählte nicht. «Prachtpferde sind das!» rief Sanyi Biró, einer der Wagenschieber, voll Übermut, «bessere Zugpferde kann man sich gar nicht träumen, am liebsten würden sie drauflos galoppieren!»

Rechts und links vom Affenkäfig marschierte die Musikkapelle; die beiden Beckenschläger klapperten mit ihren Topfdeckeln, zwei Kinder schleppten eine riesige weisse Waschschüssel, auf der das dritte mit Hilfe des Wurststopfers einen Höllenlärm erzeugte, ohne sich um das absplitternde Email zu kümmern. Jene Mitglieder des Orchesters, deren musikalische Bildung zu Besserem nicht reichte, schlugen den Takt auf Kasserollen oder tuteten durch Trichter.

Als an der nächsten Strassenecke ein Rudel Zigeunerkinder zu dem Zug stiess, winkte der Zirkusdirektor den vor ihm dahinstolzierenden Tambour zu sich.

«Spring nach hinten, Péter», befahl er, «und sag den Leuten, sie sollen die Zigeuner gut im Auge behalten. Sonst stehlen sie uns die Adler und die Geier aus den Käfigen.»

«Was für Adler?»

«Du Idiot.»

«Ach so», sagte der Tambour.

«Wer da was klaut, dem geb' ich's mit meiner Peitsche», erklärte der Zirkusdirektor und blickte dem Boten aus seinem schmalen, sommersprossigen Gesicht unter dem feuerroten Haarschopf und dem kleinen Strohhut streng in die Augen. «Du sagst das denen hinten und kommst gleich wieder zurück.»

«Ich geh' schon», sagte der Bub. «Soll ich auch gleich das Geld einsammeln?»

Der Direktor warf ihm einen vernichtenden Blick zu. «Und wer da zu betteln wagt», rief er mit seiner dünn krächzenden Flegelstimme, «den schmeisse ich auf der Stelle raus. Und prügle ihn blau und grün», fügte er des grösseren Nachdrucks halber hinzu und riss seine weisse Hose, die dem enggeschnallten Gürtel zum Trotz immer wieder hinabrutschen wollte, mit beiden Händen hoch. «Los, beweg dich!»

Moses Beck trottete mit hängendem Kopf hinter dem Affenkäfig her, er sah weder nach links noch nach rechts, seine grossen, abstehenden Ohren glühten vor Scham. Neben ihm schlug einer der Akrobaten, der sich ein breites rotes Samtband aus der Kommode der Obermüllerin um den Hals gebunden hatte, laut schreiend ein Rad nach dem anderen; ein sieben- oder achtjähriges Mädchen drehte sich wie ein Kreisel so lange um die eigene Achse, bis es das Gleichgewicht verlor und aus vollem Halse lachend rücklings in den Staub fiel.

Je weiter die Truppe kam, um so übermütiger zeigte sie sich den längs der Strasse gaffenden Zuschauern. Es hatte sogar den Anschein, als seien die Künstlerinnen und Künstler über den beruflichen Ehrgeiz hinaus von wahrer, unverfälschter Begeisterung erfüllt, als spielten sie nur noch um des Spieles willen, und verrichteten ihre schwere, verantwortungsvolle Arbeit, ohne eine Belohnung zu erwarten. Kurz nachdem der Zug sich in Bewegung gesetzt hatte, war er dem gemächlich heimwärts trabenden Wagen des Gemeinderatspräsidenten und der hinten an den Wagen angebundenen Kuh noch verängstigt ausgewichen, vor der Schule aber wäre er mit dem alten Kalman Tapodi, dem Kuhpfleger der Produktionsgemeinschaft Petöfi, der auf seinem Fahrrad nichtsahnend auf ihn zurollte, schon beinahe zusammengestossen. Einige Männer, die die Sonntagsruhe beendet hatten und mit ihren Karren unterwegs zu den Dreschmaschinen waren, wichen der mächtig angeschwollenen Prozession, in der bereits die Kinder des halben Dorfes mitmarschierten, kopfschüttelnd aus.

Plötzlich sprengte Moses Beck, der den Affenkäfig begleitete, vor, liess den Kraftprotzen, die Kutsche der Grossen Wahrsagerin, den Bräutigam sowie die Braut hinter sich und schloss sich dem Zirkusdirektor an. «Du, Gyula», sagte er keuchend, «wir müssen das Kind aus dem Käfig lassen.»

«Du hast mich mit ‹Herr Direktor› anzureden!»

Moses Becks Gesicht zuckte nervös.

«Bist du taub?»

«Herr Direktor», sagte Moses Beck, «das Kind muss aus dem Käfig raus.»

«Wie bitte? Was für ein Kind meinst du?»

«Das Kind halt.»

«Ich versteh' nicht. Was für ein Kind meinst du?» beharrte der Zirkusdirektor.

«Den Affen», sagte Moses Beck nach kurzem Nachdenken.

Der Direktor mass ihn wortlos von oben bis unten. «Was fällt dir überhaupt ein, aus dem Zug zu treten?» rief er mit streng gerunzelter Stirn. «Marsch zurück auf deinen Platz!»

Da sie im Eifer der Auseinandersetzung unwillkürlich ihre Schritte verlangsamt hatten, wurden sie bald von der Braut, die unmittelbar hinter ihnen herzog, und dem Bräutigam eingeholt.

«Was ist los?» fragte Manci.

«Man muss das Kind aus dem Käfig nehmen», sagte Moses Beck.

«Was für ein Kind?» fragte Manci und richtete den trägen, kühl-verträumten Blick auf Moses' Gesicht.

«Den Affen», sagte Moses flehend.

«Warum?»

«Er weint.»

Einen Augenblick schwiegen sie alle.

«Er weint?» fragte Manci.

«Es schüttelt ihn am ganzen Körper», sagte Moses Beck. «Auch seine Beine zittern.»

Die grossen grauen Augen des Mädchens füllten sich mit Tränen. «Armes, kleines Äffchen», murmelte sie vor sich hin. «Ich habe noch nie einen Affen weinen sehen.»

«Marsch auf deinen Platz!» rief der Direktor und knallte mit seiner Peitsche auf Moses Becks Füsse zu. «Wenn du nicht auf der Stelle zurückgehst, schlag' ich dich in die Fresse. Kehrt! Marsch!»

Der Bub wich zurück und hob die Hände schützend vors Gesicht. «Das ist kein Affe, das ist ein Kind», sagte er bleich.

Gyula hob die Peitsche und liess sie auf Moses Beck niederfahren. Die Lederschnur pfiff dicht an dem Gesicht des Jungen vorbei und traf ihn am nackten Hals. Moses Beck stiess einen Schrei aus und griff sich mit einer linkischen Gebärde an den Hals. Abermals hob Gyula die Peitsche. Doch ehe er ein zweites Mal hätte zuschlagen können, drehte Moses Beck sich um und stürzte laut klagend davon.

«Das Kind muss raus aus dem Käfig», sagte Kalman, der Bräutigam.

Indessen hatten auch der Wagen der Grossen Wahrsagerin und der hinter ihm herschreitende Pista Deli, der Muskelprotz, den Direktor und seine Gruppe eingeholt. Der an der

Spitze tänzelnde Herold mit dem zinnoberroten Oberkörper und der goldenen Erzengelfanfare blieb stehen und drehte sich um, die beiden Tamboure verstummten. Der Zug stockte.

«Das Kind muss raus aus dem Käfig», sagte Kalman langsam und bestimmt. Er wandte das bleiche Gesicht dem Direktor zu. «Einen Menschen darf man nicht in einen Käfig sperren.»

Der Direktor war mit seiner Hose beschäftigt, die bei den heftigen Bewegungen ziemlich tief hinuntergerutscht war. Kalman blickte auf Manci, die neben ihm stand. Das Mädchen lächelte geheimnisvoll.

«Misch dich da nicht rein!» sagte Gyula. «Wären sie doch in Auschwitz geblieben... Marsch auf die Plätze, wir gehen weiter.»

Kalman schüttelte den Kopf. «Das geht nicht. Lass das Kind aus dem Käfig.»

«Was geht dich das an?» schrie der Direktor; er nahm die Peitsche, die er unter dem Arm hielt, wieder in die Hand und schwang die Schnur in einem grossen Bogen über den Köpfen. «Scher dich auf deinen Platz!»

«Erst lässt du das Kind aus dem Käfig», sagte Kalman mit bebender Stimme. «Eher geh' ich nicht.»

«Mach, dass du weiterkommst!»

Die beiden Buben starrten einander in die Augen. Gyula überragte den kleinen bebrillten Jungen um einen guten Kopf, sein Blick war kühner, seine Muskeln entschlossener. Käme es zu Tätlichkeiten, würde er sich im Nu seines Gegners entledigen. Kalman war bereits leichenblass, seine Knie zitterten. Er sah auf Manci. Das Mädchen heftete den verträumten, trägen Blick geheimnisvoll lächelnd auf ihn.

«Manci?» fragte Kalman und schluckte gequält. Sein Speichel war voll Staub, sein Rükken schweissbedeckt. Er sah das Mädchen an; sie nickte kaum merklich. «Lass das Kind raus, Gyula!» sagte Kalman. «Einen Menschen darf man nicht in einen Käfig sperren!»

Schon waren die beiden Gegner von fünfzehn bis zwanzig Kindern umringt. Es war so still, dass man das erregte Schnaufen eines Mädchens in der hintersten Reihe deutlich hören konnte.

Gyula liess den Blick über die stumm wartenden Kinder wandern. «Alles auf die Plätze!» rief er und hob höhnisch lächelnd die Peitsche. Die Vordersten zuckten zusammen und wichen zurück. Der Ring weitete sich und wurde lichter. «Und du, he? Auf was wartest du noch?» fragte Gyula hämisch den vor ihm stehenden bebrillten Jungen. Plötzlich schlug er mit seiner Peitsche vor seine nackten Füsse; eine kleine, dichte Staubwolke stieg empor. Kalman blickte um sich. Die anderen waren schon auf ihre Plätze zurückgeflohen, nur noch Manci stand neben ihm; für sie galt der Befehl offensichtlich nicht. Von Pista Deli war nur der breite, gleichgültige Rücken zu sehen, wie er am Wagen der Grossen Wahrsagerin vorbeischlenderte.

«Lass das Kind aus dem Käfig!» sagte Kalman laut schluckend und mit so tief gesenktem Kopf, als wollte er seine Brille vor der erhobenen Peitsche schützen. «Ich geh' hier nicht weg, ehe es heraus ist.»

Neben ihnen am Strassenrand hatte unbemerkt ein Leiterwagen gehalten, offenbar hatten Staub und Aufregung das Rattern der Räder verschluckt. Hinten im Wagen, auf einem quergelegten Brett, sass eine hochgewachsene, schwarzgekleidete Frau.

Manci schlug die Hände vors Gesicht. «Gyula», flüsterte sie leise hinter ihren Händen, «die Mama ist da.»

Augenblicklich liess der Bub die erhobene Peitsche sinken und drehte sich um. Erschrokken, mit eingezogenem Nacken, blinzelte er nach dem Wagen in der dichten Staubwolke.

«Steigt ein», sagte die Frau. Ihre Augen waren rotgeweint. Sie warf einen raschen Blick auf das grauseidene Brautkleid und den weissen Leinenanzug, dann wandte sie den Kopf wortlos ab. Die beiden Kinder liessen sich zu ihren Füssen im Stroh nieder; der Wagen fuhr an.

Alle drei schwiegen. Die stets schmerzenden, geschwollenen Füsse der Mutter steckten nicht mehr in den hohen Schnürschuhen, in denen sie in der Früh weggefahren war, sondern in den weiten, bequemen Pantoffeln der Grossmutter. Eine Weile starrte Manci aus weit aufgerissenen Augen stumm auf die Füsse ihrer Mutter, plötzlich aber brach sie in lautes Schluchzen aus.

«Ist sie gestorben?» fragte sie mit erstickender Stimme. Sie liebte ihre Grossmutter mehr noch als ihre Eltern.

Auch Gyula wurde nun bleich, die Sommersprossen hoben sich grell von dem Weiss seines Gesichts ab. Der Leiterwagen ratterte an dem halb aufgelösten Zirkus vorüber, liess den Affenkäfig am Ende des Zuges und den neben ihm im Staub kauernden, laut weinenden Affen hinter sich und bog langsam in den Mühlenhof ein.

Antal Szerb

—

Liebe in der Flasche

Lancelot, der Ritter, der bekanntlich ohne Fehl und Tadel ist, weilte als Gast in Chatelmerveil, der Burg des Zauberers Klingsor. Sie hatten das Nachtmahl beendet, und Klingsor liess zu Ehren seines vornehmen Gastes seine besten Weine heraufbringen. Zu zweit schlürften sie den Wein in der Mitte des endlosen Saales.

«Ich sage es nicht aus Höflichkeit», sprach Lancelot, «aber ich kann mich nicht mehr entsinnen, wann ich zuletzt einen so guten Wein getrunken habe.»

«Heimische Lese», sagte der Zauberer bescheiden. «Schade, dass so wenige davon kosten. Wahrhaftig, mein lieber junger Freund, du stellst es dir gar nicht vor, wie einsam ich bin. Jahre vergehen, ohne dass Besuch kommt. Ich lebe hier wie ein richtiger Eremit.»

«Kein Wunder, ich habe es dir immer gesagt, wozu treibst du Teufelskünste. Deshalb getraut sich kein Gentleman hierher.»

«Ich bitte dich, meine Zaubereien! Längst schon habe ich diesen langweiligen Beruf aufgegeben. Alles, was man sich von mir erzählt, beruht auf Missverständnissen. Glaube mir, es geschah einzig aus guter Absicht, dass ich seinerzeit die Braut des Orilous geraubt und Meliacans, als er ins Heilige Land ziehen wollte, in eine Schildkröte verwandelt habe, und alle diese Geschichten.»

Lancelot glaubte alles bereitwillig. Der Zauberer wurde ihm, wie dieser beim Wachsen der Nacht aus seiner müden Gleichgültigkeit mehr und mehr erwachte, immer sympathischer. Seine beiden tiefsitzenden Augen waren lauter glänzende Klugheit, seine Worte lauter greise Weisheit.

«Ein braver Mann bist du, alter Freund Klingsor, ich habe es immer gesagt», sprach Lancelot und umarmte den Zauberer.

In seiner Freude hierüber liess Klingsor einen noch besseren Wein heraufbringen, einen, den er noch niemanden hatte kosten lassen, und er war gleichsam selber gerührt, als er ihn eigenhändig, zitternd in die Kelche einschenkte. Der Wein hatte eine wunderbare Farbe.

Lancelot erhob sich, sein Gesicht wurde ernst und schön, als er sprach: «Klingsor, nun ist es Zeit... Diesen Kelch auf meine hohe Herrin, auf Königin Guinevere!»

Er trank aus und starrte lange vor sich hin. Der Zauberer kannte diesen Blick. Er wusste, dass der Augenblick nun gekommen war, da der verliebte Ritter entweder in Tränen ausbrechen und seinem Herzen Luft machen oder den Bart des Zauberers ausreissen würde. Um letzterem zuvorzukommen, drängte er das trockene Husten, das in seiner Kehle würgte, mit aller Kraft zurück und fragte andachtsvoll: «Oh, die durch ihre Schönheit in der Welt bekannte Königin Guinevere ist also deine Dame? Bist du vielleicht auch jetzt in ihrem Dienste unterwegs?»

Er wusste wohl, dass Guinevere Lancelots Dame war. In jener Zeit hatte man die Diskretion noch nicht erfunden, und die Sänger hausierten in allen Ländern mit den Geschichten der berühmteren Liebespaare. Ihm war es im übrigen völlig gleichgültig, ob Guinevere oder Viviane, besass er doch selbst kein Gefühl mehr für das weibliche Geschlecht.

Ein feines, verklärtes Lächeln spielte um Lancelots Lippen; es wollte von dort fast wegfliegen, als er antwortete: «Seit sieben Jahren steht jede meiner Fahrten in ihrem Dienst. Gewiss hast du das eine oder andere über meine Taten vernommen. Allerdings, die Menschen lieben es, alles aufzubauschen. Jetzt gerade ziehe ich gegen einen Drachen, der zuletzt in der Michael-Nacht in die Schatzkammer der Königin hineingeflogen ist und einen der Schuhe gestohlen hat, welche die Königin von ihrem Gemahl, dem ruhmvollen König Artus, bei dessen Rückkehr vom Feldzug in Irland erhalten hatte. So manch ein Drache ist unerhört frech. Die Königin hat mich als ihren treuesten Ritter beauftragt, den Schuh zurückzubringen. Immerhin, sie sähe ihren Schuh ungern in fremden Händen, das ist doch verständlich, oder nicht?»

Der Zauberer sprach träumerisch: «Eine so grosse Liebe also... Da bist du wohl sehr glücklich.»

Lancelot empörte sich: «Ich glücklich? Ich schleppe die Qualen mit mir, und manchmal lege ich mich auf die Erde und schreie so. Zwei Drittel meiner Tage verbringe ich mit der aktiven Empfindung der Unglückseligkeit, und während des restlichen Drittels wundere ich mich darüber, wie ich all das zu ertragen vermag.»

«Also... dann muss ich annehmen, sei mir nicht böse, die Königin liebe dich nicht.»

Lancelot sprang auf, während er auf sein Schwert schlug. «Ja, was denkst du denn, alter Gauner, du Grossmeister aller Blatternarbigen! Wie könnte mich Königin Guinevere auch lieben, ist sie doch die Gemahlin des König Artus! Sie ist die heiligste unter allen Frauen, welche die Natur unserer Mutter Eva je Lügen gestraft haben!»

Der Zauberer wollte eine Entschuldigungsrede hinschmettern, doch da brach das lange zurückgehaltene Husten aus ihm hervor. Seine Augen kollerten fast heraus, und er war nahe daran, vom Stuhl zu fallen.

Lancelot vergass die Beleidigung und beeilte sich, ihm beizustehen; er traktierte seinen Rükken mit Schlägen und tröstete ihn.

«Siehst du, siehst du», sprach er. «Nicht genug, dass du dich mit dem Schmuck deiner Männlichkeit so lange übermütig aufgeführt hast, bis man ihn dir genommen hat; sieh zu, dass du mit deiner Zunge nicht auch so lange schlimm umgehst, bis du sie dir mal selber abbeisst.»

Der Zauberer erholte sich bald, führte Lancelot in das Schlafgemach und wünschte ihm eine geruhsame gute Nacht. Lancelot seufzte beim Wort «geruhsam», bat dann den Himmlischen im eifrigen Gebet, Königin Guinevere zu behüten, und legte sich zu Bett.

Klingsor war zu dieser Zeit von chronischer Schlaflosigkeit geplagt. Er nahm ein leichteres arabisches Zaubererbuch in die Hand, um damit die Langeweile der Nacht zu vertreiben, aber irgendwie fand er gar kein Interesse daran, was er las. Wenn das Schicksal Lancelots ihm in den Sinn kam, füllten sich seine Augen mit Tränen, und zuletzt brach er in Weinen aus. Der alte Zauberer war im Grunde genommen ein äusserst gutmütiger Mann, und Wolfram von Eschenbach verkannte ihn genauso, wie die mittelalterlichen Leute das im allgemeinen taten. Die Braut des Orilous hatte er nur geraubt, weil er wusste, dass Orilous ein grober Kerl war, der, sollte er nach verschiedenen ritterlichen Kämpfen die Hand der Dame endlich gewinnen, all seine Kampfeslust an der Frau stillen, sie zweimal am Tage - nach dem Frühstück und nach dem Nachtmahl - verprügeln und ihr einmal sogar das Handgelenk ausrenken würde. Was wiederum den Fall des Meliacans angeht, so hatte er den Ritter nur darum in eine Schildkröte verwandelt, weil er wusste, dass die Braut des Betreffenden, wenn dieser nach dem Heiligen Land zöge, ihn mit einem jüdischen Strumpfhändler betrügen würde.

Sein Herz erbarmte sich Lancelots. Es war ihm unfassbar, dass jemand wegen der Liebe dermassen leiden konnte. In seiner Jugendzeit hatte er selbst allerdings auch manchen freundlichen Umgang mit Frauen gepflegt; doch seitdem ein Gatte sich an ihm auf jene grausame und heute ohne Erröten gar nicht mehr beschreibbare Art gerächt, hatte er schon längst vergessen, was die Liebe sei, und fühlte sich ohne sie entschieden besser.

Dennoch zögerte er lange, ob er Lancelot beistehen solle. Er wusste wohl, dass die Welt auch diese seine Tat falsch auslegen und möglicherweise auch Lancelot selber ihm den

Bart ausreissen würde. Aber sogar dies vermochte ihn nicht zurückzuhalten, das Erbarmen war stärker als alles andere in ihm.

Er suchte unter seinen Instrumenten die Zauber-Beisszange heraus sowie die blaue Brille, durch die man die geistigen Wesen erblikken konnte. Dann zog er seine Schuhe aus und schlich in Lancelots Zimmer hinein.

Ein kleines Licht brannte im Schlafgemach. Mit Hilfe der verzauberten Brille sah Klingsor durch die Decke hindurch, durch das Hemd und die Haut in Lancelots Körper hinein und konnte aufmerksam das ausgelassene Spiel der kleinen Lebensgeister verfolgen, wie sie im Labyrinth der Adern einander hin und her jagten. Es dauerte lange, bis er unter ihnen die Liebe fand. Aber zuletzt stiess er auf sie: die Liebe sass rittlings auf Lancelots Wirbelsäule und kitzelte ihn mit einem kleinen Federwisch. Dann bekam sie dieses Spiel satt, kroch geschickt zwischen die Flügel der Lunge und drückte das Herz des Ritters zusammen. Doch sie mochte auch dies als Scherz empfunden haben, denn sie setzte sich in den Aortenbogen und liess sich durch den Blutstrom in das Hirn hinauftransportieren. Hier nestelte sie eine Zeitlang zwischen den feinen Windungen herum, nahm aus den Schubladen allerlei heraus, legte es wieder zurück, wurde schliesslich am System der kleinen Linien irre, gähnte einmal und sprang durch den Mund Lancelots auf das Bett hinaus. Sie setzte sich an den Rand des Bettes, liess die Beine baumeln und betrachtete sich in einem Spiegelchen, denn die Liebe ist äusserst eitel. Dabei war die Liebe nicht schön: sie war mager und bleich, unruhig und unförmig, ihre

Adern traten von der ständigen Anstrengung hervor. Sie selbst sah aber nicht, wie hässlich sie war, denn es ist ja allgemein bekannt: die Liebe ist blind.

Die Liebe sass am Rande des Betts – dies war der günstige Augenblick. Klingsor ergriff schnell die Beisszange und packte die Liebe. Die Liebe kreischte und liess den Spiegel fallen.

Lancelot erwachte auf diesen Ton hin aus seinem leichten Schlaf, ergriff sein Schwert, das er unter seinem Kissen versteckt hatte, und stürzte sich auf Klingsor.

«Du bist es, Klingsor?» Er schämte sich sehr, dass er seinen Gastgeber in eine so unangenehme Lage gebracht hatte.

«Ja... ich ging gerade hier vorbei... Ich dachte, ich wolle schauen, ob du schläfst.»

«Aber was soll diese Beisszange in deiner Hand?»

«Die ist für den Fall, dass irgendein Wurm deinen Schlaf stören sollte, damit ich ihn fangen kann, weisst du.»

«Dazu brauchst du ein so grosses Werkzeug? Mir genügt da jeweils ein Stück Papier.»

«Ich ekle mich sehr, so bin ich nun einmal von Natur.»

«Und hast du wenigstens etwas gefangen?»

«Ja... aber es ist ganz unbedeutend.» Und er zeigte ihm die Liebe.

«Pfui, wie hässlich», sagte Lancelot und legte sich ein wenig argwöhnisch wieder zu Bett.

Auch Klingsor kehrte in sein Zimmer zurück. Die Liebe stopfte er in eine Flasche hinein, band das Gefäss sorgfältig mit Pergament und Bindfaden zu und zeichnete das Siegel König Salomons auf das Pergament. Dann klebte er eine kleine Vignette auf die Flasche, schrieb darauf: «amor, amoris, masc.» und stellte sie auf das Gestell unter die anderen Flaschen, die ebenfalls Geister enthielten. Die Liebe schwamm im Spiritus herum wie ein trauriger Frosch. Klingsor legte sich zufrieden zu Bett.

«Könnte ich nur jeden Tag eine so gute Tat vollbringen», seufzte er andachtsvoll und schlief nach kurzer Zeit schon ein.

Lancelot erlebte am nächsten Morgen beim Erwachen ein Wunder: die Sonne stand schon hoch am Himmel. Er war so bestürzt, dass er lange bewegungslos im Bett liegen blieb. Seit sieben Jahren war er immer bei der Morgendämmerung erwacht und war stets in fürchterlicher Aufregung aus dem Bett gesprungen. Und heute hatte er beinahe keine Lust aufzustehen; er kleidete sich sehr langsam an und verwendete kaum Sorgfalt darauf, seine Lokken zu ordnen. Aufs Rasieren verzichtete er überhaupt.

«Für den Drachen bin ich auch so elegant genug», dachte er bei sich.

Dann ging er hinunter, um zu frühstücken. Klingsor empfing ihn freudig.

«Wie hast du geschlafen, was hast du geträumt?» fragte er.

«Ja, was war es? Ach ja, ich hatte meine Sporen auf einer Wiese verloren.»

«Schade, denn der erste Traum am fremden Ort pflegt in Erfüllung zu gehen.»

«Das wäre schlimm. Weisst du, bei den heutigen Weizenpreisen bringen mir meine Güter auch nicht soviel wie früher, und ich habe darum die überflüssigen Ausgaben nicht gern.»

«Du hättest von der schönen Königin träumen sollen.»

Lancelot erbleichte. Wahrhaftig! Seit sieben Jahren hatte er jede Nacht von Königin Guinevere geträumt. Und heute... Er hatte ihren Namen auch in sein Morgengebet nicht eingeschlossen, aus dem einfachen Grunde, weil er vergessen hatte zu beten. Seit einer Stunde ist er schon wach, und wenn der Zauberer nichts gesagt hätte, wäre ihm Königin Guinevere gar nicht in den Sinn gekommen.

Zerstreut nahm er von Klingsor Abschied und machte sich auf den Weg, folgte der kurvenreichen Bergstrasse nach unten. Klingsor winkte ihm lange nach.

«Noch ist er nicht glücklich», sagte er und strich über seinen Bart. «Die freudige Änderung ist ihm noch nicht bewusst geworden. Doch mit der Zeit wird er mein altes Angedenken gewiss segnen.» Und er schluchzte vor Rührung.

Lancelot trabte auf der Landstrasse lange in Gedanken versunken dahin. Der Weg führte nach einer Kurve in einen Buchenwald. Eine Frau kam ihm auf der Strasse entgegen, sie sass auf einem Esel. Vor und hinter ihr lagen viele schöne Brotlaibe auf dem Rücken des Esels. Eine Bäckersfrau gewiss.

«Gebe Gott einen guten Tag», grüsste Lancelot sie höflich. Als Ritter ohne Furcht und Tadel bestand er auf dem Grundsatz, Damen, selbst Bürgersfrauen, als erster zu grüssen. Die Bäckersfrau erwiderte den Gruss.

Die Bäckersfrau war nicht hässlich; auf ihre bürgerliche, handfeste Art schien sie sogar genauso schmackhaft zu sein wie ihre Brote.

«Nicht wahr, du heisst Amalasuntha», sprach Lancelot, «dein Grossvater selig war bischöflicher Oblatenbäcker, und du hast am letzten Osterfest drei Kerzen gestiftet, um Erzengel Gabriel einmal von Angesicht zu Angesicht zu sehen?»

«Nein», antwortete die Frau.

«Dann heisst du einfach Merethe, zwei deiner Kinder sind an den Pocken gestorben, doch das dritte ist prächtig, und das Schild über eurem Laden stellt einen blauen Igel dar, und du magst Forellen gern.»

«Nein», antwortete die Frau.

«Genug der Liebelei jetzt», sagte Lancelot. Er stieg vom Pferd, band den Esel der Frau an einen Baum und hob sie vom Esel herab. Die Brote blieben an beiden Seiten des Tieres dort hängen.

Nach einer Weile kehrten sie auf die Landstrasse zurück, Lancelot hob die Frau auf den Esel, zwischen die Brote, band das Tier los und setzte es in Trab. Eine Zeitlang winkte er ihnen freundlich nach, dann bestieg er das Pferd, und auch er selbst setzte seinen Weg fort.

Doch kaum war er fünfhundert Meter weit gekommen, da zog er jäh am Zaumzeug seines Pferdes, und sie blieben stehen, wie in den Erdboden eingerammt. Mit einem schmucken Tuch trocknete sich Lancelot die Stirn, auf der kalte Schweisstropfen standen.

Jetzt war es ihm bewusst geworden. «Aller Anschein spricht dafür», sagte er leise, «dass ich manchmal auch eine andere Frau begehre als die himmlische Königin Guinevere.»

Er blieb eine Stunde lang auf der gleichen Stelle stehen, sinnend und nach einer Erklärung forschend. Inzwischen bemerkte er mit Entsetzen, dass in seinem Geist auf eine nicht gerade unangenehme Art die Bäckersfrau von neuem erschienen war, dann auch andere, die Witwe eines Kapitäns, zwei Winzerinnen, eine unreine Person und drei Stubenmädchen Guineveres. Nur die Königin war nicht erschienen.

In schwerer, melancholischer Trauer setzte er seinen Weg bis zum Abend fort. Er vergass selbst das Mittagessen. Bei Sonnenuntergang ritt er durch eine kleine Stadt, wo ein schönes Gasthaus stand mit einem hohen Dach, benannt nach dem «Trefflichen Vogel Greif». Er wäre gern zum Nachtessen eingekehrt, doch da hätte er den Drachen nicht gefunden, der in den ersten Stunden der Dunkelheit aus seiner Höhle hervorzukommen pflegte, um Wasser zu trinken.

Hernach kam er in einen düsteren Wald, wo die sonderbare Form der Bäume, die dunkelgrünen Felsen und die erschreckenden Rufe in der Luft all die nahende Gefahr ankündigten. Er legte seine Lanze in der Hand zurecht, und indem er sich auf seinen Instinkt verliess, ritt er in jener Richtung, wo die Düsternis zu wachsen schien. Er wunderte sich nur darüber, dass er keine Hirten und alten Bergbewohner traf, die ihn gewarnt hätten, er solle nicht weitergehen.

Der Weg war steil, und Lancelot, den der Hunger plagte, wurde immer ungeduldiger. Endlich stiess er auf einen grossen Haufen Menschenknochen. Bei der nächsten Kurve erblickte er auch die Höhle. Ihre Form verriet für Sachverständige unzweideutig, dass sie für Drachen erbaut worden war. Vorsichtig, mit fest nach vorn gehaltener Lanze, von der er die kleine englische Flagge zuvor sorgsam herabgenommen hatte, näherte sich Lancelot.

Wer aber kann seine Empörung beschreiben, als er beim Eingang der Höhle eine grosse Tafel wahrnahm, die mit verzierten gotischen Lettern mitteilte, der Drache sei weggezogen und hause zur Zeit in der Höhle unter dem Faschingskuchen-Gipfel des Totengebirges.

Lancelot wusste wohl, dass das Totengebirge von diesem Ort um die zwanzig Meilen entfernt gegen Norden lag, dass dazwischen mehrere sehr steile Bergketten sich befanden und drei äusserst berüchtigte Pässe, wo die Räuber von den noch lebendigen Reisenden die Haut abzuziehen pflegten, so dass die Reise unter den Umständen des Zeitalters durchaus nicht bequem genannt werden konnte.

Brummend wandte er sein Pferd um und stieg für die Nacht im «Trefflichen Vogel Greif» ab. Das Nachtessen begann er mit fein geschnetzeltem Hühnerfleisch, dann ass er einen grossen Krapfen und hernach eine sehr schmackhafte, gewürzte Kalbslaffe, verschiedene ortsübliche Kuchen und einen Korb sehr schöne Äpfel. Mit dem Wein war er auch zufrieden. Zu seiner grössten Bestürzung fühlte er sich kein bisschen unglücklich.

Die Empfindung des Unglücks stellte sich auch am nächsten Morgen nicht ein. Die Sonne schien, unter dem Fenster zogen liebe Kühe mit Schellengeläut hinaus aufs Feld und erfüllten die Welt mit beruhigendem Düngergeruch; der morgendliche Trunk (milder Wermut) und die hernach folgende Hasenpastete waren ebenfalls sehr angenehm. Lancelot verspürte die unwiderstehliche Sehnsucht, in einem See zu baden und dann im Gras zu schlafen.

Da fiel ihm der Drache ein, die drei Pässe mit den Räubern und das ganze dunkle Ungemach des Heldenlebens. Einige Stunden lang trug er einen schweren Kampf mit sich selbst aus.

Gegen Mittag endlich zog er seinen Stiefel an, und - so ausgestattet - stampfte er gewaltig mit dem Fuss: «Also nicht!»

Und er machte sich auf den Weg zurück nach Carreol, ohne den Schuh der Königin, und der Drache lebte fröhlich weiter in seiner Höhle unter dem Faschingskuchen-Gipfel.

«Der Drache ist schliesslich auch nur ein Mensch», dachte er.

Eine sonderbare Dumpfheit umfing sein Gehirn. Er lebte in einer neuen Welt, wo alles lieb und freundlich war, und gerade dies war das Fürchterliche und Unverständliche. In dieser neuen Welt erschien ihm die Orientierung so hoffnungslos, dass er das Denken lieber einstellte. Er fühlte sich wie jemand, der sehr viel Bier getrunken hat. Nicht ganz ohne Grund, denn er hatte unterwegs in jedem Gasthof einen Krug Bier hinuntergegossen.

So kam er in Carreol an, wo König Artus zu jener Zeit Hof hielt. Er reinigte sich vom Staub der Reise und wollte der erlauchten Person der Königin seine Aufwartung machen. Doch kaum hatte er sein Quartier verlassen, stiess er auf Gavein, der ihm erregt mitteilte, dass ein Ritterturnier von entscheidender Bedeutung zwischen Wales und Cornwall gerade im Gange sei, die Halbzeit habe zwei zu zwei geendet, und er schleppte Lancelot mit sich. Nach dem Treffen gab es ein Bankett zu Ehren der Sieger;

Lancelot vergass sich dort bis nach Mitternacht, und so kam es ihm erst am Vormittag des folgenden Tages in den Sinn, sich bei der Königin zu melden.

Als er zum Schloss gelangte, war die Königin schon mit ihren Hofdamen zu einem Spaziergang in den Park ausgezogen. Zum Glück kannte Lancelot die gewohnte Richtung der Spazierwege der Königin gut; er eilte schnell hinter jenen Lindenbaum, von wo er gemäss einer im Lauf der Jahre entstandenen höflichen Sitte wie zufällig hervorzutreten hatte, wenn die Königin dort vorbeiwandelte.

Er war etwas spät hingekommen, die Königin näherte sich schon in der Lindenbaumallee, so dass sein Verschwinden hinter den Baum, dem sogleich sein Hervortreten folgte, fast als eine leere Formalität erschien.

Er kniete vor der Königin nieder und küsste den Saum ihres Gewands. Ein unsicheres Lächeln spielte auf dem Gesicht der Königin, und sie zögerte mit dem in dieser Lage fälligen Satz: «Erhebe dich, guter Ritter!»

Dies dauerte so lange, dass Lancelot vom Knien müde wurde und irgendeine Gereiztheit sich seiner bemächtigte.

«Man sagt, du seist schon gestern in der Stadt gewesen», sprach Guinevere mit einem Mal.

«Tatsächlich, Herrin», antwortete Lancelot errötend.

«So? Dann erhebe dich, guter Ritter!» sagte die Königin, aber in einem solchen Tonfall, dass der konventionelle Satz als eine Grobheit wirkte. Lancelot war verwirrt. Besonders verstörte es ihn, dass er dem Zorn der Königin aus einer solchen Entfernung zuschaute, als richtete sich dieser gar nicht gegen ihn.

«Meine Herrin ist während meiner Abwesenheit noch schöner geworden als zuvor, sofern dies möglich ist», versuchte er ungeschickt und ohne dass sein Herz angesichts der erhöhten Schönheit der Königin auch nur ein wenig schneller geschlagen hätte. Denn die Königin war zweifellos sehr schön, doch irgendein kleines Ungeheuer hinter den Bäumen flüsterte Lancelot ins Ohr: «Und wenn schon!»

«Auch hieraus ersehe ich, dass ich dir nie gefallen habe», sagte Guinevere nicht ganz logisch. «Ich begreife dein Benehmen gar nicht. Aber lassen wir das. Hauptsache, dass du meinen Schuh mitgebracht hast. Gib ihn her.»

«Jawohl, Herrin», stotterte Lancelot. «Das heisst, will heissen, ich habe den Schuh zu Hause in meinem Quartier vergessen.»

«Zu Hause vergessen?» fragte Guinevere und hob die Augenbrauen unvorstellbar hoch.

«Eigentlich, um präziser zu sein, nicht zu Hause, sondern...»

«Sondern?»

«Man hat mich nämlich unterwegs ausgeraubt...»

«Dich, den Ritter ohne Furcht und Tadel?»

«Ich meine, beim Kartenspiel. Ich war gezwungen, den Schuh einem Juden als Pfand zu geben.»

«Wie viele Köpfe hatte der Drache?» fragte plötzlich die Königin.

«Nur einen», sagte Lancelot reumütig.

«Und du hast selbst den nicht abgeschnitten!» rief die Königin.

«Nein. Die Sache war nämlich die, dass...»

Aber er konnte es nicht erklären. Die Königin mass ihn mit unaussprechlicher Verachtung, warf dann den Kopf zurück und entfernte sich mit schnellen Schritten, die Hofdamen nach sich ziehend.

Lancelot stand mit eingezogenem Hals da. Er hatte die Gunst der Königin verloren! Er wartete auf den herniederfahrenden Blitz, wartete, dass die Erde sich unter ihm auftue. Er wartete, dass seine Seele vor unbeschreiblichem Schmerz knisternd und Funken sprühend entzwei reisse. Aber der Blitz schlug nicht ein, die Seele riss nicht. In der neuen Welt, in der Lancelot sich nun befand, gab es anscheinend keine Blitze, nur kleine Eichhörnchen auf den Bäumen und schwatzende Bäche unter den Bäumen und innerlich nur das Glück der Biertrinker. Es war schrecklich.

Beim Nachtmahl am Hofe liess die Königin demonstrativ alle wissen, dass Lancelot in Ungnade gefallen war, indem sie Gavein aufforderte, ihr die Pfirsiche zu reichen. Am nächsten Tag sprach die ganze Stadt nur hierüber. Trat Lancelot in irgendeinen Saal des Schlosses, so verstummte das Lachen der Ritter, und die Hofdamen blickten ihn durch ihre Tränen an.

Lancelot seinerseits beteiligte sich eifrig am Würfelspiel; er gewann ständig, kaufte sich drei neue Pferde und ein erstklassiges Schwert, und er ging sorgfältig die Abrechnungen seines Gutsverwalters durch. Er nahm die beiden Bücher hervor, die er noch als Jüngling gekauft hatte, Catos Weise Sprüche und ein Werk Peter Abälards, eine äusserst spannende und in jener Zeit aufsehenerregende Arbeit über die Dreifaltigkeit. Er beschloss, sich in der lateinischen Sprache zu vervollkommnen. Das Leben war viel weiter als je, und Lancelot litt sehr. Er litt unsäglich an der Tatsache, dass er so wenig litt.

Und die Stunde kam, da er es vor sich selbst nicht mehr leugnen konnte und sogar laut aussprach: «Ich liebe Königin Guinevere nicht.»

Das ganze Wunder erschien hässlich und auch unverständlich. Auf natürlichem Wege geschieht dergleichen nicht. Man kann seine Sporen verlieren, seinen Mantel; es gab Fälle, da verlor jemand selbst sein Schwert, aber die Liebe verliert sich nicht! Es sei denn durch Zauber. Da fiel ihm die Nacht ein, die er in Chatelmerveil verbracht hatte.

Lancelot war ein Mann der Tat. Gleich bestieg er sein Pferd und ritt zu Klingsors Schloss.

Vom Turm des Schlosses erblickte Klingsor den Nahenden und eilte ihm entgegen.

«Er ist also gekommen, um mir für meine Wohltat zu danken», flüsterte er, und Tränen schwammen in seinen Augen.

Doch Lancelot sprang vom Pferd und ergriff mit einer entschlossenen Bewegung den Bart des Zauberers.

«Du Schuft!» rief er. «Oheim von Hunden und Liebhaber von Hündinnen! Aber was verliere ich viele Worte! Gib mir sogleich die Liebe zurück!»

«Oh, oh, oh!» schluchzte Klingsor. «Bist du denn seither nicht glücklicher? Spürst du nicht, um wieviel breiter und vielfältiger das Leben ist, wenn man durch die Liebe nicht gefesselt wird?»

«Sprich nicht soviel, Vetter von Igeln und

Schildkröten, Tod und Teufel, tausend Blitze!» sagte Lancelot energisch und drehte den Bart Klingsors in der Hand. «Gib mir sogleich die Liebe zurück!»

«Bitte», meinte Klingsor, enttäuscht seufzend. Er führte Lancelot ins Schloss hinauf. Von den Flaschen nahm er jene herab, auf der «amor, amoris, masc.» geschrieben stand. Er durchschnitt den Bindfaden und fischte mit der Beisszange die Liebe heraus. Sorgfältig wickelte er sie in Oblaten ein und überreichte sie Lancelot, der sie mit Hilfe eines Glas Wassers hinunterschluckte.

Nach einigen Augenblicken fuhr Lancelot zusammen. Ein stechender Schmerz durchzuckte seinen Leib und seine Seele. Seine Knie zitterten, in seinem Kopf sauste es, die ganze Welt verfinsterte sich vor ihm.

«Ich habe die Gunst der Königin verloren!» röchelte er.

Er griff sich an die Kehle und rannte ohne ein Abschiedswort weg.

Der Schmerz schüttelte ihn so sehr, dass er sich kaum auf dem Pferd zu halten vermochte. Die Tränen flossen ihm von den Wangen, und er liess sein Visier herab, damit die Entgegenkommenden seine Schande nicht sähen. Doch er vergoss die Tränen so reichlich, dass sie unter dem Visier hervorquollen und auf seinem Brustharnisch herabliefen.

Er war glücklich.

Attila József

Schlurf, der alte Schuster

Schlurf, der alte Schuster, sass dort auf seinem kleinen dreibeinigen Stuhl beim Fenster, damit er besser sehe, wenn er mit der harten Spitze des Pechdrahts die Stiche macht. Das Fenster allerdings kann durchaus nicht sauber genannt werden, es zieht auch kalt herein; aber was macht das schon Schlurf, dem alten Schuster, dessen Wort, sagt er einmal, dass die Schuhe bis zum Abend bereit sein würden, jedermann so betrachten kann, wie wenn die nagelneu besohlten, mit einem spiegelglatten Rand versehenen Schuhe schon an seinen Füssen knarrten. Es ist zwar wahr, dass Schlurf, der alte Schuster, nicht sehr viel zum Heizen besass, aber wer hätte je gehört, dass ein armer Mann und Schuhmachermeister, der allerdings nur Flickschuster ist, im Oktober schon im kleinen dreibeinigen Eisenofen ein Feuer entfachen sollte. Der Ofen liegt um diese Zeit noch auf dem Dachboden in der Kälte, man hat ihn zuerst noch keuchend herunterzutragen und mit der von Eisenstaub bedeckten Bürste zu reinigen. Schlurf, der alte Schuster, sitzt also beim Fenster vor dem niedrigen Tischchen, auf dem er stets etwas zu suchen hat, denn es kann ja nicht so leichtfallen, sich unter den vielen eckigen Schachteln und runden Blechbüchsen zurechtzufinden. Viele niedrige Schachteln sind da, und auch das Zimmer gleicht ihnen. Seine Decke hängt niedrig, als wäre es gebeugt, wie Schlurf selbst, der alte Schuster.

Wie kann ein wirklicher Mensch einen solchen erfundenen Namen haben? So, dass er, hatte man ihn manchmal in guter Laune angetroffen und gefragt, wie es ihm gehe, scherzhaft zur Antwort gab: «Nun, ich schlurfe nur so, ich schlurfe.» Nach so etwas fragt man jemanden natürlich nicht, wenn er sich gerade ärgert, und auch bei ihm erkundigte man sich nur dann in diesem Sinne, wenn man an seinem Augenzwinkern merken konnte, dass man ihn jetzt gar hätte liebkosen dürfen, da er für einen Scherz aufgelegt war. Dass er wiederum alt ist, das ist im besonderen ersichtlich, man braucht nicht einmal die aus seinem Kinn rundherum herausstehenden grauen Stoppeln zu betrachten. Und dass er ein Schuster sei, hat er einmal selbst erklärt, als jemand Schuhe zum Sohlen und Absatzbeschlagen gebracht hatte und mit dem Spruch eingetreten war: «Machen Sie es bitte recht fest, Onkel Schlurf, die Kappe hat sich losgemacht.» Dieser Jemand fügte dann noch mit einem gezwungenen Lächeln hinzu: «Mit einer Sohlenreparatur verhelfe ich der ehrbaren Schuhmacherindustrie vorläufig wohl zu keinem Aufschwung!» Schlurf, der alte Schuster, wie er da die alten Schuhe zur Prüfung sich vor die Nase hielt, hob hierauf gleichsam beleidigt, aber langsam und bestimmt den Kopf, blickte den in ein verlegenes Lächeln gehüllten Bäckergesellen ein wenig von der Seite an und sagte verärgert, jedoch in einem selbstbewussten und orientierenden Ton: «Ein Schuster bin ich, kein Schuhmacher!» Worauf der Bäckergeselle noch verlegener und noch verlorener lächelte, er aber, da er keine Antwort bekam, mit seinem breiten schwarzen Daumen die Kappe des Schuhs zu drücken begann und sich in das Studium der Schäden vertiefte.

Bei Schlurf, dem alten Schuster, erschien diesmal ein Kind, ein kleiner Junge mit einer zurückgeschlagenen Mütze auf den schmutzigen strohfarbenen Haaren. Das Futter der Mütze lugte hinten hervor, als wollte sie der Welt ihre gedrungene schwarze Zunge herausstrecken. Unter dem Mützenschirm ein fahles Gesicht, aus dem gemüsefarbene grüne Augen blicken, wie von Bächen belebte frohe Oasen in der Wüste oder Fettflecken auf Schuhen, die vom Schmutz ausgetrocknet sind. Die Jacke des Jungen hatte man für einen grossen Mann zugeschnitten; aber mit solchen Flecken um die Ellbogen kann sie ein grosser Mann kaum tragen, zumal wenn der Stoff neben den Nähten schon wieder nachzugeben beginnt. Unter der Jacke hing die Hose mit einem nachdenklich stimmenden Hinterteil; die Enden der Hosenbeine schaukelten etwa eine Spanne über den Fussknöcheln. Und die Schuhe. Jawohl, die Schuhe. Die hatte das Kind schon zur Reparatur mitgebracht.

«Guten Tag!» sagte der Junge, als er eintrat. Er sprach in einer Tonlage, als hätte er noch nicht ganz entschieden, ob er sehr mutig oder sehr ängstlich sein solle.

Schlurf, der alte Schuster, blickte nur mit den Augen hin, er bewegte nicht einmal den Kopf.

«Was willst du?» murrte er wie jemand, der nicht gerade sackgrob sein möchte.

«Meine Mama hat mich geschickt, Sie sollen meine Schuhe reparieren», antwortete das Kind. «Meine Mama hat gesagt, man brauche nur einen Flecken draufzutun, dann halte er noch.»

«Wo ist denn der Schuh?»

«An meinen Füssen», erklang es im allernatürlichsten Ton der Welt.

Schlurf, der alte Schuster, aber schwieg und werkte weiter. Das Kind stand nur stumm da. Es war Schlurf, dem die Geduld zuerst ausging.

«Soll ich den Flicken vielleicht an deine Füsse nähen?»

«Nein, nein, ich zieh' sie gleich aus», atmete der Junge auf.

Und dann zerrte er, so wie er dort stand, ohne sich um die Schnürsenkel zu kümmern, die Schuhe von den Füssen. Er wollte sie mit grosser Ehrerbietung übergeben; kaum hatte er sie also ergriffen, liess er sie schon zweimal fallen. Schliesslich riss Schlurf sie ihm aus den Händen. Aber er gab sie sogleich zurück.

«An diesen Schuhen gibt es nichts zu reparieren.»

«Bitte?»

«Diesen Schuhen ist nicht mehr zu helfen.»

«Aber meine Mama hat gesagt, man brauche nur einen Flicken draufzutun. Meine Mama hat es gesagt.»

«Es geht nicht. Sie lassen sich nicht mehr nähen. Haben auch keinen Rahmen mehr.»

Das Kind meldete sich in einem anklagenden, flehenden, hoffnungslosen Ton: «Aber so kann man sie nicht tragen.»

«Halt das Maul!» brummte Schlurf. «Kein Schuh ist so schlecht, dass man ihn nicht tragen könnte. Der, den man nicht mehr tragen kann, ist bereits so schlecht, dass er sich auch nicht mehr reparieren lässt.»

Der Junge sagte leise, verzweifelt: «Aber meine Mama hat gesagt, als sie ins Kino gegangen ist, ich solle die Schuhe hierher zu Onkel Schlurf bringen, Sie würden sie reparieren. Sie hat mir auch das Geld gleich mitgegeben.»

Schlurf wurde hierauf hart und unnachgiebig. «So, als deine Mutter ins Kino gegangen ist, hat sie gesagt, du sollst die Schuhe zu Onkel Schlurf bringen! Sag deiner Mutter, Onkel Schlurf lasse ihr ausrichten, sie soll die Schuhe ins Kino mitbringen, *dort* werde man sie dann reparieren.»

Das Kind erschrak hierauf wenn möglich noch mehr, begann fast zu jammern: «Sie ist nicht ins Kino gegangen, meine Mutter, sondern ins Ujpester Kino zum Putzen.»

Schlurf setzte schweigsam, geschäftig seine Arbeit fort. Mit einem Auge blickte er manchmal verstohlen auf das sich verbittert behauptende, wortlos dastehende Kind. Dann sprach er doch, als wollte er sich nur unterhalten: «Du bist der Sohn der Frau Vanicsek?»

«Ja.»

Sie schwiegen von neuem. Mit zugekniffenen Augen, anscheinend mit grosser Sorgfalt, begann Schlurf ein Lederband enger zu machen.

«Du hast auch einen jüngeren Bruder?»

«Ja, und eine jüngere Schwester.»

«Dein Bruder ist auch ein solcher Lausbub wie du, was?»

Der Junge wusste nicht, was er antworten sollte. Erneut schwiegen sie.

Schlurf war es endlich, der das Kind zusammenfahren liess. «Wo sind nun diese Schuhe?» fragte er, als hörte er zum ersten Mal davon, und stellte von seinem Schoss den auf einen Leisten genagelten Oberteil weg.

Er schaute die Schuhe an, drückte sie und schüttelte dabei - schon allein wegen des Kindes - missbilligend den Kopf. Dann machte er sich, ohne ein Wort zu sagen, an die Arbeit. Aus verschiedenen Reststücken legte er riesige Flicken auf die Seiten und Sohlen der Schuhe. Das Kind liess sich währenddessen schweigsam auf einen der kleinen Stühle nieder. Endlich, nach etwa anderthalb Stunden, konnte man das Meisterwerk erneut als Schuh gebrauchen.

«Da, nimm.»

Der Junge freute sich über den Schuh, war aber gleichzeitig überrascht von den ausserordentlichen Flicken und flüsterte: «Danke.»

Und schon zog er sie an. Dann stellte er ängstlich die Frage: «Was muss ich zahlen?»

Schlurf schwieg. Auf die zweite Frage des Kindes brummte er dann: «Zwanzig Fillér.» Und er krächzte dazu. Dann murmelte er noch für sich selber: «Ziemlich billig.»

«Bitte, Onkel Schlurf.»

Eine Fünfzig-Fillér-Münze lag darauf flach in Schlurfs harter, ausgetrockneter Hand. Schlurf sah sich die Münze an, kramte aus der Schublade des Tischchens seine klebrige Börse hervor, liess das Geld hineinfallen, dann nahm er, Stück für Stück abzählend, langsam, nachdenklich und sorgfältig achtzig Fillér heraus, sammelte sie zwischen seinen Fingern zu einer Säule und drückte sie in die ausgestreckte Hand des Kindes. «Da ist Geld zurück.»

Das Kind begann zu zählen. Es wurde rot, man sah ihm an, dass es mit sich selbst kämpfte. Es dehnte das Zählen aus, ihm selbst schien es, als zählte es schon seit einer Ewigkeit. Schliesslich sagte es in einem sehr wenig natürlichen Ton: «Onkel Schlurf, Sie haben mir zu viel zurückgegeben.»

«Nein, das habe ich nicht.»

«Ich weiss nicht, Onkel Schlurf. Ich habe fünfzig Fillér gegeben, Onkel Schlurf, Sie haben mir aus einem Pengö zurückgegeben.»

Schlurf, der alte Schuster, fuhr das arme Kind an. Er hob seine Stimme immer mehr, wie wenn er sich zuletzt vom Zorn völlig hinreissen liesse. «Fünfzig Fillér hast du mir gegeben, und ich habe dir aus einem Pengö zurückgegeben? Hast du deinen Kopf dermassen bei deinen Lausejungenstreichen, dass du nicht einmal weisst, was du aus der Hand gibst? Glaubst du denn, deine arme Mutter stehle die Pengö-Stücke nur so? Sie kann ja schwarz werden vor Arbeit, und du verschwendest so ihren Verdienst! Nichtsnutziger Bengel! Nimmst du sofort das Geld, du Lausbub! Ich spalte dir den Kopf, wenn ich erfahren sollte, dass du auch deine Mutter betrügen willst, dass du ihr nur aus fünfzig Fillér zurückgibst! Schade um jedes Stück Brot, das man in dich hineinstopft, du Tölpel! Gehst du mir gleich!»

Das Kind fuhr zusammen, verzog sich nach rückwärts hinaus und schlug hinter sich die Türe zu. Aber Schlurf, der alte Schuster, murrte noch lange vor sich hin und zerriss auch den Faden, wie wenn er wirklich sehr böse wäre.

Lajos Baráth

Sand

Zwanzig Minuten vor Mitternacht, eine Viertelstunde nach dem Sandeinbruch, meldete einer der Förderleute aus der Hauptförderstrecke Nummer Sieben telephonisch den Fall. Der diensttuende Steiger - natürlich der über Tage - traf sofort seine Anordnungen, und um Viertel vor eins stand schon eine umfangreiche Rettungsmannschaft vor der Einbruchstelle. Der Führer der Brigade schätzte den eingeströmten Sand auf etwa hundert Tonnen. Wie es sich später herausstellte, hatte er den Sandeinbruch, der den Weg zur östlichen Abbaufront sperrte, auf einen Achtel seines Gewichts geschätzt. Den dort dahinter Eingeschlossenen konnte die Ankunft der Retter keine sofortige Hilfe bringen. Diese waren vorsichtig, sie massen und überlegten lange; sie sicherten sogar zuerst ihre eigenen Leute, da sie bedachten, dass der Sand, der sich noch über ihren Köpfen befand, auf einen falschen oder verfehlten Schritt hin ins Rutschen kommen könnte, und da würden sie zu dem einen Übel nur ein neues schaffen. Hierin hatten sie natürlich recht.

Dies brachte die Lösung indessen nicht näher.

«Dieser Sand ist Versatz», erklärte einer.

«Er stammt aus der Vorkriegszeit», antwortete der alte Erhaltungsarbeiter, der am nächsten bei der Einbruchstelle gestanden hatte: zu seinem Glück etwa fünfzig Meter weiter vom Ort, wo der First in Bewegung geraten war. «Damit hat man die Einschlämmung gemacht... eine Sohle höher.»

«Eingebrachter Versatzsand», bemerkte der junge Ingenieur fachmännisch.

Die Strecke um sie herum sah jämmerlich aus. Die Verzimmerungen waren wie Zündhölzer gebrochen; eingedrückte Förderwagen; das endlose Seil ragte zerrissen wie eine verblühte Stahlblume aus dem Sand hervor. Ein einziger grauer Haufen, gespickt mit Balken, die wie Späne anmuteten; nur das Geleise schlängelte sich weiter, bereit, seine Aufgabe jederzeit zu erfüllen.

«Das Gescheiteste, was wir tun können... Wir bohren und versuchen auf der anderen Seite durchzukommen. Rechnen Sie aus, wieviel Luft sie drinnen haben können. Für wie lange sie reicht...»

Der Führer der Rettungsgruppe war ein erfahrener Bergmann, ein einstiger Grubenbetriebsführer. Da es aber zu Beginn der fünfziger Jahre als das weniger gefährliche Unternehmen erschienen war, in eine offene Strecke zu klettern, als eine allfällige Nichterfüllung des Plans zu verantworten, hatte er mit der Zeit zur Grubenrettung hinübergewechselt.

«Wer ist alles drinnen geblieben?»

«Fünfzehn Leute vom Abbau, der Obersteiger, ein diensttuender Grubensteiger. Hollós, der Schiessmeister, zwei Maschinisten, unter denen eine Frau...»

Der Führer der Rettungsgruppe hob jäh den Kopf. Er fluchte und sagte dann zum Ingenieur: «Aus zwei Gründen ist es schlecht, dass die

Frau drinnen geblieben ist...» Sein soldatisch disziplinierten Gesicht verriet allerdings nicht, was diese beiden Gründe waren. Er bewegte seine ergrauten Wimpern; und dies bedeutete bei ihm, dass er angestrengt nachdachte. Er forschte nicht dem Zusammenhang von Ursache und Wirkung nach, er dachte nur an diese Tatsache: Wie lange reicht die Luft für die Eingeschlossenen aus? Und noch ein Bild vibrierte in ihm. Einmal war er mit neun Kumpeln zusammen in der Grube steckengeblieben. Die zehnte war eine Frau. In der sechsten Stunde liess er sie durch zwei mit Äxten bewaffnete ältere Bergleute bewachen, um die Ehre der Frau zu bewahren...

«Eine junge Frau?»

Der alte Erhaltungsarbeiter stand neben ihm und sagte grinsend: «Wie eine Kuh, die man auf Mast füttert, so gross ist sie... Und sie ist wohl über vierzig.»

Der Ingenieur und der Führer der Rettungsmannschaft gingen darauf in den Maschinenraum, der in der Nähe lag. Sie breiteten Streckenkarten aus auf der Platte des einzigen rohen Tannenholztisches.

«Von Nummer Sechs in südlicher Richtung finden sie einen Durchgang zur Wetterstrecke. Auf diesem Weg können sie zum Schacht mit dem Förderkorb gelangen... wenn...»

«Wenn... Wenn man die Wetterstrecke in Ordnung halten würde. Aber in welcher Grube tut man das? So, wie das Reglement das vorschreibt, nicht wahr, Kumpel?»

Der Ingenieur hob beleidigt den Kopf. «Das sollten Sie dem Betriebsführer oder dem Oberingenieur erzählen, Kumpel!»

Es war ein bleicher, blonder Junge, seine schmalen Lippen zeugten von Selbstbewusstsein und von einer überaus grossen Selbstachtung. Das Wort «Kumpel» betonte er stark.

«Dies, wenn die Luft für sie reicht. Wenn es nämlich nicht gelingt, ein Loch von der Breite einer Stange zu schlagen, dann ist die Zirkulation unmöglich... Wie lang ist der Weg, den sie in der Wetterstrecke zurücklegen müssten?»

Der Ingenieur rechnete lange. «Beinahe sieben Kilometer. Ihre Lage wird dadurch erschwert, dass Höhe und Breite an den meisten Stellen kaum mehr als einen halben Meter betragen...»

«Die Frau... die Frau, wie sagte der alte Kauz?»

«Beleibt... Meinten Sie das?»

«Haben Sie sie gekannt?»

«Vom Sehen... Wenn es die ist, an welche ich denke, dann...» Und der junge Ingenieur dachte vielleicht zum ersten Mal im Leben intensiv an den Tod. Nicht an jenen Tod, der mit Sense, weissem Schädel und dunklen Augenhöhlen die Kinder erschreckt und die Erwachsenen vor Todesgefahr warnt. Nein! Er dachte an die langsame, fast berechenbare, jedoch unaufhaltsame Auflösung der biologischen Wirklichkeit. Zuerst verwelkt, verfällt das verzweigte Blätterwerk der Lunge, und das Blut hört langsam auf, in den Adern zu kreisen, bis es schwarz wird und gerinnt... Doch das Zentralnervensystem arbeitet bis zum letzten Augenblick weiter, wenn auch nicht genau, eher stockend, und es nimmt selbst inmitten der gestörten Ordnung zur Kenntnis, dass es nicht mehr weitergeht. Er fühlte, wie er erbleichte.

«Ich habe sie manchmal vor Nummer Sechs gesehen... Sie arbeitete als Füllerin... und sie war sehr dick.»

Als der erste Schrecken vorbei war, versuchten die Eingeschlossenen, ihre Gedanken zu ordnen. Als erstes dachten sie an das Telephon. Das einzige Kabel, das die Verzweiflung lindern kann: aus der Möglichkeit, dass sie mit der Aussenwelt sprechen können, schöpfen sie Hoffnung, selbst wenn dies in ihrer Lage als bare Fiktion gilt. Den Eingeschlossenen musste ja die zu ihrer Freiheit führende Hauptförderstrecke in einem noch schlimmeren Zustand erscheinen. Diese sieben Kilometer messende Strecke ging vom Wetterschacht aus gegen Norden und setzte sich rechtwinklig in östlicher Richtung fort. Der Weg durchquerte hernach ein gewaltiges Feld, so dass er gleichzeitig dem Norden und dem Osten zustrebte, bis er schliesslich die letztgenannte Richtung wählte. Hier mündete er in das östliche Kohlenflöz, in die Front Nummer Sechs. Im nördlichen Teil gab es hier Kammerabbau, in Nummer Sechs jedoch Strebbau in der Längsrichtung. Zwei parallele Strecken gingen vom Hauptabbau aus, ebenfalls in nord-südlicher Richtung, und die Schaltstation barg sich da vor dem übriggebliebenen Feld. Von hier liess man die Förderwagen an dem endlosen Seil an die Oberfläche abfahren. Der Einbruch war genau in der gegenüberliegenden Strecke geschehen. Diese Strecke mündete jedoch direkt in die Wetterstrecke, welche die Luftzufuhr sicherte.

«Die einzige Rettungsmöglichkeit», sagte der

Obersteiger zu den um ihn herum versammelten Menschen, «ist die Wetterstrecke.»

Es gibt Leute, die in den schweren Augenblicken, ja selbst in Todesgefahr unwillkürlich ruhig werden. Der Obersteiger galt als heftiger, sogar als vorlauter Mann, den seine Launen manchmal bis zum Äussersten trieben. Seine schrille Stimme hallte weit, wenn er die fallenden Strecken entlang kam. Er beanstandete alles, er fand in allem Fehler, weil er Fehler suchte. Und wenn er leer ausging, dann liess ihn seine Enttäuschung in Zorn geraten. In dieser Lage aber kannte er nun sich selbst nicht mehr. Er hörte, wie seine Stimme metallen klang, und von hinten, aus irgendeiner Windung des Gehirns quoll ein Strom, der Ruhe ausstrahlte. Er fühlte, dass jetzt nichts imstande sein würde, seine Ruhe zu stören. Niemand konnte seinen Entschluss ändern: im Interesse ihres Lebens schnell und zweckmässig zu handeln.

Dort, wo die Hauptförderstrecke in das Feld des Frontabbaus Nummer Sechs mündete, bot sich ihnen bei der Ankunft ein hoffnungsloses Bild. Die Verzimmerungen waren zersplittert, und selbst die Sohle schien unter der gewaltigen Last und dem Stoss, den der Einsturz bewirkt hatte, nachgegeben zu haben. Die Stelle war zumindest um zwanzig Zentimeter zusammengedrückt worden. So viel hatte über ihren Köpfen die Erdkruste sich gesenkt oder die Sohle sich gehoben. Im Grunde kam es auf das gleiche heraus. Sie mussten damit rechnen, dass früher oder später selbst die ihr Versteck stützenden Verzimmerungen geknickt würden und dass ihnen dann auch das Glück nicht mehr beistehen könnte.

Der Obersteiger und der Grubensteiger verzogen sich in einen Winkel und versuchten, das Gelände aufzuzeichnen. Diese winzigen und längeren Striche, die sie seit Jahren kannten und jede Woche von neuem sahen, hatten sich in ihr Gedächtnis eingegraben. Die auf dem Papier entworfene Zeichnung verdoppelte indessen ihre Zuversicht.

«Die von Brennberg sollen näher treten», bat der Obersteiger.

Die Bergleute sassen in zwei Reihen einander gegenüber. Sie gaben das Gesagte weiter. «Hetzman, Sepp! Kommt näher!»

«Macht irgendeinen Plan!» sprachen sie ihren vorwärts strebenden Kameraden zu.

Sie machten keine einzige überflüssige Bemerkung. Niemand zeigte Furcht, obwohl sie alle sich fürchteten. Sie wussten, dass nur eine vollkommene Disziplin ihnen aus dieser Lage heraushelfen konnte. Sie murrten nicht, sie verhielten sich nicht ungeduldig. Mit gespannten Nerven warteten sie auf die Anweisungen, auf den Befehl, der sie auf den Weg schicken würde.

«Leute!» sagte der junge Grubensteiger. «Niemand soll unnötig sprechen. Wir haben wenig Luft...»

Der in der Nähe kauernde Schiessmeister antwortete mit einem sauren Lächeln. «Das weiss ein jeder, lieber Rudi», und er machte mit der Hand eine kraftlose Geste. War es Sparsamkeit, die aus dieser Bewegung sprach? Oder Angst? Es war nicht genau auszumachen: wir pflegen in ähnlichen Lagen sogar an uns selbst zu zweifeln und überlassen unsere Handlungen dem Instinkt... Die Selbstaufgabe folgt erst weit hinter der Verzweiflung.

«Onkel Hetzman, war irgend jemand von ihnen in letzter Zeit in der Wetterstrecke?» fragte der Obersteiger.

«Gelegentlich... Weil man nämlich, mit Verlaub, seine Geschäfte an solchen Orten besorgt... Wenn es schon hier nötig ist. Der Luftstrom trägt den Gestank weg.»

«In welchem Zustand ist die Strecke?»

«Sie ist vor langer Zeit erstellt, hat alte Verzimmerungen. Das meiste haben die Jahre weggefressen.»

«Sie beide gehen voraus. Sie sehen sich die Sache an, dann kommen wir alle. Wenn die Strecke nicht begehbar ist, muss man den Bruch verkleiden. Die auf der anderen Seite tun das gleiche... Vielleicht gelingt es. Einen anderen Weg gibt es nicht.»

Antal Hetzman dachte nach. Der dünne, hochgeschossene Mann arbeitete seit mehr als drei Jahrzehnten schon unter der Erde. Seine knochenfarbene Stirn hatte sich im Lauf der Zeit angepasst, sie leuchtete totenbleich; seine blaugrauen Augen verbargen sich in den tiefen und schattigen Augenhöhlen, seine dichten, doch schon grauen Augenbrauen schienen sein ruhig beobachtendes Augenpaar vor unsichtbaren Gefahren zu schützen.

«Sie meinen, wir beide würden vorausgehen und dann eine Nachricht zurückbringen?»

«Genau. Sie nehmen Spaten und Äxte mit... Wo es möglich ist, helfen Sie nach. Zwanzig Leute müssen die Strecke passieren... Eine kleine Unvorsichtigkeit, und das Unglück ist da. Verstehen Sie mich?»

«Ja. Aber es ist dennoch nicht gut so, wie Sie es meinen.» Er fuhr erst fort, nachdem er mit seinen halb geschlossenen Augenwimpern seinem Vorgesetzten versichert hatte, er wolle nicht unhöflich sein. «Wenn wir beide die Strecke hin und zurück passieren und dann von neuem, so bedeutet das sechs Leute... Und etwas, das zwanzig Menschen trägt, hält bei sechsundzwanzig nicht mehr unbedingt... Verzeihung, aber ich rechne so.»

Einer der Bergleute, Imre Marosi mit Namen, der unmittelbar neben den Diskutierenden kauerte, fuhr auf. «Du würdest uns dalassen, was? Nach dir kann die Grube ganz einstürzen, nur du sollst wieder an den Tag kommen!»

«Ich habe nicht gesagt, dass wir als erste gehen sollen. Der Genosse Obersteiger hat mich gerufen, darum bin ich gekommen.»

«Bist ein kluger Schwabe.» Marosi spuckte zur Seite aus. Er wollte sich eine Zigarette anzünden.

Der Schiessmeister hielt seine Hand fest. «Leg das weg, Kumpel!»

«Wenn wir schon da verrecken, so lass mich wenigstens noch einmal rauchen... Das erlaubt man ja selbst dem Mörder, der zum Tode verurteilt ist...»

Sein Nachbar suchte ihn zu beruhigen. «Was soll diese Rede, Imre?», und er sah seinen Kameraden lange an. Lange und tadelnd, bis im Gesicht des anderen die kleinen, dem Mund zustrebenden Falten nachgaben.

«Ich sage es nur so!»

«Leute, man streitet hier nicht. Onkel Hetzman sagt, es sei nicht ratsam, dass jene, die hinausgelangen, wieder zurückkommen. Und er hat recht, ich sehe es ein. Aber wer soll als erster gehen?»

Die Frage stiess auf Stille. Die Männer blickten weg oder prüften ihre Lampen. Wie wenn eine Granate in den Wald einschlägt und die Bäume fällt, so sassen die Bergleute nebeneinander, geknickten Stämmen gleich; wortlos und trauernd, beinahe in Todeserwartung.

«Wir müssen entscheiden, Leute... Die Zeit drängt!»

«Wir haben eine Frau unter uns. Es würde sich so gehören, dass sie als erste geht», sagte Marosi, der schon bereute, dass er sich streitsüchtig gezeigt hatte. Er wollte nun seinen Fehler wiedergutmachen. Denn die Angst winselte wohl in ihm bei dem Gedanken: drei, vier Leute gelangen durch die Wetterstrecke noch hinaus, die anderen aber müssen sterben, und er befindet sich unter denen, die zuletzt gehen...

«Frau Péteri, kommen Sie her», sagte der Obersteiger.

Der schwere Körper setzte sich in Bewegung. Die Gesichter der sich nach vorn beugenden Menschen berührten sich fast im engen Abbau. Die Frau kam herbei, eine jede ihrer Bewegungen war jammervoll und ungelenk. Ihre gepolstert dicken Hände klammerten sich krampfhaft an die Stempel, in ihren ungestalten Gummistiefeln rutschte sie, wie sie vorwärts schritt, immer wieder aus. Sie beugte sich tief vor, ihr breites Gesäss bewegte sich beinahe auf gleicher Höhe wie ihr Kopf.

«Rudi!» wandte sich nun der mit frostiger Gleichgültigkeit wartende Obersteiger an den Grubensteiger. «Du gehst mit Onkel Hetzman, Sepp und noch mit Frau Péteri voraus. Vor der Wetterstrecke wartet ihr auf uns...»

«Sollen wir Werkzeug mitnehmen?»

«Ja! Aber ihr müsst warten. Niemand setzt seinen Fuss in die Strecke, bevor ich es erlaube. Na, macht schon!» Und er wandte den Kopf ab, als die Frau ihn anblickte. Er bemerkte, dass sie fast weinte.

Die Männer schauten mit schwerer Traurigkeit auf die Aufbrechenden. Der Gedanke, dass sie selbst dem Leben nicht erhalten bleiben würden, ging ihnen durch den Kopf.

Frau Péteri wandte sich nochmals um. «Gott segne Sie... Gott... Vier Kinder habe ich.» Und da konnte sie ihre Tränen nicht mehr zurückhalten.

«Marosi... Wenn Sie wollen, können Sie mit ihnen gehen», winkte der Obersteiger dem Bergmann.

«Ich habe es nicht darum gesagt», gab dieser zurück und senkte beschämt den Kopf.

Man hörte jetzt eine Zeitlang die schweren Schritte der vier Leute, sie sahen auch ihre schaukelnden Lichter. Als dann nur noch das Fallen der Kohlenstücke zu hören war und das dumpfe Rollen des herabfallenden Schutts aus der Richtung der Einbruchstelle (sie fuhren jedesmal zusammen), da rückten sie näher aneinander.

«Warum haben Sie sie nicht ganz ziehen lassen?» fragte Marosi plötzlich, dem es nun wieder unangenehm war, dass er sich zuvor hatte schämen müssen. Er warf den Kopf hoch und starrte dem Obersteiger in die Augen. «Selbst hier wollen Sie befehlen? Wenn wir schon ans Tor der Hölle klopfen? Was glauben Sie?»

«Was ich glaube?» Der andere sah ihn an. «Dass es unnütz ist, sich mit einem Verrückten zu streiten... Das glaube ich!»

«Natürlich, wer ein wenig Verstand hat, der ist verrückt!... Wer sich nicht auf den Kopf machen lässt!»

«Schweig schon, du...»

«Lassen Sie ihn. Er soll nur sprechen. Soll sich erleichtern.»

«Ich sage es nicht meinetwegen. Sondern wegen der Frau. Die hat vier Kinder. Ich kenne sie, wir wohnen in der gleichen Strasse. Vier Töchter hat sie, die älteste ist fünfzehn Jahre alt. Die brauchen ihre Mutter.»

«Vier Kinder hat sie... Ich habe nur drei. Und zwei Enkelkinder... Hetzman hat sogar fünf, wenn ich mich nicht irre. Auch andere haben Kinder. Jeder will sich retten. Jeder will leben. Sogar der Wurm, den selbst ein Geröll jederzeit erdrücken kann. Der braucht nicht so viel Sand wie wir da... wenn der uns erdrückt...»

«Und Sie lassen sie trotzdem nicht hinaus. Wozu sollen sie auf uns warten? Wenn wir schon hier verrecken, so hätten Sie wenigstens die ziehen lassen sollen.»

Der Obersteiger sah weit weg. Er forschte in der Dunkelheit. Als würde er von dort die Antwort auf all das bekommen, was beantwortet werden muss, bevor er entscheidet. Er hatte das Gesicht der Frau betrachtet, gleich nachdem sie und ein anderer Hilfsarbeiter die fürchterliche Kunde vom Einsturz gebracht hatten. Sie selbst hatten das Getöse auch gehört, doch dachten sie damals nichts Böses. Die Grube, diese geschlossene, schreckliche Welt, gibt ja jeden Laut, jedes Blinken, jede Bewegung mit hundertfacher Intensität weiter. Er sah das schlaffe Gesicht der Frau. Kann sein, dass es die Kraftlosigkeit der alternden Haut war, die ihr Gesicht hässlich machte. Er hatte sie sonst nicht betrachtet. Aber es kann sein, dass die Frau den bevorstehenden Untergang spürte. Dachte sie nur für einen Augenblick an den Untergang, so genügte das wohl, damit sie plötzlich, unversehens alt wurde. Um hässlich zu werden, reicht bei den Frauen ja meistens schon ein Gedanke an das Altern. Was mag der Todesgedanke erst bei ihnen bewirken? Und woran konnte diese Frau zuerst gedacht haben, als zehn Meter von ihr entfernt Hunderte von Tonnen Sand herabstürzten und das Stahlseil, das tonnenschwere Förderwagen zu ziehen vermag, neben ihr riss?... Woran mochte sie gedacht haben, heiliger Gott, woran, wenn nicht an den Tod und an ihre Kinder?

Als er zum ersten Mal richtig begriff, was geschehen war und dass sie sich aus dieser Lage nur durch die Wetterstrecke retten konnten, erschien für einen Augenblick Frau Péteris dicke Gestalt vor ihm, und gleichzeitig ging ihm der Gedanke durch den Kopf: «Sie wird sich durch den knapp einen halben Meter breiten und kaum höheren Gang nicht durchkämpfen können...» Nur einen Augenblick lang blitzte diese schreckliche Wirklichkeit vor ihm auf. Dann beanspruchten andere Dinge seine Aufmerksamkeit. Die Frau und ausser ihr noch neunzehn Männer waren in dieses ausweglose Loch gesperrt worden. Und sie alle möchten sich gleichermassen retten, diesem Ort entrinnen, wohin sie täglich freiwillig zu kommen pflegten, wo sie ihr Glück versuchten. Aus freien Stücken kamen sie, wozu die Notwendigkeit, das Schicksal alle mit einem so einfältigen

Feenmärchen verführt. Ein jeder muss ja leben, von irgend etwas, irgendwie. Und die, welche es in diese fensterlose Welt verschlagen hat? War das eine Zwangsliebe oder ein Nachgeben vor dem eigenen Los? Beides geschieht gleichzeitig. Wir schmücken ja alles erst hinterher, wenn wir schlagartig erkennen, dass es keine Rettung gibt und dass nur das Glücksspiel, das Würfelspiel ums Leben uns übrigbleibt. Erst wenn über unser Schicksal schon entschieden wurde. An den Eichenholzverzimmerungen in der Grube glänzen im Laufe der Zeit orange, blaue und giftgrüne Pilze. Wie die Wunderpracht der Farben erscheint das Bild, obwohl das starke Eichenholz von diesem Augenblick an schon krank ist, sich in sein Schicksal fügt und die perlenden farbigen Flecken die Faser geschwürartig bedecken... So kommt man mit der Zeit zur erzwungenen Behauptung, die Grube sei schön.

«Jeder zweite Mann löscht seine Lampe», sagte der Obersteiger. «Und etwas möchte ich Ihnen mitteilen. Nicht in meinem Interesse! Nein, denn ich werde der letzte sein, der aus dieser Grube hinauskriecht...» Der Reihe nach musterte er alle Wartenden. Er klammerte sich an jedem Augenpaar fest und nahm die Blicke, wie Fäden, alle in seine Hand, um sie mit sich zu ziehen. «Gehen wir den anderen nach. Nehmen Sie nichts Überflüssiges mit. Im Abbau bewegt sich jeder mit der grössten Vorsicht... Eine falsche Bewegung genügt... Eine Verzimmerung fällt um, und dann stürzt alles ein!» Er wartete einen Augenblick, damit jeder begreife, was er gesagt hatte. «Nach all dem will ich folgendes sagen... Sie gehen einzeln los vor mir. Immer der, den ich aufrufe. Ein anderer darf die Strecke nicht betreten! Kapiert?»

Niemand widersprach. Sie gingen in dem niedrigen Höhlengang, der die Abbaufront begleitete, einzeln los. Der Obersteiger stellte sich an die Seite und schaute sich jeden von ihnen nochmals an. Die von ihm eingefangenen Blicke fragten: «Wäre es dennoch möglich, dass wir am Leben bleiben?» Und er antwortete mit unerbittlicher Strenge einem jeden, befahl ihnen gleichsam die Zuversicht: «Ja, wir müssen leben. Wir bleiben am Leben!»

In der Strecke, die von Westen gegen Osten führte, kamen sie bequem voran. Sie sahen die Lichtzeichen der Wartenden schon von weitem. Mächtige und sichere Hölzer begleiteten ihren Weg. Wie Riesen standen sie zu ihrer Rettung Spalier. Immer mehr Pilze leuchteten an dieser Stelle, und die ausgetrockneten Verzimmerungen verbreiteten Schimmelgeruch.

Vor der Wetterstrecke blieben sie alle stehen.

«Womit können wir rechnen?»

Der alte Hetzman antwortete dem Obersteiger: «Die Balken sind morsch... Ich habe es schon gesagt. Möglich, dass wir auch auf kleinere Bruchstellen stossen...»

«Hetzman, Marosi und Sepp... Sie gehen als erste!»

«Ich habe nicht für mich selbst gesprochen.» Marosi zog sich zusammen, und wie jemand, der sich verdrücken will, wandte er sich vom Eingang ab.

«Sie gehen los. Vorsichtig! Wenn Sie auf dem Weg Sand oder Steine von einem Firsteinbruch finden, legen Sie sie an den Fuss der

Türstöcke. Wenn irgendwo ein Balken hangen sollte, bessern Sie ihn vorsichtig aus. Nun, los! Verschwenden wir keine Zeit!»

Hetzman kletterte als erster auf den Absatz vor der Einstiegstelle. Er blickte noch einmal zurück wie jemand, der sich von den anderen verabschiedet oder ermunternd winkt: Vertraut mir, ihr werdet nach mir einen freien Weg vorfinden, der zum Leben führt. Er bekreuzigte sich und ging kriechend los. Nach einer Minute war nur noch die gelbe Öffnung der Strecke zu sehen.

«Marosi!»

«Nein!», und kleine Runzeln umfingen dessen Mund.

«...stellt sich zur Seite!» winkte der Obersteiger und sah ihn nicht an. «Du bist dran», wandte er sich an Sepp. «Nimm die Axt mit.»

Sie warteten gespannt. Der in der Grube verweigerte Befehl bedeutet zumindest soviel wie Insubordination im Krieg. Marosi verzog sich zur Seite und lehnte sich mit dem Rücken an eine Verzimmerung. Er stand da wie jemand, der auf alles gefasst ist, aber dennoch nicht nachgeben will.

Der Obersteiger beobachtete seine Uhr. Der Sekundenzeiger hatte zweimal den Kreis vollendet. Frau Péteri rührte sich; schlaff und ergeben, bereit zum ungewissen Gang.

«Die beiden Fekete... Sind Sie verwandt?»

Ein kleiner, schneidiger Mann stellte sich in den Vordergrund. «Nein... wir haben nur den gleichen Namen.»

«So. Recht. Gehen Sie, dicht hintereinander.»

Der Schlund des unbekannten Weges war da schon wieder schwarz. Hetzman und Sepp hatten bereits einen Bogen hinter sich gelassen. Die beiden Männer machten sich auf den Weg, dicht hintereinander, wie ihnen befohlen worden war.

«Sie scheinen schnell vorwärtszukommen», bemerkte jemand.

Der Obersteiger blinzelte zum Schiessmeister.

«Freuen Sie sich nur darüber, Leute.» Es war eine sinnlose, schwache Freude. Er wusste es, und er hatte nicht darum gesprochen, weil er vom günstigen Zeichen überzeugt war. Aber er war sich bewusst, dass den Wartenden die Stille nun unheimlich vorkommen musste.

«Onkel Vili... Ich möchte jetzt gehen», meldete sich ein junger Mann. Seine schwarzen Haare klebten schweissig an seinem Schädel, sein Gesicht zeigte Streifen von Staub und Kohlekörnchen. Er musterte verlegen seine Axt, und sein Rücken beugte sich in der Mitte. «Meine Frau bekommt ihr erstes Kind... Vielleicht schon heute oder morgen. Man weiss es nicht... Ich möchte morgen früh zeitig zu Hause sein. Wenn es geht.»

«Du hast die Tochter der Kaposis geheiratet?»

«Ja, die kleinste, Margitka.»

«Geh, vorsichtig.»

Sie gaben sich die Hände. Wie er auf den Absatz hinaufsprang, da beugte er sich noch mehr, legte sich nach einigen Schritten auf den Bauch und kroch eilig vorwärts, wie von einer Leidenschaft gejagt. Die Kleider knisterten an seinen langen Oberschenkeln, er stöhnte laut auf dem Weg. Er blickte nicht einmal zurück.

«Er erwartet einen Jungen», sagte der kleingewachsene Previák, der an einem Zündholz kaute. «Er hat sogar gewettet. Um zehn Liter Wein.» Und er fügte leise, wie zu sich selber flüsternd, hinzu: «Kann sein, dass er gewinnt... kann sein.»

«Wir beide gehen zusammen, junge Dame», sprach der Obersteiger und umfasste Frau Péteris Schulter. «Sonst würde noch irgendeiner Ihnen nacheilen, und in der Dunkelheit kann vieles vorkommen...»

Der Schiessmeister und der junge Grubensteiger lachten.

«Man könnte Sie am Ende noch verführen. Onkel Nándi würde sie verjagen...»

Die Männer warteten mit einem erfrorenen Lächeln. Frau Péteri schloss für einen Moment die Augen. Vielleicht wollte sie etwas sagen, fügte sich aber dann und wartete, dass die Reihe an sie käme.

«Alter, gehen Sie jetzt», winkte der Obersteiger einem der im Vordergrund Stehenden zu. Es war ein kleines, zusammengeschrumpftes Männchen, von jener Art, die, wie es heisst, nicht zum Ausrotten ist. Er war zäh wie eine Wurzel. «Ein Jüngerer nach ihm... Wer hat eine Braut? Tobiás? Nun, schnell! Los!»

Es blieben zuletzt nur noch fünf. Frau Péteri sah fragend auf die Wartenden. Die Männer waren jedoch mit sich selbst beschäftigt.

«Wir müssen sie in die Mitte nehmen... zwei an der Spitze, zwei hinten. Vorläufig, immerhin, können wir eine Zigarette anzünden.» Der Schiessmeister setzte sich an den Rand des Absatzes.

«Kollege Hollós, Sie wissen doch ganz genau, dass das Rauchen in dieser Lage lebensgefährlich ist», bemerkte der junge Grubensteiger.

«Wie wenn diese ganze Hetz nicht um unser Leben ginge», meinte Marosi mit einem sauren Lächeln. «Eine Zigarette zu zweit», und er sah flehend auf den Obersteiger.

«Sie, mein Sohn, haben kein Wort zu sagen. Sie könnten schon auf halbem Weg sein, wenn Sie losgezogen wären.» Und er mass mit flachen Blicken die Frau. Er wusste selbst nicht warum, doch er versuchte, sie sich nackt vorzustellen. Er verabscheute den Gedanken, und doch erfüllte er ihn mit wollüstigem Kitzeln. Wie eine gealterte, ausgediente Urmutter: riesige Brüste, Schenkel wie Säulen, ihr Schoss gross wie ein Sessel und dann die beim Warten zitternden fleischigen Lippen. Im Grunde genommen musste sie kein hässliches Mädchen gewesen sein. Sie mochte damals schon ein wenig als dick, doch bestimmt als begehrenswert gegolten haben. Und als fruchtbar. Ja, sie hat vier Kindern das Leben geschenkt. Und sie schenkte ihnen nicht nur das Leben - wobei ihre Beckenknochen dermassen auseinandergedrängt worden waren, dass sie nun wie ein zerfliessender Mensch vor ihnen stand -, nein, sie legte mit ihren dicken Beinen täglich auch fünfzehn Kilometer unter der Erde zurück, um ihre Sprösslinge grossziehen zu können. Die Frau tat ihm leid, und er empfand gleichzeitig Verehrung für sie, obgleich er auch versuchte, sie sich nackt vorzustellen.

Der Holzwurm zählte über ihnen tickend die dahinfliessende Zeit. Sie hatten eine einzige Lampe brennen lassen. Das Licht fiel auf des Schiessmeisters und Frau Péteris Gesicht. Bewegungslos, gleichgültig warteten sie. Die Gedanken erstarrten manchmal in ihnen. Kleinigkeiten oder gar Dummheiten beanspruchten ihre Aufmerksamkeit. In der dunklen Welt sahen sie nichts und konnten gerade darum alles sehen, was sie sich vorstellten. In einer schlechten Sitzlage schlafen Fuss und Arm ein; nach einer Weile prickelt es dann selbst im Gehirn, schmerzliche Stiche verspürt man von Zeit zu Zeit, und man sucht sich aus dieser Umgebung in alltägliche, gewöhnliche Visionen zu retten. Der Obersteiger stellte sich noch einmal vor, wie die vor ihm stehende, über hundert Kilo schwere Frau nackt aussehen könnte.

In Marosis Hirn drängten sich die Bilder zusammen, und wie die Gedanken ihren Lauf nahmen und er sich von ihnen zu befreien suchte, sah er fortwährend nur Ratten, die dem Stoss entlang vorbeiflitzen, wo das stinkige Grubenwasser perlt, in der Strecke, von wo sie gekommen waren. Er sah die Ratten auf die pilzbeblümten alten Verzimmerungen hinaufklettern, sah, wie sie das harte Holz langsam zernagten. Oben beim Zapfen, bei der Verblattung, wo die Schrauben das dichte Holz ohnehin angefressen haben, dort beginnen sie zu nagen; dann braucht es nur eine Bewegung, die Kappe fällt herunter, das Dach stürzt ein, und der herabströmende Sand reisst alles, alles mit sich, erstickt und begräbt alles unter sich: die Ratten, die eingeknickten Verzimmerungen, das Wasser beim Stoss. Und natürlich auch die Menschen, die hier warten. Und tatsächlich, wie wenn das erste Balkenpaar, das am nächsten bei ihm steht, schon fiele. Langsam gerät es in Bewegung, und die drei Balken, die noch ineinander verklammert sind, fallen auf ihn zu. Eine unermessliche Tiefe tut sich dahinter auf, und in ihm selbst beginnt eine Übelkeit aufzusteigen. Zuerst spaltet sich ein härteres Stück vom First ab. Dann löst sich die Einheit auf, vorerst öffnet sich ein tiefes Loch. Es erweitert sich immer mehr, entsprechend dem Verhältnis zum hereinströmenden Sand. Der gemeine Sand! Er warnt seine Opfer: Jetzt vernichte ich dich. Ich zertrete dich, das Laufen ist vergebens, suche gar nicht, dich zu retten. Wenn es wenigstens unbemerkt begänne und in einem Augenblick das Ende brächte... In der einen Sekunde lebst du noch, du atmest und denkst nicht daran, dass du sterben musst – und in der nächsten gibt es dich schon nicht mehr. Was mochtest du in der Zeitspanne dazwischen empfunden haben? Wohl nicht viel. Bevor dein Verstand den dumpfen, dich treffenden Schlag hätte registrieren können, ist das gelähmte Zentralnervensystem schon zu keinen Meldungen mehr fähig. Vielleicht durchläuft eine Übelkeit hervorrufende Hitze dein Rückgrat, und bitter salziges Blut fliesst in deinem Mund, genau gesagt auf dem Zahnfleisch über deinen Zahnwurzeln. Und dann gibt es dich nicht mehr. Deine Hand greift aus letztem Instinkt in den Sand, du beisst in die Lehmschicht unter dir. Aber an all dem werden sich nur noch die entsetzen, die deine Leiche aus dem Sand herauszerren...

Marosi wähnte, dass die erste Verzimmerung sich langsam gegen ihn in Bewegung setzte...

«He, schlaf nicht!»

Er blickte benommen auf den Schiessmeister. Sein Mund war voll mit saurem Speichel. Er wandte sich ab und spuckte aus in die Dunkelheit. Schläfrigkeit lastete auf ihm, doch nun wagte er nicht mehr einzuschlummern. Seine Brust wogte schwer, immer schneller.

Die alte Strecke befand sich allerdings in schlechtem Zustand. Die Zeit hatte ihre Verzimmerungen angefressen, und obwohl es hier nur wenige farbige Pilze gab, da der Korridor ja ständig von einem trockenen Luftzug durchweht wurde, waren die Balken morsch und die Verblattungen lose geworden. An einzelnen Stellen hatten sich im Laufe der Jahrzehnte Sandhaufen gebildet. Selbst wenn diese hinuntergerieselten oder durch den Luftzug zusammengetragenen Hügelchen den Weg für die Strömung der Luft nicht abschlossen, die Bewegung der Menschen behinderten sie. Allzu grosse Sorge bereitete dem alten Hetzman freilich auch dies nicht. Er wühlte mit seinen Fingern im Sand, und vorsichtig, als würde er Wasser trennen, schob er den Sand zur Seite. Die feinen Quarzkörnchen flogen ihm in die Nase; der Speichel knirschte zwischen seinen Zähnen.

«Vorsichtig, Bodichen, vorsichtig!» ermahnte er sich selbst.

Für einen Augenblick legte er sich auf die Seite. Er versuchte den Kopf so hoch zu heben, dass er die Strecke überblicken konnte. In der Ferne, in der weiten Ferne glaubte er ein schwankendes gelbes Licht zu erkennen. Das Lichtbild erschien rätselhaft überirdisch, verlieh ihm aber auch Ruhe. «Aha, Sepp ist mir auf den Fersen.» Er hatte Vertrauen zu diesem Jungen. Er galt als ein zuverlässiger Mann, dessen Taten berechenbar waren. Hier in der

Grube und auch in ihrem Dorf. Er hatte vor drei Jahren geheiratet und hatte schon zwei Kinder, baute sich sogar ein Haus (allerdings, seine Verwandten halfen ihm dabei). Ein richtiger Schwabe. Er liebt seine Arbeit, liebt seine Familie. Was hat ein Mann auch sonst zu tun? Eine Arbeit hat jeder, die soll er besorgen. Auch eine Familie hat man, das gehört zur Ordnung der Dinge.

Er wartete eine Weile, und als das gelbe Licht sich ihm näherte, rief er: «Bisher geht alles prima! Hörst du?»

Die Antwort kam ganz aus der Nähe: «Nun, mit den Verzimmerungen steht es schon weniger gut.»

«Vorsichtig, damit der Sand nicht ins Rutschen kommt.»

«Ja, ja.»

Er spannte sich wieder an. Er umklammerte den kurzen Schaft des Spatens und schob damit den Sand zur Seite. Er gab jetzt schon acht. Er wollte nicht noch mehr Sand schlucken. Auf der Seite liegend, schleppte er sich vorwärts. Wie im Krieg unter den Stacheldrahthindernissen. Er schmiegte sich fest an die Erde, er fühlte beinahe deren Pulsschlag. Der Schiefer trommelte gleichmässig unter ihm. Wie wenn die Sohle von Adern durchzogen wäre. Adern, die das Leben leiten, und irgendwo in einem grossen Mittelpunkt ein Motor oder noch eher ein grosses Herz, das rauscht und dröhnt. Wie ein Kreislauf kehrte diese Bewegung, dieses vibrierende Signal zurück. Er versuchte, einen Takt einzuhalten. Nach jeder Verzimmerung fühlte er die trommelnde Erde. Er dachte an die Länge des Weges. Er sprach sich Mut zu. Nicht die Grösse der Entfernung ist wichtig. Wichtig ist, dass die Entfernung sich nach jeder Verzimmerung vermindert. Nur aushalten! Hetzman empfand keinen Augenblick lang Angst. Mit der Aufgabe zusammen wuchs seine Kraft, sein beharrlicher Fleiss: er hatte das hier zu erledigen, und er wollte es möglichst schnell tun. Er dachte mechanisch, obgleich er sich auch der Nützlichkeit dieser Denkweise bewusst war.

Nach seinen Berechnungen war er schon anderthalb Stunden gekrochen. Aber es konnte sein, dass er das Zeitgefühl verloren hatte. Vorsichtig ertastete er seine Taschenuhr. Er klappte den Deckel auf: ein Uhr vier Minuten nachts. Er hatte das Zeitgefühl tatsächlich verloren. Wirklich, stellte er für sich fest, man kann sich in dieser Lage der Zeit nicht anpassen. Die Arbeit ist langsam und umständlich, man kommt kaum vorwärts.

Viel Zeit war vergangen, doch jetzt spürte er die Langsamkeit oder Schnelligkeit der Minuten nicht mehr. Er suchte die Zeit nicht einmal mehr zu berechnen. Sie vergeht langsam, wie er selbst eben langsam vorwärtskommt. Die Zeit und der Takt der eigenen Tätigkeit hatten sich verlangsamt. Er liess es dabei sein Bewenden haben. Er kroch weiter, auf sich selbst gestellt in einer unendlichen, riesigen und gleichzeitig engen Welt.

Plötzlich versperrte ihm ein Balken den Weg. Ein Stützbalken, stellte er fest, und er versuchte, das unbekannte Gelände auszuleuchten.

Drei Verzimmerungen hatte man mit je einem Stützbalken verstärkt. Warum wohl? Und wann? fragte er sich selbst. Die Verzimmerungen waren intakt und hielten die Querhölzer fest. Hetzman war ein präziser, in seinen Bewegungen wie Gedanken gleichermassen disziplinierter Mann. Er gab sich folgende Antwort: Hier war einmal ein Einsturz geschehen. Aus dem Inneren der Grube hatte man zwei Instandhaltungsarbeiter hergeschickt. Jawohl, sie kamen aus dem Inneren der Grube, denn dies war der kürzere Weg, und die Instandhaltungsarbeiter stehen dort zur Verfügung. Den Einsturz hatte man innerhalb einer Stunde bemerkt. Man musste ihn bemerken, denn die Luftzirkulation hatte aufgehört, und die Bergleute klagten über Kopfschmerzen... Man hatte schnell gehandelt. «Zwei Instandhaltungsarbeiter gehen sofort in die Wetterstrecke!», er hörte beinahe den Befehl. Die zwei Instandhaltungsarbeiter hatten sich vorsichtig auf den Weg gemacht. Zuerst hatten sie das getan, was auch er selbst tat, zu welchem Zweck der Obersteiger ihn und seinen Kameraden vorausschickte: sie hatten den Weg vor sich gereinigt, den Sand und den Schutt aus der Strecke weggeräumt.

Kalte Schweisstropfen erfroren auf Hetzmans Gesicht. Er begriff, warum er bisher so leicht hatte vorwärtskommen können. Es waren ja kaum einige Spaten voll Sand, die ihm den Weg versperrt hatten...

Er dachte nur während einiger flüchtiger Augenblicke nach. Er wusste, dass jede verlorene Minute nur noch das Übel steigerte, das sie alle bedrohte.

Die drei Stützbalken hatten fast Wurzeln geschlagen. Sie waren tief in den Boden eingesunken. Er tastete auch den oberen Teil ab. Der First sass fest auf ihnen. Neunzehn Leute konnten diese Stelle zwar unter Schwierigkeiten, aber doch passieren. Die zwanzigste, die Frau: nein! Trauriger Zufall des Schicksals: die Dünnen werden gerettet, die Dicken nicht. Wie wenn ein Kindergott den Faden des Lebens lenken und aufwickeln und in einer unerforschlichen Laune sagen würde: Du kannst dich retten... durch diesen Engpass lasse ich dich noch hindurch. Dich aber, da ich dich dick erschaffen habe, lasse ich verderben. Er erschauerte.

«Ruhig, Alter, ruhig!» ermunterte er laut sich selbst.

Er warf seinen Spaten voraus und sagte dann noch zu Sepp nach hinten: «Pass auf! Stützbalken... Hier kommt der als letzter durch, der vor Frau Péteri gegangen ist.»

«Ich verstehe», hörte er die Antwort.

Die sargförmige, aus drei Balken erbaute Verzimmerung erhielt an einer Ecke noch Hilfe durch ein viertes Holz. Dies wiederholte sich dreimal. Auch der Sarg eines Menschen ist nicht länger. Höchstens bequemer.

Pali Baán kroch mit einem hinterhältigen, ja duckmäuserischen Lächeln auf dem Gesicht vorwärts. Im Grunde seiner Seele spürte er: Er hatte von den anderen diesmal eine Ausnahme verlangt, die für ihn vielleicht das Leben bedeuten konnte. Er fühlte es und überdachte es auch. Doch der beste und stärkste Lebensinstinkt empörte sich in ihm: Jemand musste am Ende doch losgehen! Warum habe nicht ich es sein können? Es ist ja wahr, er hatte ein Recht darauf. Er hatte begonnen, das grösste Glück in seinem Leben zu empfinden; wie die Zeit nahte... die Zeit der Geburt seines Sohnes! Denn ein Sohn wird ihm geboren werden, darüber gibt es keinen Zweifel. Um zehn Liter Wein hat er gewettet. Zehn Liter vom Besten, den der Kamerad gern hat... Ha, wenn er eine Tochter bekommen sollte. Aber er gewinnt, denn die Frau wird ihm einen Sohn gebären, und dann lässt er sich Dörgicsei-Wein kaufen. Versteht sich, dass er ihn nicht allein trinkt! Er heisst seine Kameraden im kleinen Zimmer Platz nehmen, nachdem er ein frisches Tuch über den Tisch gebreitet hat; er nimmt Gläser hervor und stellt die in einem Geflecht steckende Weinkanne in die Mitte.

«Trinkt auf das Wohl meines Sohnes!» sagt er.

«Auf sein Wohl!»

«Gross soll er werden!»

«Genau wie sein Vater!» lobt man ihn.

Und dann wird er Tränen lachen. Kein Gott wird ihn halten können, so glücklich wird er sein.

Und was für ein köstlicher Wein ist doch der Dörgicsei! Ein bisschen süsslich, ein bisschen bitter. Er mundet gut. Närrische, absonderliche Dinge schwirren einem im Kopf, trinkt man auch nur einen halben Liter davon. Zehn Liter hat er allein vom Kameraden gewonnen. Auch er kann aus seinem ersparten Geld etwas ausgeben und zumindest zwanzig Liter bestellen. «Ja, ich lasse zwanzig bringen.» Und er wird den Obersteiger einladen und ihn bitten, Taufpate zu sein. Er verdient es. Auf das erste Wort hin liess er ihn vorangehen. Vielleicht war er ein Narr, dass er sich nicht früher schon gemeldet hatte.

Zwanzig Liter Wein! Ein solches Fest hat es in der Siedlung noch nie gegeben! Zumindest in den letzten zehn Jahren nicht, seit er zu den

Männern gezählt wird und sich erinnern kann. Er lässt die Zigeuner kommen. Oder erbittet sich einen Tonbandapparat mit einigen guten Bändern? Die Zigeuner sind besser: da kann man dazu singen, so laut es nur geht.

Er hob jetzt zum ersten Mal den Kopf. Er starrte in die Dunkelheit. Doch er konnte mit seinem Blick den von seiner Lampe gezeichneten Halbkreis nicht durchbrechen. Er knipste seine elektrische Lampe aus und stierte geradeaus. Wie eine Last lag die Stille auf seinen Schultern. Lange prüfte er, was vor ihm geschah. Endlich glaubte er, aus weiter Ferne ein Licht wahrnehmen zu können. An einem unbestimmten Punkt des schwarzen Vorhangs sah er einen schwachen Dämmerschein. Er fühlte ihn nur. Der gewobene schwarze Stoff hatte von der Abnützung ein Loch bekommen. Er schlug ein eiliges Tempo an.

Sein Hirn hämmerte wild, er fühlte sogar, wie seine Eingeweide sich schüttelten. Er wagte nicht, an den Tod zu denken. Er fühlte, dass selbst der Gedanke ihn durcheinander brächte. Irgendwo beim Scheitel springt sein Schädel; sein Hirn und mit ihm sein Verstand und seine Erinnerung fallen heraus. Er hielt wieder inne, er zögerte. Als er den Weg wieder in Angriff nahm, hatte er die Furcht schon vergessen. Der Wein, das süsslich bittere Nass von Dörgicse, war ihm wieder eingefallen. Und die Taufe. Er sah seinen Sohn, wie er neben seiner Mutter lag. Doch das Gesicht des Kleinen verwischte sich. Er sah nur die Bahn vor sich und die Umrisse des Kindergesichts.

Er blickte zum zweiten Mal in die Ferne. Sein Kamerad kroch unmittelbar vor ihm.

«Pali, bist du es?» hörte er.

«Der forsche Fekete, der Jóska», stellte er nach der Stimme fest.

«Ich bin's», sagte er. Er keuchte laut. «Woran hast du mich erkannt?»

«An deinem Stöhnen. Du keuchst, selbst wenn du mit dem Spaten arbeitest. Manchmal denke ich, du hältst nicht durch, deswegen... Aber nein, du bist ein zäher Junge.»

«Ja», sagte Baán. Er arbeitete sich kriechend vorwärts, ganz auf die Höhe seines Kameraden. «Wollen wir ein wenig ausruhen?»

«Ja, ruhen wir aus», willigte der andere ein. Der kleine Mann drehte sich mit Leichtigkeit um. Dort, wo sie gehalten hatten, war die Strecke einige Zentimeter breiter.

Jeder wartete, dass der andere etwas sagen würde. Sie brummten, sie wischten sich den Schweiss ab.

«Du, Jóska... Hast du Kinder? Ich habe immer vergessen, dich das zu fragen.»

«Ja. Zwei. Einen Jungen und ein Mädchen.»

«Sind sie gross?»

«Der Junge ist vierzehn, das Mädchen acht Jahre alt.»

«Gross sind sie schon... gross. Dein Sohn gilt demnächst als Erwachsener... Kann langsam schon verdienen.» Er spuckte aus und blickte zurück. «Kann für die ganze Familie verdienen, wenn... wenn hier etwas passieren sollte. Wenn zufällig...»

«Das sind Dummheiten, was du da sprichst. Ehrenwort. Warum sollten wir denn nicht rauskommen?»

«Ich habe Angst... Mein Sohn wird gerade jetzt geboren. Vielleicht morgen. Kann sein, dass er schon geboren ist. Meine Schwiegermutter ist bei ihrer Tochter. Man weiss es nicht... Sie ist in den letzten Tagen.»

«Ja, man kann es nicht wissen...»

Baán dachte nach. Er blickte in der Richtung, in der sie sich vorwärtsbewegten, dem Ausgang zu. «Am liebsten würde ich laufen... Aber es geht halt nicht.»

«Man könnte da was anstellen mit der Eile. Du brauchst nur ein schlechtes Holz umzustossen... Dann stürzt vielleicht schon der Himmel ein... vielleicht... Vorsichtig muss man hier sein.»

«Wenn mein Sohn vierzehn Jahre alt wäre, hätte ich es auch nicht eilig.»

«Dann würdest du gerade deswegen laufen.»

«Nein. Das ist schon etwas anderes. Vierzehn Jahre alt ist er... Der hat seinen Vater schon gekannt, kann ein Leben lang von ihm erzählen. Aber was tut der, der noch nicht einmal am Leben war, als sein Vater starb?... Der ist ja fast wie ein Findelkind. Man glaubt von ihm, was man will. Nicht wahr?»

«Ich weiss es nicht. Mein Vater lebt immer noch. Gott sei Dank. Aus Stahl ist der, nicht aus lebendigem Fleisch. Allerdings, so alt ist er noch nicht. Aber er ist in guter Form... Du, dir erzähle ich es... aber halte den Mund... Einmal, wir waren in Diosgyör, der Alte und ich. Waren zu einem Fussballspiel hingefahren... Da sagt er mir nachher – wir haben freilich ein wenig getrunken –, da sagt er also: ‹Du, Junge, komm, lass uns die Miskolcer Mädchen anschauen.› Das hat er gesagt, Ehrenwort. Darauf sagte ich zu ihm: ‹Und was wollen Sie mit denen?› Fast hat er mich geohrfeigt... Ehrenwort! Ein solcher Mann ist mein Vater. Schaute sich die Mädchen an. Ehrenwort!»

«Siehst du, du hast es gut. Dein Vater lebt noch, dein Sohn wächst langsam heran... hast auch eine Tochter.»

«Ich sagte dir schon, das sind Dummheiten. Wir sind ja schon da vor dem Wetterschacht. Kann sein, dass es nicht einmal mehr zwei Kilometer weit ist. Ehrenwort, na!»

Pali Baán überlegte: «Vielleicht, dass die Frau jetzt in den Wehen liegt? Ich dachte gerade zuvor an sie, obwohl ich es nicht wollte. Wie wenn ich das Weinen des Kindes gehört hätte... Wäre das möglich? Jemand erzählte einmal, eine Mutter habe den Tod ihres Kindes gespürt. Dabei hatte das Kind in Kanada gelebt. Ist dort gestorben. Und sie spürte es auf die Minute!»

«Man erzählt allerlei. Ich glaube nicht an dergleichen.»

«Wenn ich es recht bedenke, glaube ich auch nicht daran... Aber wer weiss es mit Sicherheit?»

«Gehen wir.» Fekete nahm seine Lampe in die Hand.

«Du, Jóska», und Baán hielt ihn am Arm fest. «Wechseln wir den Platz.»

«Wechseln? Wozu?»

«Ich gehe schneller... Und dann fürchte ich etwas. Ich weiss, dass ich ein Rindvieh bin, ja, aber... Verstehst du? Mein Sohn ist jetzt geboren.»

«Dein Sohn?» Der kleine Mann verlor sich lange in Gedanken. Seine winzigen Augen heftete er auf den First. «Eine grosse Sache, wenn jemand einen Sohn bekommt.» Und zutiefst innerlich begriff er seinen Kameraden. «Warte...» Der Länge nach legte er sich am Fuss einer Verzimmerung zum Türstock hin. «Komm vorsichtig. Vorsichtig!»

Baán versuchte, durch den engen Spalt hindurchzurutschen. Sein Gesicht bohrte sich in den Körper Feketes hinein. Er roch den säuerlichen Geruch, der vom fremden schweissigen Körper ausging. Er fühlte den Pulsschlag seines Kameraden, der sich mit dem Rhythmus seines eigenen Kreislaufs vereinigte. Das harte Holz tastete seinen Rücken ab. Er zog das linke Bein vorsichtig an und suchte, sich mit dem rechten abzustossen. Der Sand glitt unter seinem Fuss weg, er vermochte nicht weiterzukommen. Er streckte seine Hand aus und umklammerte das nächste Holz. Er versuchte es mit einem Klimmzug. Da fühlte er, wie etwas in Bewegung geriet. Im ersten Augenblick glaubte er, er selbst bewege sich vorwärts. Der aus vollem Schwung herabfallende Balken drehte sein Handgelenk um. Er schrie wegen des stechenden Schmerzes auf.

«Die Verzimmerung!» entsetzte sich Fekete. Aber er konnte sich nicht rühren. Der grosse, knochige Baán presste ihn unter sich.

Die herabfallende Kappe landete knallend auf Baáns Arm.

«Mein Arm ist gebrochen», zischte er. Dann wiederholte er es einfach, wie eine Mitteilung an seinen Kameraden. Die kleinen, reissenden Schläge beschleunigten sich in seinem Hirn, Kälte lief ihm den Rücken hinunter. «Rühr dich nicht... Ich versuche, mich zurückzuziehen...»

«Hab' dir gesagt, du sollst vorsichtig sein. Idiot!»

Er kehrte in die frühere Stellung hinter seinem Kameraden zurück und betrachtete seinen Arm. Stechenden Schmerz empfand er bei jeder Bewegung.

Fekete versuchte, die umgefallene Verzimmerung an ihrem Platz wieder aufzurichten. Baán schaute ihm verzweifelt zu.

«Komm, versuchen wir es nochmals...»

Sie bewegten sich dicht hintereinander. An der Spitze der Schiessmeister, hinter ihm der junge Grubensteiger. In der Mitte die Frau, und erst nach ihr folgten Marosi und der Obersteiger. Wie wenn eine verfettete Rattenfamilie beim Umzug vorwärts dränge. Raschelnd und wortlos legten sie den Weg zurück. Ihr Keuchen übertönte manchmal die Geräusche des Kriechens. Frau Péteris Schnauben drang am weitesten hinaus.

«Die draussen haben wohl auch an die Wetterstrecke gedacht... Vielleicht kommen sie uns entgegen.»

«Wozu sollten sie uns entgegenkommen? Damit sie drinnen steckenbleiben?» sagte wütend der Obersteiger.

Marosi brummte kurz, zustimmend. Er wollte diesen Mann irgendwie besänftigen. Seine Gedanken erraten - das wollte er. Das würde ihn wahrscheinlich versöhnen. Aber wieder empörte sich etwas in ihm. Er strebt ja nicht nach seiner Gunst. Täte er das, hätte er mit den ersten von hier fortrennen können. Und doch ist er geblieben, obwohl er wusste, dass die grösste Gefahr ihnen wegen Frau Péteri drohte. Sie konnte sich in der engen Strecke mit ihrem gewaltigen Körper nur schwer - wenn überhaupt – bewegen. Auch ihre Kraft wird für die Strapazen wohl nicht ausreichen. Sieben Kilometer Entfernung ist keine Kleinigkeit. Auch das Atmen wurde immer schwerer... Es sei denn... es gelingt vielleicht, in den Bruch eine Öffnung zu hauen. Die bodenlose, steile Einsturzstelle hatte freilich auch für die Rettungsmannschaft nichts Verlockendes zu bieten. Es bedurfte einer langsamen und harten Arbeit, den Sand aus dem Weg zu räumen. Der Luft aus dem Weg.

Seine Gedanken kehrten zu dem Mann hinter ihm zurück. «Wir brauchen eine halbe Stunde, um nur einen Kilometer zurückzulegen», sagte er.

«Möglich», seufzte hinten der Obersteiger. Er seufzte wie jemand, der sich fürchtet. Oder ist er vielleicht müde?

Das riesige Hinterteil der Frau wogte vor Marosi auf und ab. Die beiden gewaltigen Oberschenkel zitterten nach jeder Bewegung. Eigentlich sah er nichts anderes: die Sohlen der Gummistiefel, die säulenartigen Schenkel und das noch grössere Gesäss. Plötzlich schoss ihm der Gedanke durch den Kopf: wie mächtig das jetzt knallen würde, schlüge er mit der flachen Hand und mit ganzer Kraft zu. Das beliebte Spiel seiner Kindheit fiel ihm ein. Aber er konnte nicht lächeln. Die Lage erinnerte ihn allenfalls an das rohe Kinderspiel; ihn zu erheitern vermochte sie nicht. Die harmonischen Bewegungen des Gesässes der Frau waren Zeichen einer verzweifelten Flucht. Wie ungeschlacht, wie erbarmungswürdig erschien es, wie ein Mensch in dieser komischen Lage um sein Leben kämpft. Man spürte gleichsam an diesem Körper, der mal nach rechts, mal nach links kippte, dass die dünnen und schwachen Schienbeine ihn kaum trugen. Das Zittern der Schulterblätter zog die Fleischmasse gegen den Boden herab. Selbst durch den dünnen Overall hindurch war das beim höchsten Punkt herausragende Steissbein noch deutlich zu erkennen.

Die Frau dachte mit allen ihren Nervenfasern an die Rettung. Sie konzentrierte ihre ganze Kraft und ihre Aufmerksamkeit hierauf. Sie achtete weniger auf die Einteilung ihrer Energie als darauf, die Verzimmerungen zu schonen. Die anderen hatten sie hierum nachdrücklich gebeten. Ihre Bewegungen waren nur verhältnismässig schwerfällig. Das Tempo ging auch so schon über ihre Kraft. Die Vorsicht selbst hatte ihren Körper umgeformt. Sie passte sich den schmalen Käfigen an, die die Verzimmerungen bildeten. Ihre Rippen, das Gewicht ihres Bauches wurden durch die beiden Türstöcke an der Seite eingeengt. Ihr Gesicht war in einigen Stunden dünn geworden, und das in den tiefen Höhlen sitzende Augenpaar beobachtete verstört. Eine schmutzigbraune Brühe floss von ihrem Gesicht herab, drang in den Mund ein und setzte sich in schweren Tropfen am Nasenbein fest.

«Geht es noch, Frau Péteri?» fragte sie der Obersteiger.

Die Frau keuchte, schnaubte. Sie hielt inne, um auszuruhen. Sie liess sich nach vorn auf ihre schweren Brüste fallen, hob nur den Kopf. Wie zum letzten Zeichen weiblichen Stolzes legte sie den Kopf nicht auf den Sand. Dabei hatte sie das Gefühl, sie würde sich am liebsten der

Länge nach im Dreck des Korridors ausstrekken und für ewig schlafen.

«Onkel Vili fragt, ob es noch gehe», dolmetschte der sich hinter ihr bewegende Marosi.

Die Frau antwortete mit schwerer, vom Stöhnen unterbrochener Stimme.

Marosi wandte sich um. Eine ängstliche Frage lauerte in seinen Augen.

«Sie hält durch», beruhigte ihn der Obersteiger. «Es geht um ihr Leben.» Er rief über seinen Kameraden hinweg nach vorne. «Los, Frau Péteri! Geben Sie sich nicht auf! Schön ruhig und vorsichtig. Wenn Sie müde sind, sagen Sie es. Man darf ausruhen... Aber wir müssen auch gehen... Sonst kommen wir nie hinaus.»

Der schwere Körper rührte sich. Sie stützte sich zuerst auf die Ellbogen, dann spähte sie. In diesem Augenblick meinte sie, sie sei unfähig, weiterzugehen oder noch eine weitere Bewegung zu tun. Die Quarzkörnchen scheuerten ihre Kehle wie Glassplitter auf, und sie drangen immer tiefer hinunter, in Richtung der Lungen. Nur noch eine kurze Strecke schien sie von den feinen, schutzlos gewordenen Eingeweiden zu trennen. Und dann hört ihr Atem, hört die ihr Erleichterung schaffende Kraft auf. Eine falsche Bewegung, und sie fällt für immer hin. Ihr Gehirn regte sich nur schwer, doch all diese Zweifel ermass es noch genau und leitete sie in die tausend Teile ihres Körpers weiter. Wie eine bleierne Last sass das Bewusstsein auf ihr, dass sie nun nicht mehr weiter könne und hier unter den stinkenden Kadavern von Würmern zugrunde gehen müsse.

Sie ergab sich dem Schicksal, liess ihren Kopf auf das Erdreich fallen.

«Geben Sie sich nicht auf, Frau Péteri!» hörte sie. «Himmelherrgott, sind Sie denn eine so schwache Frau?»

Sie hörte die tadelnd aufmunternden Worte und spürte den kühlen Sand. Wie wenn das bisschen Kälte ihr die Kraft zurückgegeben hätte. Plötzlich fühlte sie das Ätzen des Sandes und den stechenden Schmerz in den Händen nicht mehr. Langsam, wie jemand, dem ein Automat die Kraft zur Handlung verleiht und auch die Bewegungen diktiert, machte sie sich in der dunklen Strecke erneut auf den Weg.

«Mein Sohn!* Sepp! He!» rief der alte Hetzman zurück. «Da wird es immer schwerer. Viel Sand und Schutt... Auch die Verzimmerungen stehen nicht mehr. Da liegen zwei aufeinander... Sepp! He! Hörst du, mein Sohn?»

«Ich höre. Bin ja da.»

«Ich sage, es wird immer schwerer... Viel Schutt!»

«Ich bin da, ich höre.»

«Ja, ja. Ich sage es nur...»

Er schämte sich, dass er sich beklagt hatte. Und tatsächlich, was nützt es ihm, wenn er sich beklagt? Er hatte sagen wollen, dass er nicht mehr wisse, wohin er den Schutt und den Sand schaufeln solle. Soviel er konnte, türmte er auf beiden Seiten auf. Er suchte den Fuss der Verzimmerungen zu verstärken. All dies erschien als eine langsame und nutzlose Arbeit. Das hatte er sagen wollen und sagte es dennoch nicht. Der alte Hetzman wusste indessen, dass hier nichts überflüssig war. Eine Handvoll zur Seite gedrückter Sand und jeder Zentimeter, den er

* Deutsch im Original (Anm. d. Übers.)

zurücklegte, brachten ihn der Erdoberfläche, dem Leben näher. Und nicht nur die Handvoll Staub und die faustgrossen Gerölle, nicht nur die Zentimeter und Meter, die hinter sich gelassenen Verzimmerungen, auch die mit ruhigem Nachdenken ausgefüllten Minuten arbeiteten für ihn, für sie. Wichtig ist, wiederholte er sich stets von neuem, dass man den Glauben nicht verlieren, die ausgeführten Bewegungen nicht für vergebens ansehen dürfe. «Das ist sehr wichtig», wiederholte er und sagte es ununterbrochen zu sich selbst. Aber Klagen sind überflüssig. Das eine ist überflüssig.

Er zog den Spaten hinter sich her. Er arbeitete mit der flachen Hand. Er spürte den weggeräumten Sand als Material wirklicher auf diese Weise. Stück für Stück nahm er das herabgefallene und steckengebliebene taube Gestein und die Kohlenstücke heraus. Er legte sie neben die Verzimmerungen der Reihe nach hin und füllte dann die Zwischenräume mit dem Sand aus. Wie eine im Meeressand kriechende Schnecke liess er eine lange, sich windende Spur hinter sich. Sehr selten nur griff er zu seinem Werkzeug, wenn ein klebriger, zusammengepresster Haufen ihm den Weg verstellte. Wie jetzt. In solchen Fällen bedurfte er der Härte des Metalls; seine Hände wühlten gefühllos im weichen Sand. Seine Fingernägel rissen nach und nach ein, Blut und Sand füllten das Nagelbett ringförmig aus. Er dachte nicht daran, er fühlte es nicht einmal. Aber gegen die hart zusammengepressten Haufen kam er nicht mehr an. Seine Knochen protestierten jedesmal schmerzlich gegen die erforderlichen Bewegungen. Dabei hatte er sich auch schon überlegt, den Spaten liegen zu lassen. Er hatte in ihm eine nutzlose Last erblickt, die seinen kriechend zurückgelegten Weg erschwerte. Doch sein Instinkt hatte ihm zugeflüstert: Selbst wenn er schwer ist, nimm ihn mit. Und nun hat es sich gelohnt.

Er kam immer mühsamer vorwärts. Auch die lehmigen, festen Haufen folgten dichter und dichter. Der Schaft des Spatens brannte in seiner Hand immer mehr. Zuerst nahm er es hin, obwohl er sich wunderte. Seine Hand hatte sich ja an die rauhe Oberfläche des harten Holzes, an seine unerbittliche Wärme gewöhnt. Er hatte das alles nicht zur Kenntnis genommen, gerade weil er es gewohnt war. Und nun verbrannte der Spaten seine Hand! Bohrender Schmerz liess ihn innehalten. Er sah seine Hand an und entdeckte eine tiefe Wunde, welche die Verlängerung des Zeigefingers bildete. Doch die rauhe Haut überwand sich selbst, die Fingerglieder umklammerten fest den Spatenschaft.

«Sepp! Bring diese Verzimmerungen da in Ordnung!» rief er zurück. Er hörte die zustimmende Antwort, doch achtete er nicht mehr darauf. Ein neuer Sandhaufen folgte jetzt, grösser als alle bisherigen. Er suchte die Einbruchstelle, fand sie aber weder oben noch an der Seite. «Der Teufel hat ihn hier zusammengetragen, um uns zu ärgern.» Modernde Späne und eine Eisenklammer kamen aus dem Haufen zum Vorschein. «Mit der Klammer können sie eine Verzimmerung befestigen», dachte er. Der süsslich-widerliche Geruch des faulenden Tannenholzes verbreitete sich. Er empfand Brechreiz, doch fühlte er sich gleichzeitig auch erfrischt. Wie wenn er im Herbst oder im Vorfrühling, bevor die Wälder zu sprossen beginnen, im Freien herumwandeln und mit seinen Füssen das dürre Laub auf dem Boden aufwühlen würde. Tannenzapfen lösen sich aus dem modernden Unterholz, und er saugt sich mit dem Geruch des Todes voll - im sicheren Bewusstsein, dass: Siehe, der Frühling ist da...

Der säuerliche und gleichzeitig erfrischende Geruch verliess ihn dann in der Folge nicht mehr. Er begleitete ihn auf seinem Wege. Kann sein allerdings, dass er das nur glaubte. Seine Lage wurde auch hernach nicht leichter, doch der Gedanke, dass draussen Tannenwälder dufteten und am Ufer des Ikva gelbe Weiden standen, liess sie erträglicher werden. Er konnte plötzlich Hunderte von Metern vorwärtskriechen, ohne dass er auch nur eine Handvoll Sand hätte zur Seite schieben müssen. Klebriger Lehm löste an dieser Stelle den schon beinahe heissen Schiefer ab, und über ihm schleuderte das nasse Dach kalte Luftmassen gegen seine Stirn. Wenn er an den Verzimmerungen vorbeiglitt, blinkte das bunte Leben auf, die unzählbaren Milliarden der winzigen Pilze; ja selbst, wie wenn kleine algenartige Käfer sein Gesicht gestreift hätten. All das aber belebte höchstens seinen Weg, machte ihn abwechslungsreicher, doch keineswegs leichter. Seine Kleider waren durchnässt, und als er beim ersten Haufen innehielt, fühlte er, dass er fror. Nur seine Stirn glühte, und irgendwo drinnen in seinem Brustkasten quälten ihn heisse Wellen.

Er presste seine lehmige Hand an die Stirne. Sein Fieber liess nach, es jagte aber in seinen Muskeln weiter, und nun spürte er entschieden, er wollte aufstehen, sich nur für eine Minute strecken. Sonst bleibt er so da für immer, in dieser kauernden Stellung.

Er drehte sich auf den Rücken und streckte sich der Länge nach im Korridor aus. Seine Hüfte, sein Rückgrat und seine Knie knackten. Er sah aus dieser Lage die Verblattung einer Verzimmerung und noch eine etwas weiter. Einige Meter von seinem Kopf entfernt tauchte eine neue Verzimmerung auf. Genauer gesagt, es war ein sich schräg nach vorne neigender Stempel. Eine dichte, gerippelte Holzverschalung wurde hinter dem Balken sichtbar. Durch die Lücken schimmerte eine schwarze Kohlenwand.

Die Grube, wäre sie auf seine Brust gestürzt, er hätte sie leichter empfunden.

Mit katzenartigen Bewegungen drehte er sich auf den Bauch und kroch vorwärts. Grenzenlose Wut hatte ihn gepackt. Seine Gedanken setzten für einen Augenblick aus, alles verfinsterte sich vor ihm; er fühlte nichts anderes als einen masslosen, blutrünstigen Zorn. Jenseits des stumpfen Zorns berechnete er aber rasch die Möglichkeiten. Sollten sie den Weg verfehlt haben? Sind sie in eine falsche Strecke geraten? Oder er, Hetzman, der erfahrene Brennberger Bergmann, sollte er nicht bemerkt haben, dass sie den Eingang der sich gegen Westen wendenden Strecke passiert hatten? Wohin sind sie überhaupt gekommen? Wo halten sie sich im Labyrinth dieser Maulwurfswelt auf? Und sollte auch Sepp sich irren?

Und dann erblickte er zur rechten Hand das, was er erwartet hatte, was sie alle erwartet hatten.

«Sepp! He! Sepp!» Er begann krampfhaft zu lachen.

«He! Was ist los?» hörte er aus der Ferne. Der Ruf des Kameraden schien von weit hinten zu kommen. Einige Minuten vergingen, bis er den schweren Atem des rutschend herannahenden Sepp klar vernehmen konnte.

«Schau! Schau, mein Sohn! Wir sind gerettet.» Und er hätte weinen mögen.

Die drei Stützbalken versperrten ihnen den Weg. Rudi, der junge Grubensteiger, und der Schiessmeister krochen zwischen ihnen hindurch. Mit ihren Äxten bereiteten sie eine kleine Höhlung für die Frau. Sie hauten auf der anderen Seite einen Spalt aus. Den Schutt schoben sie langsam hinter sich. Sie höhlten den unteren Teil der Stützbalken aus und versuchten, sie weiterzurücken.

«Kumpel, gib gut acht! Ein falscher Schlag, und schon haben wir die ganze Grube auf dem Kopf...»

Die Arbeit schritt Millimeter für Millimeter voran. Zuerst liessen sie den verblatteten, geschraubten Teil des Stützbalkens weitergleiten. Dann den unteren Teil auf dem trockenen Schiefer. Die Frau kauerte auf der Seite, sie saugte sich beinahe an der Wand fest. Ihre Augenhöhlen waren nun schon von einer bläulichen Schicht ausgefüllt. Wie tiefe Gruben erschienen sie, aus denen verstörte und winselnde Angst hervorschaute – so sehr quälte sie sich. Manchmal stöhnte sie. Sie hatte auch ihren Helm verloren. Ihre Haare fielen grau und zerzaust auf den von schwarzen Streifen durchzogenen Hals. Die schlaffe Haut an ihrem

Gesicht hatte noch mehr nachgegeben; wie wenn das Fett darunter geschwunden wäre; sie hing an beiden Seiten sackartig herab.

«Wie wenn jetzt das Atmen leichter wäre», sagte Marosi. Er witterte mit erhobenem Kopf.

Er und der Obersteiger beobachteten zusammen den Schiessmeister, der, auf dem Rükken liegend, den Balken mit der Axt bearbeitete.

«Vielleicht ist es gelungen, in den Bruch eine Öffnung zu hauen.»

«Dann war es ein Blödsinn, auf diesem Weg loszugehen.»

«Das ist schwer zu sagen, Kumpel...»

«Vorhin habe ich kaum mehr Luft gekriegt.»

«Du hast ein schlechtes Gewissen, darum.»

«Warum sollte ich ein schlechtes Gewissen haben?»

Der Obersteiger antwortete nicht.

Der Schiessmeister hatte die Arbeit gerade beendet. Er legte die Axt nieder.

«Weiter geht es nicht», erklärte er bestimmt.

«Dann versuchen wir es... Gehen Sie, Frau Péteri.»

Die Frau versuchte es. Sie ging an das Hindernis zuerst in der Breite ihrer Schultern heran. Die beiden Säulen, der Türstock und der Stützbalken, standen ihren Achseln im Weg.

«Legen Sie sich auf die Seite», riet ihr Marosi.

Durch die erste Verzimmerung kam sie hindurch. In der zweiten blieb sie jedoch stecken.

Der Schiessmeister fluchte.

«Bleiben Sie ruhig liegen», sagte er zu ihr. Er beklopfte den First. Durch die Verschalung stürzte Sand herunter, etwa ein Spaten voll. «Auch über uns liegt Vorkriegsversatz», stellte er fest. Mit einigen präzisen Schlägen der Axt stiess er den Stützbalken weiter. Die scharfe Axt blinkte über dem Kopf der Frau. «Ein fauler Hund war der, der dieses Holz hierhergestellt hat. Warum hat er nicht gleich die ganze Verzimmerung ausgewechselt?»

Die Frau versuchte es nun von neuem. Der Schiessmeister und Rudi zogen sie an beiden Armen. Marosi presste seinen Kopf gegen die Sohlen ihrer Stiefel.

«Machen Sie doch!» zischte er. «Drücken Sie fest drauf!... Los, zum Teufel mit Ihrem dikken Arsch!»

Der junge Grubenmeister lachte auf und zog die Frau mit voller Kraft. Er glaubte, er könnte ihr im nächsten Augenblick den Arm ausreissen.

Einer der Gummistiefel flatterte über Marosis Kopf, die andere Sohle spürte er an seinem Schädel.

«Halten Sie!» schrie der Obersteiger. «Sie stürzen so die Verzimmerung um. Marosi, drehen Sie sich und stossen Sie die Frau mit den Füssen. Ich werde Sie sichern... damit Sie nicht ins Rutschen kommen.»

Sie gruppierten sich anders.

Die Frau holte noch einmal zu einem Versuch aus. Hingestreckt lag der dicke Körper an dem Platz, der die Grösse eines Sargs hatte. Eine unförmige, in die Länge gezogene, anderswo wiederum verwickelte Fleischmasse. Sie stöhnte wiederholt, jammerte aber nicht. Dabei fühlte sie selbst, dass man im Begriff war, ihr den Arm auszureissen, und in ihrer Brust verspürte sie einen starken Druck. Ihre Unterkleider waren durchnässt... Sie biss sich auf die Lippen.

Plötzlich fühlte sie ihren Körper befreit. Der

Stützbalken war über ihr umgekippt, Sand und der Holzausbau stürzten auf ihre Beine. Sie hörte einen gedehnten Ruf und spürte einen gewaltigen Schlag am Kopf. Instinktiv schloss sie die Augen. Staub bedeckte auch ihr Gesicht. Dem Ruf war ein dumpfer Fall gefolgt. Noch eine Weile fühlte sie, wie ihr Körper geschleppt wurde. Dann ertönten von neuem Rufe. Doch diese drangen schon aus der Ferne, wie durch eine Mauer hindurch zu ihr.

Die beiden Männer keuchten still neben ihr und begannen dann, wie auf Befehl, zu fluchen.

Sie öffnete die Augen. Ein Sandberg erhob sich zu ihren Füssen, und über ihrem Kopf, nur einige Schritte entfernt, gab es ein dunkel gähnendes Loch. Der Sand strömte eine Zeitlang herunter, hörte auf und kam dann wieder in Abständen. Sie versuchte sich zu verkriechen. Ihr Kopf stiess an das Knie des Schiessmeisters.

«Rühren Sie sich nicht, Himmelsakra!» fuhr der Mann sie an.

Erneut kam ein Ruf. Ihr schien, er komme aus weiter Ferne; sie wusste aber, dass dies eine Täuschung war... Die beiden Männer kauern dort auf der anderen Seite der Sandwand, nur einige Schritte von ihnen entfernt.

«He! Sind Sie in Sicherheit?» Es war die Stimme des Obersteigers.

«Wir leben!» rief der Schiessmeister zurück. «Was ist mit euch geschehen?»

Jemand fluchte auf der anderen Seite. Dann trat wieder Stille ein.

Licht strich über die Einbruchstelle. Zwei Verzimmerungen waren umgefallen. Latten des Ausbaus streckten ihr gebrochenes Ende aus dem gelblichen Sandberg hervor. Das

Licht streifte über sie. Dann wurde es erneut dunkel. Die Frau merkte erst jetzt, dass sie ihre Lampe irgendwo verloren hatte. Wie eine Antwort auf den Gedanken tauchte nun jenseits des Einbruchs Licht auf.

«Was ist mit euch?» schrie der Schiessmeister. Er keuchte unmittelbar über dem Kopf der Frau.

«Wir leben.» Ein Fluch folgte auf diese Worte.

«Ist es eingestürzt?»

«Blöde Frage», tönte es. Aber das hatte man nicht zu ihnen gesagt. Die beiden anderen drüben stellten das untereinander fest.

«Was sollen wir tun?»

Sie hörten die Stimme des Obersteigers: «Machen Sie, dass Sie hinauskommen!»

Rudi bewegte sich nervös hin und her. «Gehen wir weg von hier. An einer passenden Stelle lassen wir Frau Péteri vorangehen, und wir kehren zurück. Ruf ihnen, sie sollen sich ruhig verhalten... Wir bringen Hilfe.»

«He! Bleibt ruhig, wir bringen Hilfe!»

«Wir schlagen uns selber durch... Macht, dass ihr wegkommt. Hört ihr? Macht, dass ihr wegkommt! Schnell!»

Der Schiessmeister und der junge Grubensteiger blickten einander ratlos an.

Sie hörten erneut die befehlende Stimme: «Macht, dass ihr wegkommt!»

«Sie gehen zugrunde», sagte der Schiessmeister. Furcht leuchtete in seinen Augen.

Der Sand begann von neuem zu strömen. Etwas knackte.

«Ist das etwa die dritte Verzimmerung?» fragten sie sich.

Dann war es, als erdröhnte etwas über ihren

Köpfen. Ein tosender, murrender Laut. Wie wenn über ihnen in einer geheimnisvollen Höhle des Firsts ein Riese sich verstecken und wegen seiner gestörten Träume sich polternd beschweren würde.

Sie wichen aus, hasteten weiter. Frau Péteri spürte, dass ihr linkes Bein verletzt war. Stechender Schmerz antwortete auf jede Bewegung.

Sie mochten sich zehn Schritte weit entfernt haben, aber das Dröhnen der Erde war jetzt immer noch zu vernehmen. Der Schiessmeister formte einen Trichter mit den Händen und rief so. Die Stimme kehrte um, wie wenn sie auf eine dichte Mauer gestossen wäre.

«Wir hauen eine Ausweichstelle in die Wand, lassen Frau Péteri vorausgehen.»

«So viel können wir tun. Ist die Axt bei dir?»

Der Schiessmeister fluchte wieder: «Wahrscheinlich hat der Sand die Axt begraben.»

Sie riefen noch einmal. Lange warteten sie auf die Antwort. Einmal schien es ihnen, wie wenn Lautfetzen menschlicher Rede zu ihnen dringen würden. Aber es war nur der Sand, der surrte. Noch eine Verzimmerung gab stürzend nach, unmittelbar in ihrer Nähe. Panik ergriff sie. Und nun wussten sie schon, dass sie den beiden eingeschlossenen Männern keine Hilfe mehr bringen konnten.

«Lasst uns gehen», sagte der Schiessmeister traurig.

«Der Obersteiger?» fragte Frau Péteri. Wie wenn es ihr erst jetzt bewusst geworden wäre, dass die beiden sich nicht mehr in ihrer Nähe befanden. Zwei von denen, die zusammen mit ihr als letzte aufgebrochen waren.

«Man wird für sie eine schöne Messe lesen», stiess der Mann zischend hervor. «Na, los! Habe keine Lust dazubleiben...» Dann aber schien ihm die unförmige und eingeschüchterte Frau leid zu tun, er tröstete sie. «So ist es nun mal. Was können wir tun? Kommen Sie vorsichtig... Wir verlassen Sie nicht, keine Angst.»

Das linke Bein der Frau schmerzte erneut. Sie biss sich auf die Lippen und wagte nichts zu sagen. Sie schämte sich vor sich selbst wegen dieses Schmerzes. Ihre Augen standen trocken und unbeweglich in ihren Höhlen, ihr Blick fiel auf die Dunkelheit. Und sie glaubte, sie sehe nicht nur, sondern spüre auch den Tod, der neben ihr zugeschlagen hatte und nun weiterhuschte. Hat der reine Zufall sie für das Leben gerettet? Sie schauderte beim Gedanken, der Tod könnte nochmals nach ihr greifen... Kann sein, dass sie sich dann nicht mehr zu retten vermöchte. Dass ihr Glück sie dann verliesse.

Der alte Hetzman wartete auf Sepp, bis zum letzten Schritt.

«Mein Sohn, da sind wir also...»

Sie sahen die vor ihnen leuchtenden Lichter.

«Rufen Sie ihnen!»

«Wenn wir es bisher ausgehalten haben, was sollen wir da jetzt vorlaut tun?» sagte der Alte. Im Grunde spürte er erst in diesem Moment, wie müde er war.

«Vielleicht könnte ich selbst einen lauten Ruf nicht mehr herausbringen», dachte er. Er sammelte seine Kräfte, die ihn bisher im Leben noch nie im Stich gelassen hatten, und er trat hinaus unter die Wartenden.

«Glück auf!» grüsste er wie jemand, der vom

selbstverständlichsten Ausflug der Welt zurückkehrt. Er nahm seine Uhr hervor, klappte den Deckel zurück und blickte auf das Zifferblatt. «Das war eine lange Schicht», bemerkte er und setzte sich zur Seite. Er strich sich über die Knie. Dann winkte er Sepp, er solle sich neben ihn setzen.

«Sollen wir noch auf die anderen warten?»

«Wir sind zusammen hinein...»

Der Oberingenieur und der Arzt traten zu ihnen.

«Onkel Hetzman, es wäre besser, Sie gingen jetzt hinaus.»

Der Alte stand auf und nickte. «Dann gehen wir hinaus, Sepp, mein Sohn.» Er setzte sich in Bewegung, in Richtung des Förderkorbs.

Sie hatten hernach drei Minuten gewartet, bis der jüngere Fekete ankam. Pali Baán folgte ihm fast auf den Fersen.

«Hat meine Schwiegermutter etwas ausrichten lassen?» Das fragte er als erstes.

«Durch mich nicht... Aber jemand sagte, dass du letzte Nacht einen Sohn bekommen hast», meinte einer aus der Rettungsmannschaft, und er zwinkerte den anderen zu. «Freust du dich, Pali?»

«Warum? Würdest du dich nicht freuen?» Er hielt sich an einem Türstock fest. «Mein Arm... Ich glaube, er ist gebrochen.»

Dann kam aus dem Loch der andere Fekete zum Vorschein. Sein Gesicht schwamm im Blut. Blutige Erde klebte auch an seinen Händen. Er putzte sie an seiner Hose ab und spuckte auf den Boden. Aber er sagte kein einziges Wort. Selbst als der Arzt mit einem Instrument in seiner Wunde herumstocherte, zischte er nur.

«Los, lasst euch ausfahren. Ist jemandem etwas passiert?» fragte man sie.

«Ich weiss es nicht...», sagte der junge Fekete müde. «Bei der Wetterstrecke waren wir alle noch da. Wir sind dann mit den ersten losgezogen. Weiter weiss ich nichts...»

Im Abstand von drei bis vier Minuten kam jeweils ein Mann an. Podják, Klein, Varró, Gráczer. Podják sog sich, sobald er hinausgelangt war, mit frischer Luft voll, stürzte zusammen und verlor das Bewusstsein. Danach schluchzte er, und er schämte sich. Zwei Leute trugen ihn im Arm zum Förderkorb. Freund Previák, der schielende Zwerg, der für drei zu arbeiten verstand, bat um Branntwein und erbrach sich nachher. Der Arzt sah sich das Erbrochene an: ein sandiger, mit grünlichen Algen vermischter Saft war aus dem Mund des Mannes herausgeflossen. Man liess ihn sofort ins Krankenhaus schaffen. Und dann kamen die anderen der Reihe nach. Nach Jenci Dudás warteten sie eine halbe Stunde. Eine aus drei Mann bestehende Rettungsbrigade wollte sich schon hineinbegeben, als sie in der Strecke von neuem Licht erblickten. Der junge Grubensteiger kam, dann der Schiessmeister und zuletzt die Frau. Sie vermochte nicht, sich auf die Beine zu stellen. Man setzte sie auf einen Absatz. Sie begann krampfhaft zu schluchzen.

«Vili?» fragte man. «Und Marosi?»

Jeder der drei wartete, bis ein anderer spreche. Keiner sagte ein Wort.

«Was ist mit ihnen geschehen?» fragte der Oberingenieur entsetzt.

Sie wussten auch hierauf keine Antwort. Dieser Stille entnahm jeder das, was er glauben wollte. Aber ein jeder wusste wohl, was hatte geschehen können. Sie kannten die Gesetze der Grube.

«Wenn sie umkehren konnten, dann... Dann ist es möglich, dass es noch nicht hoffnungslos ist. Wenn sie Luft finden.»

«Vor vier Stunden ist es gelungen, eine kleine Öffnung durch den Sand zu hauen... Vielleicht ist es nicht hoffnungslos. Luft haben sie!» sagte der Führer der Rettungsmannschaft.

Zwei Tage dauerte es, bis man den Sand aus der Hauptförderstrecke entfernen konnte, von der Stelle, wo der erste und grösste Einbruch geschehen war. Der Obersteiger und Marosi lagen in der nahen Schaltstation bewusstlos nebeneinander.

«Es war unrichtig, diese Angelegenheit so aufzublasen», sagte der junge Ingenieur, nachdem er erfahren hatte, dass die beiden Männer am Leben waren; zusammen mit dem Führer der Rettungsmannschaft war er gerade unterwegs aus der Grube.

«Sagen Sie, Kumpel, sind Sie schon einmal in der Grube steckengeblieben? So, dass Sie nicht hinaus konnten, obwohl Sie es furchtbar gern gewollt haben? He? Sind Sie schon so drinnen geblieben?»

«Nein, Kumpel!» antwortete der andere. Das letzte Wort sprach er mit starker Betonung aus. Er liebte es nicht, wenn die Bergleute mit ihm wie mit ihresgleichen umsprangen.

«Dann beten Sie zum lieben Gott, dass er Sie davor bewahren möge...»

«Gut. Ich werde beten lernen.»

«Geben Sie sich Mühe... Man weiss nie,

wann man in ein Loch tritt, wenn man im Wasser geht... Besonders wenn das Wasser trübe und der Grund nicht zu sehen ist... Wie gesagt, geben Sie sich Mühe!»

Der andere schwieg beleidigt.

Auf flachen Förderwagen rollte man gerade die zwei bewusstlosen Männer hinaus und trug sie mit grosser Vorsicht zum Förderkorb. Hernach sah die Grube so aus, wie wenn nichts geschehen wäre. Zumindest nichts Ausserordentliches.

Nachwort

Die Herausgeber einer 1961 in Budapest erschienenen vierbändigen Sammlung ungarischer Novellen, die auf viereinhalbtausend Seiten nahezu zweihundert Autoren vorstellt, fanden es im Nachwort angebracht, sich zu entschuldigen: es sei ihnen aus Platzgründen nicht möglich gewesen, eine lange Reihe von Erzählern zu berücksichtigen. Wer eine ungleich engere Auswahl trifft, hat seine Schlussausführungen erst recht mit diesem Punkt zu beginnen. Hinzuzufügen wäre lediglich, dass bei der Zusammenstellung der vorliegenden Anthologie nicht nur auf den zur Verfügung stehenden Raum Rücksicht zu nehmen war. Es galt darüber hinaus, bereits bestehende Übersetzungen zu beachten; auch stiess der Versuch, Arbeiten des einen oder anderen noch tantiemepflichtigen Schriftstellers zu erwerben, auf praktische Schwierigkeiten. Dass der Inhalt einer Sammlung sich im Endergebnis vor allem nach einem subjektiven Faktor richtet, nämlich nach dem Geschmack des Herausgebers, ist freilich eine Selbstverständlichkeit.

Die Auswahl der sechzehn in ihrem Umfang stark divergierenden Erzählungen in unserem Band sollte dem Leser einen Querschnitt der ungarischen Prosa vermitteln sowie deren historische Entwicklung aufzeigen. Insbesondere durch die Berücksichtigung von Verfassern wie Alajos Degré und Károly Vadnay, deren Namen in Ungarn selbst nicht zu den bekanntesten gehören, ging es um eine breite Dokumentierung der Literatur des 19. Jahrhunderts. Die einzelnen Autoren repräsentieren in der Folge verschiedene Stilperioden, künstlerische, soziale und auch politische Strömungen im ungarischen Schrifttum. Es konnte nicht das Ziel sein, ausschliesslich eine historische Galerie ungarischer Autoren vorzuführen, und so enthält unser Band auch die Erzählungen zweier zeitgenössischer Verfasser: Tibor Déry repräsentiert die ältere, im literarischen Bewusstsein Ungarns bereits verankerte und anerkannte Schriftstellergeneration, während mit Lajos Baráth einer der zahlreichen Autoren zu Wort kommt, die man - zumeist nicht im Hinblick auf ihr Geburtsdatum, sondern auf ihre künstlerische Entfaltung - die jüngeren Schriftsteller zu bezeichnen pflegt. Sowohl Dérys hier wiedergegebene Erzählung «Zirkus» als auch Baráths «Sand» sind in den sechziger Jahren entstanden; so fragmentarisch die Anthologie notwendigerweise auch ist, so führt sie also doch von den Anfängen der ungarischen Erzählprosa bis zur Gegenwart.

Das Wort «Anfänge» bedarf der Präzisierung, die uns in die ungarische Literaturgeschichte und zu den Bedingungen ihrer Entstehung führt. Ungarns Schrifttum ist gegenüber den Literaturen westeuropäischer Nationen zu allen Zeiten durch eine Stilverspätung gekennzeichnet. Die Gründe dieses Nachhinkens sind historischer, ja geopolitischer Natur. Sie entsprangen der Geschichte des Landes, das an einer Nahtstelle am Rande Osteuropas, im Donaubecken gelegen, jahrhundertelang Schauplatz der Kämpfe war, welche Ungarns Könige und später die Habsburger gegen das expandierende Osmanenreich austrugen.

Nach dem Tode des Renaissancefürsten Matthias Corvinus (1458–1490), der zahlreiche italienische Künstler an seinen Hof gebunden und seinem Land starke kulturelle Impulse verliehen hatte, verlor Ungarn den Kontakt mit Westeuropa. Die Zäsur, mit der man gewöhnlich den Beginn der Neuzeit anzusetzen pflegt, bedeutete in Ungarn den Anfang einer hundertfünfzigjährigen Vorherrschaft des Türkischen Reichs. Es war nicht nur die politische Unselbständigkeit, das Fehlen eines landeseigenen Kulturzentrums, sondern auch die immerwährende Unruhe der Epoche, welche die Entstehung und Erstarkung eines städtischen Bürgertums verhinderten. Dass der erste ungarische Lyriker, der Erschaffer einer individuell gefärbten nationalen Sprache, Bálint Balassi (1554–1594), ein rastloser Krieger war, der die Kämpfe gegen die Türken besang, erscheint symptomatisch. Das gleiche gilt für den Dichter und Feldherrn Miklós Zrinyi (1620–1664), den Begründer des Versepos in Ungarn.

Die allmähliche Verdrängung der Türken durch die Habsburger brachte die Vorherrschaft des Wiener Hofs und somit keine Ansätze für die Begründung einer breiten nationalen Kultur. Nach erfolglosen Aufständen zu Beginn des 18. Jahrhunderts unter dem Fürsten Ferenc Rákóczi, die sich gegen die österreichische Hegemonie gerichtet hatten, verstand es ganz besonders Kaiserin Maria Theresia (1740–1780), den ungarischen Grossadel an den Wiener Hof zu binden und dem eigenen Land und dessen Sprache zu entfremden. Die zumeist völlig ungebildeten mittleren und kleinen Adligen auf ihren Provinzgütern genügten wiederum sich selbst vollkommen und verspürten ganz und gar keinen Drang nach Kunst und Wissenschaft. Die Erkenntnis, wie stark Ungarn bildungsmässig hinter Westeuropa zurückgeblieben war, setzte sich zuerst unter ungarischen Jünglingen durch, die in der Leibgarde Maria Theresias Dienst taten und in Wien den Ideen der Aufklärung begegneten. Ihr Entschluss, den gleichen Gedanken im eigenen Land den Weg zu bereiten, markiert den Beginn eines neuen Zeitalters, eines eigentlichen literarischen Lebens in Ungarn.

Ob es ein zweites Beispiel dafür gibt, dass Johann Gottfried Herder durch sein Wirken dazu beigetragen hat, eine seiner eigenen Prophezeiungen Lügen zu strafen? Im Falle der ungarischen Sprache und des ungarischen Schrifttums tat er das. Die Sprache dieses Volkes werde, so sagte er voraus, in einigen Jahrhunderten wohl von den Idiomen der Nachbarvölker verdrängt werden. Das Urteil gründete auf der Herder anscheinend einzig bekannten martialischen frühen Geschichte der Ungarn und auf der oben beschriebenen Rückständigkeit des Landes. Gerade die von Herder vertretene Lehre vom Eigenwert aller Sprachen und aller Völker war aber in Ungarn neben den Wirkungen, die von Frankreich am Ende des 18. Jahrhunderts auf Europa ausgingen, für die Erstarkung der dichterischen Bestrebungen in der Nationalsprache verantwortlich. Der grösste Lyriker der ungarischen Aufklärung, Csokonai (1773–1805), konnte schon auf eine Sprache zurückgreifen, die durch die Leistung einzelner Vorläufer und beflissener Puristen einer neuen Dichtung zugänglich gemacht worden war.

Es ist eine fesselnde Frage, warum in der ersten Hälfte des 19. Jahrhunderts die Lyrik in Ungarn mit dem Romantiker Mihály Vörösmarty (1800–1855) und den volkstümlichen Dichtern Sándor Petöfi (1823–1849) und János Arany (1817–1882) eine Höhe erreichen konnte, die man bis heute als einen einzig dastehenden Gipfel in der Landschaft des ungarischen Schrifttums betrachtet, und warum es zur gleichen Zeit an Erzählern von ähnlichem Rang gefehlt hat. Die Prosawerke der gleichen Epoche, in der die grossartigsten Verse ungarischer Sprache zu Papier gebracht wurden, muten in Stil, Motivik und Aufbau zumeist noch als die tastenden, schwerfälligen Versuche von Pionieren an, die ausgezogen sind, Neuland zu erobern. Während die Lyrik in Ungarn um diese Zeit bereits eine gewisse Tradition besass, begann die Pflege der Prosa in grösserem Umfang erst um die Jahrhundertwende. Der erste Romancier von internationalem Rang, den Ungarn besass, war der 1825 geborene Mór Jókai. Jahrzehnte aber sollten noch vergehen, bis in Ungarn eine mit den Lyrikern vergleichbare Dichte von erstklassigen Erzählern heranwuchs. Der Einfluss der europäischen Romantik bestärkte die Dominanz der Lyrik, und auch durch die nationalen Bestrebungen, durch die politische und kulturelle Besinnung auf die einheimischen Werte, deren Pflege die dem Revolutionsjahr 1848 vorangegangenen Jahrzehnte charakterisiert, wurde eine Dichtung gefördert, die sich oft die Sprache der Volkspoesie zu eigen machte. Manch ein Gedicht Petöfis nimmt Tonfall und Motivwelt des Volkslieds auf; manch eines seiner Gedichte ist aber später seinerseits zum Gemeingut, zum Volkslied geworden.

Die Thematik einiger hier aufgenommener Novellen beleuchtet den wichtigsten gesellschaftlichen Vorgang in Ungarn im 19. Jahrhundert: die Zurückdrängung und Verarmung des noch im feudalen Ungarn fussenden Adels. Durch die langsame Ablösung dieser Schicht durch das Bürgertum - ein Vorgang, dessen Beschleunigung allerdings selbst zu Beginn dieses Jahrhunderts noch eine intellektuelle Forderung darstellte - wurde die Gemeinschaft der kulturell Interessierten allmählich breiter und tragfähiger. Was Petöfi einst über eine Provinzstadt geschrieben hatte - «Bücher kauft man hier nur, um Speck in das Papier zu wickeln» -, galt nun immerhin nicht mehr. Sowohl Alajos Degrés «Eine glänzende Heirat», in welcher Novelle der Autor noch das Bild der alten Hauptstadt «Pest-Buda» aus dem Vormärz malt, als auch Károly Vadnays «Hymen» und Kálmán Mikszáths «Kozsibrovszky»-Erzählung befassen sich mit diesem sozialen, materiellen und auch moralischen Niedergang des Adels.

Alajos Degré (1820-1896) ist der Sohn eines französischen Emigranten und einer Ungarin. Als Student der Rechte an der Universität der Hauptstadt stand er dem Kreis junger Literaten um Petőfi nahe. Wegen seiner Teilnahme am Aufstand 1848/49 sieht er sich eine Zeitlang Verfolgungen ausgesetzt, kann sich aber später in Budapest niederlassen, wo er Mitglied des Parlaments wird und als Journalist arbeitet. Der Handlungsablauf in Degrés Novelle lehnt sich noch stark an bekannte Lustspielschemen an, seine Figuren sind knapp entworfene Typen der gesellschaftlichen Hierarchie. Gesamthaft aber enthält die Geschichte eine treffliche, ironisch gewürzte Schilderung der Lebensweise der «vornehmen Kreise», und sie karikiert meisterhaft die in dieser Gesellschaft übliche Sprache, die gute Sitten und Empfindsamkeit vortäuschen sollte, in Wahrheit aber innere Leere und Geldgier verdeckt. Wie Degré beteiligte sich auch Károly Vadnay (1832–1902) als Halbwüchsiger an den Freiheitskriegen, nahm dann aktiv an der Politik teil und redigierte verschiedene Zeitschriften in Budapest. Seine dichterische Tätigkeit begann er unter dem Einfluss Petőfis mit Gedichten, doch später beschränkte er sich auf die Prosa. Die Erzählung «Hymen» ist in mancher Hinsicht – Jagd nach Geld, durch die Ehe, eines mit wenig Charakterstärke gesegneten Ex-Offiziers – der Novelle Degrés ähnlich, weicht aber in einem bedeutsamen Punkt von dessen Darstellungsweise ab. Vadnay geht es schon weniger um die schnell wechselnden Bilder einer Geschichte als eher um eine Charakterstudie, die psychologische Erfassung seiner Hauptfigur. Er sucht eine Laufbahn zu erklären, die vom kecken, leichtsinnigen Offizier und Kavalier zur Selbstaufgabe des willenlosen Greises führt.

Lange genoss Mór Jókai (1825–1904), ein überaus populärer und fruchtbarer Schriftsteller, dessen Phantasie ein hundert Bände umfassendes Werk - zumeist Romane - hervorgebracht hat, den Ruf der einzigen literarischen Autorität Ungarns. Die Distanz hat an der Einschätzung Jókais seither manches modifiziert. Vor allem der Verfasser der frühen romantischen Werke, in denen es von kriegerischen Helden, Abenteurern, von phantastischen Begebenheiten und Utopien wimmelt, gilt heute als Jugendschriftsteller. Eine Anzahl von Romanen hat sich aber als fester Bestand der klassischen Literatur ungarischer Sprache behauptet, und einige seiner Erzählungen, vornehmlich aus der späten Periode seines Schaffens, gehören zum Wertvollsten in der reichen Produktion dieses Autors. Die üppige romantische Pracht verblasste in diesen letzten Werken immer mehr, sie wich den einfachen Linien, mit denen der distanzierte Realist seine Umwelt schilderte. Die gerade in ihrer Anspruchslosigkeit eindrucksvolle Beschreibung des Waisenkindes in der unwirtlichen Tiefebene, die subtile Andeutung der sozialen Missstände, die hinter dem Schicksal dieses Mädchens stehen, verleihen der späten Erzählung «Der Frosch» unter Jókais Novellen einen besonderen Stellenwert.

Einen ähnlichen Weg wie Jókai, freilich mit der sehr deutlichen Phasenverschiebung von mehr als zwei Jahrzehnten, ist der aus Oberungarn (Slowakei) stammende Kálmán Mikszáth (1847-1910) gegangen. Seinen Namen als Schriftsteller begründete er mit Erzählungen über die Menschen seiner Heimat, mit Novellen, in denen der romantische Ton von Volksballaden noch aufklingt. Sein Lebensthema, das Schicksal des sinkenden Adels in einer Zeit des Umbruchs, wandelte er immer wieder ab. Seine grossen zeitkritischen Romane markieren den Gipfel der realistischen Erzählkunst in Ungarn. Man hat - von ideologischen Positionen aus - verschiedentlich behauptet, Mikszáth gebe die von ihm dargestellten Gestalten von der Art des Grafen Kozsibrovszky der Lächerlichkeit und der Verachtung preis. Richtiger wäre die Feststellung, dass Mikszáth die inhalts- und ziellose Lebensweise dieses Adels kritisiert, ihm vorwirft, sich nur noch durch unehrliche Machenschaften behaupten zu können, dass in diese Kritik sich aber auch nostalgische Liebe mischt, Klage und Spott gleichzeitig über die Unfähigkeit dieser weder unsympathischen noch untalentierten Menschen, sich von ihrem antiquierten Lebenswandel loszusagen. Mit Mikszáths Stil, einer scheinbar naiven, harmonischen Sprache, welche die Merkmale der mündlichen Anekdote trägt, schloss in Ungarn ein literarisches Kapitel; die Unbeschwertheit dieses geborenen Erzählers war hernach niemandem mehr gegeben.

Das Agrarland Ungarn, die Zustände in den Dörfern, beschäftigen die Schriftsteller, von denen viele aus der Provinz stammen, immer wieder. In József Kiss' (1843-1921) «Jokli» spiegeln sich Dumpfheit, Roheit und Unwissenheit in den schwäbisch-ungarischen Gemeinden in der Nähe der Hauptstadt im Schicksal des von der Gemeinschaft ausgestossenen jüdischen Hausierers. Immer wieder griff Kiss in seinen Werken - er schrieb Romane, Erzählungen und auch Gedichte - Fragen des Judentums auf, plädierte für Toleranz und

Humanität. Das Bild, das der Dorfschullehrer Géza Gárdonyi (1863–1922) vom Dasein im ungarischen Dorf gibt, zeugt von Vertrautheit mit Sprache und Mentalität der Bauern, und es bewegt sich zwischen Idealisierung und der illusionslosen, traurigen Erkenntnis, welche sozialen und bildungsmässigen Barrieren Stadt und Land trennen. Gárdonyi, dessen in diesem Buch wiedergegebene Novelle aus einem Sammelband «Mein Dorf» stammt, gab den Beruf des Dorfschullehrers später auf, wurde Journalist und widmete sich zuletzt ganz dem schriftstellerischen Beruf. Vor allem seine historischen Romane zählen in Ungarn heute noch zu den meistgelesenen Büchern. István Tömörkény (1870–1906) hat den grössten Teil seines Lebens als Redaktor und später als Bibliotheks- und Museumsdirektor in der südungarischen Stadt Szeged in der Tiefebene verbracht. Seine archäologischen Arbeiten in der Umgebung gewährten ihm Einblick in den Daseinskampf der Kleinbauern auf den Gehöften; auch die Novelle «In Sachen Landerweiterung» stellt den Niederschlag dieses engen Kontakts mit der Landbevölkerung dar. Neben den schriftstellerischen Leistungen sind auch Tömörkénys archäologische, sprachwissenschaftliche und volkskundliche Arbeiten von Bedeutung. Zoltán Thúrys (1870–1906) Bauerngeschichte ist von der Idylle schon meilenweit entfernt. Der politischen Überzeugung des Autors entsprechend, der in seinem kurzen Leben immer wieder die soziale Rückständigkeit seines Landes zur Sprache zu bringen, zur Diskussion zu stellen suchte, ist die knappe, dramatische Erzählung «Menschentod» eine

Anklage gegen die halbfeudalen Zustände, in denen die Bauern rechtlos und ausgeliefert sind.

Als einsamer Riese der ungarischen Prosa in der ersten Hälfte dieses Jahrhunderts steht Zsigmond Móricz (1879–1942) da. Seine zahlreichen Romane und Erzählungen bevölkert er mit allen Typen des ungarischen Alltags; sein Hauptinteresse gilt indessen der armen Bauernschicht, den Gegensätzen zwischen Vermögenden und Habenichtsen im Dorf. Was Móricz über das Leben in diesen vergessenen Winkeln des Landes mit bestechender, weil erlebter und erarbeiteter Kenntnis der Schauplätze zu erzählen weiss – «Himmelsvogel» ist hierfür ein Beispiel –, ist zwar Parteinahme, aber keine Schwarzweissmalerei; es ist vielmehr eine bitter-kritische Schilderung der allgemeinen Not des Dorfes, auf die Móricz wie auf ein Alarmzeichen aufmerksam machen will. Móricz' stilistischer Ausgangspunkt – er gilt insbesondere als Meister des knapp formulierten Dialogs – ist der Realismus; seine volkstümliche, dem Leben abgelauschte Sprache, seine minuziösen Beschreibungen stellen ihn in die Nähe der Naturalisten. Die in die Erzählungen fein eingeflochtenen Symbole, seine Naturbeschreibungen, seine lyrische Kraft lassen ihn jedoch gleichzeitig auch als einen Überwinder des Naturalismus erscheinen.

Eine der liebenswürdigsten Gestalten der ungarischen Literatur ist Ferenc Móra, Nachfolger Tömörkénys als Direktor des Szegeder Stadtmuseums. Móra ist 1879 geboren, im gleichen Jahr wie Móricz, und er starb 1936 in Szeged. Er versuchte sich in mehreren dichterischen Gattungen, doch bilden die meistens als Kurzgeschichten gehaltenen Novellen den wertvollsten Teil seines Schaffens. «Kalzinierte Soda» gibt eine Kostprobe von seinem feinen und menschenfreundlichen Humor. Die Umwelt, die Ferenc Móra mit der Schilderung des traurigen Loses der kleinen Lehrlinge andeutet, zeichnet sich auch in Attila Józsefs (1905–1937) Erzählung «Schlurf, der alte Schuster» ab: die Industrialisierung setzte um die Jahrhundertwende auch in Ungarn kräftig ein, eine neue Bevölkerungsschicht, das städtische Proletariat, entstand. Attila József ist nun ein literarischer Anwalt dieser Menschen. Neben Endre Ady (1877–1919) gilt er als der grösste Lyriker Ungarns im 20. Jahrhundert. Die Sprache seiner Erzählungen, so auch die Probe in unserem Band, verrät selbst in der Prosa deutlich die an Lyrik geübte Handschrift des Dichters. «Am Rande der Stadt» ist eines der bekanntesten Gedichte Attila Józsefs betitelt; in dieser armseligen Aussenstadt spielt auch die Geschichte vom alten Schuster, die vermutlich auf Józsefs eigenen Kindheitserinnerungen beruht.

Unser Band enthält zwei Erzählungen, «Der Tod und der Arzt» Jenö Heltais (1871–1957) und Antal Szerbs (1901–1945) «Liebe in der Flasche», welche nicht Ungarn selbst zum Schauplatz haben, sich nicht der Umwelt der Autoren widmen, sondern philosophische und psychologische Gleichnisse sind: vom vergeblichen und eitlen Streben der Wissenschaft nach ihrem Sieg über die naturgegebenen menschlichen Lebensbedingungen und von der paradoxen Notwendigkeit einer unerfüllten und unerfüllbaren I idenschaft, eines unerreichbaren Ziels als einer Triebkraft im Menschen. Dass gerade Heltai und Szerb in dieser thematischen Hinsicht aus dem Rahmen fallen, ist kein Zufall. Beide sind kosmopolitische, in der westeuropäischen Kultur verankerte Geister; Heltais grosse Liebe gilt Frankreich, während Szerb an England hängt. Ist in Heltais Novelle Sinn für das Theatralische spürbar (der vielseitige Schriftsteller leitete eine Zeitlang eine der ersten Budapester Bühnen und schrieb unter anderem das in Ungarn heute noch oft gespielte Schauspiel «Der stumme Held»), so steht hinter der leicht frivolen Ironie der Lancelot-Novelle der Universitätsdozent Szerb, der Verfasser gewichtiger literarhistorischer Werke.

Eine einsame Figur im literarischen Leben Ungarns stellt Dezsö Kosztolányi (1885–1936) dar. Die ausgeprägt impressionistische Erzählung von der sonderbaren Reise des jungen Absolventen des Gymnasiums nach Italien ist in mancher Hinsicht, vorab wohl in den dargestellten Punkten eines dichterischen Programms, autobiographisch. (Die in vielen Novellen wiederkehrende Figur des Kornél Esti gilt erklärtermassen als ein Doppelgänger des Autors.) Kosztolányi lehnte es ab, sich mit einzelnen literarischen oder politischen Gruppen dauernd zu verbinden, und er suchte – nicht immer mit Erfolg – die Unabhängigkeit des einzig der Sprache und der Ästhetik verantwortlichen «unfassbaren und unumfassbaren» Künstlers zu bewahren. Auf die eigene künstlerische Laufbahn bezieht sich in unserer Erzählung nicht nur die an den jungen Franz Werfel gemahnende Bereitschaft des jungen, dem

Leben entgegeneilenden Literaten, die ganze Welt zu umarmen und in sich aufzunehmen, sondern auch die Andeutung zahlreicher späterer Enttäuschungen, der Ernüchterung des reifen Schriftstellers. Auch Kosztolányi war ein Kosmopolit, der seine Offenheit und sein Interesse für Fremdes mit einer puristischen Pflege der ungarischen Sprache zu vereinen wusste. Seine Übersetzertätigkeit ist bedeutend; unter anderem übertrug er in engem Kontakt mit Thomas Mann, der beim Beginn der Übersetzungsarbeit vom Abschluss seines Manuskriptes noch weit entfernt war, den «Zauberberg» ins Ungarische.

Der 1894 geborene Tibor Déry ist im deutschen Sprachgebiet durch zahlreiche Übertragungen (unter anderem «Niki», «Der Riese», «Der unvollendete Satz») bekannt. Déry hatte sich zuerst mit surrealistischen Gedichten und Novellen zu Wort gemeldet und verfasste dann nach 1945 gesellschaftskritische Romane, in denen er den politischen Umbruch in Ungarn begrüsste. Die Exzesse des Stalinismus zwangen ihn aber bald wieder in die Opposition, und er galt als einer der geistigen Wegbereiter des Aufstandes im Jahr 1956. Nach der Unterdrükkung der Erhebung wurde Déry zu einer langjährigen Gefängnisstrafe verurteilt, und der Name des einst gefeierten und offiziell geehrten Schriftstellers verschwand aus den literarischen Lehrbüchern. 1960 wurde Déry indessen frühzeitig freigelassen, und in der relativ freien kulturpolitischen Atmosphäre des heutigen Ungarn gilt der greise Dichter erneut als einer der am meisten geachteten Künstler. Der 1960, im Jahr seiner Freilassung, entstandene «Zirkus», vordergründig eine Kindergeschichte, zieht jenseits aller politischen Überzeugungen und Ideologien die Bilanz, dass es unerlaubt sei, andere die eigene Macht spüren zu lassen, Menschen einzusperren, die Menschenwürde zu kränken.

Lajos Baráth (geboren 1935) wurde gleichsam stellvertretend für eine breite Generation von heutigen Schriftstellern in diesen Band aufgenommen. Dass der Autor von «Sand» die Grube aus eigener Erfahrung kennt, überrascht wohl niemanden, der die spannende Erzählung gelesen hat. Baráth hatte tatsächlich eine Zeitlang als Zimmermann unter Tage gearbeitet, und er widmet sich heute beim Bergwerk von Tatabánya in Westungarn als Historiker der Erforschung der Geschichte der Grube. Dass die modische Mischung von Zeit- und Bewusstseinsebenen in der Erzählung nur sparsam und auf eine für den Leser stets leicht nachvollziehbare Art angewendet wird, liegt wohl – ebenso wie die unprätentiöse, spröde Sprache – am persönlichen Stilwillen Baráths, erklärt sich aber auch mit der Bestrebung, über die Welt der Arbeiter (und gewiss auch *für* die Arbeiter) auf realistische Art zu berichten. Und doch unterscheidet sich dieser Realismus grundlegend von den Forderungen jener Richtung, die man in den fünfziger Jahren den «sozialistischen Realismus» nannte und in dessen Zeichen Hunderte von blutleeren Werken geschrieben und gedruckt wurden, in denen stets der «heroische Kampf» um Planerfüllung und das bedingungslose Bekenntnis zur herrschenden Partei im Mittelpunkt standen. Baráths Bergleute sind nun keine emporstilisierten Heroen mehr, sondern Arbeiter, wie sie im Alltag leben und agieren. Sie kämpfen nicht mehr für politische Ideale, sondern um ihr Leben: indem sie täglich ihrem schweren Handwerk nachgehen und indem sie sich nach der Katastrophe zu retten suchen. Hier geht es nicht mehr um die Arbeit als Selbstzweck, sondern um Einzelschicksale, um den Menschen, der die Arbeit verrichtet.

Andreas Oplatka

Inhalt

* Die Erzählung «Zirkus», von Tibor Déry, in der Übersetzung von Charlotte Ujlaky, wurde mit freundlicher Erlaubnis des S. Fischer Verlags aus dem Band wiedergegeben, Tibor Déry: «Rechenschaft und andere Erzählungen», Frankfurt 1964.

Die Deutsche Bibliothek – CIP-Einheitsaufnahme

Ungarische Erzähler / Übers. aus dem Ungar.
und Nachw. von Andreas Oplatka
2. Aufl. – Zürich : Manesse Verlag, 1994
(Manesse Bibliothek der Weltliteratur)
ISBN 3-7175-1486-5 Gewebe
ISBN 3-7175-1487-3 Ldr.

NE: Oplatka, Andreas [Übers.]